推背圖密碼

唐隱——著

關於《推背圖》的歷史與眞實

歷史上著名的讖緯預言書的《推背圖》，巧妙地將易學、詩詞、謎語三者結合，堪稱讖緯文化與古典文學結合的典範之作。

史料上關於《推背圖》的記載始終不斷。其中南宋岳珂的隨筆《桯史》中，更是記載了一段宋太祖趙匡胤查禁《推背圖》的往事。一千多年來，有關《推背圖》的原著者、原作成書時間一直眾說紛紜、撲朔迷離。但可以肯定的是，現存的《推背圖》是由歷朝歷代文人不斷增衍創造的，是一部民間集體編撰的作品。

不過，據《新唐書》記載，作爲《推背圖》傳說中的作者，唐代的袁天罡、李淳風二人，確實曾合著過一部預測時代更替的書籍，名爲《太白會運逆兆通代記圖》，很可能正是《推背圖》的原型。

《推背圖密碼》人物表

● **裴玄靜**：本書女主角，女神探，女道士。大唐宰相裴度的侄女，唐朝著名詩人李賀的未婚妻。中國古代神仙傳記《續仙傳》中記載「五雲盤旋，仙女奏樂，白鳳載玄靜升天，向西北而去」，是古代傳說中著名的女仙人之一。

● **崔淼**：本書男主角，以江湖郎中的身分示人，行事神秘，具有多重背景，與大唐皇家有著隱秘淵源。

● **李純**：唐憲宗，唐朝第十一位皇帝。在位期間成功削藩，鞏固了中央集權，實現「元和中興」，是唐朝中後期歷史評價最高的君主。

● **段成式**：唐代小說家，所著《酉陽雜俎》爲志怪小說之鼻祖。宰相武元衡的外孫，博聞強記，在詩壇與李商隱、溫庭筠齊名。

● **聶隱娘**：魏博藩鎭大將聶鋒之女，身懷絕技，是中國古代最著名的女刺客。

● **韓湘**：唐代文學家韓愈的侄孫，傳說中的八仙之一，世人多稱其爲「韓湘子」。

● **李賀（長吉）**：唐代詩人，字長吉，裴玄靜未婚夫。有「詩鬼」之稱，與「詩仙」李白、「詩聖」杜甫、「詩佛」王維齊名。終生鬱鬱不得志，27歲即英年早逝。

● **杜秋娘**：唐代歌妓，尤以一首〈金縷衣〉流傳後世，其中「好花堪折直須折，莫待花落空折枝」爲千古名句，受到唐憲宗的寵幸，封爲秋妃。離開大明宮後，六十多歲時遇大詩人杜牧，杜牧曾寫詩感歎。

●**裴度**：唐代四朝宰相，文學家，裴玄靜叔父。繼武元衡之後輔助唐憲宗李純削藩，平定淮西，功業卓著。

●**吐突承璀**：神策軍中尉，是唐憲宗最寵信的宦官，心機頗重，權勢極大。

●**郭念雲**：唐憲宗的貴妃，唐朝大將郭子儀的孫女。因郭家背景顯赫而遭到唐憲宗的忌憚，一直不肯冊封其爲后。

●**李忠言**：唐憲宗之父——唐順宗最信任的內侍，順宗死後成爲其豐陵的守陵人。

●**陳弘志**：唐憲宗的貼身內侍。

●**李彌**：詩人李賀的弟弟，智力低下，但記憶力驚人。

●**漢陽公主**：唐憲宗李純的胞妹，後嫁給郭鏦。一生歷經唐德宗、唐順宗、唐憲宗、唐穆宗、唐敬宗、唐文宗六朝。

●**柳泌**：唐代方士，因自稱能煉出不死之藥而被唐憲宗看中，並命他至台州任刺史，驅使吏民採藥煉丹。

●**郭鏦**：郭子儀之孫，升平公主和郭曖之子。娶順宗之女漢陽公主李暢爲妻，極受恩寵。

●**李忱**：唐宣宗，唐憲宗李純的第十三子，早年被視爲智力低下，後經宦官擁立爲皇帝，在位期間唐朝社會繁榮安定，史稱「大中之治」。李忱也被百姓尊稱爲「小太宗」。

●**鄭瓊娥**：十三郎李忱的生母，原爲叛臣李琦之妾，後成爲郭貴妃的侍婢，受唐憲宗臨幸生下李忱。

楔子

「噗哧」，隨著燭花一爆的聲音，周圍突然變亮了。

段成式的眼睛迅速適應了光線的變化。他發現，自己正置身於一間闊大的房舍中。哦，不對，此處梁架高聳，斗拱宏偉，絕非普通房舍的規制，應稱之爲殿堂更合適吧？

殿堂深廣，光憑面前這支蠟燭的微光，根本望不到邊。重重幔帳自頂懸下，堂中遍佈陰影，空曠陰森。

僅有一人端坐在燭光對面。

半舊灰布袍，黑襆頭下露出的髮角已經斑白了，頷下的鬍鬚倒還濃黑。額頭上皺紋密佈，兩隻眼睛裡卻精光熠熠，讓人猜不透年紀。見段成式盯著自己，他微微點了點頭：「在下姓辛，名公平。」

「在下段成式。幸會。」段成式問，「是你給我講故事嗎？」

「正是。」

段成式猶豫了一下，終究沒憋住：「這是……哪兒？」

辛公平但笑不答。

段成式有些發窘。人家事先說好不暴露身分地址，自己當然不應該打聽。可是這間殿堂氣魄宏偉，裡面卻又空空如也，非廟非觀，沒有任何可供聯想的裝飾或佈置，實在叫人匪夷所思。根據約定，段成式是被布套蒙頭，乘馬車而來的，所以完全不知如今身在何處。但此刻周圍非凡的靜謐，又純然不像在俗世塵間。

再說這位辛公平，既然大費周章隱匿身分，卻一見面就報上姓名，豈不怪哉？段成式轉念一想，多半是化名吧。也罷，不計較那麼多了，聽故事要緊，便拱手道：「聽說，你有一個最難得的故事可以講給我聽？」

「那是我親身經歷的一件恐怖至極的事情。段郎準備好了嗎？」辛公平的語氣肅殺中帶著輕蔑，好像料定段成式會被嚇倒似的。

越恐怖越好！段成式心想，否則怎對得起我受的這般委屈？遂挺直身軀道：「請說吧。」

「此事，還要從我與成士廉共赴長安說起。」

「成士廉是誰？」

「他是在下的一位同鄉兼好友。當時，我二人各自擔任的縣尉之職都到了期，朝廷要重新任命我們。於是我與成士廉相約，一同由洛陽去往長安。」

「二位曾任哪兩個縣的縣尉？是什麼時候任期到了？」

辛公平注視著段成式：「段郎再這樣追問喋喋，我就很難往下說了。」

段成式面紅耳赤。

辛公平譏諷地說：「我看還是先約法三章吧。在我講故事的過程中，段郎只能聽，不能問任何問題。段郎若答應，我便說，否則……」

「我答應。」

爲了收集全天下的奇聞怪事，段成式可謂無所不用其極。直覺告訴他，今天自己將會聽到一個最駭人聽聞的故事，其詭譎可怕的程度必將遠超以往。他緊張地握起拳頭。

辛公平開始敘述了——

那天日暮時分，天上突然濃雲密佈，下起大雨來。四野昏暗如夜，像有什麼不好的事情要發生。我和成士廉趕到洛陽西面的榆林店避雨。

客棧裡只剩下一張乾淨的床榻，但已有一位綠衣客人在上面休息了。客棧老闆勢利，見我們身著官衣乘馬車，便想驅趕那位綠衣客人，爲我們讓出床榻。我阻止了老闆，請綠衣客人仍在榻上休息。夜深，我與成士廉飲酒，邀綠衣客人一起。他欣然前來，介紹自己名叫王臻。大家一見如故，相談甚歡。因王臻也要去長安，便約好三人結伴。

次日上路後，我們卻發現王臻有些古怪。他從不在白天與我們同行，但又總在夜宿時突然出現。他能準確地預言出我們前行時遇到的人和事，連將會吃到的食物都講得分毫不差。

如此三番兩次，我實在好奇，便乘在閿鄉借宿的機會，詢問王臻究竟有何神通。

他的回答讓我和成士廉大吃一驚！

王臻說，其實他是來自陰間的迎駕者。迎駕，當指迎接皇帝。來自陰間的迎駕者，豈不就是來索皇帝性命的？

我不相信，天子上仙，怎麼可能僅由王臻一個來迎駕？

王臻卻說：「不只我一人，還有五百騎兵和一位大將軍。我只是大將軍的隨從。」

我還是不信，那麼多人都在哪裡？

王臻微笑著回答：「前後左右都是，只是二位看不見罷了。」

隨著他的話音，周圍暮色四合的曠野上，突然刮起一陣瘆人的陰風。黑暗中，朦朦朧朧地浮現出成群的馬匹，排著整齊的佇列，一眼望不到盡頭。馬上的騎士身披戰甲，面孔被頭盔遮得嚴嚴實實。最令人駭異的是，所有馬匹的四蹄都不踏在地上，從地面升起的濃霧將它們托在半空間。

下一刻，整支騎兵隊就又消失在夜色中。

我和成士廉嚇得連話都說不出來了。

華陰既過，長安在望。是夜，我們共宿灞水館驛。

王臻說：「大將軍和我的使命是迎接皇帝上仙，實為人間難得一見的詭譎大事。我願請辛縣尉隨同一觀。」又指成士廉命薄，不宜觀看上仙，讓他先去長安開化坊投宿。

根本不容我們思量，一切便這麼定下來。

翌日，成士廉自去投宿。夜幕降臨時，我如約來到灞橋之西的槐樹下。還未站定，便覺一陣陰風襲面，眨眼間，已有一隊人馬出現在面前，正是那支我已經見過的陰兵。一匹馬跑在最前頭，馬上的騎士微微抬起頭盔，我認出了王臻的臉。身披重甲的他威風凜凜，和客棧中落魄的綠衣客判若兩人。

王臻帶我去拜見大將軍。大將軍相貌威武，暗夜之中，身上的黑色甲冑仍然幽光鋥鋥，讓人不敢直視。大將軍囑咐王臻照顧好我，遂下令入城。

就這樣，我隨著這隊奇異的人馬由通化門進入長安城。明明在宵禁，但當我們的隊伍抵達時，本來緊閉的城門、坊門竟然一扇接一扇地打開。穿街過巷，沿途見不到一個行人，卻有黑衣吏者在路邊迎候，全都匍匐於地，看不見面孔。

我恍然意識到，鬼兵過境之處，活人盡退，陰陽界的大門隨之開啓。此刻我所見的長安城，已然是一座陰間的長安城了。而那些在路邊迎候的黑衣人，全都是鬼魂。

當我們到達天門街時，突然閃出一名紫衣吏，攔在隊前，對大將軍說：「人馬太眾。爲掩人耳目，應分兵去往皇宮。」

於是大將軍命兵分五路，待到大明宮外時，隊伍又停下來。大將軍煩悶道：「時限就要到了。可是皇帝身邊設有道場，萬神相護，不能奉迎上仙，這可如何是好！」

王臻道：「可在宮中舉辦一場夜宴，具備葷腥，令眾神昏昏。我們便可以動手了！」

大將軍微笑點頭。一切佈置妥當，大將軍身上的黑甲放出金光——迎駕開始了！

隊伍經丹鳳門，直入大明宮中。側行至光範門，穿宣政殿，再往東一拐，從崇明門進入內廷。和此前一樣，路上暢通無阻，沿途的守門兵將和內侍個個呆若木雞。殿宇和宮道的周圍，零零落落地跪伏著面目模糊的鬼魂。

終於來到皇帝舉行夜宴的殿堂。大將軍命人將此地團團包圍，隨即偕五十名陰兵持械入殿。我也一起跟了進去。但見滿堂燭火泛著綠光，殿中絲竹並起，歌舞甚歡。然而樂工舞妓個個面無表情，只像偶人一般動作著。對於闖入殿內的甲兵，他們也視而不見。我發現他們雖都是活人，卻神思恍惚，好似墮入噩夢之中。

高高的御座上，端坐著皇帝。唯獨他將目光投過來，還若有所思地點了點頭，唇邊泛起一抹不勝淒涼的笑容。我驚得差點兒叫出聲：不好，皇帝看見我們了！

就在這時，又有一人入殿來。他穿著綠衫皂褲，外披七彩斗篷，頭頂豎著猙獰的獸首皮冠。最可怕的是，此人的臉上沒有五官，只有一張煞白的面皮。在他的雙手間，還捧著一把匕首。匕首的形狀很奇特，前後一樣寬，就如同一把特殊的直尺。

他來到大將軍面前，用閹人般不男不女的聲音宣道：「時辰到了！」

大將軍皺起眉頭，擺了擺手。那人便一步步登上御階，跪在皇帝面前，高舉起匕首。頃刻間歌樂齊喑。皇帝凝視著匕首，突然站起來像要躲閃。不料匕首向上放出一道寒光，皇帝的身子猛地晃了晃，左右連忙將他扶入西閣，許久都沒有出來。

大將軍說：「時辰不可違！何不即刻迎聖上上仙？」

西閣內有人在問：「給聖上洗完身子了嗎？洗完就上路吧！」隨後傳出沐浴之聲。

五更天時，皇帝終於被人扶出西閣，坐上碧玉的車輿。我看見他的面色慘白，身形輕飄如紙，心中禁不住一陣酸楚。

大將軍傲慢地對皇帝說：「著甲之人，不便下拜。」又道：「人間艱苦，天子辛勞萬機，且深居宮廷，色慾紛擾，您那顆清潔純眞的心還在嗎？」

皇帝漠然回答：「心非金石，誘惑之前，孰能不亂？但現已捨棄一切，釋然了。」

大將軍發出嘲諷的笑聲，遂引玉輿出殿。自內廷及諸宮門，宮人們好像才從夢中驚醒過來，嗚咽痛哭著，伸手去拉扯玉輿，又擦拭著從輿上不停淌下的鮮血，不忍其離去。

過了宣政殿，隊伍如疾風驚雷，颯然向東而去。

直至出了望仙門，大將軍命王臻送我離隊。王臻將我引到了一戶宅院前，便如一道煙般消散了。

此時我已彷若癡人，許久才想起去叩門。成士廉果然從門內迎出來，急於打聽上仙的情形，而我卻連一個字都不敢對他提起……

良久，段成式才從極度驚恐中幡然醒轉，大叫起來：「你胡說！」

「我胡說？」

「你說皇帝死了？！」

辛公平平靜地回答：「正是。」

「那不是胡說嗎？聖上駕崩，我們怎麼都不知道？」

「為什麼要讓你們知道？」

「你！」段成式氣極，「你還說這一切都是親眼目睹？簡直，簡直……咳！我鬼迷了心竅才來聽你的這套胡言亂語！而且還是詛咒君主，活該千刀萬剮的鬼話！」

「所以你不信？」辛公平慢條斯理地反問。

「當然不信！」

「那段郎的臉色怎麼變得如此蒼白？」

段成式大口喘著粗氣，他想反駁，卻找不到合適的語言，嗓子眼彷彿被內心翻湧的懷疑和恐懼堵住了。

「絕不可能！」段成式終於想出了駁斥的理由，「你說皇帝死了，可我爹每天都上朝，日日在延英殿中與他召對的又是誰？你說啊！」

辛公平冷笑：「不管你信還是不信，我所說的，句句屬實。」

「說不定是鬼呢？」辛公平仍然不緊不慢地道，「我只知道皇帝死了，而且是被殘忍地殺害的。我親眼所見，他的血就灑在大明宮的御階上，灑了一地，怎麼擦都擦不乾淨……」

段成式實在聽不下去了，斷喝道：「好！要讓我相信你，除非你能說出事發的確切日子！」

辛公平陰慘慘地笑起來：「日子麼？我記不清咯……好像是很久以前的事了？也可能就發生在昨天？」

「瘋子！」段成式一躍而起，朝殿門衝過去。

從辛公平口中問不出實情來，唯一的辦法就是自己找出眞相！段成式不知道自己在此地待了多久，外面是白天還是黑夜？他必須親眼看一看周圍的環境，才能判斷自己究竟被引到了什麼地方。

段成式用盡全力才推開厚重的大門，卻沒有預想中的陽光撲面而來。兜頭罩上來的是黑布套。段成式的雙手也被扼得死死的。他又踢又叫，頭套中的空氣卻越來越稀薄……

段成式不能呼吸了。

第一章　佛骨難

1

大唐元和十四年的正月，因為一個消息，帝都長安陷入了癲狂。

百姓們奔相走告——皇帝要迎佛骨了！

據傳在去年的臘月裡，功德使上書皇帝言：「鳳翔法門寺塔有佛骨舍利，每三十年一開。開則歲豐人安。來年應開，請迎之。」皇帝欣然應允，下詔將於元和十四年的正月十二日，奉迎佛骨至京師。

這將是大唐立國以來的第六次迎佛骨。

長安以西扶風縣內的法門寺中，存有一枚佛祖釋迦牟尼的眞身指骨舍利。貞觀五年，大唐太宗皇帝第一次迎奉舍利，但只是開啓法門寺塔基，在當地舉行儀式，並未迎佛骨入長安城。第二次是在高宗顯慶四年，佛骨被迎至長安供養，後送往東都洛陽。歷時四年才送還法門寺，儀式規模宏大。第三次迎佛骨則是在長安四年，女皇武則天命高僧法藏等人在除夕日將佛骨迎至長安崇福寺，次年正月十一日又迎入神都洛陽，盛況空前。同年，武則天退位，隨後駕崩。佛骨因而滯留洛陽，直到景龍二年時，才由中宗皇帝下令送歸法門寺，並欽題法門寺舍利塔為「護國眞身寶塔」。

安史之亂後，肅宗和德宗皇帝分別舉行了第四次和第五次奉迎佛骨。因爲大唐已經由盛而衰，藩鎮割據，民生艱困，所以這兩次迎佛骨的規模都比較小，時間短，皇家所賜的財物也不多。

上了點年紀的長安人都還記得貞元六年時，德宗皇帝那次多少有些寒酸的迎佛骨。不知不覺，三十年一晃就過去了，又輪到德宗皇帝的長孫，英明神武的當今聖上來奉迎佛骨了。

今非昔比。如今的大唐就如涅槃的鳳凰一般，在皇帝苦心孤詣的努力下，終於展現出中興的氣象。此時迎佛骨，不正象徵著佛祖在護佑大唐浴火重生嗎？這必將是一場前所未有的浩大盛事！

往年從除夕到上元節的半個月裡，人們都在家中辭舊迎新，進出京城的旅人要比平時少許多。今年卻是另一番景象。爲了爭睹三十年一遇的迎佛骨，來自各地的僧侶和信徒，乃至各國使節均蜂擁進入長安城。

元和十四年正月十一日。就在迎佛骨的前一天，一場暴雪從天而降。

長安以東三十里，秦嶺深處的藍關道上，漫天飛雪片刻便將崇山峻嶺染成了一片銀白。積雪很快沒過馬蹄，又被車輪輾出深深的印記。人們拚命鞭策著馬匹前行，他們都是從洛陽等地前往長安觀迎佛骨的，必須趕在今天日落前進入長安城。

偏偏一輛馬車橫在狹窄的山道口，堵住去路。

馬車本就破舊，還拴著一匹瘦骨嶙峋的老馬。車輪因雪打滑，陷入了道旁的溝中。馭者一個勁抽打老馬，無奈這可憐的畜牲心有餘而力不足，怎麼也動彈不得。

人們圍攏過來，發現這輛車和大家的方向都相反，是離開長安往東去的。頓時吵嚷聲四起——

「這種時候出什麼京城啊，也不好好在家過完年再走！」

「就是，還帶那麼多行李，又不肯花錢雇一駕好車。這不是耽誤大家的工夫嘛！」

馭者急了，反駁道：「你們講不講理啊，大路朝天人人走得，憑什麼單說我們！」

「我們都是爲了趕去京城迎佛骨的，獨你這輛車反向而行，阻了大夥兒的路，壞了眾人的福氣，我們當然要罵！」

車簾一掀，一位青衣老者自車內探出頭來，肅容道：「禮佛須先向善。佛祖教誨不妄言、不惡口，你們如此口出惡言，即使禮拜了佛骨，又能有何福報呢？」

霜雪刮在老者清臞的面孔上，他的話音不高，形容也十分憔悴，卻自有一番凌厲的風骨。眾人心中不憤，一時竟也回不出話來。

正在相持，從山道東面跑來一匹快馬，轉眼到了車前。馬上的郎君高喊：「叔公！」

韓愈一愣，便見侄孫韓湘翻身下馬，疾步上前向自己行禮。韓湘的頭上身上落滿了雪花，頭髮眉毛都成了白色。

「你怎麼來了？」韓愈又驚又喜。

「叔公，事情我都聽說了！」韓湘一開口就呼出大團熱氣，「我特地從終南山中趕來，想送叔公一程。只是不知叔公何時上路，所以緊趕慢趕的，不料竟在藍關這裡遇上了！實在太巧了！」他左右四顧，「您怎麼……就這一輛車？」

「我知道今天會有大雪，故而讓其他人在灞橋驛歇宿，待雪停後再出發。」

「那您自己……」

韓愈重重地歎了口氣：「皇命不可違，我須盡速趕往潮州赴任。」

還說什麼赴任！韓湘心中感慨。

早傳得沸沸揚揚了：叔公因爲上了一份〈諫佛骨表〉，立阻皇帝奉迎佛骨，觸怒天顏，被聖上貶謫到潮州去任刺史。潮州乃嶺南蠻荒之地，叔公此行的艱難坎坷可想而知。才剛上路又遇大雪，難道眞是天道不公嗎？

兩人沒說幾句話，圍觀眾人等得不耐煩，又紛紛叫嚷起來。韓湘不欲與他們囉唆，便捋起袖子去推車，想給那匹老馬幫個忙。怎奈車載太重，他費了吃奶的勁，車輪仍然在溝中卡得死死的。

「叔公，您裝的什麼這麼重啊？」

「都是書……」

韓湘正欲哭無淚，從旁邊伸過來幾雙大手：「讓我們來。」回頭一看，原來是幾個剃光頭的胡人，都穿著黃色的僧袍，一望便知是趕去長安觀迎佛骨的胡僧。

胡僧們身強力壯，幾下便將馬車推出了溝渠。

韓湘連忙道謝，胡僧們還過禮便繼續上路了。堵了半天的人們也忙忙碌碌地趕上去，剛才還擠成一團的藍關山道上，轉眼就只剩下韓愈這一輛馬車了。

韓湘遙望眾人的背影，感歎：「人心不古啊。沒想到最後還是幾個胡僧出手相助。」

韓愈說：「你也快走吧，再晚就來不及進長安城了。」

「我又不想去看什麼佛骨。」韓湘笑道，「我還是送叔公出了秦嶺再說。」

「不行！你必須立即去長安！」

韓湘詫異地看著叔公烏雲密佈的面孔。

韓愈沉聲道：「我在〈諫佛骨表〉中寫：『事佛求福，乃更得禍』，又曰：『事佛漸謹，年代尤促』。聖上認爲我是在咒他死，因而龍顏大怒，幾乎要殺了我。他卻不知，我所說的句句發自眞心。我並非是要詛咒聖上，而是在爲他擔心啊！那佛骨是什麼？那是『枯朽之骨，凶穢之餘』，怎麼可能不帶來災禍呢！韓湘，現在我命你速去京城，仍住在我的宅邸中，密切關注迎佛骨之事，若發現任何異況，就立刻設法與裴相公聯絡，爲聖上祓除禍端吶！」

「這……」韓湘怎麼也沒料到，送叔公還送出這麼一檔子任務來。自從元和十二年被韓愈逐出府後，他已經整整兩年未曾踏入長安城了。裴玄靜和崔淼等人的遭遇令韓湘對世道人心失望透頂，只想從此遠離塵寰，遁入深山修道。他從心底裡不願再沾手任何是非，但這會兒要拒絕吧，叔公滿臉的憂國憂民之色又讓他挺爲難。

見韓湘還在猶豫，韓愈抖抖索索地從袖囊中摸出一支筆來，道：「方才你們推車之時，我於腹中草就一詩。今天你特意來送我，我便以此詩相贈吧。」

他示意韓湘將袍服下襟舉平，在上面一揮而就：「一封朝奏九重天，夕貶潮州路八千。欲爲聖朝除鄙事，肯將衰朽惜殘年。雲橫秦嶺家何在，雪擁藍關馬不前。知汝遠來應有意，好收吾骨瘴江邊。」

韓愈每寫完一個字，便有雪花落在上面，暈出淚跡一般的淡淡墨痕。

韓湘情不自禁地叫了一聲：「叔公！」

再看韓愈，已然老淚縱橫。韓湘的心頭一熱，雙膝跪倒在雪地上，朗聲道：「請叔公放心，湘即刻入京，全按叔公的囑咐辦。」

直到韓湘的背影消失在大雪中，韓愈仍佇立在山道上，久久凝望著長安的方向，口中念念有詞：「願天佑大唐，聖上，您千萬千萬要保重啊！」

藍關道上飛雪呼嘯，將他的身形塑成了一尊蒼勁的白色雕像。

爲了趕在暮鼓前進長安城，韓湘快馬加鞭，頂風冒雪出了秦嶺。快近長安時，雪倒是止住了。天空越顯陰霾，鉛一般的暮色沉甸甸地壓在春明門的城樓上，蒼穹一片混沌，若明若暗，眞像是有什麼詭譎凶險的東西在天的盡頭集結。

此刻集結在春明門下的，卻是烏泱泱的人頭，全都是想趕在最後一刻入城的百姓。暮鼓響起來了。

人群越發騷動不安，拚命往城門內擠。韓湘發現，今天城門口的金吾衛數量明顯多過平時，但因盤查也更加嚴格，每放行一個人都要耗費時間，所以城門外積壓的百姓越來越多。

陰冷刺骨的空氣中瀰漫著一股極度的緊張感，彷彿弓弦繃到了將斷之時。

韓湘只覺莫名驚詫，難道這就是迎佛骨的前夜嗎？在他的記憶中，長安城從未有過如此古怪的氛圍，更何況尙在新年佳節裡。爲什麼一切都讓人感到無端的恐慌？

突然，城門前起了一陣喧譁。

緊接著，幾個胡僧被金吾衛推搡出了入城的隊伍：「沒有通關文牒不得入城，快滾！」

韓湘定睛一瞧，那不正是在山道上幫忙推車的幾位嗎？

他連忙擠過去：「幾位師父，發生了什麼事？」

胡僧們也認出了韓湘，異口同聲地嚷起來：「哎呀郎君，我們遇上賊啦！」

「賊？」

「我們幾個的通關文牒突然都不見了，這一路上都帶得好好的，怎麼就丟了呢？」胡僧們都快哭了，「明天就要迎佛骨了，我們卻入不得京城，這可如何是好啊！」

韓湘說：「再找找？就算是賊，偷你們的通關文牒又有何用呢？」

「全身上下都找遍了呀。我們是出家人，沒什麼財物，偏丟了最要命的通關文牒，唉！」胡僧們急得捶胸頓足。

韓湘想了想，道：「別急別急。進不了城沒關係，我給你們出個主意，今夜趕緊從城外繞到南面的明德門。明天佛骨從鳳翔一路迎入長安時，將先通過明德門進京城。你們在那裡等候，拜迎佛骨不也是一樣嗎？」

胡僧們破涕爲笑：「郎君說得有理。多謝郎君指點，那我們這就去了。」

「快去吧。」

「阿彌陀佛。」胡僧們向韓湘鄭重道謝，便繞向南而行了。

總算幫上人家一點小忙，權作報答吧。韓湘的心情略微舒暢了些，趕緊又擠進入城的隊伍裡。終於在暮鼓敲完之前，最後一個被放進了城。

闊別兩年的帝都長安。

儘管城門戒備森嚴，城中卻未按時宵禁。這是慣例，每年從除夕到上元節的這段時間裡，金吾衛們都會網開一面，暮鼓敲過以後並不立即關閉坊門，而是放任百姓繼續採辦年貨、走親訪友、飲酒作樂，盡情享受新年佳節。到了上元節這一天，更是通宵狂歡，之後才恢復正常的宵禁制度，年也就算過完了。

韓湘打馬向靖安坊中的韓府而去。已經入夜，坊街上的行人依舊熙熙攘攘，兩側的店鋪高高挑起大紅燈籠，家家戶戶生意興隆，人人臉上喜氣洋洋。

此情此景與傍晚時分的春明門外截然不同，韓湘有些困惑了，難道是自己杞人憂天？

待到韓府，卻又是另外一番景象。到處冷冷清清，院中漆黑一片，只有留下看家的僕人在耳房裡亮著一盞小油燈。

韓湘向僕人要了一個燈籠，正打算回原先住的房間歇息，僕人抄起牆邊的一把鐵鏟遞過來，韓湘奇道：「這是要幹嘛？」

「郎君有所不知，最近長安城裡鬧賊鬧得可凶呢，聽說還出了個飛天大盜，能飛簷走壁，穿牆入院。我這不是讓您防著點嘛。」

「瞧把你緊張的。」韓湘失笑，「哪次年關前後不鬧賊？再說長安城中遍地的豪門富戶，飛天大盜偷到清貧如斯的韓府裡來，也太沒眼力見了吧？」說著一拍腰間的佩劍，「我有這個呢，用不著你的鐵鏟。」

「哎喲，那個飛天大盜可奇呢，不愛偷值錢的東西……」僕人還在嘟囔，韓湘已經提著燈籠走了。

穿廊過院時，只見雜物散落了一地，可見叔公走得有多麼匆忙。回到房中，卻冷得像個冰窟。韓湘坐在滿是灰塵的榻上發呆，心中五味雜陳。

今夜肯定無法入睡了。

明天就要迎佛骨了，究竟會發生什麼？叔公爲何肯定將有禍事降臨大唐，甚至危及到皇帝的性命？

但不管怎樣，韓湘都覺得自己很難有所作爲。藍關山道上一時衝動答應了叔公，此刻冷靜下來，韓湘開始後悔了。

外面又下起小雪來，韓湘踱到院中，想吹吹冷風清醒一下。突然，他發覺韓愈書房的方向有亮光。

韓湘一驚，眞來賊了？

他躡手躡腳地摸過去。韓愈的書房門虛掩著，有一個人影背朝外，正俯身在書案上。

韓湘把住門，右手緊握劍柄，厲聲喝道：「什麼人？」

那人的背影一滯，似乎也嚇了一大跳。

韓湘又喝了一句：「轉過身來！」

他緩緩轉過身，卻是一張文人的臉，面黃肌瘦，鬚髮灰白，還佝僂著背，整個一副未老先衰的樣子。

韓湘倒拿不準了：「你……是誰？怎麼會在我叔公的書房中？」

「你的叔公？」那人的神情略微鬆弛下來，「哦，在下李復言，是韓夫子的門客。前些日子回鄉一趟，今天剛回來，誰知夫子已經走了。」

「原來如此。」韓湘也鬆了口氣。他並不記得叔公的門客中有這麼一個人，不過自己離開兩年多了，此人想必是後來的。

「我是韓湘，也是今天剛回府裡來的。」他大咧咧地朝李復言拱了拱手，「叔公被貶去潮州，我只道門客們全作鳥獸散了。不想還能遇上李兄——誒，你在做什麼？」

李復言道：「我見府中人去樓空，本無意久留，又想起離開前曾將幾篇拙文交予夫子評閱。文固粗陋，也是在下的心血，便來夫子書房裡翻找，想把那幾篇文章帶走，卻驚擾了公子，還望見諒！」說著，深作一揖。

「客氣什麼。」韓湘問，「文章找到了嗎？」

李復言搖了搖頭，顯得有些懊喪。

韓湘的疑慮既消，便想與此人攀談幾句，聊度漫漫長夜。他的性格本是自來熟，從不刻意防範他人，於是往旁邊的榻上一坐，笑道：「那你接著找，我在這裡陪你。」

李復言瞥了韓湘一眼，便又埋頭翻找起來。韓湘閑極無聊，索性對他講起白天在藍關道上遇到韓愈的經過，還把韓愈贈給自己的那首詩一字不差地唸了一遍。當然，韓愈所說皇帝即將遇到災禍的話，他並沒有提及。

李復言邊找邊聽，並不搭話，只是時不時發出幾聲壓抑的低咳。他咳時背駝得更加厲害，瘦削的身體在袍子裡直晃，看上去簡直弱不禁風。

韓湘不禁替他擔心起來：「李兄是不是病了？要不先歇著，明天再找吧。」

「我沒事。」李復言掩口咳了好一陣方止，緩了緩，低聲道：「你來看這個。」

「什麼？」韓湘湊過去。

李復言把一張詩箋送到韓湘的眼皮底下：「這首〈華山女〉應該是夫子的詩，一開頭便抨擊了佛法。」

「〈華山女〉？」韓湘一眼便認出了叔公那特有的雄渾筆跡，遂從頭唸起，「『街東街西講佛經，撞鐘法螺鬧宮廷。廣張罪福資誘餌，聽眾狎恰排浮萍。』果然是罵佛經俗講的，罵得痛快！」再往下唸，「……『華山女兒家奉道，欲驅異教歸仙靈』……」韓湘的眉頭緊蹙起來。

及至唸到「天門貴人傳詔召，六宮願識師顏形。玉皇頷首許歸去，乘龍駕鶴來青冥」這幾句時，韓湘徹底驚呆了。

韓愈在這首名爲〈華山女〉的詩中，明明白白寫著一個女道士因美貌和眞訣受到皇帝的青睞，被召入宮中，從此深藏於青冥之中，乃至「雲窗霧閣事恍惚，重重翠縵深金屏。仙梯難攀俗緣重，浪憑青鳥通丁寧」。

旁人未必能看得出來，但是韓湘立即斷定，叔公筆下的這位「華山女」正是裴玄靜！距他們共同追尋〈長恨歌〉的謎底，已經過去整整兩年了。那時候崔淼慘死，禾娘與李彌下落不明，裴玄靜跟著裴度回到長安後，從此音訊杳然。韓湘曾多次向叔公打聽過，最終得到的回答是：裴玄靜到一處不爲人知的所在，隱居修道去了。

韓愈沒有說實話！原來裴玄靜是被皇帝鎖入了大明宮中，從而與世隔絕的！

她現在怎麼樣了？她還好嗎？兩年來她都遭受了什麼？有沒有可能再見到她？進了大明宮那種地方，她這輩子還能出得來嗎？

「韓郎，你怎麼了？」李復言問。

「哦，」韓湘勉強一笑，「我看這首詩的紙墨俱新，像是叔公不久前才寫的。」

2

「段成式！段成式！」

郭浣在段成式的門外一疊連聲地叫著，屋內卻始終毫無動靜。郭浣急得在廊簷下團團轉，伴隨著「咚咚咚」的腳步聲，紛紛積雪從蓮花紋瓦當的縫隙間落下，落到他那顆白白胖胖的大腦袋上，像極了麵粉撒在蒸餅上。

廊下的侍女忍不住竊笑起來。

郭浣大沒面子，邁前一步便嚷：「段成式，你再不出來，我現在就去找段翰林，把咱們上次在驪山行獵時發生的事，全都告訴他！」

「你想幹什麼？」

房門頓開，段成式陰沉著臉站在門內，兩隻眼圈烏黑。

「我……就想叫你明天一起去看佛骨嘛……」見到段成式，郭浣的氣焰頓時矮了一大截。

「我說了沒興趣！你自己去吧！」段成式又要關門。

郭浣一把扯住他的衣袖：「還有那件事呢？」

「哪件事？」

郭浣可憐巴巴地瞧著段成式，不說話。

兩人大眼瞪著小眼，過了一小會兒，段成式歎口氣道：「走吧。」

「去哪兒？」

「煉珍堂，我讓膳婆婆做碗豬肉羹給你吃。」

郭浣嘟囔：「我又不是專門來吃豬肉羹的。」

「你到底去還是不去？」

郭浣把頭一低，乖乖地跟上段成式。雖說身爲皇帝的親外甥，但家中的廚子就是做不出段府的這碗豬肉羹。嗯，連大明宮中的御廚都做不出來呢，所以爲了一碗羹折腰，郭浣並不覺得丟人。

段成式家的廚房雕梁畫棟，門口還掛著翰林大學士段文昌親題的牌匾，上書三個大字：「煉珍堂」。不知道的人乍一看，眞會以爲到了段府的藏寶樓。相熟的人卻道名副其實，因爲「煉珍堂」中的確滿是奇珍美饗。

現如今段文昌深受皇帝的重用，仕途順遂，連衣食住行也格外講究起來。段成式更是名聲在外，才滿十五歲就已經被譽爲長安城中最瀟灑、最有品味、最會吃喝玩樂的貴公子了。

「鮮衣怒馬少年時，一日看盡長安花。」這樣的詩句就像是爲段成式度身訂做的。十五歲束髮之後，父親明顯放鬆了對段成式的管束，似乎認爲他到了合該鬥雞弄狗、射獵打球的年紀。相比同齡的夥伴，段成式聰慧而多思，有時過於敏感，偶爾還顯得有些孤僻，所以段文昌希望他能更多地呼朋結友，培養出豪邁的陽剛之氣來。其實段成式身上這種清高的風流，頗有武元衡當年的神韻，才是多少人求之不得的。

小主人一聲令下，段家的頭號大廚膳婆婆趕緊親自現做豬肉羹。豬肉羹煮熟還需要點時間，段成式便讓僕人在廊簷下擺了兩個盤花織錦的絨墊，自己和郭浣一人一個坐上。中間鋪一條波斯花氈，再用紅泥小火爐溫一壺酒，邊飲邊等。

段成式先自斟了一杯，一仰脖乾了。抬起頭時，就見廊下燈籠的紅光中，小小的雪花紛紛飄搖，好似舞動的白色精靈。雖是雪夜，卻一點不覺嚴寒，反而顯得溫暖綺麗，就像他幻想中的世界，隨時會有奇蹟發生。

「你有心事？」郭浣輕聲問。

段成式搖搖頭，舉起酒杯向郭浣示意。兩人各自乾掉一杯，郭浣鼓起勇氣：「所以那件事……」

「你煩不煩吶！」段成式突然發作了，「我就弄不明白了，你爹是京兆尹，手上有那麼一大幫子金吾衛，都不去抓飛天大盜，反而來找我！我憑什麼呀！」

「哎呀，你小聲點兒！」郭浣連忙看了看左右，「我爹爹不是在忙佛骨的事情嘛。呃……其實我是覺得那個飛天大盜，更配你的胃口！」

「哪裡配了？」

「你沒聽說嗎？飛天大盜長著青面獠牙，會變身，一會兒是一個人形，一會兒又變成兩個、三個……哦，對了，據說他被發現時，還會噴出一股子狐騷味熏人，再伺機逃走，所以大家都在猜，飛天大盜其實是一隻狐狸精！」

段成式直勾勾地盯著郭浣。

「……你不是最愛鬼啊、妖怪啊、狐狸精啊什麼的嗎？」郭浣被他看得心裡發虛。

幸好膳婆婆及時端上來兩碗熱氣騰騰的豬肉羹，光那股香味就勾得人直冒口水。兩人旋即埋頭大吃，都顧不上說話了。

等兩只碗都底朝天了，郭浣見段成式的臉上有了點光彩，趕緊從懷裡掏出一沓紙遞過去。

「這是什麼？」

「是飛天大盜的案卷。」郭浣殷切地說，「你就隨便看看，好不好？」

「這不是京兆府的公文嗎？你這都弄得出來？」

郭浣「嘿嘿」一笑。別看這小胖子外表憨厚，也有屬於他的狡黠。比如能把父母哄得言聽計從這一點，段成式就望塵莫及。

段成式橫了郭浣一眼，將案卷塞進懷裡。郭浣大大地鬆了口氣。

段成式又對著雪花出了會兒神，突然問：「聖上最近怎樣？」

「聖上？沒怎麼樣啊？」

「你阿母還時常入宮嗎？」

「當然啦。」

「那她有沒有提起聖上的情況？比如說，聖體安康與否？或者……」段成式思忖著道，「性格是否有什麼變化？」

郭浣被問糊塗了：「性格變化？沒聽說啊。只聽說最近越發暴躁了，動不動就要砍人的腦袋，連韓夫子都差點兒被問斬咯。哎，其實也沒眞殺了誰。聖上就是這樣，脾氣發完也就好了。至於聖躬嘛……你知道的。」他用大拇指和食指、中指，做出捏著什麼東西的樣子，比畫著往嘴裡一送，又朝段成式意味深長地搖了搖頭。

「行了。」段成式說，「你要我幫忙的這件事，我得再想想。明天你看完佛骨，就去東市的老地方等著，咱們在那兒碰頭。」

郭浣心滿意足地走了，段成式又把自己關進房中。他仰面躺到榻上，但只要一閉起眼睛，那個可怕的夜晚便撲入腦海之中，趕也趕不走——

就在五天前，爲了追趕一頭負傷的山豬，他們縱馬奔入驪山的最深處。嚴冬的天黑得特別快，當山豬終於被矛刺穿脖子，倒地不起時，密林中已經暗得辨不出路徑了。因爲有多次驪山圍獵的經驗，所以大家並不慌張。扈衛點起火把，圍護著獵手和獵物，由獵犬帶頭向山腰處奔去。

密林豁然而開，月光照在一整片綿亙起伏的宮闕上。犬吠聲聲中，還能聽到泉水汩汩流動。這裡便是他們夜獵驪山的宿營地——華清宮。

驪山入口處有龍武衛駐防，不過段成式他們都是貴胄子弟，特許入禁苑圍獵。宮闕已凋蔽了數十載，曾經飄逸過楊貴妃體香的湯池中長滿了青苔，斷壁殘垣間遍佈蛛網，唯有脈脈溫泉依舊流淌著。寒夜的深山中，只有此地能保證他們不受凍。夜獵時在華清宮宿營，正是段成式的主意。

在溫泉邊的宮牆下面搭起帳篷，眾人說笑著分吃了烤野豬肉，便各自倒頭睡去。火堆「劈啪」作響，襯出山野的寂靜。

待眾人都睡熟之後，段成式悄悄鑽出帳篷，沿著宮牆小跑起來，很快便找到一處缺口翻了進去。

舉目盡是殿宇樓台的黑影，段成式循著流動的溫泉前行。在早已死亡的宮闕中，尚有活著的泉水，又在滴水成冰的冬季裡，這一切多麼像一場不可思議的夢。

不知走了多遠，段成式聽到前方傳來吟詠之聲：「玉碗盛殘露，銀燈點舊紗。蜀王無近信，泉上有芹芽。」

一座石亭立於溫泉上，月光照得亭中之人遍體霜色，蒼白得近乎透明。見到段成式，他先咳了幾聲，方招呼道：「你來了，我還以為你不會來。」

「年關已至，這是今冬的最後一次行獵。再入驪山，就要等來年開春了。」

「原來如此，看來我們約得巧了。」

「是很巧。早一天或者晚一天，你我都見不到面。」

「那就抓緊時間吧。」那人舉起一個黑色的布袋子，「得委屈段郎一下了。」

什麼都看不見了。馬車一路顛簸，忽上忽下，好像始終盤走在山道上。起初段成式還試著計算時間，又想憑聽覺判斷路徑，但很快發現均是徒勞。漸漸地，他對方位和時間都失去了把握，只覺得全身骨節都快顛散架了，周遭變得越來越冷，就連對面不時發出的咳嗽聲也聽不見了……恐懼感油然而生。

段成式再也忍耐不住，伸手去扯頭套。

「段郎！」五根冰涼的手指牢牢扼住段成式的手腕，「你想幹什麼？」

「我、我以為你不在了，想找你……」

「段郎說笑了。馬車行進之中，我又能去哪裡，不過是打了個盹。」

段成式咽了口唾沫：「還有多遠？」

「不遠了。」他的語氣中充滿嘲諷，「請段郎少安毋躁，小睡片刻便是。到時，我自會叫你。」

段成式只得乖乖坐穩。馬車仍然走個不停，眼睛不管睜著還是閉著，看到的永遠是漆黑一團。段成式終於無法分辨，自己究竟是醒著還是已經睡去了……

所以此後見到的人，以及聽到的故事，會不會就是一場噩夢呢？

段成式一骨碌翻身坐起，盯住案上寫滿字的紙。從頭至尾再讀一遍，他情不自禁地舉起雙手，緊緊地抱住了腦袋。

不，這麼生動的細節，這麼詭異的氣氛，還有這麼恐怖的情節，絕不可能是從一場夢中獲得的。他甚至還能清晰地回憶起辛公平那副奇怪的嘶啞嗓音、殿堂中陰冷刺骨的穿堂風，以及風中若隱若現的血腥味……

段成式提起筆，努力定一定神，在紙上寫下五個字——〈辛公平上仙〉。

只要起好名字，這個故事就正式成爲段成式筆記中的一則了。志怪筆記，是段成式已經做了一年多的大事。他四處搜羅打聽，收集各種怪、力、亂、神的故事，再將它們加工整理後寫下來。截至今日，筆記中的故事已經超過了一百則。最近的一則故事，就是〈辛公平上仙〉。

正是這則〈辛公平上仙〉的故事，卻彷彿讓段成式陷入了一個巨大的謎團之中。他甚至覺得，就連自己也變成了這則黑暗故事的一部分。

段成式完全不記得後來是如何返回營地的。當他清醒過來時，發覺自己躺在業已熄滅的火堆旁，全身都凍得僵硬了。他支撐著爬進帳篷，同帳篷的郭浣驚醒了，段成式讓他幫忙撒謊掩蓋，隨即便燒得神志不清了。

段成式在家裡躺了兩天才恢復過來。開春前再也不可能去驪山了。待到開春之後，驪山將會徹底變成另外一個樣子。華清宮的廢墟中，盛開的野花和滋生的雜草將鋪天蓋地蔓延開來，把最後一絲殘存的痕跡都抹去。

辛公平和他所講的「鬼故事」，從此就只存在於段成式的筆記中了嗎？

可是不對啊！

段成式盯著自己的筆記——什麼鬼故事，這裡記敘的分明是一件血腥的弒君兇案！匕首、寒光、從碧玉輿上不停滴下的鮮血……說得還不夠直白嗎？

可問題是，皇帝好好地活在大明宮裡呢。難道這個自稱辛公平的人是在胡說八道嗎？他為什麼要這樣做？弒君之罪株連九族，散佈弒君的謠言同樣是死罪。此人費盡心機地講這樣一個可怕的故事給段成式聽，到底居心何在？

假如弒君之事不實，那麼這會不會是一個預言、警示，甚至詛咒呢？

段成式的呼吸急促起來。

不論是預言、警示，還是詛咒，自己是不是都應該採取一些行動？要不要設法讓皇帝知道，他的生命可能正受到威脅？

怎麼做呢？把〈辛公平上仙〉的故事講給父親聽，請他轉達皇帝？

段成式搖頭苦笑。前不久，皇帝才因為韓愈在〈諫佛骨表〉中說了幾句佞佛早死的話，就差點把這個耿直的夫子給斬了，難道自己還想害了父親不成？

而且段成式覺得，假如父親聽了這個故事，不僅不會上達天聽，反而會認為兒子徹頭徹尾地瘋了，說不定從此連家門都不讓自己出了。

僕人在外面敲門，請小郎君去前堂用晚飯。段成式忙把寫著〈辛公平上仙〉的手稿塞到一大堆字紙下面，便匆匆離開了。

再回房已近亥時，僕人早在暖閣中點起熏籠，屋裡溫煦如春，馨香陣陣。段成式愜意地靠到榻上，拿起郭浣送來的飛天大盜案卷翻看，卻怎麼也沒法集中精神，看了半天仍不知所云。其實郭浣想得沒錯，段成式本應對飛天大盜特別熱衷的，只是現在……段成式懊喪地扔下案卷，還是忍不住從紙堆裡把〈辛公平上仙〉掏了出來。

再讀一遍罷，段成式的感觸卻變了。

因爲他有了一個新的發現：在上仙的整個過程中，除了辛公平和王臻這干迎駕者，其他人都神志不清，像是被下了咒語，又像是在夢中遊蕩。唯獨皇帝本人，不僅認出了迎駕的陰兵陰將，而且眼睜睜地看著匕首來到自己面前，並任由其奪去了性命。自始至終，他都是唯一一個清醒的人。

所以，他肯定害怕極了，因爲他知道自己躲不開；他也肯定孤獨極了，因爲滿殿的侍衛、奴婢和臣子，卻沒有一個能夠保護他。

在最初的恐懼之餘，段成式從〈辛公平上仙〉的故事裡，又悟出了深深的無奈和刻骨的悲哀。

段成式還是頭一次認識到，人生中最大的不幸並非死亡，而是不得不獨自面對死亡，身邊卻連一個可以傾訴、可以求助的人都沒有。

3

韓湘被晨鐘聲吵醒。

他從書案上抬起沉甸甸的腦袋，窗紙上泛著朦朧的晨光，屋中依舊黑黢黢的。蠟燭早就滅了，青瓷燭台上結了一堆厚厚的燭淚，像座紅色的瑪瑙山。

韓湘揉著脹痛的太陽穴，回憶起昨夜的情景。他不記得自己是何時睡著的，那個名叫李復言的門客亦蹤跡皆無，想必早就離開了。

燭台邊還擱著那首〈華山女〉，韓湘拿起來重讀一遍，昨夜的驚喜卻轉為惆悵——知道裴玄靜在宮中又如何？自己什麼都不能為她做。

院牆外，人聲越來越嘈雜。百姓們一大早就趕去朱雀大街佔位子，準備迎佛骨了。

元和十四年正月十二日，佛祖釋迦牟尼的眞身指骨舍利，自法門寺迎入帝都長安。

從鳳翔到長安有將近三百里的路程。佛骨拂曉離開法門寺，到達長安城外時已過了午時。當綿延數里的儀仗遠遠出現在官道盡頭時，長安城內外都沸騰起來。從日出起就等候在大道兩旁，已經虔誠跪拜了幾個時辰的人們再也控制不住情緒，紛紛呼號叩首，淚流滿面，不少人甚至嚎啕大哭起來。

禁軍衛隊和佛門護法組成的儀仗隊，擁護著一座金輦緩緩穿過長安正南面的明德門。供奉佛骨的七寶塔在金輦上熠熠放光，長安城中三千街鼓齊聲鳴響，香燭的煙火升騰九天。朱雀大街的兩側，充塞著寶帳和香輿，幾乎水泄不通。五彩的旗幡之間，擁擠著不計其數頂禮膜拜的人頭。

金輦所過之處，有人焚頂燒指，有人解衣散錢，行跡幾近癲狂，周圍的人們卻絲毫不以爲異，反而爭先恐後，競相效仿。

及到夜幕快要降臨時，佛骨才算走完了一整條朱雀大街。由朱雀門進入天街，再由天街經過丹鳳門入大明宮。接下去的三天裡，佛骨將在禁中接受皇家的供養。正月十五日上元節後，再送入長安各大寺廟，以供民眾參拜敬奉。

靖安坊位於朱雀大街的東側，位置差不多正好在南北向的大街中段，所以佛骨一個多時辰前就經過了。圍觀的人們陸續散去，也有些繼續跟著佛骨向北而去。更有不少人還留在原地，朝著大明宮的方向三跪九叩。龍首原上暮色低沉，重重宮闕在煙雲深處露出朦朧的身影，宛若九天仙境，如夢似幻。

這就完了嗎？

韓湘興味索然地朝韓府走去。在這一整天裡，他看夠了百姓們禮拜佛骨時的瘋狂，只覺滋味難言。想不到民眾的心中竟埋藏著如許悲苦。那些自內心迸流而出的眼淚，究竟是對死的恐懼，還是對生的絕望？究竟是因爲信，還是因爲惑？

叔公肯定是不願親眼目睹這番「盛況」，所以才非要趕在佛骨入京前離開吧。但直到現在，對於韓愈所強調的禍端，韓湘仍然毫無頭緒。

因爲人群都聚集去了朱雀大街，靖安坊中倒比平日更清靜。韓湘只顧埋頭走路，快到韓府門外時，冷不丁撞上一個人。

「是你？」

因緣際會，當初裴玄靜破解〈璇璣圖〉一案時，韓湘和段成式曾碰過幾面。那時在韓湘看來，段成式還只是個半大的孩子，所以不怎麼放在眼裡。一晃兩年多過去了。今日一見，段成式的個頭躥了不少，人也壯實了，唇上還長出了淡淡的黑色絨毛。因是新年佳節裡，段成式穿著一身大紅的圓領袍，頭頂進賢冠，腰束金粟帶，儼然已是一位蜂腰鶴背、俊秀挺拔的少年郎君了。

韓湘不禁露出微笑，段成式也認出了韓湘，連忙與他見禮。

寒暄幾句後，韓湘隨口問：「段郎也去看佛骨了嗎？」

「沒有。」

韓湘頗感意外，這可不太像以好奇心聞名的段成式。

段成式遲疑了一下，解釋道：「我……剛從家裡出來。」

「哦。」韓湘恍然想起：段府，也就是當初的武元衡宰相府與韓府同在靖安坊中，離得不算遠。韓愈的宅子是三年前升官後才買的，韓湘總共沒住過幾天，所以對周圍的環境並不熟悉。

他正琢磨著，突聽段成式在問：「韓郎，貴府這些天有沒有失竊？」

「失竊？」韓湘訝異，「何來此問？」

「韓郎剛回京城，大概還沒聽說飛天大盜吧？」

「倒是聽看家的僕人提起過。我以爲他是誇大其詞。怎麼，還當眞有這麼一位飛簷走壁的大盜？」

段成式說：「是啊，都鬧騰了大半個月了，傳得沸沸揚揚的，什麼說法都有。我想著韓夫子闔家離開京城，府中空虛，故而特意提醒韓郎一句。」

「多謝段郎好意。」韓湘答道，「不過叔公向來清貧，家中僅有的一些貴重之物，這次也都隨身帶走了。飛天大盜要是眞來府裡行竊，恐怕要失望咯。」說著自己也笑了出來。

段成式卻一本正經地說：「那可不一定。夫子的筆墨才是最值錢的，若是碰上有見識的盜賊，還真不好說呢。況且……」頓了頓，又道：「聽說這飛天大盜蹊蹺得很，從來不偷金銀財寶。」

韓湘奇道：「那他偷什麼呀？」

「他偷……」段成式突然又住了口，機靈的目光在韓湘臉上轉了個圈，笑問：「韓郎，你今天晚上有事嗎？」

「我？」韓湘將兩手一攤，「我現在長安孤身一人，能有什麼事啊？」

「韓郎若是沒有別的安排，我請韓郎去吃酒。」

他說得這般瀟灑，聽在韓湘的耳朵裡，卻還是故作大人的口吻。韓湘正在忍俊不禁，心中突然一動——裴玄靜。

昨夜的新發現還沒有機會證實，段成式會不會知道她的一些近況呢？很有可能，畢竟他的外祖父是武元衡，而他的父親段文昌也正受到皇帝的重用。

「恭敬不如從命，」韓湘衝段成式一抱拳，「那我就先謝過段郎了。」

刻把鐘後，韓湘隨段成式騎馬來到東市的一處酒肆——薈萃樓。

新年節慶期間的特例，東市在暮鼓後繼續開放，酒肆飯鋪均張燈結綵，客人川流不息，一直要經營到子時方休。

薈萃樓中紅氈鋪地，赤橙黃綠紫的五色彩錦從三樓中庭一直懸下，宮燈和明燭交相輝映，渲染出一派烈火烹油般的喜慶氣氛。

韓湘記得皇帝下過旨，要求長安百姓在奉迎佛骨的當天禁酒茹素。但此刻薈萃樓中酒香混著肉香撲鼻而來，似乎並沒有人把聖令當回事。

段成式熟門熟路地把韓湘帶上三樓。與下面兩層敞開式的大堂不同，這一層樓上全是一個個的雅間，彼此以雕花木扇分隔開。每個雅間的門前垂著織錦的帷簾，還設有一座彩繪的豎屏擋住外人視線，使雅間內部更加優雅私密。

一路走過，韓湘見一扇扇的豎屏上有的畫著簪花侍女，有的畫著青綠山水，筆法都相當不錯，心中正讚歎著，段成式在最靠裡的雅間門前站住了。

他將右手一抬，聲音中帶著自豪：「請韓郎入我的鬼花間。」

鬼花間？

韓湘還沒來及問這三個字是什麼意思，便驚訝地看到，這個雅間門前的豎屏上只蒙著一張雪白的素紙，素紙上用黑墨畫著一朵盛開的鮮花，花芯中央還畫有類似人的五官，好像正在展顏微笑。圖畫得挺稚嫩，與其他雅間門前的屏畫技巧不可同日而語，卻呈現出一種奇異的詭譎之美。畫旁提著一行小字：「鬼花不語，頻笑輒墜。」

段成式在韓湘的身邊輕聲說：「我聽大食的客商說起，在大食西南兩千里，另有一國。該國的山谷裡生有異樹，枝上開花形似人面。當有人經過向花問路時，花上的人面會露出微笑，笑而不語。笑著笑著，花便凋落了。」他抬起頭，也露出微笑，「是我自己給這種花起名叫鬼花，並把它畫在我的包間前面的，讓它笑對所有進來的人。」

韓湘聽得詫異，又覺這故事中有種讓人莫名觸動的地方，正要開口，一個人影從鬼花豎屏後面蹦了出來：「段成式，你怎麼才來呀？我等了你好久……」他突然看見韓湘，忙把後面的話咽了回去。

「韓郎請進吧！」

段成式請韓湘進雅間坐下後，才為他與郭浣引見。韓湘早就聽說過郭浣的家世，今日一見倒也憨實可愛，只是渾身上下穿戴得太過奢華，再加上圓滾滾的身材，怎麼看怎麼像一只珠光寶氣的大粽子。

好在郭浣心性大方，見韓湘是段成式介紹來的，便立即當作知交好友一般對待，毫無顧忌地大說大笑起來。

三人暢飲了一輪，韓湘感歎：「素來只知有山海間、水雲間，今日段郎的鬼花間，當真讓韓某大開眼界啊。」

郭浣說：「這可是段成式的常年包間，所以非要起一個與眾不同的名字！」

「常年包間？」韓湘打量段成式，「卻是為何？」

「因為段成式要收集鬼故事，又怕在家裡被他老爹教訓，故而躲到薈萃樓裡來幹這個勾當。」郭浣笑得前仰後合。

段成式瞪了他一眼，對韓湘解釋道：「薈萃樓中有來往各地的商人，還有許多異域客商，他們的故事最多最奇，所以我就在此包了個雅間，拜託酒樓的掌櫃夥計告訴客人們，如有關妖魔鬼怪的奇聞異事，就約到鬼花間來說給我聽。嗯，我都會付酬勞的，一個故事一百錢。」

段成式說得格外認真，韓湘卻只想笑，心中對這少年的好感陡然又增多了幾分。

段成式自豪地說：「我已經收集了一年多了。而今鬼花間的名聲在外，就算不是薈萃樓的客人，有好故事的也會自己找上門來。」

「好個鬼花間，」韓湘高高地舉起酒杯，「當浮一大白！」

又飲了幾杯，郭浣小心翼翼地問段成式：「那事兒你琢磨過了嗎？」

段成式道：「你先跟韓郎說一說吧。」

「哦。」

從郭浣的講述中，韓湘才瞭解到所謂飛天大盜的始末。

自從去年臘月以來，長安城中發生了一系列盜竊案。

按說年關前後，節慶活動繁多，民眾籌錢過年，而京兆府為了讓大家痛快過節，放鬆了宵禁等各項管制措施，所以多發生幾起盜案本不足為奇。但這次的竊案卻與往年的很不一樣。被盜的東西五花八門，卻沒有金銀、珠寶、絹、糧這些常見之物。有幾家藥鋪失竊了藥材；還有幾家屠戶報告被偷了剛宰殺的肥豬；更有一家綢緞莊失竊了一大堆儲存著用來漂洗料子的皀角。最最不可思議的是，鴻臚寺對面幾家供外國人下榻的館驛中，茅房周圍的泥地居然讓人偷偷刨掉運走了。

由於竊賊的手段高明、神出鬼沒，偷竊的東西又極其古怪，令人匪夷所思。民眾添油加醋地一渲染，就成了擾亂京城的飛天大盜傳奇大案了。

「不對啊。」聽到這裡，韓湘插嘴道，「既然被竊的物品沒什麼規律，竊賊又未曾留下太多線索，憑什麼說是同一個人所為呢？」

段成式回答：「據極少數的目擊者稱，有時看到的盜賊是一個人，有時是好幾個，但都青面獠牙的，外形十分相似；在被人發現的時候，還會發出一股狐騷臭，彌久不散。所以大家才猜說，飛天大盜其實是一隻會分身的狐狸精。」

京兆府的官員對於尋常竊案很有辦法，處理這起稀奇古怪的案子時就有點無從下手了。從除夕到上元節，長安城中各種節慶活動不斷，維持治安的壓力本來就非常大，這件案子奇則奇矣，並未造成重大的損失，事主也追究得不急，所以京兆府未曾下大力氣去查辦。直至皇帝一聲令下，全長安都爲了迎佛骨而忙亂起來，京兆府就更沒有餘力去理睬這起竊案了。

反倒是民間把飛天大盜越傳越離奇，越編越玄乎，成了大夥兒茶餘飯後的一大解悶話題。

就在兩天前，又有玄都觀的道士來報案，說是失竊了一批珍貴的道教典籍，請求京兆府盡速查辦。因在現場也聞到了狐臭味，所以推斷此案亦爲飛天大盜所作。本來京兆府還想拖到上元節後再辦，卻不料事情被直接捅到了皇帝御前。

「皇帝是怎麼知道的？」

郭浣憤憤地說：「還不是那個柳泌搞的鬼！」

「柳泌？哪個柳泌？」

「還有哪個柳泌呀！」

這可太讓韓湘意外了！早在兩年多前，柳泌不就因以邪道妖術蠱惑百姓，又企圖毀壞聖物玉龍子而獲罪，被罷免了台州刺史的官職，抓回長安還關進了天牢嗎？

「哼，關什麼天牢！」段成式恨聲道，「聖上將柳泌囚禁在宮中，仍命他給自己煉丹。想不到這傢伙還眞有一手，兩年丹藥煉下來，聖上反而越發離不開他了。不僅免去了他的死罪，前些日子竟又加封他爲國師了。」

韓湘目瞪口呆，本以爲柳泌肯定萬劫不復了，哪承想他居然還能夠死灰復燃。

郭浣氣鼓鼓地說：「這傢伙如今狂妄得不得了，那副小人得志的噁心嘴臉就甭提了，偏生他又惹到了我爹爹的頭上！玄都觀的案子一出，他就跑到聖上面前去進讒言，說什麼失竊的道經裡有孫思邈眞人的丹經，還有《太上聖祖煉丹秘訣》，都是僅存的孤本，他本打算好好研習了替聖上煉製仙丹的，所以必須得找回來。唉，聖上一聽這話就急了，限令我爹在十日內必須破案！可是你們想啊，佛骨今天才剛剛入城，金吾衛爲了保護儀仗的安全，幾乎傾巢出動。接下來馬上又是上元節，待上元節一過，佛骨還要在京城中的各大寺院接受民眾的供奉，我爹哪裡還騰得出手去查那幾本破經的下落啊！」

段成式冷笑道：「我看柳國師在乎的才不是那幾本經書，而是看不得佛骨的風光，想湊個熱鬧，在聖上面前爭顯自己有多麼重要吧。」

韓湘不禁在心中暗歎，由玉龍子而起的佛道爭端果然還是沒完沒了，自己和裴玄靜、崔淼等人不惜生命追求的眞相和公正，到頭來仍然落得一場空。

韓湘說：「孫聖人的丹經和《太上聖祖煉丹秘訣》雖然罕見，但也絕非孤本。據我所知，在天台山上的白雲觀中就有收藏。不過，馮惟良道長是絕對不會給柳泌看的。」他看著段成式和郭浣，似有所悟，「莫非你們二位是想……破這個案子？」

「對呀！」郭浣搶著回答，「我爹爹爲了佛骨分身乏術，又不敢違抗聖上的命令，正發愁呢。恰好我想到段成式最熟悉妖魔鬼怪，還有狐狸精什麼的，所以請他幫忙。」說著，滿臉熱忱地轉向段成式，「段成式，你這幾日可想出些端倪了嗎？」

「沒有。」

「什麼也沒有？」郭浣瞪大眼睛。

段成式又煩躁起來：「連你爹爹都辦不了的案子，憑什麼我就一定能有辦法？」

郭浣低聲嘟囔：「段成式，上回在驪山的時候，你是不是撞到鬼了？我怎麼覺得自打那次回來以後，你整個人都變了？」

「你才撞鬼呢！」段成式怒目圓睜。

「別吵別吵！」韓湘說，「我倒有個建議。」

四隻明亮的眼睛一起盯住他。

「我認爲眼下京兆尹最缺的，是一個斷案能手。段郎人雖聰慧，畢竟欠缺這方面的經驗，我倒想到了一個更加合適的人選。」

「誰？」

「裴煉師。」

郭浣愣愣地問：「哪個裴煉師？」

段成式的一雙眸子卻劇烈閃耀起來：「還有哪個裴煉師？」

郭浣這才「啊」了一聲。

段成式激動地問韓湘：「可我聽說煉師姐姐隱居修道去了，沒人知道她在哪裡啊！」

「據我所知，她應該是在……宮中。」

「宮中？」

「對，大明宮。」

「你是怎麼知道的？」段成式興奮難抑。

「機緣巧合，我也是剛剛才聽說的。」

「這……」段成式愣住了。

郭浣看看段成式，又看看韓湘，欲言又止。

段成式的眼珠接連轉了好幾圈，終於說：「我覺得，可以試試。」

郭浣問：「試……怎麼試？」

「很簡單，你就去向你爹建議，說裴煉師有能力辦理此案。至於煉師姐姐人在哪裡，是不是在宮中，你無須提及。」段成式道，「聖上最瞭解煉師姐姐的能力，如果他眞的有心破案，而煉師姐姐又確實在大明宮中，聖上定會考慮她的。」

「不行不行。」這下郭浣急紅了臉，額頭上也冒出鋥亮的汗珠，「阿母早就囑咐過我們，與裴煉師有關的事兒是聖上的大忌，能避則避。所以就算我去向爹爹建議她，我爹也絕對不敢跟聖上提的。你又不是不知道，近來聖上的脾氣越發暴躁了，一句話說得不遂心了，不管是誰立即降罪。所以……」

段成式逼視他：「所以，你早就知道煉師姐姐在宮中？」

「我不是……」郭浣躲避著段成式的目光，支支吾吾地說，「是、是有那麼一回，我好像聽見阿母偷偷告訴過爹爹……」

看來裴玄靜的確是被皇帝拘禁在宮中了！

一時之間，韓湘辨不清心中的感受是喜還是悲，是怒還是愁。

就聽段成式在怒斥：「好啊！這麼重要的消息，你居然一直瞞著我！」

郭浣哭喪著臉說：「你也從來沒問過我呀……」

「算了。」段成式道，「要不要向你爹去提，你自己看著辦。至於別的，我也無能爲力了。」

4

郭府所在的安興坊位於東市的正北面，靖安坊卻在東市的西南面。所以在薈萃樓前道過別，郭浣便與段成式、韓湘二人分道揚鑣了。韓湘和段成式相伴，縱馬向南回靖安坊去。

坊街兩側的大槐樹上，預備在上元節點亮的彩燈已經陸續佈置出來。性急的百姓早早地就在家門口掛上了奇彩紛呈的宮燈。每經過一個十字路口，都能看到工匠在金吾衛的監督下連夜搭建燈樹。

韓湘感慨道：「上元節時城中遍地火燭，最怕走水。然而奉迎佛骨又要燒香祈福，這兩件大事碰在一起，也眞是難爲了京兆府。」

「你說——會出事嗎？」段成式問。

沉默片刻，韓湘方道：「可惜我尙未修得未卜先知的能爲。我只知道，世間的一切都禍福相依，就如陰陽共生。有惡方有善，有悲方有喜，有黑暗才會有光明。」

「所以大明宮中有了柳國師，就會有煉師姐姐。」

兩人不覺相視一笑，心中似有萬語千言，卻又都小心翼翼地不說出口。

已經回到靖安坊了。夜更深，寒意侵人的街頭，燈火漸漸寥落，星光顯得比先前亮了些。長街上沒有一個人影，深不見底。

段成式舉起珊瑚馬鞭，指向前方：「我聽他們說，外公就是在那個拐角處遇害的。」

「是嗎？」韓湘勒住轠繩，舉目望去。他記得武元衡是死在元和十年的六月，那個最炎熱的夏季中。從那時起，幾度寒暑，參與刺殺武元衡的三個藩鎮只剩下平盧還在苟延殘喘，而其他人，不論敵或者友，很多都已經長眠了。

前塵舊夢，往事如煙。沒什麼能夠永恆，唯有大唐一次次度劫重生，靠的正是人心中不滅的信念。

段成式打破沉默：「其實，我對飛天大盜的案子做了一些研究的。」

「哦，有什麼發現嗎？」

「首先，以本人對狐狸精的瞭解，飛天大盜肯定是人而絕非狐狸精。」段成式自己也忍不住笑了，「而且我相信，飛天大盜應該是一夥人。」

「怎麼說？」

「我認爲這夥人並非普通盜賊，不爲謀財，所以對金銀財寶不感興趣。他們很善於利用假象蒙蔽民眾，造成各種傳言虛實難辯，才使得京兆府一籌莫展。另外，我認爲這些人應該是外來的，且爲首次作案。因爲長安城內的慣偷在京兆府中大都有紀錄，這次的飛天大盜卻不在其中。」

韓湘點頭：「段郎分析得不錯，但此案難破也正在於此。」

「不。」段成式道，「我認爲此案中最令人費解的是——失竊的東西。韓郎你想，如果說藥材還有些用的話，那麼剛被屠宰的生豬、洗衣服用的皂角，還有茅廁旁的泥巴又能有什麼用處呢？就算去買也花不了多少錢的，犯得著冒險去偷嗎？還要故弄玄虛、裝神弄鬼的。」

「或許……他們不方便去買？」

段成式蹙眉不語。

韓湘笑道：「那些東西也就罷了，最蹊蹺的是偷道經，我就無論如何想不通了。莫非飛天大盜也想修道不成？可光偷兩本經書也成不了仙啊。」

「肯定不是無緣無故的。」

韓湘點頭。

「既然不是無緣無故的，」暗夜之中，段成式的雙眸亮如星辰，「如果能找出這些被偷物品的用處或者關聯，會不會就能有所突破呢？」

「對了！」韓湘道，「說到這裡，我倒想起件事來——昨日傍晚我進城時，在城門外遇上幾個胡僧，他們也遭了賊手。不知是否與這幾起竊案有關？」

「胡僧？他們被偷了什麼？」

「通關文牒。」

「通關文牒？」段成式思忖道，「通關文牒是胡人入城的唯一憑證，除此再無他用。所以，偷通關文牒的目的只能是爲了進城！」

「而且是胡人進城！」

「胡人？非要趕在這個時候入城的胡人，是爲了什麼呢？」

兩人異口同聲地叫出來：「佛骨！」

胡人信佛者眾，又素有搜羅天下奇珍的名聲。他們會對佛骨產生特別的興趣，實在不足爲奇。既然要用偷竊的手段，冒用他人身分入城，就更說明其居心不良，來者不善。

段成式喃喃地說：「胡僧失竊，會和飛天大盜有關聯嗎？」

從表面上看，唯一的相似之處就是偷竊這個手段了，硬要將兩者扯上關係，未免太牽強。不過這的確是一條線索。畢竟，迎佛骨是如今長安城中最大的一件事，而所有怪案都發生在迎佛骨的前夕，難道僅僅是巧合嗎？

韓湘想了想說：「方才提到的《太上聖祖煉丹秘訣》和孫思邈眞人的丹經，我曾經從師父馮道長那裡抄錄過一份，就藏在家裡。我回去找出來仔細讀一讀，看看能否有所發現。」

「太好了！」段成式也說，「這兩天我會去鴻臚寺走一趟，想法把昨天進長安城的胡人名單弄出來。」

「你還有這本事？」

「鴻臚寺卿的公子是我的好友，經常一起去驪山行獵的。」

「所以段郎還是打算幫京兆尹，哦，是幫京兆尹公子的忙了？」韓湘戲謔地問。

「幫是肯定要幫的……」段成式有些發窘，「我不對他直說，是怕他抱了太大的希望，到時萬一查不出結果來，失望更大。」

韓湘微笑著點頭：「嗯，還是給個驚喜比較好。」

「但願眞能有所驚喜。還有……如果能幫上煉師姐姐，那就更好了。」

看著段成式殷切的表情，韓湘忽然想到，今天段成式一見面便帶自己去鬼花間，是不是也存了打聽裴玄靜情況的心思？

他決定不去追問。最眞摯的情懷，就應該盡在不言中。

至少，關於裴玄靜的下落，兩年多來頭一次有了準信，現在就等郭浣的行動了。想到這裡，韓湘又擔心起來：「段郎，你覺得郭浣會去向京兆尹提嗎？」

段成式毫不猶豫地說：「會！」

「這麼肯定?」

「當然。郭浣是我最好的朋友，我的事情就是他的事情，他一定會全力以赴的。只是……京兆尹敢不敢去對聖上提，就不好說了。」段成式又皺起眉頭。

韓湘道：「謀事在人，成事在天。」

因上元節前段府事務繁多，所以段成式與韓湘約定過了上元節，在正月十六日的晚上再到薈萃樓的鬼花間中碰面。正月十六日也將是佛骨離開大內，迎入城中佛寺供奉的頭一天。

韓湘一直把段成式送進段府，自己才往韓府的方向去。三更的梆子聲已經遠去，坊街寂寂，街面被雪白的月光照得好像洗過一遍似的，幾乎能映出馬蹄的影子。

這兩天中發生了太多的事，直到此刻，韓湘的心才靜下來一些，所以並不急著回家，反而信馬由韁，享受著深夜街頭的寂寥。

忽然，從前方傳來一陣撕心裂肺的嗆咳聲，在靜夜中顯得格外刺耳。

拐過彎就是韓府的大門了。韓湘連忙勒緊韁繩，左右四顧——看見了！就在不遠處的牆角下蜷縮著一個人，咳嗽聲正是那人發出的，因咳得太劇烈，全身都在不停地顫抖。

韓湘跳下馬背，快步來到那人跟前。月光照著一張蒼白如紙的臉，鮮紅的血沫從嘴角不停地滲出來，又從下巴一直淌到前胸上。

韓湘驚叫：「李兄！」此人正是前一天夜裡剛認識的韓府門客李復言。

韓湘將李復言扶在懷中用力搖撼，可是他的雙目緊閉，根本沒有反應。韓湘急了，一用力把他扯著靠在自己肩頭上，朝府門一步步挪過去。

還好幾步就到了，韓湘大叫：「快開門！」

僕人應聲而出，嚇了一大跳：「郎君，這是怎麼啦？」

「還不快來幫忙！」

韓湘和僕人一邊一個搭住李復言的身體。韓湘急問：「快快！他住哪間屋？」

「我、我不知道啊……」

韓湘氣得直瞪眼，又一想這個僕人只是雜役，平常連出入後院的機會都很少，硬要他記住每位門客的住所，確實強人所難，便道：「先把他扶到我的房裡去吧。」

兩人好不容易才把李復言弄進韓湘的屋子，平放到榻上。李復言倒是不吐血了，只是氣若游絲，不省人事。

韓湘吩咐僕人：「你快去請個郎中來。」

僕人站著不動。

「怎麼啦？快去啊！」

「郎君，這都三更天了，我上哪兒去請郎中啊。」

韓湘一愣，卻聽榻上的李復言用微弱的聲音說：「不、不要……郎中……」

「啊？」韓湘湊過去道，「李兄，你病得很重，必須趕緊醫治啊！」

「不要……我說了不要！」李復言猛地睜開眼睛，張嘴要說什麼，卻噴出一大口血來。

「喲！這請郎中還管用嗎？」僕人嚇壞了。

李復言只管死死地揪住韓湘的衣襟，雖然說不出話來，就是不肯鬆手。

韓湘的心中一酸，低聲道：「好，那就不請吧。李兄你先歇著。」

韓湘在李復言的身邊守了一個晚上。晨鐘剛剛敲過，他便命僕人去西市的宋清藥鋪買些上好的人參來。也不知李復言究竟得的是什麼病，但見他失血過多，只能先幫他固一固元氣。

韓湘伏在桌上朦朧睡去，只閉了閉眼的工夫，又被僕人叫醒——人參買來了。

僕人在廊簷下置了紅泥小火爐燉參湯，一邊嘮叨：「宋清藥鋪關張了，我跑了西市上好幾家藥鋪，都是鐵將軍把門，說要等過完上元節才開。好不容易才買到這點人參，都不是上好的，湊合著用吧……」

韓湘一驚：「宋清藥鋪關張了？為什麼？」

「不知道，好像關了有一陣子了。周圍的人還說宋清掌櫃有先見之明，要不然也得遭賊偷。另外那幾家藥鋪統統被飛天大盜光顧過了呢。」

「飛天大盜真有這麼厲害？」韓湘越聽越奇，「都偷了什麼藥？」

「也沒什麼稀罕的藥材，聽說就是些雄黃、雌黃、硫磺之類的吧。」

韓湘對醫藥所知不多，如果崔淼在就好了……他晃了晃腦袋，不願再往下想了。

參湯燉好了，韓湘親自拿了一只小匙，一口一口給李復言餵下去。又守候在旁邊，看到他的面色稍有舒展，原先斷斷續續的喘息聲也逐漸平緩，才稍微放下心來。

冬夜來得格外迅疾。韓湘整天待在屋中，一邊留心李復言的情況，一邊鑽研那兩本道經。正看著書，光線便昏暗起來，不知不覺，天都黑了。

李復言在榻上呻吟了一聲。

韓湘上前查看，見他的眼睛睜開了，遂道：「李兄，你可把我給嚇壞了。」

李復言用極微弱的聲音道了聲謝。

李復言前夜已經離開，為何昨夜又返回韓府？他得的是什麼病，為什麼堅決不肯請郎中？這此問題堆積在韓湘的心頭，但他一個都沒有問。亂世之中，誰沒有些秘密。這不是他們的錯，是世道的錯。

韓湘只是微笑著說：「李兄不必客氣，應該是我謝你才對。」

李復言面呈困惑。

若不是你發現了那首〈華山女〉，我又何嘗能探得靜娘的下落。韓湘心裡這麼想，嘴裡說的卻是：「再過兩天就是上元節了。可這韓府裡冷冷清清的，哪有半點年節的氣氛。如今有李兄和我一起過年，好歹熱鬧些。」

李復言在枕上勉強點了點頭，眼神複雜。

韓湘又道：「其實我不喜歡過年。我從小父母雙亡，是叔公撫養我長大的。我雖有家有親人，卻也有永遠不得圓滿的思念。我熱衷修道，便是希望能藏於深山之中，忘卻塵世歲月，拋開人間冷暖，然而……」他搖了搖頭，「還是忘不掉，也拋不開。唉，終究道行不夠啊。」

少頃，李復言斷斷續續地吟道：「獨在……異鄉爲異客……每逢佳節……倍思親。」

韓湘從牆上取下父親留給自己的洞簫，笑著說：「李兄身子不好，就別發感慨了，乾脆我以一曲助興吧。」

簫聲在靜夜中響起，悠揚婉轉，彷彿夜鳥鳴唱，直入雲霄。這簫聲穿不透生死的屏障，喚不醒長眠的逝者，但是——韓湘在心中默默祝禱，惟願它能飛向龍首之巔，跨越重重往復的宮牆，給幽禁中的伊人送去自己的問候。

一曲終了，他驚訝地發現淚水佈滿了李復言蒼白的面孔。

「李兄，你……」

「十幾年前，我家中遭了一場橫禍……從那以後，我就再也不過年了。」李復言抬手拭淚，「讓韓郎見笑了。」

對於韓湘來說，這是一個悲喜參半的新年，一個吉凶難卜的新年，卻也是一個有所期待的新年。

接下來的三天，韓湘沒有出過韓府的大門。院牆之外，佳節歡聲不絕，韓湘統統充耳不聞，只窩在屋中照顧病人，同時鑽研兩本道經。李復言靠著參湯吊上一口氣來，畢竟沉痾在身，大部分的時間只是臥床昏睡，倒也不添什麼麻煩。暮去朝來，日子過得飛快，韓湘把那兩本道經顛來倒去讀了好多遍，卻始終沒有迎來靈光乍現的一刻。

轉眼又日落了，僕人來給韓湘送飯，問今夜是否可以出去看燈。

「看燈？」

「郎君，今兒個上元節，街上的燈都亮了。您也出去逛逛吧。」

話音未落，便從坊街上傳來「劈哩啪啦」的爆竹聲。韓湘抬頭一望，夜空中不見星月，夜色更與往日不同，溫暖璀璨如同白晝。不用問，那定是遍佈長安城的彩燈齊齊綻放，照徹了整個夜空。

上元燈節，沒有宵禁。長安城內一百零八座坊的坊門通宵全開，每年僅此一夜，所以百姓們倍加珍惜，家家戶戶傾巢而出，觀燈、歌舞、看百戲，孩子們還要放爆竹和祈願燈，盡情歡樂，直到正月十六日。

「是啊，都上元節了！」韓湘笑道，「好好出去玩吧，不用管我。」

正說著，又一陣爆竹聲響起來，離得特別近，好像就在牆根底下。僕人紅著臉道：「是我家的那個淘氣鬼，囑咐了讓他跑遠點兒再放……」

「沒事。」

忽然一股嗆人的氣味鑽進韓湘的鼻子，他衝著僕人的背影叫起來：「等等，這是什麼味道？」

「是爆竹裡的硫磺味兒……」僕人回過身來，愈發侷促，「那個小兔崽子，我這就去揍他一頓。」

韓湘連連擺手：「不不，你們去玩吧，別打孩子。」

他激動地衝進屋裡，先翻開孫思邈的丹經，又找到《太上聖祖煉丹秘訣》中的那一頁。

就是這兒！幾天來一直在腦海中若隱若現的影子終於被捕捉到了。

5

聖人孫思邈在丹經中記載有「丹經內伏硫磺法」，曰：「硫磺、硝石各二兩，研成粉末，放在銷銀鍋或砂罐子裡。掘一地坑，把三個皀角逐一點著，夾入鍋裡，把硫磺和硝石起燒焰火，便可伏火。」

在《太上聖祖煉丹秘訣》中，則提出了另外一個「伏火礬法」：「硫二兩，硝二兩，馬兜鈴三錢半。石爲末，拌勻。掘坑，入藥於罐內與地平。將熟火一塊，彈子大，下放裡內，煙漸起。」

在所謂的「伏火法」下面，兩本書中均寫道：「以此法煉丹時，需嚴防失火。以硫磺、硝石、雄黃、油脂和皀角相調和，雖然可以去除硫磺的烈性，但如操控不當，便會產生巨力以至爆燃，甚而達到山崩地裂的程度。」

韓湘很早就聽說過，終南山中有一個名叫清虛子的道士以硫磺硝石伏火煉丹，一著不慎，丹爐炸開，紫火騰空，清虛子被炸得飛到半空中，兩條胳膊都斷了。

根據段成式和郭浣提供的情況，京城竊案中被偷的東西包括藥材、皀角、生豬和茅廁旁的泥土。這些東西乍一看並沒有多少價值，所以令人百思不得其解。但結合起煉丹伏火法，就能立刻找出其中的關聯——

生豬可提取油脂；茅廁旁的土中能提出硝石；而被盜的藥材中，則包括了硫磺、雌黃和雄黃。

現在要確認的事實是：道經和那些物品，究竟哪樣最先失竊？

精於煉丹的道士們大都聽說過硫磺伏火法，但具體的配方只記載在這兩本道經中。

韓湘認爲，如果先失竊的是兩本道經，那麼幾乎可以斷定，是有人在試製煉丹伏火的秘法。其實，此刻大街上響聲處處的爆竹，用的就是硫磺硝石混雜再點燃的方法。但是從失竊的硫磺硝石的數量來看，那夥神秘的盜賊似乎想要製造許許多多的「爆竹」？

爲什麼呢？難道是要借上元節販賣爆竹牟利？這也太愚蠢了吧。

韓湘琢磨，得盡快把這個發現告訴段成式。段成式那個鬼靈精，興許就能想出什麼端倪來。但此刻正是上元節最高潮的時候，段成式肯定在和親朋好友一起賞燈玩樂。不急在這一時。韓湘看了眼在榻上沉沉昏睡的李復言，想來無事，便決定如僕人所提議的，乾脆先混跡到人群之中，與近百萬的長安民眾一起盡情享受佳節。

踏出府門，宛如進入另外一個天地。

今宵不寐的長安城中，到處張燈結綵、火樹銀花。璀璨的燈火如銀河星落，映著滿大街姹紫嫣紅的人們，相互簇擁著歡笑不止。韓湘在長安城中過了許多個上元節，卻感覺今夕比往年都更加熱鬧。是因爲迎佛骨嗎？還是因爲大唐來之不易的中興？皇帝嘔心瀝血了十幾年的削藩，終於接近收官。有這樣一個沸騰的上元節，也在情理之中吧。

韓湘擠在人群中，隨波逐流地向前走著。憑感覺，人流是在朝東北方向去。上元節時，皇城前的天街上按例豎起巨大的彩輪和數百杆燈樹。數千宮女在彩輪下踏歌歡舞，來自域外的奇人們表演百戲和幻術，禁軍健兒還要拔河助興。王公貴族們則在天街兩側架設彩樓觀燈，看到興起時便撒下大把金銀，如同天女散花，誘使百姓們去爭搶，所以大家都往那裡趕。

走不多遠，人流又停頓下來，發出陣陣歡呼。韓湘跟著周圍的人朝天上看去，只見黑雲密佈的蒼穹之上，飛起了盞盞祈願燈，飄搖絢麗，好似繁星點點，引得眾人尤其是孩子們仰面揮手、興奮不已。

韓湘正看得開心，忽聽耳邊有人在叫：「韓郎！」

回頭一看，竟是段成式！

韓湘驚喜地問：「你怎麼也在這裡？是和家人一起來看燈嗎？」

「我在找你啊！」

「找我？咱們不是約好了明天再碰面嗎？」

「哎呀！是佛骨！」段成式滿頭大汗，也不知是擠出來還是急出來的，大聲說，「佛骨就快到大安國寺了！」

「什麼？」韓湘沒聽懂，「佛骨不是要到正月十六日才會出禁中嗎？」

段成式的神情有些異樣：「韓郎，今天是上元節啊！」

韓湘突然明白過來了——子時的鐘聲剛剛敲過，現在已經是正月十六日了。如果在其他日子，必須要待晨鐘響過開啓宮門，佛骨才會離開禁中。但上元節是通宵達旦的，所以子時一過，佛骨便準時迎出大內了。他環顧四周，才醒悟到這洶湧的人潮絕大部分是去往大安國寺禮拜佛骨的。

大安國寺位於長樂坊中，北面就是大明宮，東邊又緊鄰著十六王宅，所以佛骨離開禁中後，首先就迎入大安國寺供奉。

爲了蓋過周圍的爆竹和人聲，段成式已經在衝著韓湘喊叫了：「我打聽到了，正月十二日那天進長安的胡人中，有一群來自於闐國的僧人，專程來為佛骨貢獻西域的香火。現已經鴻臚寺安排，特許他們今日去大安國寺進香。」他喘了口氣，又道：「可我總覺得此事蹊蹺，所以特意向爹娘撒了個謊，去韓府找你商量。誰知你不在家，我估摸你會不會也打算去大安國寺，就這麼一路找過來……」

韓湘驚道：「糟糕！」

「什麼糟糕？」

「那香火怕是有鬼！」韓湘一扯段成式的胳膊，「來不及了，咱們快去大安國寺！」

怎奈周圍人山人海，朱雀大街向北往皇城的方向幾乎水泄不通。韓湘拉著段成式在人群中見縫插針，一邊奮力往前擠，一邊將自己的發現講給段成式聽。

沒說幾句，段成式已經臉色大變。

綜合所有的發現，最合理的推論便是：有胡人假冒于闐僧人之名，向大安國寺的佛骨進香，卻在香火中埋伏了硫磺硝石等物。按照煉丹秘訣中記載的配比，一旦引火，將發生威力不可估量的爆燃。

佛骨、大安國寺、越聚越多的人群，還有長安城中遍地的火燭燈籠……

後果不堪設想！

兩人顧不上多說了，都開始拚命朝前擠去。朱雀大街的兩側，不時能見到維持秩序的金吾衛，但是人潮洶湧，根本擠不到士兵前面，也不可能說上話，向他們發出警告。只能靠自己了！

一路上左衝右突，東擋西鑽，兩人只恨肋下沒生雙翅。足足花了一個多時辰，總算進了長樂坊。

尚未到黎明時分，但遍地燈火，加上不遠處皇城中豎立的轉輪放出奪目光輝，將整個長樂坊照得如同白晝一般。越過密密麻麻的人頭，已經能夠清楚地看到大安國寺的方塔了，卻再難靠近半步。

荷刀執戟的金吾衛以身軀爲障，將民眾攔阻在身後，爲寺院前騰出一條路來。街道上已經潑灑過淨水，像鏡面般反射著滿城華光。

費盡九牛二虎之力，韓湘和段成式突出重圍，鑽到人群的最前排。大安國寺的寺門大敞，從裡面傳出陣陣梵音。隔著金吾衛的儀仗朝寺內望去，只見合寺僧眾身披最隆重的袈裟，齊聲誦經，莊嚴地等待佛骨到來。香火燭煙繚繞在他們的身邊，又匯聚到半空中，形成雲煙蒸騰的華蓋。

段成式眼尖：「快看那裡！」

就在正對寺門的街上，放置著一具大銅鼎。數名僧人圍在四周，果然都是胡人模樣。這肯定就是所謂于闐僧人進獻的香火了，但此時銅鼎中的香火並未點燃。

韓湘和段成式相互點點頭，想必要等佛骨到時才進香——還有機會阻止！必須阻止！

寺前的金吾衛中，只有一位身披明光鎧的將軍高高地騎在馬上。韓湘和段成式擠到他的前面，齊聲高喊：「將軍，銅鼎中的香火有詐！」

將軍滿面虬髯，頭盔遮住鼻子以上的半張臉，但是膀闊腰圓，相當威武。他直勾勾地盯著韓湘和段成式，似乎一下子沒聽明白他們的話。

段成式又叫：「將軍，切不可引燃香火，銅鼎會炸！」

「你說什麼？」

段成式一愣，這位將軍的口音竟也是胡人腔調。他還在愣神，就聽那將軍斷喝：「滾開！」

韓湘搶步上前：「將軍切不可掉以輕心，請聽我們說……」

「快將這兩個亂民驅離！」

隨著將軍一聲令下，拳腳棍棒便如雨點般地落到韓湘和段成式的身上頭上。兩人被打蒙了，正在暈頭轉向之際，身邊的民眾發出山呼海嘯般的歡呼——佛骨到了！

金吾衛撇下他們，轉而去維持秩序。人們紛紛納頭拜倒，段成式和韓湘被衝散了。眼前突然沒了遮擋，段成式看見，佛骨儀仗正從大明宮的方向緩緩而來，由二十四名力士肩擔著的金輿上，供奉佛骨舍利的寶塔光芒四射，亮過了上元節的所有彩燈。

大安國寺中響起震耳欲聾的梵唱，方丈慧能法師率領僧眾迎出寺門，恭候在銅鼎前。一名胡僧燃起香火，畢恭畢敬地進獻到方丈手中。

段成式聲嘶力竭地叫起來：「方丈，不能點火啊！」可是音樂、祈禱、梵唱，還有爆竹聲，沸反盈天的種種聲響，早把他的那點喊聲給淹沒了。

佛骨的儀仗就停在銅鼎前。慧能方丈舉著香火念念有詞，眾僧拜倒在他的身旁，那幾名胡僧也跟著跪下來。

慧能方丈禱告完畢，剛要將香火伸入銅鼎，突然從頭頂傳來一聲：「住手！」

段成式從天而降，直撲到方丈的身上，兩人一齊摔倒在銅鼎旁。

原來段成式情急之中，爬上了寺前的參天古槐。因爲所有人的注意力都集中在了佛骨上，竟無人阻擋他，使他能在千鈞一髮之際，從槐樹上直接跳向慧能方丈。

段成式一骨碌便爬了起來。慧能方丈可摔得不輕，段成式伸手相攙，抱歉道：「方丈，對不住了！」

他還想對老和尚解釋幾句，不遠處傳來怒吼：「什麼人！竟壞我大事！」

段成式一抬頭，卻見那位金吾衛將軍翻身下馬，手中執劍，殺氣騰騰地衝過來。

段成式突然認出他是誰了，不禁大爲震驚。

轉眼將軍就殺到跟前，舉劍便砍，段成式就地一滾，將將躲過。將軍再砍，段成式跳起來便跑。剛才那一摔還是傷到了，段成式覺得右腳腳踝鑽心的疼，靈機一動乾脆繞著銅鼎跑起來。好在他的身體靈活，而將軍全身鎧甲終究遲鈍些，追了幾圈都搆不著他。

將軍大怒，振臂一推，竟徒手將銅鼎翻倒，裡面的黑色粉末灑了一地。

此時大安國寺前已經亂作一團，人們呼喊推搡，金吾衛再也無法控制局面。

段成式又一瘸一拐地朝佛骨的方向跑去。

「好小子，你還想往哪裡逃！」胡人將軍擋住去路。

段成式將頭一昂，迎向他高舉的利劍：「我知道你是誰！」

將軍一愣。

恰在此時，寺前的燈樹經不住人群的推撞傾倒下來，火星飛散而下！

就在火星落向銅鼎的瞬間，段成式看到韓湘已經趕到了金輿前。他用盡全力朝韓湘大喊：

「保護佛骨！」

韓湘應聲撲向金輿。

伴隨著一聲轟然巨響，烈焰在大安國寺前頃刻炸開。

6

元和十四年正月十六日，佛骨送出禁中的當天夜裡，國師柳泌就在大明宮中的三清殿上主持了道教的夜醮儀式。

從龍首原上俯瞰長安城，燈火比昨夜上元節暗淡了許多，星辰在夜空中重放光芒，天際銀河再現。

三清殿前的圓形祭天台全部使用漢白玉雕砌而成，在星光照耀下披了一層淡淡的銀色，幾乎像是透明的。黃、綠、藍三色的琉璃和鎏金蓮花瓣銅飾點綴其間，使整座祭天台越發顯得玲瓏剔透、異彩紛呈。

柳泌身披繡滿雲霓的青色道袍，踏著海獸葡萄紋的方磚，沿龍尾道緩步登上祭天台。供桌上已設下酒脯、餅餌、幣物等等供奉上仙之物。柳泌先是念念有詞一番，祭告天皇太一、五星列宿，繼而用紅筆在青藤紙上寫下對天帝的奏章，再用皀囊封緘。

儀式頗為繁瑣，柳泌裝模作樣地搞了很長時間。他倒是忙得額頭冒出汗珠，隨同夜醮的宮中道人和內侍們卻個個凍得簌簌發抖。

只有永安公主能坐在廊下單設的暖帳中，一邊舒舒服服地旁觀，一邊和身旁的裴玄靜閒聊：「咱們的柳國師還眞是半點不肯落後啊。」

裴玄靜笑了笑。

「你猜猜，他在青詞奏章裡會寫些什麼？」

「我想，無非就是祈禱國泰民安，尤其是聖上的龍體安康吧。」

「龍體安康？」永安公主瞥了裴玄靜一眼，「有了國師的靈丹，皇兄的龍體怎麼會不安康。」

裴玄靜又笑了笑。

和永安公主同在大明宮中的玉晨觀修道已逾兩年。裴玄靜早就發覺，即使和某些人朝夕共處，彼此間仍然不會親密，裴玄靜與永安便是一例。

其實她們相處得還不錯。永安公主性格孤僻，爲人倨傲刻薄，喜怒無常，基本上沒有交心之人，而裴玄靜本無意與她交心，只求相安無事，剛好永安也是此意。對於裴玄靜，永安似乎還抱有一點敬畏。這點敬畏從何而來，裴玄靜不得而知，也沒有興趣去瞭解。兩年多的相敬如賓，只讓裴玄靜看清楚了一點：永安公主是一個懷有秘密的人。正是這個秘密，耗損了她的性格，也敗壞了她的命運。這個秘密肯定非常可怕，更可怕的是，永安公主終生也擺脫不了它。

其實在大明宮中，誰又不是懷著類似的秘密呢？在裴玄靜的眼中，整個大明宮就是一座巨大浩蕩的迷宮，而自己單槍匹馬闖入迷宮，又是爲了什麼呢？

不可說——因爲這也是裴玄靜的秘密。

今夜永安公主的興致頗高，雖然裴玄靜沒有積極回應，她仍然說個不停：「我倒是有些擔心，待柳國師的奏章上達天庭後，玉帝和佛祖會不會爭起來？」

「有什麼可爭的呢？」裴玄靜反問。

「哎呀，就像大臣們每天都在朝堂上爭個不休，你說他們又在爭什麼呢？」

裴玄靜說：「我朝自建國以來，佛道便相爭不絕，時而西風壓了東風，時而東風壓了西風，卻也無傷大礙的。」

「嗯，我倒覺得是兩頭都不得罪，兩邊的好處都想要。」

這話說得夠尖刻，裴玄靜不覺瞥了永安公主一眼。

「我原來還以爲，在這件事上皇兄也會效仿先皇。沒想到……」

「效仿先皇什麼？」永安公主欲言又止，反而勾起了裴玄靜的興趣。

「先皇篤信佛陀，雖然一生病痛不斷，卻從不服丹藥。」

「是嗎？」裴玄靜有些意外。

「是。」永安公主的語氣變得惆悵起來，「妳是看不出來的，可我們都知道，皇兄在很多事情上都學先皇的做法。偏偏這服丹一事，可惜了。」

裴玄靜在兩代名妓傅練慈和杜秋娘的命運上已瞭解到，皇帝在效仿先皇。當然，她從未對人提起過。

裴玄靜試探著問：「可惜嗎？」

「讓柳泌這種小人得志，妳不覺得可惜嗎？如今皇兄一天都離不開柳國師的丹藥了，柳泌的榮華富貴自當享用不絕。」

裴玄靜說：「公主殿下若眞的這樣想，就應該勸諫聖上。」

永安公主「咯咯」笑起來：「算了，我還是少惹麻煩吧。」

望著在祭台上忙乎的柳泌的背影，裴玄靜又問：「先皇完全不信道嗎？」

「是完全不信丹藥。」永安公主回答，「至於信不信道，他從來沒對我們說過。不過……他卻撫養了一個道士的兒子。」

「撫養道士的兒子?」裴玄靜很訝異:道士哪來的兒子?再說了,先皇爲何要代爲撫養?這事聽起來實在有些荒謬。

永安公主沒有吭聲,卻直勾勾地看著前方。

「公主殿下。」原來是柳泌不知何時來到暖帳前。

永安公主就像突然見了鬼似的,全身繃緊,怯怯地招呼了一句:「國師辛苦了。」

「爲聖上效勞,怎敢言辛苦。」柳泌躬身道,「不知公主殿下對貧道的夜醮,有何指教嗎?」他的話語和姿態雖然謙卑,淫邪的目光卻肆無忌憚地爬上永安公主的面頰,像條蛇一般在那裡上下遊走。

永安顫聲道:「國師道行深厚,我、我哪裡有什麼指教……」

「說到這裡,」柳泌湊得更近了些,幾乎要貼到永安的胸前了,「公主殿下獨自修煉,缺乏名師指點,精進的速度自然會慢一些。貧道倒有一個建議。」

「……什麼建議?」

「殿下妳看,妳我都在大明宮中,公主殿下的玉晨觀和貧道的三清殿離得也不算遠,何不經常在一起探討道義,共同修煉呢?」

永安公主尚未回答,裴玄靜卻向前一步,道:「無須勞動柳國師。公主殿下與我一起修道。」

「原來裴煉師也在這裡,久違了。」柳泌裝出才剛發現裴玄靜的樣子,「見到裴煉師,不禁令貧道聯想起兩句寫夜醮的詩:『青霓扣額呼宮神,鴻龍玉狗開天門。』裴煉師很熟悉吧?」

裴玄靜鎮定地回答:「當然,但我更喜歡這首詩末尾的兩句:『願攜漢戟招書鬼,休令恨骨塡蒿里。』」

「那不是李長吉的詩嗎？」永安公主問。

柳泌陰笑著說：「公主殿下不知道嗎？裴煉師原本與李長吉有過婚約。」

「眞的嗎？」永安的面色又是一變。

裴玄靜點了點頭。與長吉的往事，裴玄靜從未刻意隱瞞過誰，但也不會對任何不相干的人隨便提起。對於裴玄靜來說，長吉不是秘密，而是永遠的傷痛，是美到極致，不忍直視的月光。

柳泌道：「是貧道造次了，原來裴煉師不曾與公主殿下提起。」

「此事和你有關嗎？」裴玄靜問。

「無關，無關。」柳泌笑道，「裴煉師，妳我之間過去有些誤會，而今同在大明宮中，又都是修道之人，其實我很想與裴煉師捐棄前嫌。貧道建議，不如妳、我還有公主殿下，我們三人從此一起修道、共同精進，煉師以爲如何啊？」他的相貌本就猥瑣，此時簡直不堪入目了。

「捐棄前嫌？」裴玄靜注視著他，「你我之間沒有前嫌，只有每時每刻的仇恨。」

柳泌將臉一沉：「貧道可是聖上欽封的國師，裴煉師這樣與貧道說話，就是對聖上的大不敬！」

「我正是與柳國師才這樣說話，對柳泌我根本無話可說！」

柳泌惡狠狠地道：「很好，既然裴煉師決意與貧道爲敵，那咱們就走著瞧吧。」說罷拂袖而去。

裴玄靜對永安公主說：「我們也回去吧。」又見永安臉色難看地僵著，便問，「公主怎麼了？在生我的氣嗎？」

永安不答。

裴玄靜輕歎一聲：「長吉已逝多年，我不覺得有必要向公主提起我與他的往事，絕非刻意隱瞞，還望公主殿下不要在意。」

永安公主衝口道：「妳的事情我不想管，我的事情也不要妳管！」

「妳的事情？」裴玄靜一愣，旋即醒悟過來，又覺得難以置信，「公主殿下的意思是——剛才我不該干預妳與柳泌的談話？」

永安憤憤地嘟著嘴。

裴玄靜道：「殿下，他分明是在冒犯妳啊！我是看不過去了才出言阻止——」

「誰要妳阻止！」永安尖叫起來，「妳知道惹了他會是什麼結果嗎？如今皇兄就愛聽信他的話，妳想找死妳自己去，不要拖上我！」

裴玄靜氣極反笑：「所以公主殿下情願被柳泌侮辱？」

「他沒有侮辱我，妳哪裡看出他侮辱我了！」

裴玄靜勉強耐心道：「或許公主殿下對柳泌的爲人還不甚瞭解，但我親眼見過他那些卑鄙無恥的行徑。此人的心地相當狠毒，殺人不眨眼，所以絕不能給他任何可乘之機，否則必將反遭其害。」

「妳這麼清楚柳泌的爲人，難道皇兄還不如妳清楚嗎？爲什麼還封他爲國師？柳泌沒說錯，妳如此詆毀柳國師，就等於在詆毀皇兄的英明！」

「我懂了。」裴玄靜終於忍無可忍，「早知今日，當初聖上讓公主殿下去回鶻和親的英明決定，我就不該幫著公主殿下拒絕。」

「妳！」永安狠狠地一跺腳，憤然離去。

裴玄靜沒有去追她，而是遠遠地看著公主的背影消失在廊簷盡頭，方才沿著長廊緩步前行。她的心中有種世態炎涼的況味。雖然裴玄靜一向並不喜歡永安公主，但還是同情她的遭遇。正因爲裴玄靜深信，任何人都不應該成爲權力交易的犧牲品，所以那時永安爲了逃避和親向她求助時，裴玄靜才會毫不猶豫地挺身而出。結果因此身陷宮禁，裴玄靜從來沒有後悔過。整整兩年過去了，今天裴玄靜才眞正認識到，永安公主畏懼的並不是失去尊嚴和自主。不，她所眷戀的只是長安宮中優渥的生活環境，只要能保住這一切，她甚至願意向柳泌這種流氓惡棍低頭，忍受他的欺辱，就因爲他現在是皇帝駕前說一不二的紅人。

裴玄靜在心中冷笑著，可憐之人必有可恨之處，用這句話來形容永安公主，眞是再貼切不過了。可是，今後要怎樣與公主相處下去呢？假如再遇到類似的情形，難道要自己裝聾作啞嗎？

皇帝將裴玄靜拘禁在大明宮中，除了陪同永安公主或者極少數被允許的情況外，一律不准踏出玉晨觀。這也就意味著，如果柳泌再到玉晨觀去騷擾永安公主，裴玄靜將不得不眼睜睜地看著，避無可避。

新年佳節還沒有過完，前方的夜空中輝映著長安城中的萬家燈火。團聚的日子，她卻只能孤單地站在重樓高閣的陰影裡。宮闕綿延望不到邊，就像她的思念綿長而沒有著落。

皇帝曾經說過，大明宮中有不下萬人，卻連一個相知的人都找不到。

「裴煉師。」有人在叫她。

裴玄靜聞聲回頭，原來是皇帝的貼身內侍陳弘志。裴玄靜已經很久沒見過他了。月光照在陳弘志的臉上，幾年來他相貌中的稚氣脫盡後，五官由清秀變爲圓潤，又因爲是個太監，所以沒有男性逐漸成熟後的剛硬，反而有點像個婦人了。

「陳公公？」裴玄靜向前望了望，永安公主早就沒影了，「你是找公主殿下嗎？」

陳弘志一笑：「不是，我來找裴煉師。」頓了頓，又道，「我早就來了，特意等到現在。」

他的意思很明白，是故意等到永安公主和柳泌都不在時才現身的。

難道是皇帝想起自己來了？

裴玄靜感到一陣空泛的疲倦。整整兩年了，皇帝將她關在大明宮中，卻從未召見過她一次。自從元和十年五月末的那個雷雨之夜，裴玄靜第一次來到長安，誤打誤撞進春明門外的賈昌小院，她的命運就被籠罩在皇帝的鐵血意志之下。此後不論她做了什麼，遇到了什麼狀況，事後證明都與皇帝有著千絲萬縷的聯繫。但恰恰就在過去的兩年中，她被皇帝深鎖在大明宮中，與他近在咫尺，卻似乎徹底失去了關聯。

裴玄靜明白，他是在消磨她的意氣，用徹徹底底的忽略煎熬她，企圖耗盡她的勇氣和耐性。這是一場無形的較量，皇帝什麼都不需要做，只要將她隨意地丟棄在一邊，用整座宏偉的大明宮來壓迫她，一點一點地把她的意志碾成齏粉。

他終於想到要來看一看成果了嗎？

裴玄靜問：「陳公公找我有什麼事？」

「曾太醫來了，正在仙居殿中等候，請裴煉師趕緊過去。」

「曾太醫？」

「對啊。太醫院中資歷最老的神醫，早些年就告老隱退了。今天能來一次，特別不容易呢。」

「曾太醫爲什麼要見我？」

「曾太醫來給裴煉師看病啊。」

「給我看病？」

「是啊。哎呀，裴煉師快跟我走吧。」

裴玄靜沒病，更沒要求過請什麼老神醫看病，她連曾太醫的名字都從未聽說過。

她看著陳弘志。

也許是在皇帝身邊待久了的緣故，陳弘志眼神中的精明冷酷竟和皇帝有幾分相似，但骨子裡又截然不同，渾然一件拙劣的贗品。

裴玄靜問：「這是聖上的旨意嗎？」

陳弘志沒有回答。

「請陳公公帶路。」

7

曾太醫等候在仙居殿後的偏殿裡。陳弘志將裴玄靜帶進去後，便知趣地退出簾外。

鬚髮皆白、滿面紅光的曾老太醫看起來有八十多歲了。他和藹地端詳著裴玄靜，微笑著問：「煉師有疾乎？」

雖然滿腹心事，裴玄靜還是被這位慈祥的老人家逗笑了，柔聲回答：「我卻不知自己有疾否，還請老神醫診斷。」

曾太醫卻歎了口氣，從檀木醫箱中取出一張粉箋，放到裴玄靜的面前。

「煉師之疾，此方可醫。」

她輕輕地捧起粉箋，像捧起一對蝴蝶的翅膀。不敢用力，怕它會碎；又不敢鬆手，怕它一下便飛得沒了蹤影。

熟悉的瀟灑字跡，宛如他的笑臉活脫脫地再現在她的眼前。

裴玄靜盯著看了很久，直到曾太醫又將一整沓粉箋遞過來。

她抬起頭：「全都在這裡了嗎？」

曾太醫點了點頭——所以，這些就是王皇太后讓宮婢請崔淼寫的藥方了。那麼說，王皇太后收集的藥方，最終還是落到了皇帝的手中。崔淼死於王皇太后和皇帝的共謀，裴玄靜的這個推斷，終於得到了證實。

曾太醫咳嗽一聲，道：「關於這些方子，我有一個故事，裴煉師想不想聽？」

「老神醫請說。」

「其實，這些方子都是老夫的家傳。」

「您的家傳？」裴玄靜抬起眼瞼，雙眸幽深如潭。

「我家世代爲皇家御醫，早自前朝大隋起，我家中積累的藥方便爲皇家所獨有，從不流於民間，這些方子只是其中的一小部分。」曾太醫蒼老的目光中含義雋永，不可捉摸，「可是，大約在三十年前，它們被偷偷地帶出了皇宮。」

「哦，發生了什麼事？」

「由這些方子輯錄編成的方書僅兩冊。一冊保存在太醫院，鑰匙由我掌管；另外一冊在尚藥局，鑰匙由內給事公公親自保管。許多年來從未出過差錯。三十年前，哦，確切地說應該是貞元六年，那一次我到尚藥局去修書，卻發生了意想不到的事情。」

裴玄靜問：「修書是什麼意思？」

「方子會根據使用的效果不斷地調整，如果一味拘泥，就不能累積經驗，達到最好的療效。所以隔一段時間，我便會將方書重新修訂一版。因爲我日常在太醫院中供職，所以太醫院裡的方書我是隨時修改的。而尚藥局中的方書，每年只修一次。貞元六年元月中的一天，我到尚藥局去修方書。由於前一年中方子的修改較多，所以我花了不少時間。修方書時，我獨自一人關在屋中，大概一個時辰過去，我感到有些困倦，便不知不覺地睡了過去。哦，恰好前一天晚上宮中有位嬪妃突發疾病，我忙了一整夜，所以身體很疲憊……也不知睡了多久，直到來送飯的內侍敲門將我驚醒。當我醒來時，突然發現面前的方書少了一份。」

「少了一份？」

「對。去尙藥局修方書時，我隨身帶著太醫院已經修改好的方書。一邊抄錄，一邊核查，過去一直都是這麼做的。所以在我睡著之前，桌上攤開著兩卷方書，可是等我醒來，卻只剩下一卷剛修了一半的方書，我從太醫院帶來的已經修好的方書卻蹤跡皆無了。」

裴玄靜盯著曾太醫：「您仔細找了嗎？」

曾太醫苦笑道：「當然，恨不得把每塊地磚都翻過來。」

「所以……」裴玄靜斟酌道，「是有人把方書偷走了？」

「只有這個可能。於是我趕緊請來內給事公公，在尙藥局中進行了一番調查，結果卻一無所獲。萬般無奈之下，我只得將方書重新抄了一份，憑記憶補充修訂，再交予尙藥局嚴加保管。最終，此事就這麼不了了之了。」

「不了了之？」裴玄靜追問，「難道沒有上報嗎？」

「唉，如果上報的話，肯定又要弄得沸沸揚揚，不僅於事無補，反而牽連到尙藥局的一干人等。所以我與內給事公公商議之後，決定把此事壓了下來。」

裴玄靜沉默片刻，問：「王皇太后怎會熟知這些方子？」

「因爲——拿走藥書的正是王皇太后的貼身婢女。」曾太醫長聲喟歎，「當時，先皇尙在東宮爲太子。他的身體一直不好。所以王良娣，也就是後來的王皇太后常向太醫院討要方子，爲太子補身。那次王良娣得知我到尙藥局修方書，便遣她身邊的一名宮婢到尙藥局來取方子。尙藥局位於太極宮中，和東宮只隔著一堵牆，所以讓宮婢過來十分方便。」頓了頓，曾太醫又用強調的語氣說，「那天，只有這名宮婢來過我修方書的房間。」

「既然如此，爲何不招那名宮婢來盤問呢？」

「裴煉師應該懂得投鼠忌器的道理吧。彼時，我與內給事公公商議了半天，拿不定主意，只好去東宮求見太子，將事情的原委告訴了他。太子殿下聞言十分震驚，待要召喚那名宮婢盤問時，才發現她已經逃跑了。」

「逃跑了？」

「對，衣服細軟都帶走了。可不是逃跑了嗎？」

裴玄靜皺起眉頭：「逃出宮有那麼容易嗎？」

「裴煉師有所不知。大明宮戒備森嚴，要逃走自是不可能的，但東宮就不那麼嚴格了。先皇仁慈，在他為太子的那些年裡，東宮的內侍宮女們過得都很舒服自在。」

半晌，裴玄靜道：「所以，曾太醫的祖傳方書被這名東宮婢女偷走，算是坐實了。」

「還能是誰呢？」曾太醫反問，「太子殿下本要把責任擔起來。但我和內給事公公都考慮，此事說大不大，何必再鬧得滿城風雨呢？況且方書流入民間，能夠造福百姓，其實不無裨益。於是我們便一起向太子殿下提議，還是將此事大事化小，小事化了吧。太子殿下也就應允了。再後來，慢慢地大家都把這件事忘掉了。」

頓了頓，他又補充道：「我記得，那個宮女姓崔。」

裴玄靜本來在垂首思索，聽到曾太醫的這句話，她的睫毛微微一顫，抬起臉來：「請問曾太醫，這名崔姓宮婢懂醫術嗎？」

「那怎麼可能？」

「也就是說她不懂。那她如何知道這卷方書珍貴，會想冒著極大的風險去偷呢？」

「……應該是有所耳聞吧。」

「可是僅憑耳聞，又沒有醫術學養的底子，她怎麼看懂以特殊規則秘寫的方書呢？」

曾太醫一愣：「以特殊規則秘寫？裴煉師的話，老夫不太明白。」

「您不明白。」裴玄靜點了點頭，又問，「曾太醫認識賈昌嗎？」

曾太醫再一愣：「哪個賈昌？哦……裴煉師是不是說那個，曾爲玄宗皇帝馴雞的賈昌？」

「正是。」

「倒是沒打過什麼交道。我好像聽說，賈昌幾年前就死了。」

「對，就死在春明門外，先皇爲太子時替他造的院落中。」

曾太醫疑惑：「裴煉師提起此人是因爲……」

「不爲什麼。」裴玄靜回答。

曾太醫已經把他所知道的都說了出來。或者說，他只被允許知道這些。他的任務就是如此簡單，而且可笑。當然，對於皇帝佈置的任務都必須兢兢業業地去完成，不管有多麼簡單，而且可笑。

裴玄靜行禮：「多謝曾太醫爲妾診病，辛苦了。妾告辭。」她不理會曾太醫驚詫的目光，起身向外走去。

「裴煉師，裴煉師！」陳弘志又不知從哪個角落突然冒出來，追上裴玄靜。

裴玄靜停下腳步：「陳公公，還有什麼吩咐嗎？」

陳弘志欲言又止。

看著他扭捏的樣子，裴玄靜微微一笑：「煩請陳公公轉告聖上，今後就不必讓曾太醫這樣德高望重的老人家來撒謊了。叫人看著，心裡很不好受。」

「撒謊？」

「難道不是嗎？」裴玄靜冷然道，「另外還請陳公公轉告聖上，我與聖上談的條件，是他自己答應的。君無戲言。當然他是天子，假如他想反悔，誰也奈何不得。但他身為一國之君，卻企圖以謊言來搪塞於我，實在有失身分。」

陳弘志聽得瞠目結舌。

「請陳公公將我的話，都如實據報聖上吧。」

陳弘志說：「裴煉師，您這不是想要我的命嘛！」

裴玄靜嫣然一笑：「也對，是妾唐突了。那陳公公就對聖上說，是我不識好歹吧。」

如果崔淼的母親僅僅是偷出醫書的宮婢，那麼王皇太后在認出崔淼後，最合理的反應是對他說明實情，命他交還方書或者乾脆把他召入太醫院中，豈不是一件皆大歡喜的好事？哪裡用得著遣人暗示他逃走，還威脅說否則就會有殺身之禍！大唐自建國以來，不論皇家內部的鬥爭多麼慘烈，對待普通百姓卻一向通情達理，具有皇室的高貴氣度。況且，崔淼是死在叔父箭下的。若非崔淼的生死關乎到大唐乃至皇帝的安危，以叔父的為人，又怎可能濫殺無辜？

曾太醫的敘述本就破綻百出。而且，他既不知道方書是以特殊規則秘寫的，也不知道方書與賈昌有關係，更不知道崔淼是隨了養父才姓的崔，而非母親。所以綜上種種，只能使裴玄靜得出一個結論：他所說的統統都是謊言。

她轉身又走，陳弘志再次追上來。

「裴煉師，」他說，「咱家不知煉師和聖上之間有什麼約定，但我知道，人再強強不過天去。咱家是覺得，假如煉師錯過了這次機會，依照咱家對聖上性子的瞭解，只怕煉師這輩子都別再想有下一次機會了。」

他見裴玄靜沒有立即反駁，便繼續道：「煉師在宮裡已經待了兩年多。只要聖上願意，可以讓煉師就這麼一直待到死。煉師以爲，這樣值得嗎？」

像所有的閹人一樣，陳弘志的嗓音女裡女氣的，但他說的內容相當冷靜，沒有半點感情色彩。

「不論煉師想做什麼，達到什麼目的，光這麼待著，恐怕不行吧。在咱家看來，如今聖上算是給了煉師一個台階下，煉師還是別太較勁爲好。只有抓住這個機會，煉師才能再見到聖上，也才有可能離開大明宮。您說說，是不是這個道理？」

在大明宮深邃的夜色中，裴玄靜的雙眸如晨星般明亮。遠處，長安城的萬家燈火正在漸漸黯淡下來，快要到黎明前最黑暗的時候了。

陳弘志耐心地等了好一會兒，才聽到裴玄靜說：「那就煩請陳公公去回聖上，說我想保存那些……寫著方子的粉箋。」她的聲音顫抖起來。

陳弘志的眼睛一亮：「好，我這就去爲裴煉師懇求聖上，請他開恩。」又欣喜地補充了一句，「這下可好，咱家總算能向聖上交差了。」

這突然表現出來的單純喜悅令裴玄靜很意外，她發現，陳弘志就像隨身攜帶著許許多多的面具，根據需要，隨時可以拿一個出來換上。而一旦戴上某個面具，他就從內而外地變成了另外一個人。

裴玄靜想了想，問：「陳公公可知，聖上怎麼又會想起玉龍子之事？」

「玉龍子？」陳弘志瞪大眼睛。

「難道聖上不是要我尋找眞玉龍子的下落嗎？」

「哦，不是不是。」陳弘志搖頭道，「聖上倒是沒有對我提過。不過據咱家猜想，聖上這次想讓裴煉師查的案子，應該與佛骨有關。」

「佛骨？」

第二天，陳弘志的話就得到了證實。他來到玉晨觀中，給裴玄靜送來了一個錦匣，崔淼書寫的粉箋整整齊齊地疊放其中。裴玄靜百感交集地接過錦匣，就在這一瞬間，她心中的仇恨似乎略有鬆動。

沒錯，她用索取粉箋的方式向皇帝表示了屈服，但他仍然可以拒絕，畢竟，他才是至高無上的。他們之間不存在平等，就像他允許她談條件一樣，根本上還是他在施恩於她。裴玄靜當然明白，一切恩典都不是無緣無故的，皇帝在要求她的回報。〈長恨歌〉一案後，皇帝最後一次在清思殿上召見裴玄靜時，她強硬地拒絕再爲皇帝效勞，除非皇帝將崔淼的身世之謎交給她。現在，皇帝果然給出了崔淼身世的謎底，儘管對裴玄靜沒有絲毫說服力，但粉箋卻實實在在地打動了她。

從收下錦匣的這一刻起，裴玄靜又要爲皇帝辦案了。

此番攻防太過微妙，竟使人產生了心有靈犀般的錯覺。不，裴玄靜在心中冷笑，她對皇帝的睿智瞭解得越多，就越對其人感到厭惡。這是一種摻雜著恐懼和仇恨的厭惡。裴玄靜覺得，無時無刻不在算計和提防，會使一顆心蒙盡污穢，讓人再也看不透他的本質。而那裡面的傷口，因爲牢牢封閉且得不到醫治，正在無可挽回地腐爛吧。

「謝聖上隆恩。」裴玄靜對陳弘志道，「也要多謝陳公公。」

「好說。」陳弘志笑容可掬地說，「那麼，就請裴煉師開始辦案吧。」

滿面愁容的京兆尹郭鏦從門外走進來。

果然不是離合詩或者玉龍子的案子，裴玄靜暗暗鬆了口氣，但緊接著，郭鏦的話又把她的心提上來。

8

陳弘志說得沒錯，郭鏦是爲了佛骨而來。

據京兆尹的說明，自從去年年底皇帝決定迎佛骨起，保護佛骨的重任就落在京兆府的肩上。郭鏦向皇帝申請額外調集了三千禁軍負責佛骨儀仗和護衛，可謂做足了準備。正月十二日，佛骨自鳳翔到長安再入禁中，整個過程都很順利。結束在大明宮中的三天供奉後，正月十六日子時佛骨迎出大內，不料在第一站大安國寺就出了事。

當時，佛骨儀仗才到大安國寺門前，就被一隊于闐來獻香火的胡僧擋住去路。

「那香火中有詐啊！」郭鏦痛心疾首地道，「剛一點燃便爆出烈火濃煙，周圍的人都被掀翻在地，死傷數人，現場相當慘烈！」

裴玄靜聽得心驚，忙問：「佛骨呢？」

「所幸佛骨無恙，有人及時撲倒了載著佛骨的金輿，未遭殃及。」

「哦。」裴玄靜的心中疑雲頓起——爲什麼這件案子會找到自己？

想當初，〈蘭亭序〉是由於武元衡的選擇，〈璇璣圖〉則是因爲案件發生在柿林院中，皇帝無意暴露宮闈秘事，便順水推舟逼裴玄靜接下了。至於〈長恨歌〉，更是皇帝和漢陽公主各懷鬼胎的結果，那麼佛骨案呢？是什麼使皇帝又想到了自己，甚至不惜打破維持了整整兩年的冷落？

她想了想，問：「此事應該不是意外吧，京兆府想必已經調查過了？」

「確是有人蓄意而爲。」郭鏦苦著臉回答，「那幫于闐僧人是……波斯人假冒的。」

「怎麼是波斯人?」

「他們中有一個首領，混入了大安國寺前的金吾衛中，被當場炸死了。」頓了頓，郭鏦道：「那人正是任薩寶府祆正的波斯人李景度。」

「李景度?」裴玄靜追問，「是他策劃了整件事?」

郭鏦氣憤地說：「李景度本人當時就斃命了!據他手下的波斯人供稱，李景度召集他們假扮于闐僧人，把事先準備好的銅鼎香爐抬到大安國寺前。李景度自己則扮成金吾衛將軍的模樣混在守衛儀仗中。現場很亂，金吾衛們全神貫注於保護佛骨，所以他披甲戴盔，竟無人懷疑他的身分。李景度的原計畫是：待佛骨金輿到時，安國寺方丈以香火引燃銅鼎中的藥料，即可毀掉佛骨。」

裴玄靜倒吸一口涼氣：「他竟然想毀掉佛骨?這也太膽大妄為了吧。」

「誰說不是呢!而且他的計畫非常毒辣，銅鼎燃爆，會把周圍的波斯人一起炸死滅口。他自己卻躲得遠遠的，打算事成之後全身而退。如果不是有人橫加阻攔，他的詭計幾乎就成眞了。」說到這裡，郭鏦看了裴玄靜一眼，才道：「破壞李景度的計畫，保護了佛骨的是兩個人：一位是段翰林的公子段成式，還有一位是韓夫子的侄孫韓湘。」

裴玄靜驚詫得無以言表，但與此同時，她也朦朧地意識到，自己如何會被拉入到這起案件中。她急忙問：「他們二人都還好嗎?」

「還好，還好。段公子離銅鼎近，受了點皮肉傷，所幸性命無虞。韓郎用身體撲倒了佛骨塔，本應身受重創，結果卻毫髮無損。想來定是有佛祖保佑吧。」郭鏦解釋道，「正是他們二位，堅持要請裴煉師主持此案。所以本官特地奏請了聖上的應允。」

果然如此。

裴玄靜思忖著問：「這麼說案子不是已經破了嗎？元兇亦咎由自取了，還需要我做什麼呢？」

「煉師有所不知，佛骨案與京城近來的一樁飛天大盜案相互牽連，案情極其複雜。」於是郭鏦又將京城失竊案從頭講述了一遍，最後說：「正是從長安竊案開始，段成式和韓湘才推測到了大安國寺門前即將發生的事故。只可惜李景度一死，失去了最重要的線索。」

「所以你們認爲，李景度與所謂的飛天大盜有勾結，目的是偷盜準備能夠引起香火爆燃的藥料，從而毀壞佛骨？」裴玄靜反問，「但如今李景度雖然死了，飛天大盜卻還在逃，故而京兆府仍然無法結案？」

「對。大安國寺前案發之後，我們將李景度掌管的祆祠兜底翻了個遍。審問下來，祆祠中的波斯人對竊案確實一無所知。李景度只讓他們準備銅鼎中的藥料，再裝扮成于闐人的模樣將銅鼎搬去大安國寺。他們根本不知道香火引燃後會炸開，所以大部分未及躲閃，死得不明不白。本官據此斷定，整件事都是李景度一人策劃的。至於飛天大盜，則是他暗中找來的同謀，最令我擔心的恰恰是這一點。」

「爲什麼？」

郭鏦愁眉苦臉地說：「從被盜的物品數量來看，這次在大安國寺門前的僅僅是其中的一小部分，剩下的不知所蹤。而佛骨還要在長安城中各大寺院繼續供奉，旬月方會送回鳳翔，所以……」

裴玄靜明白了：「所以郭大人擔心，毀壞佛骨的行動還會發生。」

郭鏦歎道：「我已經又加強戒備了，派出更多的金吾衛保護佛骨。可是就怕百密一疏啊。」

裴玄靜心想，佛骨在長安城各大寺院中輪流安放，就是為了讓百姓能夠供奉禮拜，所以京兆府不可能將人們完全隔離開。供奉時，火燭香煙又是必須的，確實很難徹底防範。

她又想，眞是多虧了韓湘和段成式，從丹經秘訣想到香火中的危險，並且奮不顧身地保護了佛骨，否則在大安國寺前，昭示永恆的佛骨就已經灰飛煙滅了。那樣的話，對於一心奉迎佛骨的皇帝來說，將是一個不小的打擊。

她有些明白了，這次皇帝為何會對自己屈尊。

在裴玄靜凝神思索的過程中，郭鏦和陳弘志都眼巴巴地盯著她，終於等到她自言自語般地說：「——可是，波斯人為什麼要毀壞佛骨呢？」

郭鏦道：「波斯人信奉的是拜火教，故而對佛教在大唐興盛不滿。」

「不。本朝歷來只有佛道相爭。拜火教只是西域的一個小教，能夠在大唐容身已是莫大的榮幸。」裴玄靜搖頭，「與佛為敵，輪不到拜火教。」

郭鏦怒氣衝衝地說：「話雖如此，可那個李景度向來桀驁不馴，根本就是一個狂妄放肆、唯恐天下不亂的傢伙！他會做出毀壞佛骨這種事來，我一點兒都不奇怪！」

在元和十一年的京城蛇患一案中，江湖郎中崔淼就與李景度相互勾結，把長安城鬧了個翻天覆地。郭鏦對李景度結怨已久，都是看在李景度的父親——司天台監李素的面子上才未加追究，誰知李景度不僅沒有收手，反而變本加厲地鬧騰起來。這回他在大安國寺門前被炸得血肉橫飛，腦袋都削掉一半，郭鏦還覺得不解恨呢。

裴玄靜想了想，問：「對此，韓郎和段小郎君有什麼看法？」

郭鏦答道：「段公子受了傷，在家中靜養。韓湘麼，除了堅持要裴煉師辦理此案，別的沒再說什麼。」

裴玄靜說：「若要查辦此案，我必須先面見韓、段二位公子，進一步瞭解情況。」

「這……」

郭鏦尚在猶豫，一旁肅立的陳弘志卻插嘴道：「不行，聖上絕對不會同意的。」

裴玄靜追問：「不會同意什麼？」

「不會同意煉師離開大明宮。」

「讓他們二人入宮來呢？」

「這也不可能。」陳弘志道，「他們一非皇親，二無官職，外男按例不得入禁中。」

裴玄靜冷冷地道：「那就恕我愛莫能助了。」

長久的沉默。終於，郭鏦沉重地「咳」了一聲，起身道：「也罷，我便斗膽再去求一求聖上！」

京兆尹大人匆匆離去。

陳弘志連連歎氣：「煉師這又是何苦呢？」

裴玄靜知道，在陳弘志看來，自己無疑又在逆龍鱗。沒錯，皇帝是有底線的，而裴玄靜就是要試出他的底線究竟在哪裡。

況且，既然韓湘和段成式堅決要求自己介入此案，很有可能還有其他想法。裴玄靜當然懂得裡應外合的道理。假如皇帝答應自己與他們會面，那是最好。假如皇帝因此震怒，甚而懲罰她。對於裴玄靜來說，處境也不會變得比現在更糟糕。

大不了，皇帝要殺她。她一點兒都不怕。

裴玄靜輕輕撫摸著錦匣。從元和十年五月末的那個雷雨之夜開始，在她的奇遇中他就從不缺席。這一次，他果然又出現了。

9

被封爲國師以後，柳泌發覺自己在大明宮中的處境越發微妙起來。

他花了整整兩年的時間絕地求生，終於利用手中唯一的武器——丹藥成功地東山再起，再度成爲大唐最顯赫的道士。儘管他的這個道士身分，幾乎遭到整個道門的鄙視。

在得意之餘，柳泌不得不接受一個事實：自己這個國師，只能在大明宮中威風。出了大明宮，立即會變成人人喊打的過街老鼠。更可笑的是，皇帝根本不允許柳泌踏出大明宮一步。

頂著一個國師的虛銜，柳泌必須對皇帝感恩戴德、竭力效忠，卻再也不能像當初那樣，糾結黨羽發展自己的勢力，所以柳泌在大明宮中的前途將只繫於皇帝一身。

這豈不是相當危險嗎？

其他人是別無選擇，而柳泌則是一著不慎，落到這步田地的，他實在是不甘心吶。

皇帝如今離不開他的丹藥。爲了使這種依賴更加牢固，柳泌每次只小心翼翼地煉三十粒丹，還編出一大套說法來支持自己的這種做法，說穿了就是自保的伎倆。皇帝看不看得透？其他人看不看得透？對此，柳泌只能掩耳盜鈴、自欺欺人。

柳泌對於未來相當憂慮。皇帝必須牢牢抓在手裡，但除了皇帝之外，他是不是還應該再抓一些別的呢？可歎大明宮中，人人盡爲皇帝的奴僕，還不及他柳泌呢。

更要命的是，大明宮中還有一個裴玄靜。

除了皇帝，裴玄靜是最瞭解柳泌罪行的人。不，應該說她比皇帝瞭解得更加透徹。假如她把所知道的一切對皇帝和盤托出的話，柳泌沒有把握自己還能否保住這條性命。而且和柳泌相似，裴玄靜在大明宮中的存在亦相當奇特。柳泌是爛到根處，死灰復燃。裴玄靜則是功績卓著，反遭冷落。柳泌總覺得，皇帝將裴玄靜深鎖禁中，絕對另有深意。他不敢想，這種深意也可能針對自己。

裴玄靜，是柳泌的一樁心腹大患。平常沒有機會和她見面，所以在上元節夜醮時，柳泌抓緊時間探裴玄靜的口風，卻碰了個結結實實的釘子。

看樣子必須先設法解決這個隱患，否則後果不堪設想。

他正在盤算，裴玄靜卻找上門來了。

柳泌大吃一驚，看來夜醮時的試探還是引起了裴玄靜的興趣，他趕緊迎出殿外。

正午時分，一天中最溫暖的陽光照在三清殿四面飛簷的鎏金龍首上，光線有些刺眼，使等在階下的裴玄靜周身彷彿罩了一層紫煙。

柳泌徑直走到她的對面，酸溜溜地打了個招呼：「是什麼風把裴煉師吹來了？請入殿內坐吧。」

「不了，我只有一件小事請教柳國師。」

「哦，什麼事？」

「昨天，佛骨迎出大內的第一天，就差點在大安國寺門前被毀。國師對此有何看法？」

「佛骨幾乎被毀？」柳泌瞪大眼睛。

「所幸有人拚命保護，佛骨未遭劫難。」

「竟有這等事……」

裴玄靜觀察著柳泌的表情：「國師不知道嗎？」

「我？當然不知道！」柳泌勃然變色，「裴煉師這話什麼意思？」

裴玄靜淡淡一笑：「國師一向喜歡與佛爲敵，我沒說錯吧？」

「妳！」

裴玄靜帶來的消息太突然，柳泌一時竟無法從容應對。他深知皇帝有多麼看重佛骨。佛骨遇險，以自己過去的所作所爲，確實會讓人產生裴玄靜所說的聯想。

在刺骨的寒風吹拂中，柳泌的額頭居然滲出汗來。

「妳這是血口噴人！」他決定先以勢壓人，「裴煉師，說話得有證據！」

「國師要證據嗎？」裴玄靜不慌不忙地說，「在大安國寺前，有人點燃事先準備好的銅鼎香火，那香火中摻雜了硫磺、硝石和雄黃等物，一經引燃便爆發出巨大的力量，烈火濃煙沖天而上，周圍死傷慘重。如果不是有人捨身相護，佛骨就毀了……」她盯住柳泌，一字一句地道，「硫磺、硝石和雄黃以一定的配比混合，能夠在煉丹時起到伏火的作用。但配比掌握不當的話，就會造成大安國寺門前的那種可怕狀況。而對此現象，一般人根本不懂，只有諳熟煉丹者才能夠掌握！」

柳泌回過神來了：「裴煉師因此懷疑我與毀壞佛骨有關？」

「國師是不是很可疑呢？」裴玄靜反問，「況且，數天前玄都觀中的兩本丹經被盜。據我所知，正是在這兩本經書中，記載了硫磺伏火之法。爲此，柳國師還去向聖上抱怨京兆府查辦竊案不力，我沒說錯吧？」

「沒錯！」柳泌色厲內荏地說，「如今看來，正是丹經被盜，才使伏火之法外傳，爲歹人所用！如果京兆府能夠早有行動，必不至於造成現在的後果！」

「柳國師以為這樣做就可以洗脫嫌疑了嗎？可惜在我看來，實在是欲蓋彌彰。」

柳泌氣結。更令他膽寒的是，裴玄靜的態度如此囂張，單刀直入，似乎硬要把罪行安到自己的頭上，難道她的背後有人撐腰？

他勉強鎮定自己，問：「是什麼人在大安國寺前行兇？查清楚了嗎？」

「胡人。」

「胡人？」柳泌忙道，「看看，這就證明此事絕對與我無關了。我何時與胡人有過瓜葛？裴煉師，妳要栽贓陷害也得先把局做圓滿了吧？」他乾笑幾聲。

「柳國師與胡人有沒有瓜葛，我不清楚。我只知道，柳國師和韓湘子還是有些瓜葛的。」

「韓湘？」

「在大安國寺門前，拚命保護了佛骨的正是韓湘子。」

「他死了嗎？」柳泌的臉色驟變。

「韓湘安然無恙。」

柳泌汗如雨下，厲聲道：「我心清白，日月可鑑！裴煉師休要在此浪費時間了，貧道還要去為聖上煉丹，失陪了！」說罷扭頭便走。

裴玄靜默默地望著柳泌的背影閃進三清殿中。殿門「吱呀呀」地合攏，陪同前來的神策軍士在她的身後說：「裴煉師，請回吧。」

接下皇帝的查案命令後，裴玄靜獲得了部分的行動自由，可以由神策軍士押解著在大明宮中活動了。

她仰起頭，輕輕呼出一口濁氣：「好。」

10

不出所料，皇帝斷然拒絕了裴玄靜與韓湘、段成式見面的要求。

剛剛過去一天，京兆尹大人額頭上的皺紋似乎又深了不少。他幾乎是在哀求裴玄靜了：「還請裴煉師看在佛骨的份上，看在長安百姓的份上，無論如何施以援手。」

裴玄靜點頭道：「郭大人請勿心焦。關於此案，我倒是想到了一個疑點。」

「什麼疑點？」

「我記得郭大人說過，段公子曾在鴻臚寺核查過進城的異族僧人名單，從而推斷出有人冒充于闐僧人的身分給大安國寺進獻香火。結果發現，冒充于闐僧人的正是李景度率領的波斯人。」

「正是。」

「這裡就有一個問題。」裴玄靜道，「這些波斯人本來就在長安城中居住，爲什麼要偷竊于闐僧人的通關文牒呢？」

郭鏦愣住了，想了想才說：「但他們的確冒充了于闐僧人啊？」

「他們只要假扮成于闐僧人，即可向大安國寺進香，沒有必要偷通關文牒。通關文牒的唯一作用是進長安城，但是他們已經在長安城中了，爲何還要偷文牒呢？」頓了頓，裴玄靜道：「我想過了，唯一可能的目的就是讓另外一些人進城，而且是胡人。」

「又是胡人？」

「對，否則就不需要偷于闐僧人的通關文牒。只不過，這批胡人並非是死在大安國寺門前的波斯人。」

「那又會是什麼胡人呢？」郭鏦越發糊塗了，「回鶻？石國？大食？吐蕃？」

「吐蕃！」裴玄靜打斷他。

郭鏦一愣：「吐蕃？爲什麼是吐蕃？」

昨天裴玄靜到三清殿和柳泌對質，只是因爲柳泌過去曾幹過打擊佛教的勾當，所以此次佛骨遭難，裴玄靜便決定先去探一探他的口風。但是硬要將這個案子安到柳泌的頭上，並沒有足夠的證據。柳泌表面上風光無限，其實這兩年來，他和裴玄靜一樣被皇帝拘禁在大明宮中寸步難行，要想在宮外實施那麼周密的計畫，基本上是不可能的。從這個角度來說，還是不得不佩服皇帝對柳泌的處置：既剪除了他的羽翼，又利用了他唯一的本事，絕對恰到好處。

在與柳泌的對話中，裴玄靜沒有發現更多的線索，只除了……他那無法掩飾的極度恐慌，引起了裴玄靜的注意。如果柳泌與佛骨一案無關，那麼他在害怕什麼呢？

韓湘曾經窺探到柳泌和吐蕃人勾結的秘密。從目前的情勢來看，皇帝對此肯定還一無所知，否則柳泌就算眞能煉出長生不老丹來，皇帝也絕對饒不了他。

柳泌怕的正是這一點——吐蕃。

裴玄靜在試探柳泌時，故意沒有明說炸佛骨的是波斯人，只含糊說是胡人。柳泌卻因爲曾經與吐蕃人勾結的劣跡，馬上做賊心虛地聯想到了吐蕃人，所以才會慌張成那個樣子。

冒充于闐僧人混進長安城的，有沒有可能是吐蕃人？相比其他西域小國的胡人，敢於長安城中鬧事的，吐蕃人的可能性確實要大一些。

裴玄靜問郭鏦：「郭大人，大食和波斯都不信奉佛教。那麼其他胡人呢？」

郭鏦道：「據我所知，西域各國原先信佛者眾，不過近年來隨著大食勢力的擴張，不少小國都改弦更張，不再信仰佛祖了。」

「吐蕃呢？」

「唯有吐蕃的佛教傳自天竺本源，故而吐蕃人篤信佛教，比之中原更甚。」

「所以，應當不是吐蕃人。」裴玄靜思忖道，「原因有二，其一，吐蕃人敬佛，完全可以用自己的身分申請向大安國寺進香，並不會引起懷疑；其二，吐蕃人篤信佛教，所以他們不可能密謀做出毀壞佛骨之事。」

郭鏦遲疑著問：「所以……就換成了波斯人去炸佛骨？」說罷連連搖頭，自己也覺得難以置信。

「對啊！」裴玄靜卻盯住他道，「吐蕃人先冒充于闐僧侶混進城，然後換由波斯人去執行炸毀佛骨的行動。可是……爲什麼要這麼麻煩呢？而且不管是吐蕃還是其他胡人，他們混進長安城後去了哪裡，現在又在做什麼？」

郭鏦喃喃：「是不是還想對佛骨動手？」

「假如是吐蕃人，就不會。」裴玄靜堅決地說，「他們對佛陀的信仰極其堅貞，怎麼可能去損毀佛骨？」

她看著臉色驟變的京兆尹：「郭大人，您是不是還有什麼瞞著我的？」

「我……」

裴玄靜厲聲道：「事已至此，郭大人如果還要刻意隱瞞的話，我就眞的愛莫能助了！」

郭鏦急道：「裴煉師！咳，我直說了吧——在飛天大盜一案中，京兆府也、也失竊了。」

裴玄靜眞是又好氣又好笑，問：「京兆府被盜了什麼？」

「……是一張長安城地下溝渠的圖紙。」

「長安城地下溝渠的圖紙？」

「是，而且是在元和十一年時重新繪製的，比原來的圖紙詳盡許多。」郭鏦看了一眼裴玄靜，「裴煉師還記得那一年的蛇患案吧？」

她當然記得。

「當時，波斯人李景度與江湖郎中崔淼合謀，在長安城四處引發蛇患，崔淼則以滅蛇爲藉口，伺機探索城中各處的地下溝渠，繪成圖紙。此事敗露後，李景度的父親、司天台監李素帶著圖紙來向我求情，並擔保此圖再無副本。我看在李素的面上，本著息事寧人的原則，兼之崔淼郎中救下皇子十三郎，立了大功，便自作主張沒有追究。他們繪製的圖紙，我就收在京兆府中了。沒想到……」

裴玄靜在震驚中沉默著。

郭鏦等了等，補充道：「只因我原先把圖紙之事隱瞞了聖上，所以這次圖紙被盜，我也沒敢向聖上提起。」

裴玄靜啞聲道：「崔淼已經不在了……所以除了郭大人之外，知道圖紙的人只有李素和李景度父子。」

「是的。」

「好。」裴玄靜點了點頭，「我們已經知道，李景度是大安國寺前佛骨劫難的主謀，而飛天大盜一案中失竊的東西都與之相關，所以李景度無疑也是飛天大盜案的背後主使。京兆府中所藏的京城溝渠地圖，毋庸置疑也一定是李景度策劃偷竊的，因爲只有他知道圖紙藏在京兆府中。看來司天台監李素大人當初說的是實話，李景度手中亦無副本，否則就沒必要偷了。」

「可是他偷圖紙又爲了什麼呢？」

「郭大人有沒有去問過李素大人？」

郭鏦哀聲歎氣：「李景度一死，李素就上表肯求聖上降罪。聖上至今尙無答覆，李素便自我禁閉在府中，不飲不食。我去見他時，人已然憔悴得不成樣子了。對於我的問題，他一概置若罔聞，閉口不言。唉！我覺得他是有了死志的。」

「所以從司天台監那裡，郭大人什麼都沒問出來。」

郭鏦低頭不語。

裴玄靜思索片刻，又問：「失竊的圖紙與京兆府的原圖有何不同，郭大人還記得嗎？」

「記得，記得。」郭鏦忙從袖中掏出一個紙卷，小心地攤開在裴玄靜的面前。裴玄靜不由橫了他一眼，看來外貌忠厚的京兆尹大人早有準備了。

郭鏦對裴玄靜的眼神視而不見，指著圖紙道：「這就是京兆府原先的圖紙，但我把李景度、崔淼那份圖紙上不同的部分，都標在上面了。」

在一整張泛黃的陳年舊紙上，若干條新鮮的墨跡顯得格外突兀，扭曲如蚓。

裴玄靜一眼便看到了：「金仙觀！」

圖紙上金仙觀的位置，先用黑墨畫線，蜿蜒至坊牆。從坊牆這端開始，又有一條用紅墨畫出的新線，一直延伸進了皇城內部。整張圖紙上唯有這一條紅線，所以格外引人注目。

郭鏦道：「金仙觀下的地窟，以及地窟和暗渠相連的連接點，都是李景度和崔淼他們標注出來的，在原先京兆府的圖紙上並沒有。」

裴玄靜的心劇烈跳動起來——是的是的。崔淼曾經讓禾娘哄騙李彌，去金仙觀後院的地窟下一探究竟。後來段成式帶著皇子十三郎李忱去地窟下面找「海眼」，差點兒被暗渠中湧來的河水淹死。段成式拚命游出溝渠，湊巧爲崔淼所救，他與十三郎的性命才得以保全——這些，都是她知道的。

原來，金仙觀地窟的秘密就標在了這張圖上。

可是——她指著那條突兀的紅線問：「這是怎麼回事？這也是李景度的圖上標出的嗎？」

「不是。」郭鏦的語氣很古怪。

「不是？」

「李景度的圖上只標出了黑線的部分，到坊牆的位置就中斷了。據我所知，坊牆的地下建有一扇鐵門，已經封死多年。上次段成式和十三郎去地窟玩耍時，不知怎麼觸動了機關，將鐵門打開，才使他們誤入後面的地下暗渠險些喪命。而崔郎中和李景度以滅蛇爲藉口，最遠只探查到鐵門，就此路不通了。所以，在他們繪製的圖上只標注到坊牆的位置。」

「郭大人，我問的是紅線的部分！」裴玄靜快要耐不住性子了，「是誰畫上的？而且，這條紅線怎麼會通向皇城裡面呢？」

郭鏦看著裴玄靜：「裴煉師，紅線是我畫的。這才是金仙觀地窟的眞正秘密。」

她好像有些聽懂他的意思了：「你是說，從金仙觀下的地窟可以直通皇宮大內？」

郭鏦緩緩地點了點頭。

裴玄靜的腦海中轟然一聲——全明白了！

爲什麼金仙觀的後院會成爲皇家禁地；爲什麼當皇帝發現污水湧出池塘時，會立即下令填埋地窟，甚至不惜犧牲十三郎的性命；爲什麼在事件平息之後，皇帝還是封死了池塘，並派出禁軍嚴密守衛金仙觀。

她喃喃道：「崔郎只探得地窟到鐵門爲止，所以李景度的圖紙上只畫到了坊牆。而坊牆後的秘密……」

「除了聖上，只有司天台監李素與我是知情人。」郭鏦仍是一副心有餘悸的樣子，「那次段公子雖然開啓了鐵門，但他和十三郎爲了躲避湧入的河水，走了岔路，從暗渠鳧水而出，並沒有走到通向皇宮的這一段地道。」頓了頓，又苦笑著說：「幸而崔淼和段公子都與金仙觀地窟的眞正秘密擦肩而過了，否則早在元和十一年，他們幾個就都沒命了。」

裴玄靜追問：「地道通向宮內何處？」

「嗯？」郭鏦好像連耳朵都不聽使喚了。

裴玄靜加重語氣再問一遍：「請問郭大人，金仙觀的地窟通向皇宮內的什麼地方？」

「通向——西內太極宮。北面是大倉，南面是掖庭。」

「究竟是哪裡？」

郭鏦抹了一把額頭上的浮汗，道：「在掖庭宮和大倉之間有一片空地。空地的地底下，建有一座地牢。」

「地牢？」裴玄靜問，「建在宮中的地牢，肯定是關押什麼重犯的吧？」

「據我所知，那座地牢自建成後總共只關押過兩名……吐蕃的囚犯。」

「吐蕃的囚犯？」裴玄靜的聲音也變了。

「第一個被關的是吐蕃內大相論莽熱。貞元十六年時，大唐與吐蕃曾有過一戰。當時的劍南節度使韋皋抓住了吐蕃內大相論莽熱，並將他送到了長安。德宗皇帝決定把論莽熱作爲人質，就關押在太極宮西隅的地牢裡。可是，論莽熱卻在貞元十七年時逃脫了。」

「從皇宮中的地牢逃脫了？」裴玄靜覺得難以置信。

郭鏦尷尬地說：「咳，此中曲直先不詳述了吧。總之，論莽熱逃出長安後，德宗皇帝命太子，也就是先皇順宗皇帝負責追捕他。貞元十七年末，論莽熱被先皇派出的殺手誅於大唐邊境。當時，從吐蕃前往接應論莽熱的正是他的弟弟論莽替。結果，這個論莽替又落到了大唐守軍的手中，也被送往長安，就像他的哥哥一樣，關進太極宮中的地牢。直到……直到今天。」

「今天？」裴玄靜追問，「吐蕃人質論莽替直到今天還關在太極宮的地牢中？」

「是的，關了都快滿二十年了。」

裴玄靜情不自禁地握緊雙拳。

吐蕃人質——宮中地牢——金仙觀——李景度——硫磺伏火法——飛天大盜——吐蕃人！

裴玄靜問：「郭大人，金仙觀外還有金吾衛把守嗎？」

「自從煉師入宮以後，聖上便命將金仙觀中的女冠們統統遣散了。金仙觀重新封閉，平時僅有幾名金吾衛巡邏值守。不過，近日佛骨案發，人手嚴重不足，我把那幾名金吾衛也都調去保護佛骨了。」郭鏦似乎也意識到了什麼，心虛地追問一句，「怎麼，煉師認爲有問題嗎？」

「我以爲有問題嗎？」裴玄靜厲聲反問，「郭大人還不明白嗎？賊人眞正的目標不是佛骨，是吐蕃囚犯論莽替！」

郭鏦張口結舌。

裴玄靜的話語疾速而出：「據我粗粗推想，整個過程應該是這樣的：在長安城中一直埋伏著吐蕃的奸細，爲了救出關押在宮中地牢裡的論莽替，他們謀劃了多年，卻始終沒有找到合適的辦法。直到最近，他們終於和波斯人李景度勾搭在了一起。聖上將要奉迎佛骨的消息傳出之後，吐蕃人便與李景度合謀了一個計畫——首先，由潛伏在長安城中的吐蕃人負責偷竊硫磺伏火法所需之材料，還有煉丹秘訣和地下溝渠的圖紙。他們有時單獨行動，有時結夥，以吐蕃的方式設彩繪面，使人無法辨識眞容。百姓們便誤將其視爲青面獠牙的鬼怪。又因吐蕃人常年不沐浴，兼食物習慣所致，身上有股異味，更讓百姓以訛傳訛成了所謂的狐狸精。」

「原來飛天大盜是吐蕃人……」郭鏦聽得暈頭轉向。

「波斯人李景度不敬佛，蓄意毀壞佛骨。但如果他用手下的波斯人去收集硫磺等物，就會將嫌疑引到他自己的身上，所以由吐蕃人代爲行事，正中他的下懷。而在李景度的手中，恰好握有一個至關重要的秘密，可以和吐蕃人做交換。」

「金仙觀！」

「對。」裴玄靜道，「雖然在元和十一年的那次蛇患中，李景度他們未能突破鐵門後的秘密。但是方才郭大人說了，司天台監李素對此是清楚的。而李景度作爲他的兒子，想必也獲知了這個秘密。於是吐蕃人和波斯人便各取所需，製造出了這一場佛骨之難！至於迎佛骨前一天以于闐僧人身分混入長安城的，肯定也是吐蕃人。他們一方面用于闐僧人的身分申請在大安國寺前進香，爲波斯人創造接近佛骨的條件。另一方面，我相信這批新入城的吐蕃人定然都是精兵壯士，是被特意派來接應論莽替的！」

裴玄靜厲聲道：「郭大人！以我之見，吐蕃人將利用硫磺伏火法產生的巨大威力，破開金仙觀的地窟屏障，循地道進入太極宮中。而一旦他們進入了太極宮，就如同引狼入室，不僅是劫走吐蕃人質那麼簡單了！」

「那、那該怎麼辦？」郭鏦跳起來，「我這就去佈置金吾衛，重兵把守金仙觀！」

「等等！」裴玄靜攔道，「現在去守金仙觀已是捨近求遠了。郭大人，我建議你立即去太極宮的地牢轉移吐蕃人犯！」

「煉師說得有理！我這就趕去太極宮，只是聖上那裡……」

裴玄靜道：「我代郭大人去回聖上，你看怎樣？」

「那便有勞煉師了！」郭鏦不及多話，率領手下匆匆離去。

寂靜突如其來，迥異的氣氛令裴玄靜有片刻的懵懂——我這是怎麼了？爲什麼要主動請纓去見皇帝？但這又是勢在必行的結果。整整兩年過去，也到了該見一見的時候。

裴玄靜理了理衣袂，朝東南方向的高地走去。朝會的時間已經過了，皇帝應該在清思殿中。

11

太極宮的西隅，肯定是長安三大內中最陰森恐怖的地方。北面的皇家大倉和南面的掖庭宮，都是神策軍時刻戒備巡邏的絕對禁地。不分白天和黑夜，從掖庭宮中傳出的細若游絲的哭聲總是盤旋在上空，再被烏鴉的鳴叫打散。

三面都是高聳入雲的宮牆，夾在大倉和掖庭中間的這條狹長地帶，終日不見陽光。哪怕在此走一走，都會令人膽戰心驚。狹長地帶的中央，孤零零地矗立著一座圓形祭台，和大明宮三清殿中柳泌夜醮時的祭天台一模一樣。

當郭鏦率眾趕到祭台前時，負責守衛的禁軍十分詫異：「郭大人，您怎麼來了？」

郭鏦命道：「立即打開地牢，把吐蕃囚犯論莽替提出來！」

「這……」禁軍攔道，「大人有聖上的旨意嗎？」

「哎呀，旨意馬上就到！事發緊急，先行動吧！」

「不行！地牢中是朝廷要犯，沒有看到聖上的旨意，我們無權打開地牢！」

正在僵持，從祭台的方向傳來一聲悶響，緊接著又是一聲。伴隨著悶響，眾人發現自己腳下的地面似乎也在微微顫動。

大家異口同聲喊道：「地牢！」

守衛率先跑上祭台，將中央的圓石移開，霍然露出黑黝黝的地道入口。郭鏦帶頭鑽了進去，還沒下幾個台階，濃煙撲面而來，刺鼻的氣味嗆得眾人眼淚直迸，咳嗽連連，幾乎是摸索著找到了地牢的門外。突然，數道寒光劃破瀰漫的黑煙，向他們襲來。

一場混戰開始了。

血肉橫飛中，濃煙漸漸散去。從地面湧來更多的禁軍士兵，終於能夠看清現場——簡直讓人魂飛魄散。倒在血泊中的，既有披著甲冑的大唐禁軍，也有全身黑衣已被血浸透的異族人。而在原先的地牢最深處，破開了一個大洞。

郭鏦踏著鮮血和殘肢衝入地牢，面對中間的空鐵籠，頓足大喊：「跑啦！論莽替還是跑啦！」

鐵籠旁倒著一個神策軍士，滿面血污，嘴裡發出微弱的聲音。

郭鏦俯下身問：「怎麼回事？！」

「我、我聽到下面……有怪聲，就、就開門進來看……突然，那邊牆上就……」神策軍士艱難地抬起手臂，顫抖地指向前方。郭鏦悚然發現，這名士兵的手掌已經整個不見了，手腕處的骨頭戳在外面，鮮血淋漓。

郭鏦強自鎮定，望向牆上的大洞。洞中漆黑一片深不見底，像大張著準備吞噬一切的巨口。

「牆上突然……爆、爆開大洞，火和煙衝、衝過來，我給震飛了，暈……他們砸開鐵、鐵籠，論莽替跑出來……」

「人往哪兒跑了？」

「聽到有人來，那些人就、就衝到上面去斷後……論莽替往、往洞裡逃了……」

士兵頭一歪，氣絕身亡。

郭鏦舉劍一指，聲嘶力竭地叫起來：「快給我追！」

地道和暗渠，纏繞交錯，四通八達。郭鏦帶著眾人像落入一個黑暗的巨大迷宮，到處亂撞一氣，論莽替卻蹤跡全無。

郭鏦急得近乎癲狂，突然，他大吼一聲：「地圖！」

怎麼早沒想到？

郭鏦直拍腦袋，從懷中摸出地圖，在幽暗的光線中拚命辨識——那條紅線。

論莽替一定會朝金仙觀逃跑嗎？郭鏦不知道。一旦進入暗渠，論莽替就能從長安城的任意一個角落鑽出來。但是直覺告訴郭鏦，必須沿著紅線追擊！

「跟我走！」

他們瘋狂疾奔，僅一人高的地道中迴盪著腳步、呼吸和心跳的聲音。每到一個路口，郭鏦便根據地圖判斷方向，然後繼續追趕。

從金仙觀通往皇宮的地道，郭鏦聽說過很久了，眞當置身其中時，仍然有種墮入噩夢一般的虛幻感覺。地圖他也曾經仔細地研習過，知道實際距離並不長，可爲什麼彷彿永遠到不了盡頭？

「血！」身邊的士兵驚呼。

郭鏦也看到了，地上突然出現了綿亙的血跡，似乎是有人受傷了，被拖拽著向前。郭鏦退後半步，腳下又踢到了什麼凸起物。

他驚恐地環顧四周，終於發現，這裡就是地圖上黑、紅二線的交接處！自己恰好站在一塊巨大的鑄鐵上，靴子觸碰到的是鐵門上的釘子。

原來鐵門打開後，便整個地闔在地上了。

儘管心急如焚，郭鏦還是情不自禁站定腳步，深深地吸了一口氣。恩怨凝聚之所，總會使人敬畏。今天，又有新一層的仇恨堆疊上去，壓迫至深，永世不得超脫。

他的聲音變得冷靜：「跟著血跡追，快！」

血跡越來越淡，似乎是血漸漸流乾了。又鑽過一系列曲折蜿蜒的狹窄地道，前方豁然開朗。

「將軍快看，在那兒！」

所有的火把一齊舉高，照亮了這個地下的洞窟。前方倒伏著兩個人。雖然郭鏦只在二十年前論莽替被抓時見過他，但是立即便認出其中之一就是論莽替——那具躺倒在地仍然像一座小山般高聳的巨大身軀，頭上覆蓋著野獸皮毛似的濃髮。

在論莽替身邊一步之外，還倒著一個人。臉朝下，身形又瘦又小，被論莽替一比簡直像個兒童。兩人的身上全都污穢不堪，散發出陣陣血腥的惡臭，同樣一動不動。

郭鏦邁步過去。

「將軍小心！」

「沒事，我看他們都死了吧？」

話音未落，那個「兒童」從地上一躍而起，嘴裡發出怪叫，向郭鏦直撲過來。

12

正月的風，從北面刮過來。高高在上的清思殿，無遮無擋，任憑寒風肆虐。站在殿前的御階上，即使陽光刺眼，依舊凍徹骨髓。

高處不勝寒。

這裡會不會是大明宮中最冷的地方？裴玄靜想，應該是全長安最冷的地方吧。

但也一定是視野最開闊，景色最壯觀的地方。正值嚴冬，長安城的上空覆蓋著一層清晰的寒氣，使千家萬戶如同沉沒在海面之下。從這裡看不到人煙和牲畜，生命偃旗息鼓，塵世的喧囂亦不可聞。眼前的這座迷城彷彿是凝固的雕塑，很久以前就存在著，很久以後也會存在著，唯有你我已經消失，永遠不會再來。

最好如此。幸虧如此。

「裴煉師，聖上正在小睡。」陳弘志縮著脖子，閃現在她的面前，「不能見妳。」

「我有急事、要事！」

陳弘志賠笑：「天大的事兒也不行。」

「如果是和吐蕃人質，和金仙觀有關的事呢？」

陳弘志的眼皮跳了跳，道：「聖上服丹以後，必須小睡半個時辰。若被吵醒，定然大發雷霆。這種時候不管回什麼事兒，聖上都沒好氣，說不定就要了我們的命。煉師覺得合適嗎？奴婢的命雖卑賤，好歹也是一條命啊。」

裴玄靜無話可說。幸好郭鏦已經趕去地牢了，自己尚可等待。

陳弘志又殷勤地說：「外頭冷，裴煉師隨我到偏殿裡等候吧。」

「那他呢？」

「他？」陳弘志跟著裴玄靜的目光望去。清思殿前的空地上，孤零零地跪著一個人。寒風鼓蕩起他的衣袂，裹在紫色官服中的身軀瘦骨嶙峋。

裴玄靜問：「他是誰？爲什麼跪在這裡？」

「他是司天台監李素大人。裴煉師不認識嗎？」

「聽說過。」

陳弘志「哼」了一聲：「從早上起跪到現在咯。聖上都說過了不追究，讓他回家去。可他就是跪在那裡不動，非要見聖上不可。咱家也沒有辦法趕他走啊。」

「我去看看。」裴玄靜朝李素走去。

陳弘志亦不阻攔，只在御階上默默凝望她的背影，目光晦澀。

到了跟前，裴玄靜便發現陳弘志所言不虛。李素顯然已經跪了很長時間，整張臉都凍成了青白色，鬍子和眉毛上也結了一層薄薄的冰霜。呼嘯的寒風鼓動紫袍時，帶出獵獵之聲，好似有數不清的冰碴正在破碎。

司天台監筆直地跪在那裡，就像一根冰柱。如果不是雙眸中仍透出微弱的光，說他是個死人也不爲過。

更準確地說，是一具骷髏。

絕食數日之後，波斯人的隆鼻凹目更加突顯，皮膚薄如脆紙，骨頭彷彿要從下面刺出來，觸目驚心。

「李大人。」

裴玄靜連喚了幾聲，李素的雙眸兀自凝然不動，好像也凍僵了。

「沒用的。」陳弘志的聲音從背後飄過來，「還是隨我進殿避寒吧，裴煉師。」

裴玄靜失望地轉過身去，忽然，她聽見有人在說話：「妳是誰？」

她猛回頭，驚訝地看到波斯人正直勾勾地盯著自己。

「我是裴玄靜。」

「裴玄靜？」李素喃喃，「真的是妳……」

裴玄靜有些納悶，李素怎麼會知道自己的？她說：「請李大人隨我到偏殿暫坐，有些話我想問一問李大人。」

裴玄靜伸手去扶李素，卻像觸到了一塊冰。她一愣，又聽李素在問：「裴玄靜，妳是裴玄靜？」

「我是。」

「李長吉？妳與他成婚了？」

裴玄靜大驚：「長吉？李大人緣何提到長吉？」

「果然是妳……」李素居然「呵呵」地笑起來，已然凍僵的面皮扯得七歪八扭，看上去極度猙獰。

裴玄靜的震驚無以言表。短短幾天中，已經有不同的人向她提起長吉，而且每次都帶著詭譎的表情欲言又止。裴玄靜實在不能容忍，自己心中最神聖的情感和最美好的人，被一次次用這麼怪異的方式提起，彷彿在說一樁黑暗恐怖的異事。她接受不了這樣的褻瀆，要說就說個清楚！

裴玄靜正色道：「是的，我是李長吉的妻子。不知李大人有何指教？」

「純勾……」

「純勾？」

「對，一把名叫純勾的匕首。」深陷的眼眶裡閃著綠光，像貓眼，連表情也帶出貓兒玩弄老鼠般的促狹，李素那張半死的面孔突然變得生動起來，他端詳著裴玄靜，「李長吉的手中有一把純勾，他給妳看過嗎？」

裴玄靜無法回答。

李素臉上的笑容卻越擴越大：「哈哈，我明白了。我全明白啦！」

「你明白什麼？」

李素朝裴玄靜招手：「妳過來，近前來說。」又壓低聲音，「可不能讓別人聽到。」

她不由自主地靠近他。

「純勾還在嗎？」李素悄聲問，「在妳手上吧？」

「不，我沒有……」

李素又笑起來：「對，不要承認，千萬不要承認。尤其不能讓聖上知道。」

「聖上？」

「妳不知道嗎？天底下他最怕的就是那個……哈哈，可惜天算不如人算，報應啊！」

「我聽不懂你在說什麼！」

「不，妳不必懂。妳只要知道，那把匕首性命攸關，它是劫數！皇帝的劫數！大唐的劫數！」

「你們在吵什麼？」陳弘志匆匆趕來，急道，「求求二位小聲點兒吧，萬一把聖上給吵醒了，誰都沒好果子吃！」

他還沒說完呢，李素突然掙扎起身，跌跌撞撞地向清思殿的御階跑去，沒跑幾步，又摔倒在地上，聲嘶力竭地喊道：「陛下，陛下！吾兒李景度犯下十惡不赦之罪行，自作孽不得活！波斯復國無望，李素備受大唐皇帝恩典無以爲報，只求以一死謝罪！願陛下千秋萬歲！願大唐國祚永昌！」

他向前猛衝，腦袋結結實實地撞在御階上。血水四濺，李素直挺挺地倒了下去。

陳弘志跑過去一看，頓時嚇得面色煞白：「完了完了，這可如何是好！」

他正急得團團亂轉，又一陣急促的腳步聲由遠而近，伴隨著甲械相擊，殺氣騰騰。

陳弘志抬頭看去，覆著一層冰霜的地面反射刺目陽光，使眼前的一切都變得白茫茫的。崇殿巍閣的大明宮，彷彿突然之間變成了赤地千里。

直到郭鏦奔到面前，陳弘志才把他認出來。

「郭大人……」招呼沒打完，卻見郭鏦直愣愣地瞪著李素的屍體。

「哎喲！」陳弘志忙說，「這司天台監大人冷不丁就觸柱而亡了，郭大人來得正好，待會聖上責問起來，您可得給我作證啊。」

「作證？我什麼都沒看見，怎麼作證？」

陳弘志一愣，郭鏦爲人忠厚，向來好脾氣，今天怎麼也如此火爆。

「聖上呢？我要立刻見聖上！」郭鏦臉紅脖子粗地喊。

陳弘志撲上去捂他的嘴：「我的京兆尹大人啊！您又不是不知道，這個點兒聖上還在小睡呢，小聲點、小聲點啊！」

「不行，你去把聖上叫醒！」

陳弘志撲通跪在他面前：「您就饒了我吧！」

郭鏦這才沉默下來，陳弘志見他不再堅持，總算鬆了口氣，又見郭鏦擺了擺手，讓跟隨的兵卒將兩具擔架放下。

即使空曠無垠，即使疾風勁吹，當這兩具擔架靠近時，清思殿前還是瀰漫開一股令人作嘔的臭氣。

陳弘志捂著鼻子問：「郭大人，您抬了什麼來呀？」

「吐蕃囚犯論莽替。」

郭鏦掀開蓋在論莽替面上的布，陳弘志好奇地湊上去看：「吐蕃囚犯？」忽然「媽呀」一聲，向後跌倒。

糾結纏繞，已經辨不出本色的毛髮堆在面孔四周。整張臉腫得像個西瓜，還是被砸爛的西瓜，腦漿混著鮮血和其他認不出來的穢物，簡直五彩繽紛。臉上皮開肉綻，眼珠吊在眼眶外，鼻子歪斜，嘴巴大張著，黑紅色的涎沫已經凝固了。一條撕裂的傷口，貫穿整個脖頸，幾乎將其截爲兩斷。

最可怕的是，這張臉上遍佈洞孔，密密麻麻如同蜂窩一般。

陳弘志喘著粗氣問：「我的天，這是您幹的？」

「我？」郭鏦苦笑，「我與這吐蕃人並無深仇大恨，何至於此！」轉向裴玄靜道：「多虧了裴煉師啊。裴煉師所料不錯，吐蕃人果然從金仙觀地道潛入太極宮，又用硫磺硝石炸開牢牆，救出了論莽替，所幸我等及時趕到，那幫吐蕃人來不及逃走，終究寡不敵眾被我等誅殺了。喏，這個論莽替也沒能逃脫。」

裴玄靜默默地點了點頭。她似乎還未從李素的慘死中緩過來，向來沉靜的目光也有些飄忽，從郭鏦的臉上移到論莽替，又慢慢移向旁邊的擔架。那副擔架上的人是合撲向下躺著，身量比論莽替小多了。

她猶豫了一下，問郭鏦：「論莽替是被炸死的嗎？」

「不是。他跑了，都快跑到金仙觀了。」郭鏦的語氣很奇怪，「我原以爲肯定抓不住他了。可沒想到，他就死在金仙觀底下的地窟裡。」又指著論莽替道：「我們找到他時，他已經死了，就是這個模樣。臉，是用石頭反覆砸的；脖子上的傷口，是用牙咬開來的。」

陳弘志怪聲插嘴：「用牙咬的？」

郭鏦橫了他一眼，繼續對裴玄靜說：「還有論莽替臉上的那些窟窿，是用這個東西扎的。」

他將一根細細的金簪遞過去。

裴玄靜的雙手劇烈顫抖起來。由於持續的磨損，金簪的尖端變得銳利似針。掛在尾部的紅穗子也只剩下稀稀拉拉的幾根線，將斷未斷，但她還是一眼就認了出來。

她尖叫起來：「這是從哪裡來的？」

郭鏦被她嚇了一跳，指著論莽替身旁的擔架，話還沒說出口，裴玄靜就撲了過去。

李彌早已面目全非，但裴玄靜知道是他。他的臉比之論莽替好不了多少，同樣血肉模糊，可以想見當時的生死搏鬥有多麼激烈。唯一不同的是，李彌的臉上沒有那些密密麻麻的窟窿，這使他看起來稍微不那麼可怕。

李彌全無聲息，她卻不敢去探一探他的鼻息，只是抖索著取下他嘴邊的一塊皮肉，那明顯是從論莽替的脖子上咬下來的。

「他還活著……」裴玄靜含淚道。

「是活著。只是一見到我們，就舉起那根簪子亂扎，又踢又咬，根本不問青紅皂白。我也是怕誤傷無辜，就命人先將他打暈了。」郭鏦歎道，「卻不知此人是誰，怎麼會和論莽替在一起，又與他有何仇怨。但若非此人，論莽替肯定已經逃跑了。」

他詫異地看到，裴玄靜將李彌的頭輕輕抬起來，抱到懷中。

「煉師妳——」

「我知道他是誰。」裴玄靜溫柔地擦拭著李彌的臉，不管變成什麼樣子，只要稍稍弄乾淨些，清秀的五官便顯露出來，依稀原先的純真模樣，「……他是我的弟弟。」

「哦！」郭鏦也記起來了，這人不就是當初那個差點被皇帝活埋的李家二郎嗎？他不是失蹤了整整兩年了嗎？看來李彌一直就待在金仙觀中，但他又怎麼會殺死論莽替？

裴玄靜的一隻手中還握著那支金簪，憑著它，裴玄靜便能隱約猜出李彌所遭受的，以及禾娘所遭受的悲慘命運……她的心劇烈地絞痛起來。

懷中的李彌睜開了眼睛，眼珠緩緩轉動，最終落到了裴玄靜的臉上。

裴玄靜悲喜交加地呼喚他：「二郎……」

李彌一瞬不瞬地注視著裴玄靜。她立即發現，他的目光與記憶中大不相同，不再有雨後清晨那般沁人心脾的透徹，卻是一片可怕的混濁。

裴玄靜又喚了一聲：「自虛。」她叫得很低聲，但李彌肯定能聽見。

忽然，李彌發出一聲低沉的嘶吼，根本不像是人的聲音！隨即翻身而起，用力把裴玄靜推倒。裴玄靜不及躲閃被壓倒在地，李彌揮拳便向她的臉上身上亂揍。他的力氣大極了，粗暴兇悍，簡直就是一頭發狂的野獸，幾下就把裴玄靜打得天旋地轉。

禁軍一擁而上，才將李彌拖開。

郭鏦上前扶起裴玄靜：「裴煉師，妳沒事吧？」

「他不認識我了……」裴玄靜顫聲道。

「哎呀，此人瘋啦！」郭鏦頓足。

被押在人高馬大的禁軍手中，李彌越發顯得瘦骨伶仃，此刻他又安靜下來，只是簌簌發抖。

裴玄靜上前道：「各位將軍，請勿傷害此人，他是我的親人。」聽到她的聲音，李彌抬起頭，混濁的目光中似乎閃過一星亮色。

郭鏦點了點頭。

軍士們鬆開手，李彌遲疑著向裴玄靜跨出一步。

裴玄靜含著熱淚對他微笑：「自虛，是我，我是嫂子啊。」

李彌又向前邁了一步，忽然，他從裴玄靜手中搶過金簪，轉身便朝清思殿上跑去。

「快攔住他！」

「護駕！」

突然之間，所有人都在喊叫。裴玄靜跟著李彌剛跑到御階上，就被雙雙按倒在地。

她掙扎著抬起頭，一個身穿赭黃袍的人正居高臨下地俯瞰著她。裴玄靜愣了愣，才從那雙威嚴冷酷的目光中認出來——是皇帝。

第二章　鬼推背

1

太液池結冰了，遠遠望過去，就像一個巨大的水晶盤。

裴玄靜聽上年紀的內侍說起，過去太液池幾乎從不冰凍。「天氣變了，大明宮是越來越冷咯。」老太監邊咳邊歎。

也許是眞的變冷了。裴玄靜心想，自己在大明宮中度過的兩個冬天，太液池都凍得硬邦邦的。

玉晨觀位於太液池的西南側，從向東的廊簷上看出去，整個水晶盤就在眼前。盤面並不平整，隱含水波的細微起伏，反射著一點又一點破碎的金色陽光。

從清思殿方向來人的話，必須繞過整個水晶盤。

裴玄靜將東面的房門大敞，目不轉睛地等待著。

在大明宮中，玉晨觀的鐘磬之聲因別具一格的清潤而受到稱頌，並被寫入詩句。鐘聲響了一遍又一遍，她等的人卻遲遲沒有出現。

只有永安公主曾從廊前經過，倨傲地抬著頭，徑直前行。自從上次在三清殿前的談話後，她就對裴玄靜避之唯恐不及。裴玄靜感覺得到公主內心的忐忑和恐慌，但她實在沒有興趣和餘力去揣測其中的含義了。

終於，水晶盤的邊緣照出一行人匆匆趕來的身影——京兆尹郭鏦大人眞夠辛苦的。

「裴煉師！」一見到裴玄靜，他便興沖沖地說，「聖上饒恕了李彌，也答應妳的請求了。」

「太好了！多謝郭大人！」裴玄靜面朝清思殿的方向深深叩頭。這一叩，她是眞心實意的。因爲李彌劫殺了吐蕃囚犯論莽替，所以皇帝赦免了他的一切罪行，並且答應了裴玄靜的請求，將已經完全癡呆的李彌放出宮，送到韓府由韓湘代爲照看。京兆尹郭鏦將親自去辦這件事。李彌不可能留在大明宮中，這是裴玄靜目前所能想到的，最妥善的處理辦法。

李彌已經連話都不會說了，所以不必擔心他再洩露任何機密。儘管如此，皇帝的寬宏大量仍然超乎了裴玄靜的期待。

裴玄靜試探著問：「聖上他……有沒有要召見我？」

郭鏦搖了搖頭。

裴玄靜有些困惑了。整整兩年來，她在大明宮中咀嚼著對皇帝的仇恨，在心中已經把他描繪成了一個惡魔，但是今天他卻對她十分通情達理。皇帝的恩典令裴玄靜倍感不安。她不願意對他心生感激，更害怕自己又一次被利用、被欺騙。

郭鏦說：「裴煉師，關於禾娘的事，我也問清楚了。」

「請郭大人告訴我。」

郭鏦歎了口氣，簡單地敘述了禾娘被吐突承璀的手下抓捕回京，又因熬刑被扔進地牢，遭到論莽替殘酷凌辱直至慘死的過程。

「……他們怎麼可以做出這樣的事。」良久，裴玄靜才能說出話來。

郭鏦低頭不語。

心中的仇恨再度熊熊燃燒起來。裴玄靜清楚地感覺到胸中烈焰舔舐的痛楚，剛剛的猶疑轉瞬而逝，信念重新變得堅定。她冷靜地說：「看來在這兩年裡，李彌其實一直都躲在金仙觀下的地窟中，還很可能親眼目睹了禾娘的慘死，所以會對論莽替恨之入骨……只可惜，如今他已經完全癡了。除非有朝一日他清醒過來，才能說出整個事情的來龍去脈。」

「嗯。」郭鏦亦沉重地點了點頭。

裴玄靜將一張紙遞過去。

「還要麻煩郭大人一件事。」

郭鏦接過紙一看：「這詩……」

「我擔心李彌見到韓郎還會發瘋。所以想請郭大人在送李彌去韓府時，把這首詩交給韓郎。如果李彌不認得韓郎，便可以唸這首詩給他聽。」

「哦？」郭鏦不由得唸起來，「丁丁海女弄金環，雀釵翹揭雙翅光……」他疑道，「這是誰的詩？」

「長吉。」

「哦！」

裴玄靜垂眸道：「我曾與李彌約定，任何人只要對他唸出這首詩，便可以信賴。」

「可是他如今心智迷亂，還能聽明白這詩嗎？」

「能。」裴玄靜堅決地說，「就算他忘記了一切，也一定會記得哥哥的詩。」

「好吧。」郭鏦將紙收入袖中，「哦對了，那些吐蕃人中有一個還活著，經過拷問，供出了飛天大盜的實情，與煉師的推斷相差無幾。據他說，潛伏在長安城中的吐蕃奸細，因需要多方打探情況，所以頗有幾個掌握著飛簷走壁的絕技。元和十一年李素交出地下溝渠的圖紙後，李景度便一直在暗地裡尋找神偷，爲了有朝一日再將圖紙盜回來。結果，兩者便沆瀣一氣，勾搭了起來。」

裴玄靜點頭道：「波斯人富有，除了京兆府中的圖紙和玄都觀中的兩本道經，其餘東西都可以花錢去購買。但一則容易暴露身分，二則以李景度的個性，尤喜製造驚天亂局。這次的飛天大盜案和當年的京城蛇患案一樣，都是用古怪的現象鬧得人心惶惶、天下大亂，乃爲李景度的一大樂趣。當然，這樣做最主要的目的還是轉移大家的視線，讓京兆府把所有的防範力量都放到佛骨上，從而使金仙觀空虛，吐蕃人便可借機行事。爲了不引起懷疑，另一批負責接應的吐蕃人一直等到迎佛骨的前一天才混進長安城。因爲他們早就預料到，那天會有許多胡僧趕著入城，便乘亂偷盜了通關文牒，冒充于闐僧人的身分混進來。」

「有道理，有道理。」郭鏦連連感慨，「眞是多虧了煉師，還有李彌……終使他們功虧一簣。」

裴玄靜卻在想，李景度和吐蕃奸細算是罪有應得了。可是李素呢，他又有什麼罪？

李素慘烈地自絕於清思殿前，竟無人再提及。爲什麼？難道佛骨案告破，司天台監的生死就引不起任何興趣了？裴玄靜的心中涼意叢生。還有，李素臨死前所說的話究竟是什麼意思？純勾，他爲什麼會知道長吉和純勾的關係？

千頭萬緒一時無法釐清，裴玄靜抬起頭來，驚訝地發現京兆尹還沒有離開。

案子不是已經破了嗎？

郭鏦遲疑著問：「裴煉師，妳想不想去看一看三清殿？」

「三清殿？」

「不是大明宮的三清殿，是太極宮裡的三清殿。」郭鏦知道裴玄靜誤會了，忙解釋道，「太極宮裡也有一座三清殿，三清殿中亦有一座祭天台，關押論莽替的地牢就建在那座祭天台的下面。」

原來如此！

裴玄靜的心中微微一動。長安城中三大內，東內大明宮和南內興慶宮，她都已經在其中探尋過秘密了。現在，連西內太極宮的秘密也在等待自己了嗎？

裴玄靜抬起頭，對郭鏦淡淡一笑：「郭大人，我可以去嗎？」

「當然可以！」

馬車向西穿過右銀台門，便一路向南而行了。

走了一段，郭鏦開口道：「因大唐尊道，當年高祖皇帝遷入太極宮時，三清殿就建好了，專爲供奉太清、上清和玉清三神。後來太宗皇帝在修建大明宮時，同樣也建了一座三清殿。自高宗皇帝起，三清供奉轉到大明宮中，太極宮中的三清殿便棄之不用了。只是，在這座三清殿的祭天台下面，建有一個頗具規模的地窟。」

裴玄靜問：「和金仙觀下面的一樣嗎？」

「比金仙觀下的地窟更大更堅固。」郭鏦道，「正因爲有這兩座地窟的存在，使得在兩座道觀之間修築地道會比較容易。」

「地道究竟是何人所建？爲何而建？」

「金仙觀下地窟直通太極宮三清殿中祭天台的地道，是在大曆年間挖掘而成的。」

「大曆年間？那就是代宗皇帝的時候了？」

「正是。」郭鏦乾巴巴地講述起來，「裴煉師肯定知道，金仙觀是當年睿宗皇帝爲金仙公主修道所建的。此後，皇家歷代公主有出家修道者，均以金仙觀爲首選。大曆年間，代宗皇帝的女兒華陽公主也曾在金仙觀出家。華陽公主生得聰明美貌，從小就備受代宗皇帝的喜愛，只是體弱多病，代宗皇帝特意讓她發願修道，就是祈盼能消災祛病。可惜華陽公主福薄，終究還是在二十歲剛出頭時便病薨了。華陽公主離世，讓鍾愛她的代宗皇帝深受打擊，沒過幾年也晏駕西去了。華陽公主是在大曆五年入道的，年十八歲，二十二歲薨逝，共計修道四年有餘，一直都在金仙觀中。但是直到代宗皇帝駕崩之後，他爲華陽公主在金仙觀下修築地道之事，才爲人所知。」

裴玄靜驚訝地問：「竟是代宗皇帝下令修築的地道？」

郭鏦頷首：「是啊。代宗皇帝愛女心切，儘管華陽公主修道的金仙觀就在皇城之側，但他仍然不放心，恨不能日日見到女兒。可是不論皇帝出宮去見公主，還是公主回宮拜見父皇，都是相當麻煩的一件事。所以，代宗皇帝便想出了修築地道這個主意。」

「原來如此。」裴玄靜問，「那後來又怎麼會把論莽替關進去的呢？」

「請煉師聽我說。貞元十六年唐吐大戰，劍南節度使韋皋抓到了吐蕃內大相論莽熱，將其送至長安關押。因爲論莽熱的身分特殊，爲了找一個秘密又妥當的關押地點，令德宗皇帝頗傷腦筋。最後還是先皇提出建議，將論莽熱關押到太極宮三清殿下的地窟中。先皇認爲，這樣就等於把論莽熱關在皇宮大內，吐蕃人縱有天大的本事，也不可能衝破宮禁來救人。而且太極宮中的三清殿廢棄已久，南、北面各爲掖庭宮和皇家大倉，都是戒備森嚴的所在，周圍從無閒人來往，可以保持絕對機密。」

裴玄靜贊同：「這個主意很周全。」

「當時朝中僅有德宗皇帝和先皇，以及幾位宰相知道論莽熱的關押地點。可是正當大家都認爲萬無一失的時候，論莽熱卻逃走了！」

裴玄靜沒有追問論莽熱是如何逃跑的。謎底昭然若揭，就在眼前。

「裴煉師已經猜到了吧？論莽熱正是通過地道從金仙觀逃出去的。更可恨的是，他還將金仙觀中修道的女冠幾乎屠殺殆盡。」

「當時金仙觀中有女冠？」裴玄靜十分意外。

「有。」郭鏦重重地歎了口氣，「當時在金仙觀修道的皇家女眷正是——郭貴妃。」

裴玄靜不覺睜大了眼睛。沒想到郭念雲也曾入道，而且就在金仙觀中？

「只是很短的一段時間。」郭鏦略顯尷尬地說，「那時郭貴妃剛嫁給聖上不久，新爲廣陵王妃。二人都年輕氣盛的，難免有些嫌隙。具體發生了什麼我也不太清楚，只聽說廣陵王妃突然提出要入道觀靜修，德宗皇帝竟准了她。由於廣陵王妃的身分，最適合她修道的地方便是金仙觀了。」

「難道說，就是在郭貴妃於金仙觀修道的期間，論莽熱逃跑了？」

「沒錯。」郭鏦用心有餘悸的口氣說，「不幸之中的萬幸，雖然金仙觀遭到滅頂之災，但廣陵王妃卻毫髮無損，只……受了點驚嚇。」

「眞的嗎？」

「……其實還是有傷害的。廣陵王妃受此驚嚇，小產了，是個男嬰。那本該是當今聖上的第一個皇子啊。唉！」

沒想到金仙觀中竟還藏著如此驚人的往事。裴玄靜再次體會到了帝王家的可怕負荷。一切家事都是國事，一切個人的恩怨情仇都可能影響到天下興亡。

她彷彿又看到了皇帝要將所有人活埋時的目光。裴玄靜一直認爲，他的目光充滿了兇殘。現在卻突然想到，其中會不會還包含了隱痛？誰知道呢？沒人能夠眞正地瞭解他，因爲天下只有他一人，是完全徹底地屬於這個帝國的。

郭鏦說：「金仙觀一案至今疑雲重重。首先，論莽熱關押在太極宮三清殿下地牢是絕對的機密，吐蕃人如何能夠得知？其次，宮中的三清殿和宮外的金仙觀之間有地道相連通，更是絕密中的絕密，又是怎麼洩露出去的？」

這兩個疑點的確太重大了。裴玄靜追問：「後來都查清楚了嗎？」

「論莽熱一逃，德宗皇帝震驚，還是先皇搶著把案子攬下，力辯當務之急是追回論莽熱。其他問題，可以待解決了論莽熱之後再做處理。先皇派出了一名東宮死士，此人不辱使命，一路追殺到唐吐邊境，終於在那裡趕上了論莽熱，將其射殺後，懸頭顱於邊城的旗杆之上，總算沒有讓論莽熱逃回吐蕃。論莽替是論莽熱的兄弟，從吐蕃趕到邊境上接應兄長，反而被大唐守軍逮住，送回長安，接替他的哥哥成爲大唐的人質。」說到這裡，郭鏦方才露出晦澀的笑容，「有了論莽替在大唐爲人質，吐蕃這十幾年來始終不敢輕舉妄動，終究維持住了唐吐邊境上的安寧啊。」

裴玄靜聽得驚心動魄：「眞是多虧了那位東宮死士，他叫什麼名字？」

「……他已經去世多年了。」

裴玄靜意識到，是自己唐突了。東宮死士的身分，註定了此人只能是一位無名英雄。她換了一個問題：「那麼之前提到的兩個疑點呢？後來找到答案了嗎？」

郭鏦搖了搖頭。

「抓住論莽替之後，先皇命人在金仙觀通往三清殿的地道中修築了一道鐵門，徹底封死了兩者之間的聯繫。論莽替仍被關押在三清殿下的地牢裡，爲了以防萬一，還加設了一個鐵籠。從那時起到現在，整整十六年，論莽替就一直待在那個鐵籠子裡。金仙觀也被封閉了，直到幾年前，聖上命裴煉師入觀修道時才頭一次打開。」

來龍去脈，漸次清晰。裴玄靜卻沒有撥雲見霧的暢快感。這些謎底，一個比一個沉重，以至於她開始覺得，假如每揭開一個眞相，就如同撕開一塊血淋淋的皮肉，那麼有些眞相是否永遠不去面對，反而更好呢？

在金仙觀和三清殿的秘密中，仍有許多不清不楚，尤其是郭鏦提到的兩點：貞元十六年時，吐蕃人是如何得知論莽熱關押在三清殿地牢的；又是如何發現從金仙觀到三清殿的地下通道？從郭鏦的敘述來判斷，這兩個秘密只掌握在朝廷最上層的幾個人手中，所以秘密洩露的途徑一定駭人聽聞。

也許正因此，先皇才採用了封閉金仙觀，並築鐵門的方式。他封堵的究竟是什麼？

郭鏦打斷了裴玄靜的沉思：「裴煉師，今天本官特意懇求了聖上，請他允許我向煉師談起這些往事。只因我看到李彌今天的樣子，心中著實不忍。你們原本與這些皇家隱秘毫無瓜葛，卻被硬生生地牽扯進來，還因此遭受到了許多不公。本官覺得，應該給你們一個交代。唉！怎奈我只能說到這裡，我所知道的也只有這些。」說著，向裴玄靜深深一揖。

「郭大人不必如此！」縱然心中仍有許多不平和懷疑，裴玄靜還是被打動了。她看得出來，郭鏦的歉意是真誠的。她更看得出來，郭鏦真誠地盼望隨著論莽替的死，金仙觀和三清殿底下連通皇宮內外的地道，以及所有相關的秘密，都能夠一起死去。

也許他是對的。這些秘密除了帶來更多的傷害，並不能帶來其他。

只有一點出乎裴玄靜的意料，帶自己來看三清殿並非皇帝的命令，而純粹是京兆尹大人的一番好意。

馬車停了下來。有人在車外喚道：「郭大人，三清殿到了。」

2

眼前是一大塊空地，寸草不生。空地的中央豎立著一座圓形的漢白玉祭台，和大明宮中三清殿的祭天台規式完全相同，只略微小了些，也沒有那些五光十色的琉璃和鎏金裝飾。數名禁軍肅立前方。他們的頭頂上，朔風鼓動旌旗獵獵，是周遭唯一的聲響。

毫無疑問，這裡就是吐蕃奸細和大唐禁軍殊死搏殺的現場了。可是——三清殿呢？三清殿在哪裡？

裴玄靜問郭鏦：「郭大人，爲何只見祭台，三清殿在何處？」

「就是這兒。」郭鏦平淡地回答，「大曆五年時，三清殿遭到雷擊，付之一炬了。當時，代宗皇帝所封的國師羅義堂正在三清殿中修煉，也與三清殿一起化爲了灰燼。」

羅義堂？裴玄靜記得這個名字。在追蹤玉龍子時，韓湘曾提到玄宗皇帝拜眞人羅公遠爲師修道，羅公遠有一位再傳弟子就叫羅義堂。後來，羅義堂又收了馮惟良爲徒。裴玄靜和韓湘曾經推測，玄宗皇帝所持有的玉龍子，正是循著這條線索流傳到天台山去的。但是，羅義堂怎麼在大曆五年就死於天火了？

她問：「羅國師就此葬身火海了嗎？」

郭鏦回答：「據說著火時羅義堂完全有時間逃離，卻留在了大火中。火滅之後，在三清觀的廢墟中並沒有發現他的殘骸，所以有傳言說，羅義堂是火解成仙了。」

那就對了。裴玄靜心想，馮惟良所拜的師父應是成仙後的羅義堂。她又問：「祭天台沒有受到大火波及？」

「沒有。三清殿燒光了，祭天台卻毫髮無損。」

也就是說，從大曆五年起，所謂的太極宮中三清殿，就只剩下眼前這一座光禿禿的祭天台了。裴玄靜望著它，感覺十分怪異。

「地牢的出口就在祭天台裡面。煉師妳看——」郭鏦用手一指。

裴玄靜望過去，祭天台周圍的磚地上還能看到斑斑血跡：「我可以下去看看嗎？」

郭鏦爲難：「此處周邊均爲禁地。我們只能駕車經過，不可擅停。」

「好吧。」裴玄靜不再堅持了。

馬車在祭天台前徐徐繞了一個圈，便掉頭駛離了。匆匆一瞥，裴玄靜只覺此地異常的陰冷荒蕪。白茫茫的一大片，唯有寒風陣陣，貼著地面刮過去，卻連一粒塵土都未拂起。即使在最荒涼的野外，至少也有枯草灰塵，而這裡除了一座光禿禿的祭台之外，再無其他。

裴玄靜一直想當然地以爲，太極宮西隅向北是皇家大倉，向南是掖庭宮，故而此地應處於重重宮闕的包圍之中。眞當置身其中時，方知自己的想像太有限了。實際上，此處就是兩堵高牆相夾的一條狹長地帶，本身就像是一個巨大的監牢。

這裡眞是她此生所見過的，最令人絕望的地方。

裴玄靜問：「祭台，還有下面的地窟，今後會怎麼處理？」

「方才聖上與我大致商議了一下，打算用砂漿和泥灌下去。金仙觀那邊也同樣處理，把地道徹底灌滿封死，以絕後患。」

裴玄靜點了點頭。既然再沒有囚犯需要關押在地牢中，那麼將地道徹底毀掉，的確是一勞永逸的最佳選擇了。但願那些撲朔迷離的往事也能從此湮滅，再不要給後人帶來新的磨難了。

她也願將過去種種拋諸腦後，還是乘著這難得的機會，看一看太極宮吧。

掀起車簾，眼前茂林蔥蔥，成排的松柏在寒冬中依舊蒼翠。離開祭天台沒走多遠，景象就煥然一新了。大明宮宏偉壯麗，細微處仍然有著恢弘的氣魄，而眼前的這片林木，肅穆卻又含蓄，彰顯著樸實無華的莊重。

原來這才是長安城中最古老的宮殿——太極宮的眞容。

馬車正從一排簡樸的房舍前經過，簷柱梁牆均未塗彩漆，因歲月風霜而顯得色澤沉暗。裴玄靜在大明宮中從未見過不設彩的房舍，驚奇地問：「這些房子是……」

郭鏦探出頭去看了看：「哦，那些是原來三清殿的偏殿，給下等宮奴居住的。」

「沒有一起被燒毀嗎？」

「聽說大曆五年的那場大火，風是朝西面吹的，所以只把三清殿的正殿給燒光了。偏殿在東，未受牽連，不過也讓煙給熏黑了一層。」郭鏦向簾外示意，「多虧吹的是西風啊，要不然很可能把它也燒著了，那可就糟了。」

「它？」

裴玄靜順著郭鏦的目光望去，卻見前方的那一片松柏林，越顯蒼鬱清雅，一座小樓隱隱藏身於林中。寒煙籠翠，小樓朦朧的身姿裡似乎有著某種難言的熟悉之感……

「凌煙閣！」她叫出聲來。

郭鏦微笑道：「是的，凌煙閣就建在三清殿的東側。當年的那場大火幸虧沒有波及到它，否則後果才眞是不堪設想呢。」

裴玄靜目不轉睛地盯著凌煙閣，心潮起伏，難以自已。

她忍不住懇求道：「郭大人，我可以過去看看嗎？」

「這……裴煉師啊，非是我爲難於妳，這凌煙閣平常是進不去的。只有在節慶或祭奠的特殊日子，由聖上帶領著方可入內。所以……」

「我不進去，就在外面站一會兒，可以嗎？郭大人！」

郭鏦無奈地點了點頭。他本性忠厚，又覺得欠了裴玄靜的情，實在沒辦法拒絕她。

馬車就停在松柏林前。裴玄靜下了車，緩步向凌煙閣走去。她走得很慢，鞋底踏在林間雜草小道上，發出窸窸窣窣的聲響。小徑兩側的石燈籠已被百年風雨雕琢得十分光滑，內部長滿青苔。周圍盡是參天古木，每棵蒼松的樹身都比一人環抱還要粗——樹猶如此，須知它們都與大唐同齡。

凌煙閣佇立在松柏環繞的林蔭盡頭，周圍沙土鋪地。樸實無華的三層小樓，即使裴玄靜已經數度看過它的模型，仍然被其洗盡奢華的眞實模樣所震撼。

大明宮中隨便一座樓閣，都比它富麗百倍。但就是這座小樓，凝聚著大唐兩百年來的忠魂，奠定了整個帝國的根基。也許正因爲功勳太偉大，業績太輝煌，只有回歸本質才能配得上它。

裴玄靜在凌煙閣前站定。被兩百年的滄桑包圍著，她感到內心一片空靈，難得的平靜。

「男兒何不帶吳鉤，收取關山五十州。請君暫上凌煙閣，若個書生萬戶侯。」

「長吉，長吉。」她在心中默默呼喚這個名字，「你可知一切均由你而起……」

「裴煉師！」

裴玄靜驚訝地望著那個剛從凌煙閣中閃身而出的女子——宋若昭。

「眞想不到在此巧遇。久違了，裴煉師。」宋若昭笑意盈盈地來到她的面前。

裴玄靜這才回過神來，忙道：「好久不見。宋四娘子，別來無恙？」

最後一次見到宋若昭還是在襄陽公主的婚禮上。一眨眼兩載已過，她的外表倒是沒什麼變化，容顏嬌美而態度從容，雖著一身男裝，但那柔軟輕盈的舉止，誠如臨水照花一般旖旎多姿，惹人憐愛。

眞有意思。裴玄靜不禁心想，進入大明宮這兩年來，許多人她都見不到了。可是突如其來的，他們又都一個接一個地出現了。

「裴煉師怎麼會到太極宮來？」宋若昭微笑著問。

「我……」裴玄靜朝身後看了看，郭鏦大人遠遠地站在松柏林外，正朝這邊張望呢，「是郭大人帶我來看三清殿的。」

「三清殿？」宋若昭的眼珠一轉，「我知道了，吐蕃人質的案子是裴煉師破的。」

裴玄靜微笑著默認了，宋若昭還是那麼聰明。

宋若昭過來牽裴玄靜的手：「請煉師隨我來。」

「去哪兒？」

「入淩煙閣一觀啊。」

「我可以嗎？」裴玄靜半信半疑地問，「郭大人說過，沒有聖上的許可，任何人不得擅入淩煙閣。」

宋若昭又是一笑：「煉師不想進去看看嗎？」

「當然想。」

「那就走吧。」宋若昭道，「我有聖上的特許，煉師無須多慮。」

裴玄靜不再遲疑，跟隨宋若昭走進凌煙閣。

閣內一如其外，雕梁畫棟一應皆無。四面牆上一幅接一幅連綴著的，全都是功臣的畫像。無須仔細去辨認，裴玄靜知道他們是誰，所以她不敢直視，唯恐自己的目光會冒犯到他們。

在宛若永恆的靜謐之中，裴玄靜沒有想到皇帝，沒有想到武元衡，甚至沒有想到長吉。凌煙閣剝奪了她的思維，也將一切多愁善感的情緒擋在門外。無上的崇高裡，沒有喜怒哀樂的位置。

良久，裴玄靜轉回身，向默默在側的宋若昭問：「我聽說凌煙閣平常無人可以出入，爲何四娘子會單獨在此？」

「煉師聽說過《推背圖》嗎？」

「《推背圖》？」裴玄靜聞所未聞，「那是什麼？」

「裴煉師沒有聽說過《推背圖》，但一定聽說過李淳風和袁天罡這兩個人吧。」

裴玄靜點了點頭。

在大唐，李淳風和袁天罡確實無人不知，無人不曉。據傳，這兩位都是太宗皇帝貞觀年間的奇人，精天文、曆算，擅易學，尤以相術卜卦爲長。關於袁天罡，最廣爲人知的傳說，就是他在則天女皇剛出生後不久，便根據嬰兒的容貌斷言：「龍睛鳳頸，極貴之相。若是女孩，當爲天下主。」幾十年後，武則天果然登基成了大周皇帝，成就一代女皇的曠世傳奇，袁天罡的神奇預言也隨之流傳天下。

李淳風與袁天罡是同時代人。據說二人相交甚厚。袁天罡始終與朝廷若即若離，李淳風卻曾入仕爲官，在貞觀年間先後任過太史丞和太史令，掌管天象和曆算。而民間流傳最廣的李淳風的故事，竟然也與女皇武則天有關。

貞觀年間，太宗皇帝不知從哪裡得到一本秘讖，對大唐國運預言道：「唐三代後，有女武代王！」預示大唐三代後，江山將會落入一個武姓女子的手中。這當然令太宗皇帝深爲不安，便召來太史令李淳風解之。李淳風當即推算出，這名武姓女子已經入宮，預測中的徵兆已成。數十年後，這個女子將成爲大唐帝國的統治者，李家子孫會遭到她的屠殺。太宗皇帝駭然，立即命李淳風找出此女並誅之。李淳風卻阻止了太宗皇帝。他說，武姓女子將爲帝，這是天命，天命不可違。然四十年後，此女已老，人老慈祥，即使奪取了陛下的江山，也只是暫時的。李氏血脈仍能延續，有朝一日還可重掌社稷。但如果陛下現在就殺了她，按照天命，她將死而復生。那麼四十年後，此女仍在少壯之年，必然更加嗜血兇殘，恐怕陛下的子孫後代將無遺類了。

太宗皇帝非常信任李淳風，便採納了他的建議。果然一切如李淳風所料，到了裴玄靜所生活的時代，統治大唐的仍然是李家的後代，當然，也是武則天的後代。對於這一局面的形成，術士袁天罡和李淳風都成功地預見到了。

預知未來，便是裴玄靜對袁天罡和李淳風這兩位奇人的認識。

宋若昭說：「《推背圖》爲李淳風所作，是他對後世的預言。請煉師隨我來。」

一片中隔將凌煙閣的大廳分爲南、北兩部分。中隔的北面題寫：功高宰輔；南面題寫：功高王侯。由此可見，南、北兩側的功臣畫像是有等第之分的。宋若昭將裴玄靜直接帶到寫著「功高王侯」的這半廳中，只見空蕩蕩的廳堂中央，放置著唯一的一張檀木桌案，案上擱著一個小小的金匱。純金的九龍浮雕色澤幽暗，顯示年代久遠。

宋若昭手指金匱：「裴煉師，《推背圖》就存放在裡面。換句話說，在這個小小的金匱中，收藏著大唐的國運。」

裴玄靜還未及表示，宋若昭便將金匱打開了。

「煉師，來看看吧。」她微笑著說，「這可是千載難逢的機會。」

裴玄靜的心疾速跳動起來，她當然懂得「天機不可洩露」的道理，何況按照宋若昭的說法，金匱中所藏的是大唐的國運，自己只是芸芸眾生中的一個渺小女子，怎敢窺破如此驚天的國之要害。

見裴玄靜在猶豫，宋若昭道：「煉師不必害怕，《推背圖》不是那麼容易看懂的。見之無妨。況且，」又嬌俏一笑，「我都看得，裴煉師為何看不得？」

裴玄靜心中一動，便走上前去。

金匱中果然盛放著一沓書寫過的舊紙。宮中專用的黃麻紙在歷經歲月之後，泛黃的部分變得深淺不一，斑斑駁駁。紙上不僅有字，還有畫。準確地說，是一幅畫旁配著一行字，還有一首五言詩和一首七言詩。

宋若昭在裴玄靜的耳邊低聲說：「據傳在作這部預言書的時候，李淳風將自己關於密室之中，不飲不食，不眠不休，竟然推測到了後世兩千多年的興亡變遷。直到好朋友袁天罡破門而入，在李淳風的後背上推了一掌，喝道：『天機不可洩露，且止吧！』李淳風這才停下筆來，遂將這部書命名為《推背圖》。又因李淳風認為，對未來之事的預測不能用言語直接表述，所以便將他的預言都畫成了圖。他一共作了六十幅畫，每幅畫對應《易經》中的一卦。為了幫助後人理解，每幅畫又配一讖，及一詩。除了首尾的兩幅之外，共有五十八則預言。」

裴玄靜好奇地問：「那是不是說，要讀懂《推背圖》中的預言，就必須結合圖畫、卦象，再由讖和詩的語義中引申出來，根據《易經》八卦的指示會意，方能領會出李淳風預言的實質？」

「可以這麼說。」

裴玄靜遲疑了一下，問：「這本《推背圖》被解開了嗎？」

宋若昭回答：「《推背圖》寫成之後，因爲其中含有大唐國運的興衰，甚至朝代更替的未來，所以太宗皇帝嚴令秘藏於宮中，絕不能使之流傳出去。不過，宮中對於《推背圖》的解讀一直在秘密地進行著。只是……」她赧然一笑，「至今爲止，眞正解出的只有四幅。煉師想知道是哪四幅嗎？」

「不。」裴玄靜堅決地說，「我倒想知道，《推背圖》爲何會在凌煙閣中？」

「這是太宗皇帝的旨意。」

裴玄靜只能擅自揣測太宗皇帝的用意，是不是想要用功臣們的英魂鎮守大唐江山，從而將《推背圖》中所有不祥的預言都壓制住呢？

她不由自主地抬頭環顧，鼓起勇氣來直面那一幅接一幅眞人大小、纖毫畢現、栩栩如生的畫像。他們中的每一位是誰，裴玄靜認不出來。但是，她的目光被一位清臞老者吸引住了。他的神態太過嚴肅悲憫，包含著譴責，和其他人都不太一樣。

宋若昭低聲說：「那是魏文貞公。」

魏徵！

裴玄靜有些明白太宗皇帝的用意了：如果《推背圖》是對大唐後世的預言，那麼〈蘭亭序〉是不是也可算作是對李唐命運的警示，或者象徵呢？有因才有果。所有的未來都埋藏在過去。大唐的緣起，不都藏在這座凌煙閣中嗎？

她收回目光，問宋若昭：「敢問四娘子，歷來都由什麼人在破解《推背圖》？」

宋若昭道：「自太宗皇帝以降的列位先皇，都曾指定自己最信任的人破解過《推背圖》。但爲了確保《推背圖》不外傳，任何人都只能到凌煙閣裡來查閱，而絕不允許將圖和詩抄錄攜帶出去。」

「可是……」裴玄靜欲言又止。

宋若昭微笑：「我知道煉師想說什麼。沒錯，這些圖和詩並不複雜，就算不能抄錄下來，憑腦子記憶也不成問題，出去以後可以再默寫出來。所以，歷來被允許閱讀和破解《推背圖》的人，都是皇帝最信任、最忠誠的臣子。」

裴玄靜看著宋若昭，直截了當地說：「如此看來，四娘子便是聖上最信任的人。」

宋若昭坦然回答：「不，裴煉師誤會了。聖上最信任……曾經最信任的人，是我的大姐。」

宋若華！

「從德宗皇帝開始，到先皇，再到當今聖上，他們任命破解《推背圖》都是同一個人——我的大姐宋若華。」

裴玄靜剛要開口，傳來一陣急促的敲門聲。

「裴煉師！裴煉師！妳在裡面嗎？」是郭鏦在外面叫。

裴玄靜心說不好，忙應道：「是，我在。請郭大人少安毋躁，我馬上就出來！」

突然，她的手被緊緊地攥住了。宋若昭的柔荑冰涼，微微顫抖，臉色亦有些發白。

裴玄靜說：「請四娘子放心，方才的那些話，我不會對任何人說起的。」

「不。」宋若昭連連搖頭，壓低聲音急促地說，「裴煉師曾爲我的二位姐姐伸冤，是柿林院的恩人，也是若昭在大明宮中唯一信任的人！蒼天有眼，今天又讓我遇上了裴煉師，實爲若昭之幸、柿林院之幸！接下來的這些天裡，假如煉師聽說凌煙閣中發生了什麼異事，假如……若昭遭遇了不幸，還望裴煉師能對柿林院再施援手，搭救我的小妹若倫免於災禍！」

裴玄靜駭然。宋若昭卻已飛快地鎖上金匱，將一把金色的小鑰匙靈巧地藏入袖囊中，拉起裴玄靜趕到門前，打開了凌煙閣的大門。

「妳們……」

「郭大人。」宋若昭衝著郭鏦盈盈一拜，「我許久未見裴煉師，今日恰好碰上，便硬拉著她入凌煙閣中敘談了幾句。還請郭大人見諒。」

須臾之間，她又恢復了巧笑倩兮的從容模樣。

郭鏦輪流看了看兩名女子，歎了口氣：「裴煉師，天色不早，咱們回去吧。」

3

回到玉晨觀時，正撞上柳泌滿面春色地從永安公主起居的正殿出來。裴玄靜從見到裴玄靜，柳國師立馬換了一副死樣怪氣的嘴臉，也不打招呼，便揚長而去了。裴玄靜從正殿前經過，按照禮數道了聲：「公主殿下，我回來了。」

永安公主在裡面應道：「是裴煉師嗎？請進來吧。」

裴玄靜只得邁步進去。

夕陽西斜，偏東的正殿就顯得昏暗了。永安公主的臉上滿是陰影，使她看起來悲哀而憔悴。

「煉師忙了一整天啊？」她言不由衷地說。

裴玄靜簡單地回答：「奉聖上旨意辦事。」她心裡有事，不想和永安公主多敷衍。

「哦，」永安公主悻悻地說，「皇兄終究還是相信裴煉師的。」

裴玄靜苦笑：「相信我？」

「當然了。他對我就毫不在意，這兩年乾脆連話都不與我說了。」

裴玄靜垂下眼簾。

「皇兄嫌棄我。過去阿母在時，他還對我留著幾分情面。如今阿母也去了，我眞怕他……」

裴玄靜越聽越不對勁，皺眉道：「公主殿下，發生了什麼事？是不是柳泌對妳做了什麼？」

「他、他要我陪他去做法事。每天晚上都要去。」永安公主帶著哭腔說。

「還有這等事？妳爲什麼不拒絕他？」

「我不敢。」

「不敢？公主殿下，請恕我直言，妳實在不必對柳泌這般忍讓。他算個什麼東西！」

「他說，是皇兄命我陪同他作法的。」

「笑話。」裴玄靜覺得自己的耐心快要耗盡了，「聖上怎麼會管這種事？就算有這樣的旨意，也必然是柳泌進讒言的結果。」

「可是現在該怎麼辦呀？」永安終於哭了出來，「我真的不想去，但如果我不去，就是抗旨不遵啊。裴煉師，妳說我該怎麼辦呀？」

裴玄靜真的很想說，妳自作自受，我能有什麼辦法。但她還是勉強按住性子，問：「柳泌要做什麼法事？」

「說是前些日子在太極宮的凌煙閣中有異象發生，疑爲鬼怪作祟，所以聖上才命柳國師去作法。如果是在大明宮中也就罷了，偏偏又是在太極宮。那個地方，就算白天去都陰森森的，我實在不想去呀……」

太極宮！凌煙閣！異象！

裴玄靜盯著哀哀哭泣的永安公主，忽道：「公主殿下，我替妳去吧。」

「妳？」

「柳泌是如何安排妳的？」

「他說，法事辰時舉行，馬車卯時三刻來玉晨觀接我過去。」

「那就行了。」裴玄靜道，「卯時三刻天已經黑了。殿下與我的身量原本就相差無幾，穿上道袍後更加難分彼此。上下馬車的一剎那，絕對不會有人看出端倪的。」

「這樣……眞的能行？」

裴玄靜淡淡一笑：「相信我。」

「可是，」永安又道，「柳泌總會發現的。」

「他發現時已經遲了。」

「他會告訴皇兄嗎？」

「不會。」裴玄靜斷然道，「我有辦法讓他閉嘴。」

「哦——」永安公主露出如釋重負的表情。

裴玄靜卻在想，雖然禾娘慘死，至少李彌還活著。促使自己進入大明宮的幾件大事中，現在就只剩下崔淼的身世尙未查明。從皇帝的態度來看，要查出眞相絕非易事，卻也更證明了其中必然隱藏著極爲重大的秘密。無論如何，乾耗著都是無濟於事的。兩年來的蟄伏一無所獲，剛剛開始行動就找到了李彌與禾娘的下落，還順帶搞清了金仙觀地窟之謎。

所以，還是必須行動起來。行動起來便會引發一系列的後果。

其實在見到永安公主之前，裴玄靜就開始考慮如何介入凌煙閣之事了。大明宮中，宋若昭算得上是絕無僅有的、與裴玄靜惺惺相惜的朋友。當年的〈璇璣圖〉一案，她還幫助過裴玄靜。今天在凌煙閣中，雖然宋若昭語焉不詳，但求救的意思表達無疑。現在，永安公主又給裴玄靜提供了無心插柳的契機。永安公主雖有可恨之處，終究是個可憐之人。能夠一箭雙鵰地幫到宋若昭和永安兩個人，裴玄靜還有什麼可猶豫的呢。

卯時三刻很快就到了。不像別的季節，夜色是一層一層暈染加深的。如今正是一年中最嚴酷的寒冬，夜就像一整塊漆黑的帷幕，唰啦從天邊扔下來，沉重而霸道，讓人心慌。

果然沒有任何人起疑，裴玄靜順利地坐上馬車，向太極宮駛去。

天已經完全黑了。當馬車進入太極宮後，裴玄靜掀開車簾向外望去，只看到一片濃重到化不開的黑暗。生長多年的樹木太過繁茂，阻隔了星月之光，在幾乎伸手不見五指的黑暗中，只剩下石燈籠中微弱的黃光，零零散散，遠遠望去與墳塋中的鬼火無異。難怪永安公主將夜間的太極宮視爲畏途，若沒有非凡的膽量或者迫不得已的理由，這地方確實沒人願意來。

馬車行進了很久，裴玄靜已完全不知身在何處，馬車才停下來。

這是一小片林中空地，倒是被環繞的火把和燈籠照得雪亮。中央已經置好了香案，上設香爐、供品等物。柳泌又披上了他那件繡滿雲霓、裝飾著鶴羽雀翅的青色道袍，活像一隻開屏的雄孔雀，笑容可掬地迎上來。

「公主殿下……」他的笑容頃刻凍結。

裴玄靜道：「永安公主身體不適，我代公主前來。」

柳泌陰沉著臉斥道：「胡鬧！道場非同兒戲，怎可隨便換人！」

裴玄靜環顧四周，發現手持火把的都是神策軍，做一個道場需要如此戒備森嚴嗎？前方的密林上端，月光如清波蕩漾一般，照在一座小樓的頂上。

正是凌煙閣。

裴玄靜轉回身來，不慌不忙地對柳泌道：「柳國師，既然要做法事，爲何不直接使用三清殿的祭天台呢？」

「那是皇家禁地！」柳泌怒氣衝衝。

「曾經是，因爲那下面的地牢裡關著吐蕃人質。」裴玄靜鎮定地說，「不過柳國師肯定已經聽說了，吐蕃奸細潛入地牢，妄想救出人質論莽替，然其奸計被我大唐神勇的守衛挫敗，論莽替已經伏誅，其他的吐蕃奸細麼，除了負隅頑抗當場斃命的，悉數被擒。所以——祭天台是絕對安全的。柳國師何不考慮一下，換個地方？」

柳泌沒有回答，眼神兀自閃爍不定。曾經與吐蕃勾結的把柄捏在裴玄靜的手中，實在令他如鯁在喉，暫時又想不出合適的應對之策。他知道自己處於下風，不過裴玄靜沒有直接去向皇帝告發自己，又讓柳泌捉摸不定：裴玄靜究竟在打什麼主意？

「柳國師，裴煉師。」

二人一齊回頭，宋若昭正在向他們款款行禮：「有勞二位了。」

當她抬起頭時，裴玄靜與她目光交錯，清楚地看到了其中的驚喜和感激。裴玄靜靈機一動，問：「宋四娘子，是妳邀請柳國師來凌煙閣做法事的嗎？」

「正是。」宋若昭心領神會地回答，「從一個月前起，凌煙閣中頻頻發生異事，疑有鬼怪作祟。因凌煙閣是供奉大唐功臣忠魂之所，我擔心如此下去，會傷害到大唐的國之命脈，所以才向聖上請求由柳國師來作法驅邪。眞沒想到，裴煉師也一起來了。這下我就更放心了，有二位出手，凌煙閣中的邪祟定能除去。」

柳泌從鼻子裡「哼」了一聲。

裴玄靜道：「請問四娘子，凌煙閣中究竟發生了怎樣的異狀呢？」

原來是整整一個月前的一個夜裡，在太極宮中巡邏的神策軍突然發現，凌煙閣的窗上亮起了燈光。

宋若昭解釋說：「凌煙閣爲供奉功臣畫像而建，夜間從無人出入，所以不可能有燈光。待神策軍士靠近查看時，又發現窗內有東西在動。」頓了頓，用神秘的語氣道：「據他們說，看見一隻猴子在窗內跳躍，猴子的兩隻前臂還玩耍著三個火球。」

「猴子？火球？」

「是的。」宋若昭道，「這個景象持續了很長一段時間，方才消失。神策軍們不敢擅入凌煙閣，直到第二天早上向將軍報告後，才獲准進入凌煙閣中查看，可是什麼都沒有發現。閣中一切如常，沒有猴子，更沒有火球。然而，就在十天之後的夜裡，同樣的景象又出現了。因有所準備，這次只隔了半個時辰左右便獲准入閣檢查，但除了聞到一些香火的氣味外，仍然沒有發現任何線索。聖上得知此事後甚為憂慮，因為今夜又隔了十天，恐凌煙閣中再次發生鬼怪作祟，所以才請柳國師來作法。」

裴玄靜問：「也就是說，今夜未必一定會發生異象？」

「這可說不準了。或許柳國師的法術高強，鎮住了鬼怪，自然不會再有異狀發生。那樣的話，我們大家也就可以鬆一口氣了。」宋若昭說著，向柳泌微笑示意，「就請柳國師大展身手吧。」

柳泌雖然滿臉陰雲，還是來到香案前，一本正經地做起法事來。終究是皇帝的旨意，又有裴玄靜和宋若昭盯著，他自不敢怠慢。

香火燃起，柳泌的口中念念有詞。裴玄靜一瞬不瞬地盯著松柏林的深處，一種無可名狀的恐懼油然而生。她瞥了一眼身旁的宋若昭，只看到蒼白的側臉，沒有表情。

過了片刻，不知是誰說了句：「凌煙閣裡好像有亮光！」

裴玄靜展目望去，的確，凌煙閣黑黢黢的樓體上有某個位置正在隱隱放光，但十分微弱，看不清楚。

宋若昭向神策軍喊道：「請前排將士熄滅火把！」

裴玄靜立即明白了她的意思，是想讓周圍更黑暗，以便突出凌煙閣中的光亮。火把齊刷刷地滅了。隔著松柏密密匝匝的黑影，從凌煙閣窗內透出的光芒突然變得分外耀眼，也許是太清太亮的緣故，這光芒絲毫不讓人感到溫暖，反而寒毛直豎。

柳泌連唸經都忘了，也隨著眾人呆愣愣地望向前方。

白光中清晰地映出兩棵樹的影子。一棵直立茂盛，一棵枯萎倒地。

裴玄靜脫口而出：「不是猴子和火球？」

「是、是第三十三象……」宋若昭的聲音抖得厲害。

裴玄靜追問：「什麼第三十三象？」

宋若昭好像沒有聽見她的話，只是喃喃：「第三十三象，眞的是第三十三象……」

「四娘子！」裴玄靜一把握住她的胳膊，用力搖撼道，「我們應該立即入凌煙閣查看！立即！現在！」

宋若昭回過神來了，顫聲問：「如果眞有鬼怪怎麼辦？」

「那也得去看了才知道啊！」

凌煙閣門敞開，神策軍們高舉燈籠，簇擁著裴玄靜和宋若昭站在門前。瞬間亮似白晝的閣中，一切如常：中隔、桌案、金匱，以及那一幅接一幅忠臣的畫像，在突然被打破的靜謐中仍然保持著安詳而又超脫的神態，比任何時候都更富有眞實感，似乎隨時會從畫中走下來。

「什麼都沒有啊？」神策軍士茫然地問，「那兩棵樹呢？」

裴玄靜前後左右看了一遍，又俯身查看地面。再來到中隔前，查看桌案和案上的金匱。最後，她回過頭來問宋若昭：「四娘子有什麼要查的嗎？」

宋若昭卻像受了莫大的驚嚇，面色慘白地靠在中隔旁的立柱前，只是搖頭，一言不發。

裴玄靜突然想起來，問：「柳國師呢？」

門口的神策軍回答：「柳國師方才還在……」

話音未落，從門外傳來馬車疾駛過的聲響——柳泌跑了。

裴玄靜想了想，壓低聲音問宋若昭：「四娘子，妳剛才提到的第三十三象，究竟是什麼意思？」

宋若昭深吸一口氣，定了定神，對守在門口的神策軍道：「請各位將士暫且退出閣外，裴煉師要在閣中繼續作法。」

神策軍們退了出去，關上門。凌煙閣中又安靜下來，四壁燭火通明。

宋若昭從袖囊中摸出那枚小小的金鑰匙，將桌案上的金匱打開來。

「裴煉師，三十三象就在裡面。」

金匱裡面裝的不是李淳風所作的預言書《推背圖》嗎？

「正是要從這《推背圖》說起。」宋若昭好像看透了裴玄靜的疑問，歎道，「唉！說來話長了。」

自李淳風寫就《推背圖》以來，宮中一直有專人在設法破解它。但《推背圖》的含義太過神秘，表徵又相當晦澀，所謂天意實在很難把握。迄今爲止，除了開頭和結尾的兩幅畫，以統領和結束全篇爲綱，其餘的五十八象，有確切解釋的只有第三、第四和第五象。

宋若昭從金匱中依次拿出《推背圖》第三象、第四象和第五象，讓裴玄靜一一過目。

第三象丙寅，題曰：天山遁。畫上一名婦人頭戴金冠，左手托著一隻鸚鵡，右手握一柄金錘，正在擊打一面鼓。

讖曰：「兩相逢金印，情知不奈何。中原還擾擾，萬國蟻蟲多。」

詩曰：「有一女子身姓武，手執金符生中土。身披霞光五色裳，自握金錘打金鼓。」

宋若昭說，這幅圖指的正是武皇之事。袁天罡和李淳風都預見過則天女皇登基，並且以天命的名義促成了此事，所以第三象中的女子即武則天，從來沒有異議。

「天山遁」是《易經》乾卦為上卦中的第七卦「遁」卦，意思是退避。用在這一象上，是暗示武則天曾避禍而致亨通。想來李淳風作此圖時，正是太宗皇帝想要殺掉武姓女子，被李淳風阻止。武則天逃過一劫，才有後來稱帝的奇蹟。

圖中婦人戴著金冠，即為武氏僭位的形象。手持鸚鵡，既指則天的姓氏，又比喻她能言善辯。金錘擊鼓，象徵其大權在握，號令天下。七言詩可謂直白，無須多加解釋。至於讖中的「兩相逢金印，情知不奈何」，可解釋為高宗皇帝和武后之間既彼此需要，又難免相互傷害的關係。「中原還擾擾，萬國蟻蟲多」二句，當指武皇當政時期，宮中鬥爭激烈，李氏子孫遭到荼毒，而無德無才的武家子弟得到重用的混亂局面。

第四象丁卯：「天地否」和第五象戊辰：「風地觀」，在元和朝之前，也都有了明晰的解釋。第四象，指的是狄仁傑匡扶大唐社稷。第五象，則指安史之亂，楊貴妃死於馬嵬驛，玄宗皇帝幸蜀。

第四象的圖上畫著一人一手執火把，一手持金鐘，面前有一犬張口。犬和火，拼合成一個

「狄」字。讖曰：「戌群武花子，家於文泰鄉。止約二月後，復見龍之陽。」可以理解爲武家子孫最終沒能繼承皇位，大唐神器回歸李氏，也就是龍之陽。七言詩寫得就更明白了：「擬將社稷亂分離，怎奈天公十八技，賴得忠臣犬邊火，方能扶正舊唐基。」

第五象的圖上畫著一座山，山下有一鹿，背上負鞍，一個女子臥地而死。讖曰：「春色正依依，榮華只兩枝。又逢木易壞，驚起太原塵。」詩曰：「漁陽擊鼓過潼關，此日君王華劍山。木易岩逢山下鬼，定於此處喪金環。」

這一象無須多加解讀。裴玄靜覺得，《推背圖》的第五象與青城山中薛濤的靜室中題的那首詩十分相似，對於後人來說，其寓意是不言而喻的。

李淳風在貞觀年間就能對後事做出如此準確的預言，的確令人歎爲觀止。但後人並沒有因爲看到《推背圖》就有所警醒和防範，也許正應了李淳風的那句「天命難違」。將要發生的，必然會發生，不會因爲有智者的先知先覺就能改變。

只是這樣的話，預言的意義何在呢？

裴玄靜問宋若昭：「這三幅《推背圖》是在事前還是事後被解出的呢？」

「煉師以爲呢？」

被宋若昭這麼一反問，裴玄靜也覺得自己的話多餘了。不論這三則預言是否被事先解出，它們都已成爲歷史。對於《推背圖》來說，只證實了它的神奇和正確。

正思索著，宋若昭又將一頁《推背圖》放到了裴玄靜眼前。

圖的上部是三顆光芒如火焰般的明珠，呈品字狀排列。畫面的下部是山川河流，前方畫著一隻猿猴，兩手相抱，玩耍得正開心。

「猿猴戲火球！」裴玄靜大吃一驚。

《推背圖》第九象的畫面，竟然就是神策軍夜巡時，先後兩次在凌煙閣窗內看到的異象！

4

宋若昭的語氣中透出淡淡的悲哀：「沒錯，『猿猴戲火球』正是《推背圖》的第九象。而這第九象，恰恰是由大姐解開的。」

「是宋大娘子解開的？」裴玄靜更驚訝了，「那麼第九象所預言的是……」

「武元衡相公遇刺。」

裴玄靜目瞪口呆——宋若華竟然認爲，《推背圖》第九象預測的是武元衡遇刺？

宋若昭道：「我來解釋給煉師聽。」

《推背圖》第九象壬申：「火天大有」，「火天大有」是《易經》離卦爲上卦的第三卦「大有」卦。這一卦離上乾下，表示大有元亨。「元」爲獨佔，「亨」爲無往不利。

五言絕句寫的是：「二帝多災難，中興號止戈。無人定女子，獨處怕如何。」

這首讖詩的頭兩句：「二帝多災難，中興號止戈。」其中的二帝指當今聖上之前的兩位皇帝——德宗和順宗皇帝。德宗皇帝在位期間，大唐遭到數度兵亂，德宗皇帝甚至被迫逃出長安城，稱得上多災多難。而順宗皇帝，也就是先皇，剛一登基即患重病，短短六個月後便宣告退位，不久病故，說起來也太坎坷不幸。用「二帝多災難」來形容他們，相當貼切。

「中興號止戈」的中興，指大唐中興，也就是當今聖上殫精竭慮大半生的事業，太多忠臣良將參與其中，爲此付出了包括生命在內的一切，比如——武元衡。

止戈，不正是一個「武」字嗎？所以「中興號止戈」一句可以解釋成：皇帝的中興事業仰賴武元衡這位中流砥柱，才有了長足的進展。

從之前二位皇帝的坎坷命運，到當今聖上的中興有成。正是「二帝多災難，中興號止戈」這兩句詩的含義。

下面兩句「無人定女子，獨處怕如何」又怎麼解釋呢？

女子，往往在字謎中作爲「好」字來解，這兩句詩似乎在說：好人不見了，因此只能獨處。哪位好人？誰在獨處？

假設這四句讖詩彼此有關聯，上兩句說皇帝得到了武元衡這位左膀右臂，終於能夠洗刷父親和祖父二位皇帝所蒙受的恥辱，大唐中興在望！後兩句詩卻指出，就在關鍵的時刻，武元衡遇刺，皇帝失去了最得力的助手，四顧茫茫，陷入到無比孤獨的境地……

再看七言詩：「其中有一赤猿猴，鬧亂寰塵作禍頭。才是征南又征北，目光閃爍上金樓。」詩中的這隻猿猴當指爲害大唐者，正是它南北亂竄，到處生事，令社稷不安。

須知卦、讖、詩、畫，四者相合，才是《推背圖》之一象。

畫上的猿猴在玩弄三顆火球。刺殺武元衡，不正是由吳元濟的淮西、王承宗的成德和李師道的平盧，這三個藩鎮相互勾結，串通一起而爲之的嗎？這三顆火球，應該特指三個殺害武元衡，妄圖摧毀皇帝削藩事業的藩鎮。

所以《推背圖》之第九象，預測的正是當今聖上立志削藩，而淮西、平盧和成德三個藩鎮刺殺宰相武元衡，妄圖借此挫敗聖上的雄心，使大唐中興半途而廢的史實！

「大姐破解了《推背圖》第九象後，便如實稟報了聖上。」宋若昭低聲道，「那是元和十年末的事情。」

「然後呢?」

「聖上命大姐繼續破解其他的《推背圖》,可是大姐在次年的春天就亡故了。在大姐去世之前,她並沒有向聖上報告過新的發現。」

「大娘子過世之後呢?聖上有沒有讓妳——」

「不,」宋若昭斷然否認,「聖上將大姐的封號連同她所做的事情,幾乎悉數交給了我。唯獨破解《推背圖》之事,聖上完全沒有提起過。而我,也是在最近凌煙閣發生異象後,才被聖上召見並告知始末的。」

裴玄靜疑道:「難道大娘子她,也從未向妳們姐妹說過她在破解《推背圖》?」

宋若昭淡淡一笑:「她瞞著我們所有的人。在大姐的心中,我們姐妹的分量,終是無法和聖上相比的。」

沉默片刻,她又道:「我看到了《推背圖》之後,才知道神策軍們描述的『猿猴戲火球』的異象,正是第九象上的畫面。」

裴玄靜思忖著問:「會不會只是那幾名軍士的臆想?」

「大家都想得一樣嗎?而且描述得繪聲繪色?又恰好和《推背圖》第九象的畫面一致,這可能嗎?那些神策軍士連聽都沒聽過《推背圖》啊。所以聖上才對此事極爲憂慮。」

裴玄靜懂了。皇帝所慮的應該有二:其一,《推背圖》是否洩露出去;其二,『猿猴戲火球』的異象是如何形成的,又意味著什麼?

她點頭道:「所以四娘子就被牽扯進來了?」

宋若昭苦笑:「儘管大姐生前從未向我們提起過《推背圖》,但她畢竟是最後一個負責破解

《推背圖》的人，聖上自然就想到了我。只可惜，對於《推背圖》我實在什麼都說不出來。反而是聖上，又告訴了我一件驚人的事。」

她從金匱中又小心翼翼地捧出一張黃紙來：「煉師再請看這個。」

只見畫上是一枯一榮的兩棵樹。枯樹倒伏於地，榮樹從枯樹的枝幹間挺立出來，正在茂盛發葉。畫的左邊題寫著一行字：「第三十三象，丙申，風澤大過。」旁邊的七言詩寫著：「要知太歲在何處，青龍變化白頭兔。天軍東南木易來，此時換卻家中土。」

「原來這就是第三十三象！」裴玄靜驚歎，「果然和今夜窗上看到的一模一樣！」她望著宋若昭，「這到底是怎麼回事？」

宋若昭長歎一聲：「請煉師容我慢慢說來。

「過去大姐每次要入凌煙閣來研習《推背圖》，便會持聖上手諭，在內侍的陪同下開啓凌煙閣的門。她單獨一人入內，內侍在閣外等候。金匱上有鎖，鑰匙只有大姐才有。待大姐離開時，按照旨意，內侍可以搜身，驗證大姐是否將《推背圖》私藏出去。整個過程層層戒備，可謂萬無一失。讓人心悸的是，大姐似乎對自己的死早有預感，就在三姐中毒身亡後不久，她就把金匱的鑰匙交還給了聖上。」

裴玄靜蹙起了眉頭——確實有些奇怪。

「大姐對聖上說，她擔心柿林院不安全，不敢再保管鑰匙。大姐還說，柿林院中發生慘案，自己身心俱疲，暫時無法勝任破解《推背圖》。聖上便准了。」

裴玄靜心想，還是宋若華瞭解皇帝的多疑。在當時的情境下，歸還鑰匙確實是個明智之舉，至少不會使柿林院的亂局更加混濁不清。但宋若華一定沒有想到，在她死後兩年多，《推背圖》

的陰影再度籠罩到她的妹妹們頭上。

宋若昭繼續說：「從那以後，聖上就將金匱的鑰匙保存在自己身邊，而他本人在這兩年多中，既沒有登過凌煙閣，更沒有調閱過《推背圖》。直到一個月前，凌煙閣中發生了第一次異象，窗上顯露的『猿猴戲火球』正是《推背圖》第九象中的畫面。聖上驚駭，擔心有人竊取了《推背圖》，便立即親臨凌煙閣檢查，卻發現金匱鎖得好好的，也沒有被撬動過的痕跡。於是，他取出鑰匙打開了金匱，卻發現了一件眞正詭異的事情！」

「什麼眞正詭異的事情？」

「聖上發現，第三十三象的《推背圖》變了！」宋若昭指給裴玄靜看，「煉師看出什麼蹊蹺了嗎？」

宋若昭的纖纖玉指點在七言詩的第二句上。

「青龍變化白頭兔？」裴玄靜看出問題了，「這個『頭』字怎麼是紅色的？」

《推背圖》是作在宮中專用的益州黃麻紙上，由於年代久遠，紙張原先的暗黃底色變得深淺不一，七言詩的字體又小，乍一眼還眞不容易發現字跡的顏色不同。

宋若昭一字一頓地說：「《推背圖》中所有的字和畫都是用同一支筆，以黑墨寫畫而成的，絕對沒有紅色的字。」

裴玄靜緊蹙雙眉。

宋若昭接著道：「聖上看到紅字以後，感到萬分訝異。因爲他回憶起在第三十三象中，七言詩的第二句原來是『青龍變化白牛兔』。所以，這個『頭』字肯定是變化了的。」

「四娘子的意思是：三十三象的原詩爲黑墨書寫的『青龍變化白牛兔』，因爲『牛』字變成了『頭』字，所以這句詩變爲了『青龍變化白頭兔』。」

「對。」宋若昭又將手指移到第三句詩上，「請煉師再看，這個字也變了。」

裴玄靜定睛一瞧，第三句詩『天軍東南木易來』的『南』字也是紅色的。

「這個『南』字？」

「原先是『北』。」

「四娘子是說，原詩爲『天軍東北木易來』，現在卻變成了『天軍東南木易來』？」

「正是。」

「字是怎麼變的？」

「不知道。」

裴玄靜小心地捧起第三十三象，宋若昭緊張地注視著她。

少頃，裴玄靜又把紙頁放下來：「原來的字完全不見了，所以不是簡單的塗改，而且紅字和其餘的字渾然一體，如果不是四娘子說明，我會以爲最初就是這樣。但是，爲什麼要把字改成紅色呢？如果不是因爲顏色變化，恐怕連聖上也不會發現詩句變了吧？」

宋若昭不動聲色。

裴玄靜注視著宋若昭道：「從四娘子的陳述來看，第三十三象應該是遭人篡改了，那麼只有兩個人嫌疑最大：第一個是大娘子，第二個便是聖上。因爲除了他們，別人根本沒有機會碰到《推背圖》。」

「聖上有什麼必要自己改了《推背圖》，再告訴我們呢？裴煉師，妳我都很清楚聖上的性格。所以，這個嫌疑可以排除了。」宋若昭平靜地說，「再說大姐，都已經去世兩年多了。就算是她做的手腳，那也是兩年前的事了。況且，她去世前把金匱的鑰匙交給了聖上。我實在想不出，如果是她做的，究竟想達到什麼目的？」

裴玄靜說：「四娘子的問題我回答不了。我只是在分析各種可能性。」

「但有一種可能，煉師沒有提到。」

「什麼可能？」

宋若昭的目光灼灼：「鬼神。」

「鬼神？」

「聖上把金匱的鑰匙交給我，命我詳細調查此事。然而我想來想去，總覺得凌煙閣中『猿猴戲火球』的異象，以及金匱中《推背圖》第三十三象的變化，都無法用常理來解釋，只能推諸於鬼神之力。」

裴玄靜說：「所以四娘子今夜請來了柳國師？」

「對。今夜與第二次異象恰好隔了十天。我便推想，如果凌煙閣中所發生的一切為鬼怪作祟，那麼有柳國師在現場作法，當能引出一些蛛絲馬跡。」

「沒想到卻引出了第三十三象在窗上顯影？」

宋若昭望定裴玄靜：「也許——這就是鬼神想要達到的目的？」

裴玄靜皺眉道：「四娘子莫非是想說，凌煙閣中迄今為止發生的三次異象，其實是為了一步一步引起眾人的注意，最終暴露出《推背圖》第三十三象的變化？而且，這一切都是鬼神所為？」

「裴煉師能反駁我嗎？」

沉默片刻，裴玄靜輕歎一聲：「我們走吧，這裡沒什麼可看的了。」

宋若昭和裴玄靜登上同一輛馬車，從夾道返回大明宮。

剛過三更，夾道兩側的青磚壁上油燈曳曳，穿梭的風比狂野中更加陰冷。兩名神策軍驅馬在旁守護，車窗簾上映著他們的影子，忽大忽小。

裴玄靜凝視著車簾，許久不發一語。宋若昭坐在對面，一直若有所思地端詳著她。

終於，宋若昭打破沉默：「煉師，妳怕嗎？」

「妳呢？」裴玄靜反問，「妳怕嗎？」

「怕。我在大明宮中的每一天都怕。我原還指望著，終有一天會怕習慣了，也就不怕了。誰知道永遠也習慣不了。」宋若昭澀澀地乾笑起來。

裴玄靜攤開手掌：「這是我從淩煙閣的地上撿到的。」

那是一張小小的紅色紙片，被細心地剪成了兩棵樹的樣子——一棵豎立茂盛，一棵枯萎倒地。

5

裴玄靜問：「四娘子有什麼要說的嗎？」

「這是剪紙。」宋若昭鎮靜地說，「按照第三十三象的畫剪出來的。」

「對。」裴玄靜點頭，「妳看，這上面還有一個線頭，所以我判斷，它原先是用絲線掛在什麼地方的，也許就是中隔的頂部浮雕上。這麼小的一個紙片，掛起來很方便，也不容易被人發現。」

宋若昭問：「裴煉師是否認爲，這張剪紙和我們今天看到的異象有關？」

「否則呢？這樣一張剪紙爲何會出現在凌煙閣的地上，而且正好在異象發生時？」

「不對。」宋若昭搖頭道，「妳我都親眼所見，映在窗上的兩棵樹幾乎佔滿了整個窗格，而這幅剪紙才巴掌大，怎麼可能是一回事？」

「不是一回事，但又是一回事。」裴玄靜從容地說，「此中奧妙，應該一點就通。不過，此案要徹底水落石出，至少還有一個疑點尙待釐清。」

「什麼疑點？」

「光從哪裡來？」

「光？」

「四娘子告訴我，在凌煙閣第二次顯影後，神策軍不久即入閣查看，聞到了香火的氣味。所以我判斷，之前在凌煙閣中曾經燃燒過火燭之類的東西。」

「這……」宋若昭像要反駁，裴玄靜不容她開口，便又說下去，「但今夜的情況不同。當我們衝進去時，閣內空氣凝滯，卻沒有絲毫異味。而且，就在我們進閣前的那一刻，窗上光影儼然，如果閣內眞的燃有燭火，只能在一瞬間熄滅，所以我們不可能聞不到氣味。」頓了頓，她說出結論，「也就是說，今夜凌煙閣中的亮光絕非蠟燭或者油燈所發的，我現在還想不出解釋。」

沉吟片刻，宋若昭道：「只要把這三次異象都看作是鬼神之力，一切便可迎刃而解了。」

「未必。」裴玄靜說，「今夜的情景令我回想起兩年多前，在興慶宮的勤政務本樓下，曾經有過一場老宮婢升仙的異事，與今日頗爲相似。只不過，當時我自己就是戲中人，而不像今天只是一個旁觀者。」她輕輕地笑了笑，「彼時還有左神策軍中尉吐突承璀作爲見證，正如今日之柳泌。」

宋若昭但笑不語。

無須明說——吐突承璀和柳泌一樣，都充當了皇帝的眼睛。

「不過，即使讓吐突承璀和柳泌眼見爲實了，也未必能說服他們背後的人。」裴玄靜輕歎道，「我的經驗證明，要蒙蔽那個人幾乎是不可能的。」

「蒙蔽？煉師此言差矣。裴煉師自己不是也承認了，凌煙閣中的異象無法用人力來解釋。」

裴玄靜搖頭：「不。關鍵不在於凌煙閣的三次異象，而是金匱中所藏的《推背圖》。我說得對嗎，四娘子？」

馬車內部無光，只有夾道兩側的油燈光，每隔一段距離便從車簾外透進來。車內便從明到暗，再從暗到明。裴玄靜忽兒看見宋若昭毫無血色的臉，忽兒又只能見到兩隻閃耀著熾烈光芒的眼睛。

良久，宋若昭才道：「煉師發現了嗎？今天柳泌走得特別快。他在眾目睽睽之下作法失敗，按理說應該設法找到推卸責任的法子，可是他連凌煙閣的門都沒進，就直接跑了。」

「想必是……聖上嚴命他不得擅入凌煙閣吧。」裴玄靜道，「我也發現了，神策軍們都只站在門外，連京兆尹郭大人都不敢踏進凌煙閣一步。所以我想，沒有聖上的旨意，任何人都不能進入凌煙閣吧？」

宋若昭點了點頭。

裴玄靜不禁莞爾：「可是四娘子卻未及時提醒我，使我犯了大忌。」

「所以裴煉師務必要做好準備，應付聖上的盤問。」

「四娘子想要我怎麼說？」

宋若昭歉然道：「我原本沒有想到會遇上裴煉師，若非萬不得已，亦會盡力避免連累裴煉師。但只要我知道有裴煉師在，便不至於徹底絕望。」她的語氣懇切極了。

裴玄靜想了想，問：「四娘子自己要怎樣應對聖上的盤問呢？」

「我會說，今夜凌煙閣中再起異象，證明確有鬼神作祟，連柳國師的法力亦奈何不得。」宋若昭頓了頓，加重語氣道：「尤其是今夜的異象，與《推背圖》的第三十三象匹配，更足以說明第三十三象詩中的二字之變，確爲天意。」

「這個結論對四娘子很重要嗎？」

恰好來到一段無光的暗路，宋若昭的眸中瑩澤點點，在黑暗的車廂中格外矚目。她輕聲說：「煉師還記得嗎？我說過自己一無所長，只懂藏拙，只知自保。兩位姐姐死後，我原以爲可以帶著小妹若倫，從此躲在柿林院中，無聲無息地了此一生，也就罷了。卻不知樹欲靜而風不止，想躲是非，是非卻總找上門來……」她的喉嚨哽住了，「裴煉師，活著爲什麼那麼難？」

裴玄靜無言以對。並不是活著難，而是在大明宮活著才難，可惜宋若昭別無選擇。

少頃，宋若昭稍稍平復心情，問：「對於第三十三象的變字，煉師有看法了嗎？」

裴玄靜老實回答：「毫無頭緒。」

「煉師也有束手無措的時候嗎？」宋若昭的臉上露出了久違的狡黠笑容，「我循著大姐解開第九象的思路，倒理出了一些端倪。裴煉師想不想聽聽？」

「四娘子請說。」

「第三十三象的『風澤大過』卦是《易經》兌卦中的上卦。這一卦有四個陽爻，預示著大的過渡。所以，此象預示的應該是國之重大變遷。」宋若昭盯著裴玄靜，「一國之中最重大的變遷，是否改朝換代呢？」

「改朝換代？」裴玄靜也鼓起興致，「這些年中大唐國祚雖有波折，卻談不上改朝。換代嘛，也就是從玄宗到肅宗，到代宗，到德宗，再到先皇和當今聖上。何以稱爲『風澤大過』呢？」

「如果一年之中換了三代帝王，算不算呢？」

裴玄靜脫口而出：「永貞！」

她看著掌心的剪紙：一樹茂然一樹枯倒，突然變得生動起來——

第三十三象所預言的，有沒有可能正是永貞元年的皇位二度更替？

假設，枯樹指先皇順宗皇帝。先皇在登基時即身患重病，如同樹已枯朽。而與之形成鮮明對照的茂樹，生機勃發，正是永貞元年接受先皇禪位的當今聖上。那年他才二十七歲，年富力強，正處於一生中精力最旺盛、意志最堅決、頭腦最敏銳的時候，誠如大樹茂葉華發，參天而上。

裴玄靜又思忖起來：「那麼七言詩又是什麼意思呢？而且這一象怎麼沒有讖？」

「從第十象起，《推背圖》就只有一畫和一詩，沒有了讖。不知是丟失了，還是李淳風當時就沒有寫。」

「哦。」裴玄靜點了點頭，拋開讖不提，第三十三象的詩中一定大藏玄機，否則就不會有紅色的變字，更不會令皇帝如此在意。

她直截了當地問：「四娘子對這首詩也有自己的解讀吧？」

「解讀談不上。我只有一點想法，第一句『要知太歲在何處』中的太歲，意指太歲星君，也就是天干地支中的六十花甲子。所以第二句才有『青龍變化白頭兔』，因爲青龍和白兔分別可指壬辰和乙卯。」

「不對啊。」裴玄靜說，「第二句詩原來是『青龍變化白牛兔』，和壬辰、乙卯聯繫不起來……」

「我到了。」

裴玄靜的思路被打斷了。馬車緩緩停在一座院落前，灰白色的燈籠光下，柿林院的牌匾朦朧可見。

原來不知不覺中，已回到了大明宮。柿林院位於大明宮的西側，從太極宮沿夾道而來，經右銀台門入大明宮，一過翰林院，便到了柿林院。去裴玄靜修道的玉晨觀，還要繼續向東北方向走一段路。

宋若昭輕聲說：「明天我將向聖上講述今夜的異象，並一口咬定其爲鬼神所爲，柳國師亦能佐證。假如聖上召見煉師核實……」

裴玄靜道：「我只知一切異象均遵天命，一切天命均循人力。人心比天大。」

「煉師。」宋若昭的嗓音微微顫抖。

裴玄靜拉住她的手，小小的剪紙就在兩隻冰涼的掌心中間。裴玄靜感到宋若昭用力捏了捏自己的手，將紙片推回來，如同耳語般地說：「請裴煉師留著它，我才能放心。」

踏上柿林院前的台階，宋若昭回眸一笑。恍惚中，裴玄靜彷彿看到宋若華、宋若茵都站在宋若昭的身邊，向自己露出微笑。裴玄靜情不自禁地握緊拳頭。掌心裡，是她和宋若昭，不，是她和宋家姐妹們剛剛達成的小秘密。但在大明宮中，會有小秘密的容身之處嗎？

裴玄靜怎麼也不會料到，自己行動起來以後，竟會與隱含大唐國運的奇書《推背圖》狹路相逢。

迎面刮來大明宮中的風刀霜劍，凌厲更甚以往。

次日天氣晴朗。久違的陽光遍灑在太液池上，又從水晶盤一般的冰面反射出來，大片的金光熠熠，耀得人眼花繚亂，感覺上卻更冷了。

郭念雲由一群宮娥陪伴著，匆匆朝清思殿走去。寒風拂面，夾帶著清晰的人聲，忽然從太液池上飄過來。

陳弘志？郭念雲停下腳步。

前方不遠處，凍得硬邦邦的冰面上破開了一個洞。數名黃衣內侍正圍在冰窟窿的旁邊，垂首肅立，聽陳弘志訓話。

只見他激動得臉紅脖子粗，伴著每一次叫囂，大團大團的熱氣從嘴裡呵出來，化成一個個圓形的霧圈。

「你們怎敢跑到這裡來取冰！砸得『呯嘭』亂響，驚擾了聖駕，你們吃罪得起嗎？」

有人辯白了一句：「請陳公公息怒，今年太液池凍得特別牢，取冰不易。我們好不容易才發現這一塊的冰面比較薄，所以就……」

「所以就偷懶？」陳弘志圓睜雙目，「你們不知道聖上特別要清靜嗎？」

「知道。可是陳公公，清思殿離著還遠呢。我們砸冰的聲音傳不過去……」

「放屁！太液池都凍成一馬平川了，風又這麼大，呼啦啦地一吹，什麼聲音都能傳得好遠！」陳弘志咬牙切齒地罵道，「我告訴你們，萬一讓聖上聽到什麼，原來我還打算幫你們說幾句好話，你們要是如此不知好歹，我就不管了。到時候聖上發起火來，會是什麼結果你們心裡明白！」

負責冰窖雜役的內侍怎敢與陳弘志爲敵，見他出言威脅，趕緊齊刷刷跪倒在刺骨的冰面上，求饒道：「陳公公饒命，是我等豬油蒙了心，幸得陳公公指點，我等知錯了！」

「快滾！」

內侍們收拾了鏟鑿，擔起裝滿冰塊的木桶，正打算落荒而逃。陳弘志又道：「差點兒把正事給氣忘了！你們二人，隨我將這桶冰送去清思殿。」

內侍們答應著跟上陳弘志，剛走到岸邊，郭貴妃在上面悠悠道：「陳公公忙啊。」

陳弘志一驚，連忙換了一副嘴臉，諂媚道：「貴妃娘娘，您在那邊站著不冷嗎？」

「陳公不冷嗎？」

「啊，不，奴不敢吶。」

郭念雲向陳弘志招了招手，他不敢怠慢，三步併作兩步跑過去。

「貴妃娘娘有什麼吩咐？」

郭念雲收起笑容，低聲問：「這是怎麼回事？」

「我見他們在此鑿冰，怕響動太大，所以——」

郭念雲打斷他：「我是問你爲何要送冰去清思殿？」

「這……」陳弘志的眼珠轉了轉，訕笑道，「貴妃娘娘不會忘了吧，清思殿中有一個于闐白玉大盤，專門用來盛放冰塊的……」

「胡說！」郭念雲呵斥，「那東西只在酷暑時節才會拿出來，用以防暑降溫。如今正值隆冬，取暖還來不及，怎會用到那個？」

陳弘志垂頭不語。

郭念雲看著他：「難道是……」她不禁倒吸一口涼氣。

陳弘志又抬起頭來，用古怪的語調問：「貴妃娘娘有多久沒見過聖上了？」

郭念雲被戳到痛處，臉色又是一變，冷笑道：「我是有一段時間沒見到聖上了。不過我記得，陳公公彷彿也有一段時間沒來長生院了？」

「是是，最近太忙，聖上這邊一時走不開……」

「是嗎？我還以爲陳公公有了別的打算。」

「怎麼會？」陳弘志賠笑，「奴又沒吃了熊心豹子膽。」

郭念雲面沉似水。

陳弘志往前湊了湊，用極低的聲音道：「奴這心裡頭害怕得緊，所以不敢說。」

「說。」

「聖上每日服用的仙丹，已經從一粒加到了三粒。」

「三粒？」郭念雲死死地盯住陳弘志。

「正是。所以聖上終日感覺腹內燥熱，難耐之際便需以冰塊緩之。」

郭念雲朝等在太液池旁的兩名內侍望去。雖然隔著一段距離，還能看出他們在冰桶旁凍得簌簌發抖。

「這麼嚴寒的天氣，還要在殿內放置冰塊，他怎麼受得了……」她的嗓子哽了哽，隨即恢復了高傲的神態，對陳弘志點頭道：「陳公公當眞不易，辛苦你了。」

陳弘志滿臉謙卑地回答：「貴妃娘娘言重了，奴婢只是在盡本分。」頓了頓，又小心地問：「貴妃娘娘若是沒有別的事，我還得趕緊讓他們把冰抬去清思殿。」

郭念雲默默地點了點頭。

陳弘志未及轉身，郭念雲又道：「不過我還想提醒陳公公一句，抽空常到長生院來走動。雖說陳公公沒有別的打算，但看如今聖上的情形，我倒有些替陳公公擔心呢。」

陳弘志渾身一凜，不敢抬頭去看郭念雲，只含混地答應了一聲：「是。」

陳弘志領著兩名內侍，抬起冰桶朝清思殿去了。

直到他們的背影消失在清思殿前的御階上，郭念雲才對身旁的宮婢道：「回去。」

「回去？」宮婢問，「娘娘，咱們不去清思殿了嗎？」

「不去了，我可受不了那個凍。」郭念雲扭頭便走，幾步之後又道：「妳去三清殿走一趟，請柳國師今日午後到長生院來，就說我有要事找他。」

6

上元節後接連數日，長安的天空一直陰霾沉沉。酷寒逼得人渴望來一場狂風暴雪，也比這樣不死不活地耗著要強。

天氣如此，人們的心情總不會太好。佳節已經過去，沒有理由繼續尋歡作樂，外面又天寒地凍的，市面頓時變得十分蕭條。只有輪流供奉佛骨的寺院前，仍然從早到晚人頭攢動，香火氤氳。大安國寺門前的那場變故，很快就被遺忘了。

經過數度遷轉，今天佛骨來到了靖安坊中的西明寺。一大早起，梵音法唱就從街頭到巷尾，把向來安靜的靖安坊鬧了個雞犬不寧。

在韓府空落落的後花園中，韓湘無奈地放下洞簫。簫音完全被四面的喧譁掩蓋了，煙火持續不斷地飄進來，瀰漫在掉光了葉子的枝頭上。

「算了，下回再吹給你聽吧。」韓湘伸出手，輕輕拍了拍身邊人的肩膀。

李彌的面孔已經清洗得乾乾淨淨，頭髮也梳理整齊了，瘦弱的身軀裹在厚厚的棉袍中，看起來就是一個清秀沉默的青年。但那兩隻始終紋絲不動的眸子，又使不知情的人望而生畏。

幾天過去，韓湘倒是習慣了他的這副樣子。李彌徹底封鎖了心智，拒絕再與這個塵世有任何交流，對此，即使不知詳盡的來龍去脈，韓湘仍然可以理解。

在李彌的手中，從早到晚牢牢地捏著一支歪歪扭扭的金簪，就像捏著自己的性命。韓湘記得這支金簪，它曾經插在青春少女禾娘烏黑的髮髻上。韓湘還記得，在金仙觀繁花盛開的院子裡，在禾娘和李彌這對少男少女的圍繞中，自己曾經吹了一曲洞簫給他們聽。那是一個楊柳翻飛的明媚春日，李彌唸起了哥哥長吉的詩句：「可憐日暮嫣香落，嫁與東風不用媒。」

美好的時光，總是轉瞬即逝，就像那麼可愛的禾娘，再也見不到了。每每想到禾娘，韓湘的心便會痛不可支。他痛恨自己沒有保護好禾娘。他無法欺騙自己說，禾娘是嫁給東風去了，就如他無法欺騙自己說，崔淼正在瀟灑地行醫江湖，而裴玄靜已得道飛升，成了九天之上最美麗的女仙……

即使逍遙如半仙的韓湘子，也無法對昭彰的罪惡視而不見。但他所能做的不多，只能盡心盡力地照顧李彌。

郭鏦將李彌送來韓府時，說是在金仙觀地窟中找到的，卻對整個經過語焉不詳。不該問的就不問，這個道理韓湘還是懂的。由叔公的一首〈華山女〉聯想到裴玄靜的下落，如今不僅得知她安然無恙，還找回了失蹤兩年多的李彌，已經是意外之喜了。

郭鏦還給韓湘送來了裴玄靜的親筆，那是長吉的一首詩。正是這首詩，幫他安撫了剛來時如癲似狂的李彌。韓湘非常喜歡這首詩——

「丁丁海女弄金環，雀釵翅揭雙翹關。六宮不語一生閑，高懸銀榜照青山。長眉凝綠幾千年，清涼堪老鏡中鸞。秋肌稍覺玉衣寒，空光帖妥水如天。」

在韓湘看來，詩中的字字句句都是形容裴玄靜的。長吉心中的裴玄靜肯定就是這樣的：一位在海底沉默千年的仙女，當她攬鏡理容時，世間滄桑便如流水般從她的眼前掠過。仙女卻絲毫不為所動，只是默默凝望著大海中天空的倒影。

但長吉肯定想不到，裴玄靜有朝一日會陷入大明宮中。

忽然一聲驚呼，打斷了韓湘的思緒。李彌的喉嚨裡發出含糊的吼聲，魯莽地將一個人推倒在地。

「哎呀，李兄！」韓湘連忙上前攙扶，「你惹他幹什麼？你又不是不知道他……」

李復言猛咳了一陣，才緩過氣來：「我看他的手裡什麼東西一晃……朝你扎過來。我正是、知道他腦筋有問題……才怕誤傷到你嘛……」

韓湘笑了：「沒事，不就是這根寶貝簪子嘛，喏，他成天不離手的。」

再看李彌，竟將他們二人的對話置若罔聞，正專心致志地握著金簪，在山石上刻出一條橫線。山石上已經從上到下刻了好幾道同樣的橫線。

李復言問：「他這是什麼意思？」

「我猜……會不會是在記日子？」

「用這個方法記日子？」

「他好像在地底下待了兩年多，可能只有這個法子標記日子吧。」韓湘道，「我也不清楚，總之他不會傷害人的。李兄儘管放心。」

李復言訕笑著理了理頭巾。天光之下，他看上去特別憔悴，一副病骨支離的樣子。

韓湘問：「李兄今日大好了？」

「唉，成天躺著也難受，今天我覺得還有點兒力氣，便支撐著出去逛了逛。」

「是不是去西明寺看佛骨了？」

「去了西明寺，不過沒看見佛骨。」李復言從袖中掏出一張紙，抖抖索索地遞過來，「……卻看到了這個。我覺得有些新奇，便帶回來給韓郎瞧瞧。」

「哦？這是什麼？」韓湘好奇地展開來，見紙上面密密麻麻地寫滿了字，「好像是一篇文章？」

韓湘讀起來。院牆之外，誦經祈禱的聲音嗡嗡不絕，像平地響起的冬雷般突兀而沉悶。空曠的院中，刺骨寒風在每一條枯枝的縫隙間掠過。

韓湘突然抬起頭：「李兄，這東西你是從哪裡得來的？」

「就在西明寺前。」院中明明只有他們三人，李復言卻壓低了聲音道，「有人在私下兜售這個，幸虧我身上帶了點錢……可不便宜，花了一百錢呢。」

「竟有人如此膽大？」

「我看了也嚇一大跳。」李復言道，「韓郎，你說這裡頭寫的到底是不是眞的？」

韓湘只覺得太陽穴針扎般的疼，眼神有些渙散。他勉力定睛，盯在那五個字上——〈辛公平上仙〉，正是這篇奇文的名字。

李復言道：「我可是看得毛骨悚然啊！聖人怎麼就被殺了呢？偏偏它這一通胡言亂語還有模有樣的，像是親眼所見的呢。」

韓湘的腦子亂作一團。叔公在藍關道上發出的警告，時隔數日，竟在這篇奇文中得到印證？不對！從描述的方式來看，〈辛公平上仙〉應該是在講述一件已經發生的往事，而非預兆！難道在大明宮中，曾經發生過一場弒君慘案，至今不爲人知？會不會只是某些別有用心之人的胡編亂造？但其中寫到的宮中場面，宮人、內侍還有陰兵陰將都栩栩如生，若非常在大內走動，且熟知皇家規矩的人是不可能寫得出來的。

韓湘問李復言：「李兄，你可曾打聽過此文的出處？」

「我只聽說，此文最早是在上元節的夜裡出現的。」

「上元節的夜裡？」

「對，就在百姓傾城而出觀燈之時，有數盞祈願燈從天而降，便攜帶著這篇文章。」

韓湘緊鎖雙眉，這樣做等於昭告全長安，何人竟有如此膽量？

「當時就有不少人撿來看了，全都嚇得魂飛魄散，有撕的有藏的，都不敢聲張。隔了好幾天，街頭巷尾才陸續聽人開始議論，都在悄悄猜測陰兵何時入宮，聖人何時上仙。偏有無良商人敢發這掉腦袋的橫財，偷偷地把文章刻印了，在人群聚集處以高價售賣。」

「要錢不要命了吧？」韓湘道，「此文一旦被宮中看到，後果不堪設想啊。」

李復言歎道：「人爲財死，鳥爲食亡。況且，就算宮中看到了要追究，也得去找寫文章的，那才是始作俑者。刻文賣文的，抓到了也查不出元兇來。」

「這倒是。」韓湘思忖，此文的作者亦知事關重大，所以才將其懸於祈願燈上放出來，讓人無法追查吧。

李復言又把韓湘手中的紙翻過來：「你再看這個。」

只見紙的左下角處，用黑墨畫著一朵小花，花中還有維妙維肖的五官，宛似人在微笑。

「最初由祈願燈放下的文章背面均有此花。於是刻印者依樣畫葫蘆，也將此花標在文後，卻不知會不會是作者留下的記號？」

「鬼花！」

「鬼花？」

韓湘還未開口，忽聽到有人在叫：「韓郎！」

抬頭一看，竟是僕人引著段成式來了。

「我正要去找你呢！」韓湘叫道，「你的腿好了？」

「差不多。」段成式原地轉了一圈，「我來看看自虛哥哥。」說著便徑直向李彌走去，輕輕地喚了一聲。

李彌毫無反應。

段成式抿緊雙唇。

韓湘歎道：「他什麼人都不認識，什麼話都不會說了。」

韓湘道：「至少把他給找回來了，也知道了靜娘的確切消息。目前來看，靜娘在宮中尚能自主。」他朝東北方的龍首原望去，「我相信她能保護好自己。」

收回目光，韓湘又看著段成式問：「你呢？你能保護好自己嗎？」

段成式的臉色一變。

「對了，我介紹你們認識一下……誒？」韓湘一回頭，才發現李復言已不見蹤影，想必是見有陌生人來，便回房休息去了。韓湘心道，不見也好，遂將手中的文章遞給段成式，質問：「你說說，這是怎麼回事？」

段成式的臉色由紅轉白，低聲嘟囔：「你也知道了？」

「已經鬧得滿城風雨了吧？」韓湘指著紙上的鬼花，「就憑著這個，早晚會找到你的頭上。你怎麼如此不小心？」

「……我，唉！」

「說說吧，到底怎麼回事？」

原來是去年年底前的一天，段成式正在薈萃樓上的「鬼花間」寫故事，夥計送來一張字條。上面寫著：邀請段成式在驪山圍獵時，至華清宮中一晤，將有絕妙的故事講給他聽。

「驪山圍獵？華清宮？」韓湘以為自己聽錯了。

段成式坦白道：「我自前年起就迷上了圍獵，東宮崇文館的兒郎們組了一個圍獵的班子，幾乎每個月都要去驪山玩兩次。因為夜獵最有意思，所以我們常常在驪山上過夜，我喜歡華清宮的溫泉，每次都慫恿大家在華清宮宿營。」

「華清宮不是已經廢棄了嗎？」

「宮殿已廢，但溫泉尚在。」段成式的語氣飽含悵惘，「我喜歡那裡荒蕪的宮闕樓台，我總在想，說不定哪天夜裡，楊貴妃還會回來洗凝脂——」

韓湘連忙打斷他：「你就按紙條上說的辦了？」

段成式點頭道：「你能想像我接到紙條有多麼驚訝吧？去一次驪山華清宮，對一般人來說可不容易呢。為什麼要約我在那裡見面呢？他要是真有好故事，直接來鬼花間講給我聽不行嗎？」

韓湘緊鎖雙眉：「必是有不可見人之處吧？」

「我也有懷疑，不過我還是覺得，這樣安排很有意思，便把下次行獵的日期寫在紙條上，讓夥計送回去了。」

韓湘無語。

段成式鬱悶地說：「可是那夜他約我到了華清宮中，見面後卻又將我黑布蒙頭，送去另外一個神秘的地點，見到了一個自稱辛公平的人。我至今想不通這種做法的目的。如果只是為了隱匿真實的身分和會面的地點，直接將我從鬼花間蒙上眼塞進馬車，不是更簡單嗎？」

「非也。」韓湘道，「薈萃樓位於東市中央，人多眼雜，對方肯定會有所顧忌。我倒覺得，如果對方確實不願暴露身分，與其搞得那麼複雜，還不如乾脆喬裝改扮造訪鬼花間，把故事對你說完就走，你事先沒有準備，就算想追也是徒勞的。」

「他們為什麼不那麼做呢？」

「除非……」韓湘思忖道，「那個辛公平出不來。」

「出不來？」段成式的眼睛一亮，「對！他必須待在那個地方，外人進去尚可，但他本人絕對不能出來。所以他要想當面對我講故事的話，就得設法把我弄過去。」

韓湘問：「你蒙著頭坐在馬車裡時，有沒有設法判斷周圍的環境？」

「去大概花了一個時辰。回來的時候我都暈了，記不得了。」

「一個時辰？」韓湘皺眉道，「這麼久都能出驪山了。你確定嗎？」

段成式搖了搖頭：「被蒙著眼睛，心裡又害怕又焦急，你能算準時間嗎？也可能是我估計得長了？我一直都在留意周邊的聲響，卻總覺得越來越靜，好像進了很深很深的山裡面，特別冷，特別的陰森……」

「會不會馬車帶著你在驪山繞圈子？」

段成式不作聲。

韓湘道：「看來你與辛公平見面的地方，只能是個謎了。」

「不，我知道那裡。」段成式說，「那肯定不是人間，而是幽冥！辛公平也肯定不是一個人，而是鬼！」

韓湘長歎一聲。

段成式拉住他的胳膊：「韓郎你說說，如果辛公平不是鬼，怎麼能講出那麼可怕的故事來？」

「你也知道那個故事可怕啊！」韓湘當眞惱火了，「那你爲什麼還把它寫下來？寫下來也就罷了，還放在祈願燈上遍撒全長安城；散佈全城也就罷了，你……你居然還把鬼花畫在紙的背面，你這是存心要惹禍吧！」

「我沒有！」段成式也急了，「我是把它寫出來了，但我只寫了一份收藏起來，根本就沒放到什麼祈願燈上啊！」

「你說什麼？」韓湘圓睜雙目，「不是你幹的？」

段成式急得跺腳：「韓郎，你不記得了嗎？上元節那天夜裡我們在忙什麼？」

是啊！那天夜裡他們在爲飛天大盜一案奔忙，並且在最後關頭保護了佛骨。祈願燈放上天空的時候，段成式正和韓湘在一起，所以絕對不可能是他幹的。

「這究竟是怎麼回事？」韓湘喃喃。

四目相對，韓湘和段成式都在對方的眼中看到了兩個字——陰謀。

有人精心策劃了這一切，步步爲營，借段成式之名將〈辛公平上仙〉的故事昭示天下，包藏深不可測的禍心。

段成式低聲說：「我反反覆覆想了好多遍，都不能確定〈辛公平上仙〉中描述的一切到底是眞是假，是已經發生的還是即將到來的？皇帝他……」

「你還有工夫替皇帝操閒心！」韓湘急道，「還是先想想你自己該怎麼辦吧！按照如今這個勢頭，要不了多久〈辛公平上仙〉的故事就會傳入禁中，聖上看到了肯定要追查出處。鬼花間名聲在外，不日就會查到你的頭上！」

段成式道：「不怕！我盤算過了，就算聖上拿著〈辛公平上仙〉來質問我，我也可以推得一乾二淨，只說什麼都不知道，被人栽贓了便是！」

「這……能行？」

「怎麼不行？雖然紙上畫有鬼花，可誰能證明文章是我寫的，鬼花是我畫的呢？散佈出來的文章都是刻印的，無從索驥。至於鬼花，任何人只要去一趟鬼花間，便能按照豎屏上的圖樣描下來，再落到這些紙上，目的無非是為了陷害我！」

韓湘說：「聖上會問，為什麼偏偏要陷害你？」

「因為我喜好奇聞異事，所以最容易栽贓在我的頭上！」

「這樣真能蒙混得過去？」

「只能賭一把了。」

「且慢，」韓湘問，「原稿在哪裡？」

「原稿……我藏起來了。」

「藏哪兒了？」

段成式憋紅著臉不說話。

「好吧，你不用告訴我藏在哪裡。但你必須立刻去毀了原稿。」

「……我把它藏在鬼花間了。」段成式支吾著問，「非得毀掉它嗎？〈辛公平上仙〉的故事太詭異太特別，太驚心動魄了。我覺得我這一輩子裡，恐怕都難再碰上這樣的故事了。」

「我懷疑你這一輩子還能有多長！」韓湘抬腿便走。

「去哪兒？」

「薈萃樓啊！趕緊去把原稿燒了！」

段成式剛要跟上，忽然又停下腳步，側耳傾聽。

「快走啊！」韓湘叫他，「怎麼啦？」

「我好像聽到了一陣咳嗽聲，有點耳熟……哦，不是不是，肯定是我聽錯了。」段成式搖了搖頭，隨韓湘匆匆奔了出去。

直待他們的背影消失在穿廊盡頭，李復言才如鬼魅一般從房中閃出來。

他來到李彌的面前，歎道：「世人皆苦，唯你已跳脫紅塵。幸哉？悲哉？」

李彌只管定定地看著他，呆滯的目光像平實的鏡面，悄然映現出一張飽含辛酸的面孔。慢慢地，就連這張臉也在他的雙眸中化成了一片虛無。

7

恰如上元節時的大安國寺，今天的西明寺被擁擠的人群和喧譁的人聲所包圍。韓湘與段成式橫穿西明寺前的人群，心中的焦慮卻比上元節那日更甚。增多了數倍的金吾衛執仗守衛，仍然擋不住洶湧的人潮。大安國寺門前數人死傷的記憶早被拋諸腦後，人們只知，佛祖留在世間的舍利子會帶來無上的福祉，洗脫所有罪孽。

可是韓愈在〈諫佛骨表〉中明確指出，佛骨本是死者的遺骸，只能證明佛祖已死。死去的佛祖又如何爲活著的世人帶來福佑呢？

韓湘突然明白了，爲何叔公的一份〈諫佛骨表〉，會令皇帝暴怒到差點將他開刀問斬。皇帝的理由是，叔公的勸諫沒錯，但不該詛咒他死。

詛咒皇帝的不是叔公，而是另有其人！叔公爲了諫言遭到懲罰，只因他在無意中揭露了皇帝的恐懼！原來一切皆源自於皇帝的恐懼，更可怕的是，皇帝的恐懼顯然未得到消解，反而越演越烈了。就像落入陷阱的野獸，雖然還在竭力掙扎，末日將來的預感卻越加洶湧。

終於到了東市。

快到日暮時分，街上的行人反比靖安坊少。韓湘和段成式直奔薈萃樓而去，還差一條橫街時，韓湘突然停步，用力一拽段成式，將他拖到一堵粉牆後面。

探頭望出去，橫街的對面就是薈萃樓張燈結綵的正門了。只見門前停著數匹高頭大馬。一位紫袍將軍正在神策軍的簇擁中，殺氣騰騰地邁進薈萃樓。酒客們紛紛抱頭鼠竄而出。

段成式捏緊了拳頭，牙齒咬得「咯咯」響。

「吐突承璀！」

兩人望著彼此失去血色的臉。吐突承璀是皇帝最信任的奴才，他在這個時候親自出馬闖到薈萃樓，不可能是爲了其他事。

韓湘問：「你把那東西……藏得好不好？」

段成式目不轉睛地盯著薈萃樓，沒有回答。

韓湘的心一下子沉了底。

「原來你在這兒啊！」忽然一個人躥過來，「我到處找你，都快急瘋了！」

是郭浣！

「我今天剛聽阿母說，聖上在宮中大發雷霆，不知什麼人給他看了〈辛公平上仙〉，聖上氣得、氣得……」郭浣的圓臉漲得通紅，語無倫次地說，「阿母拿了一頁回來，我見到鬼花就知道不好，段成式，你這回惹上大麻煩了！」

段成式問他：「聖上命了吐突承璀查辦此事嗎？既然已經認出鬼花，他們怎麼不去我家抓人？」

「我爹爹已經去過了……」郭浣擦著汗道，「所以我才知道你不在家，我擔心你直接撞到吐突承璀手上，又趕到薈萃樓來堵你。謝天謝地，總算碰上了！」

段成式厲聲問：「我爹娘怎樣？」

「這你放心。金吾衛只是守在府門外，不許任何人隨意出入，怕有人給你通風報信。也是爲了在你回家的時候，可以直接逮住你。」

韓湘和段成式面面相覷，看來要不是他們先趕來薈萃樓，在段府門口就被金吾衛抓個正著了。

「段成式，你逃吧！」郭浣從懷裡掏出一塊銅牌，就往段成式的手裡塞，「我偷了我爹的腰牌，你先找個地方躲一躲，等暮鼓敲過，城門關閉以後，你用這個腰牌出城，他們絕對想不到的。」

「……那你怎麼辦？」

「我不要緊的。」

段成式將銅牌推回去：「謝謝你，我不需要這個。」

「你要幹什麼？」

「一人做事一人當。我這就去見吐突承璀！」

「你！」郭浣跺腳，「那傢伙是個怪物，你鬥不過他的！」

韓湘也攔道：「段郎莫要衝動，吐突承璀進去很久了，看來要找出原稿並不容易。你何必急著去自投羅網呢？」

段成式鎮定地說：「他肯定找不到的，我藏得非常好。但這無濟於事，我相信吐突承璀絕對能拿出一份以我的筆跡書寫的〈辛公平上仙〉，呈給聖上。他今天來薈萃樓，只是做個樣子。能找到原稿最好，找不到他也有辦法。」

郭浣說：「吐突承璀敢偽造證據？聖上英明，怎會被他輕易蒙蔽！萬一識破了，這個欺君之罪他吐突承璀擔得起嗎？」

「對於軍國大事，我相信聖上的睿智決斷。可是這件事……」段成式搖了搖頭，「將心比心，你們說說看，如果你們是聖上，看到〈辛公平上仙〉的內容，還能保持頭腦冷靜嗎？」他冷笑了一下，「我現在算徹底想明白了，這件事情從頭至尾就是一個大圈套。我段成式也不知得罪了什麼人，竟使出如此陰損歹毒的招數來陷害於我。逃？普天之下莫非王土，我還能逃到哪裡去？我也不想逃。如今要做的，就是絕不能再牽連其他人，特別是我的爹娘！」

從薈萃樓前傳來人喊馬嘶，吐突承璀陰沉著臉邁出大門。

段成式朝郭浣和韓湘點了點頭，便大踏步地向神策軍走去。

郭浣還想跟著往外衝，被韓湘牢牢拖住：「你此時出去只會火上澆油，幫不上段郎分毫的！」

兩人眼睜睜地看著段成式被神策軍押住，吐突承璀率眾惶惶然離去。

「咳！」郭浣一拳砸在牆上。

韓湘的心中也好似滾油烹灼，困惑、懊惱和沒來由的恨都混在了一起。見郭浣快哭出來了，又想安慰他幾句：「你也別太著急了。段郎聰明絕頂，絕不會坐以待斃的。在我看來，此事尚有轉圜餘地。段郎如能面見聖上，只要把事情的經過原原本本地說出來。我們都能看出他是遭到陷害的，聖上怎會看不出來？」

「可是段成式的話根本沒有證據啊！」

「證據？」

郭浣紅著眼圈說：「其實，自從上回驪山行獵之後，段成式就變得奇奇怪怪的。我追問了他很久，開始他怎麼都不肯說實話，只讓我幫忙去吏部查，有沒有兩個縣尉叫辛公平和成士廉的。」

「哦！」韓湘頓悟，「怎麼樣？查到了嗎？」

「我想了好多法子找關係，總算查到了吏部在元和年間的全部紀錄，根本沒有這樣兩個縣尉。」

「那……再往前呢？」

郭浣瞥了他一眼：「當時段成式和你一樣，也叫我往前查。我就不幹了，非要他講清楚是怎麼回事，他才把驪山夜獵那晚的經過說了，還給我看了〈辛公平上仙〉，差點兒把我給嚇死。」

韓湘情不自禁地歎了口氣。郭浣雖不及段成式的天資聰慧，但在大是大非上，卻比段成式更有頭腦。段成式成天浸淫在妖魔鬼怪的傳說之中，對人情世故失去了一點必要的敏感。

郭浣繼續說：「我又去查了從貞元到永貞的吏部名單……」他的嗓音中帶著絲絲恐懼，「也沒有這樣兩個人。」

韓湘明白了郭浣的意思：即使段成式將他的奇遇和盤托出，對皇帝也是毫無說服力的。驪山、華清宮的廢墟、兩個根本子虛烏有的縣尉，所有這一切都更像是段成式的胡言亂語，或者虛假的託詞。

看樣子，這次段成式真的在劫難逃了。

韓湘喃喃：「至少，你我都相信他說的是眞話……」

「我們信沒用啊！」

「別急，別急。」韓湘道，「仔細想想，還有什麼可以幫到段郎的？」

郭浣一拍腦門：「對了，他還讓我查過一個人來著。我剛剛找到些線索，沒來得及跟他說呢。」

「什麼人？」

「段成式說他在華清宮裡遇到一個人，正是那人把他送上馬車，載去見辛公平的。」

「對。應該也是那人去鬼花間留書給段成式，與他訂下華清宮之約的。」

「段成式說那人自稱李諒。所以我也查了李諒的來歷，但查了好久都沒結果。」

韓湘催促道：「究竟查沒查到？」情況緊急，郭浣怎麼倒變得囉唆起來了？

「直到昨天，我試探著對阿母提起這個名字，誰知她立時變了臉色，問我怎麼知道這個人的。我想法搪塞了過去，她才告訴我——」頓了頓，郭浣道，「永貞元年時，有一個名叫羅令則的人謀反，李諒是羅令則的逆黨，二人都被處決了。」

「處決了？」

郭浣點頭道：「李諒曾在先皇時任了區區幾個月的度支巡官、左拾遺。當今聖上登基後，便將他貶爲彭城縣令。於是他便懷恨在心，與逆賊羅令則相互勾結企圖謀反，最終因爲陰謀敗露被殺了。」

「難道說……段郎眞的遇上鬼了？」韓湘都覺得毛骨悚然了。

「不知道。阿母只告訴我，此人名諒，字復言。其他的我就一概不知了。」

韓湘呆住了。

8

當韓湘回到韓府時，天已經完全黑了。

耳房中亮著一盞油燈，僕人見到韓湘回來，忙開門將他迎進去，嘴裡說叨著：「我以爲郎君今天不回來吃晚飯，所以沒有準備。」

「算了。」韓湘道，「我也沒胃口。李二郎呢？」

「吃過了，已經伺候他睡下了。」

「……李復言呢？」

「您的那位朋友啊？他什麼都沒吃。唉，這人也怪，除了郎君在時，幾乎不吃飯，真不知是怎麼活下來的——」

韓湘打斷他：「你還記得他是何時來府中當門客的嗎？」

僕人瞪大眼睛：「門客？不是吧，阿郎從來沒有這個門客啊。」

韓湘盯住他：「你怎麼不早說？」

「我……我一直以爲他是郎君帶回來的朋友啊。」僕人一臉無辜。

「沒事，沒事。」韓湘從僕人手中接過燈籠，邁進黑沉沉的院子。

剛回來時散落一地的雜物早收拾起來了，院中更顯空曠。長長的穿廊上，爲了節省並不點一盞燈籠。在今天這樣沒有月光的夜晚，黑得幾乎伸手不見五指。

這座韓府就像死了一樣。

西廂的房門半掩著，燭光搖搖，從門下的縫隙裡透出來。

一條長長的人影來到門後，停下來。韓湘也在門外站定。雙方無聲地對峙片刻，「吱呀」一聲，門敞開了。

李復言道：「韓郎回來了，找我嗎？」

韓湘點頭。

「請進。」李復言指著坐榻，「韓郎，坐？」

韓湘站著不動：「李兄在我家中待了多久？」

李復言咳了幾聲，方道：「卻是記不得了。」

「記不得了？難道李兄不是上元節前幾天來的嗎？這麼切近的事情，都記不清了？」

「等韓郎到了我的年紀，就會發現越是切近的事越容易忘記，越久遠的往事反而記得越深刻。」李復言意味深長地說。

韓湘冷冷地問：「你究竟是誰？」

「在下李復言，韓夫子的門客。」

「我叔公並無這樣一位門客。」

李復言沉默著，既不承認也不否認。

「復言是否李兄的字，而不是名？」

李復言的唇角一揚：「原來韓郎連這都打聽到了？」

「不可能！你不可能是李復言！」韓湘厲聲道，「李復言早就死了！」

李復言微微點頭：「看來，韓郎什麼都知道了。」

韓湘跨前一步，直視對方道：「我只知道曾有一個李姓、名諒、字復言的人參與了羅令則逆黨的謀反，早在永貞元年時就被處決了。」頓了頓，補充道：「那是整整十五年前的事情！」

李復言長聲喟歎：「那件事我倒是記得清楚清楚。一轉眼，十五年就過去了……」

「你！」韓湘咬緊牙關，「你當眞是鬼？」

「人與鬼所差的不過是一口氣，何必分得那麼清楚呢？」

「說得有理！」韓湘道，「好，我就當你是死於十五年前的李復言的鬼魂。煩請你告訴我，你到底想做什麼？」

「我做什麼了嗎？」

「你爲何要陷害段成式？」

「陷害？我只是給他提供了一個鬼故事。那位小郎君不是最喜歡這樣的故事嗎？」

「可那是一個詛咒君王的故事，段成式已經因此被神策軍抓走了！」

「怪我嗎？」李復言滿臉譏笑。

韓湘氣憤不已：「你爲什麼要這樣做，段成式與你何冤何仇？」

「韓郎剛剛提起我的死……」

「你的死？」

李復言淒惻地說：「好好去查一查那段往事吧！你就會懂得我的所作所爲，只是一個枉死者從地獄裡發出的悲號——冤吶！」最後的兩個字從他口中吐出時，彷彿攜帶著滿腔血淚，竟使韓湘不由自主地打了個寒顫。

韓湘定了定神，又道：「永貞元年段成式才剛出生，就算你是蒙冤而死，也與他無涉呀。你爲什麼要害他？」

李復言悠悠地回答：「我就是要害他。」

「你！」韓湘氣結，「好吧。既然你都承認了，就隨我去京兆府走一趟。我才不管你是人是鬼，只要你把剛才的這番話，再對京兆尹大人說上一遍！」

他伸手去拉李復言，哪知剛碰到對方的袖管，指尖上便掠過一陣刺骨的涼意，不由自主地又把手縮了回去。

李復言「嘿嘿」地笑出了聲。

韓湘突然想到：這個不知是人是鬼的李復言，在給段成式設下圈套的同時，又跑來韓府中住下，只能說明在他的計畫中，還有針對叔公韓愈的一環！

他問：「你爲什麼要到韓府裡來，是在打別的鬼主意嗎？」

「我是鬼，不打鬼主意，還能幹什麼？」

韓湘的右手情不自禁地搭到劍柄上。李復言掃到他的動作，臉上的笑意更深了。

韓湘厲聲問：「你是不是還想害我的叔公？」

李復言發出一陣猛烈的嗆咳，好像要把肺都咳出來似的，勉強喘息著說：「我在府中的這些日子……韓郎一直與我在一起，我做了什麼……難道韓郎看不見嗎？」

韓湘決定不再纏戰：「行了，就請李兄跟我走一趟吧！」

「好，好。」李復言果眞晃晃悠悠地朝外走去，「我會按照韓郎的要求，告訴京兆尹大人，段成式的故事是從我這裡聽來的。與此同時，我也會告訴京兆尹大人，我的故事是從韓夫子這裡聽來的。」

「你！」韓湘簡直被他氣瘋了，高聲斥道，「京兆尹大人才不會相信這種鬼話！」

「難道他寧願相信我是鬼？」

韓湘一愣。

「韓夫子因佛骨之爭遭到貶謫，故對聖上懷恨在心。他在〈諫佛骨表〉中已經出言不遜，詛咒了聖上。此番又編造出〈辛公平上仙〉的詭異故事，並借段成式之口使其廣為流傳，你覺得——這個故事，京兆尹大人會相信嗎？」

韓湘咬牙切齒地說：「不會！」

「但他一定不敢隱瞞，必會將這番說辭一五一十地報予聖上。那麼，聖上會不會相信呢？」李復言滿臉陰笑，「什麼才是聖上最忌諱最憎恨的事呢？我相信，凡被〈辛公平上仙〉牽扯到的人，不論是誰，聖上都不會放過。所以，只要你敢把我送去京兆府，我便張口亂咬，能咬誰就咬誰，定要將這長安城鬧得血雨腥風，殆無寧日！」

韓湘氣得再也說不出一個字來了。

「總之，你要麼將我送去京兆府，這樣便會牽連更多人；要麼放過我，但是你的朋友段成式所說的話，就會被當作抵賴罪行的胡言亂語，任誰都別想救他了。」

韓湘「噌」的一聲拔出佩劍：「我就不信逼不出你的實話！就算你是鬼，我韓湘子手中的這柄劍，亦能殺得！」他挺劍對準李復言的胸口，「你想不想再死一次？！」

李復言呆了呆，突然怪叫著朝門外衝去：「快來人吶！救命啊！」

「站住！」韓湘提劍緊追。

兩人一前一後奔上穿廊。太黑暗了，只有前方布袍掀動時的灰色影子依稀可辨。也許李復言眞的是鬼，平時看起來病體衰弱，此時卻跑得極輕極快，韓湘反而東碰西撞、磕磕絆絆，前面的腳步聲卻越來越遠了。

正在焦急之時，突然射來一道紅光。

「郎君?你們在做什麼啊?」是僕人聽到響動，提著燈籠找來了。

韓湘大叫：「快攔住他，別讓他跑了!」

僕人聞言截住李復言。兩人相互推搡起來，燈籠落地，火焰迸現。韓湘幾步趕到，僕人已被李復言掐住脖子，正在拚命掙扎著。

韓湘高高地舉起劍，喝道：「快放手!」

扭曲的紅光中，李復言的面孔猙獰似魔。僕人已經在翻白眼了，喉嚨裡發出絕望的「咯咯」聲。

韓湘的劍刺了出去。

鮮血綻開，染紅了李復言的灰布袍。他連吭都沒吭一聲，就倒了下去。

僕人尖叫：「哇呀，殺人了呀!」

韓湘撲上去。滿手的血，還是溫熱的。李復言翕動著嘴唇，艱難地說：「韓郎……快、快走……離、離開……長安……」脖頸上的最後一絲搏動停止了。

韓湘自語：「我殺人了?」

「可不是嗎郎君!這可如何是好呀!」

韓湘凝視著這張青白色的臉——李復言的確是人，不是鬼。不過現在，他已經死了。他是韓湘平生所殺的第一個人，而且韓湘看得清清楚楚，他是自己將胸膛送上來的。

韓湘從未想過有一天眞會動手殺人，更想不到此時此刻心如刀絞，似乎剛剛葬身在自己手下的，並非是一個居心險惡的仇敵，卻是一位離散多年的摯友。自己本應助他、護他，卻陰差陽錯地殺了他。韓湘直覺到，即使有朝一日能夠解開李復言身上的謎團，這份憾恨也必將纏繞自己終生了。

子時，一架馬車無聲無息地出了長安春明門。走出一段路後，又悄然停靠在終南山的暗影中。

馬車裡，韓湘對郭浣拱手道：「多謝了。」

郭浣豪氣地說：「謝什麼。腰牌反正偷都偷了，不用多可惜。」

「京兆尹那裡不會察覺嗎？」

「沒事，我這就給他放回去，他什麼都不會知道的。」郭浣又道，「虧得今天晚上我在段府裡，本想看看有什麼可以幫忙的，你正好能找到我，否則你也通不過夜禁，跑到安興坊我家裡去。」

「是啊，我的運氣還不錯。」韓湘苦笑著說，「你不會覺得我當了逃兵吧？」

「怎麼會！君子不立於危牆之下，這可是聖人的道理啊！」頓了頓，郭浣又懊惱地說：「偏是段成式這傢伙死腦筋，否則我連他也一塊兒送走了。」

「你可知他現在何處？」

「聽說吐突承璀原要把他帶進宮去審問，可是聖上命先押在大理寺了。」

「在大理寺好點吧？」

「那當然。眞要落到吐突承璀的手裡，十個段成式也扛不過去。」

韓湘點頭：「想必聖上也知道這一點。」

「對。我爹也說了，就算是看在死去的武相公的份上，聖上也得手下留情的。」

「所以說，段成式心裡還是有數的。」韓湘勉強笑道，「這個鬼靈精，知道自己不至於吃大虧，所以才肯自首。要不然，他肯定跑得比兔子還快。」

「呵呵，就是。」郭浣也擠出一抹比哭還難看的笑。

韓湘又道：「我在想，段郎一口咬定辛公平的故事是聽來的，雖說沒有辦法證明，但別人也沒有辦法證明他在胡說。所謂鬼神之事，本來就扯不清楚。要不怎麼都說寧可信其有，不可信其無呢。」

郭浣一拍大腿：「對啊！況且咱們聖上，本來就特信這些個。」

韓湘正色道：「但你要盡快設法通知段成式，絕對不能提起李諒的名字！」

「爲什麼？」

「因爲一旦提起這個人，就會牽扯出多年前的往事與恩怨，便再也不能推到鬼神上去了。」

「可是……」

「你聽我說，陷害段郎絕非李復言一個人能夠完成的，他肯定還有同黨。我們對他的同黨一無所知，也不知道他們下一步會採取什麼行動。但有一點是可以肯定的：他們的目標應是武家和韓家無疑，我們只有查出背後的關係和隱情，才能眞正幫助段郎洗脫冤情，也才能避免今後的禍端。」

郭浣頻頻點頭：「應該怎麼做呢？」

「讓段成式在聖上和吐突承璀面前繼續裝傻充愣，把辛公平的故事編得越邪乎越好。反正世人皆知段郎喜好妖魔鬼怪的傳說，說得再離譜都沒關係。我已把李復言的屍首藏在韓府後院了。你回去之後，趕緊找機會去一趟，將屍體運到妥當的地方保存起來。我家中的僕人會幫忙。我已囑咐過僕人，等屍體運走後，他自會去潮州投奔叔公。然後你再想辦法找一找永貞元年辦理過羅令則謀反案的人，但凡能找到一個當年舊人，就帶去認屍，辨一辨死者到底是不是李諒。」

「我明白了。」郭浣想了想，又問，「萬一找不著當年的舊人呢？」

「實在找不到，就找個合適的地方，把他安葬了吧。」韓湘長歎一聲。

交代得差不多了，兩人都安靜下來。韓湘看了看坐在對面的李彌。折騰到現在，他仍然是一副超然物外的模樣，彷佛什麼都沒看見也什麼都沒聽見，只是沉浸在他自己的世界裡，右手中依舊牢牢攥著那支破爛不堪的金簪。

韓湘歎息：「要不是爲了他，我留下來又何妨。可是萬一我出了事或者被抓，他怎麼辦？既然靜娘把他託付給了我，我便要負責到底。」

郭浣問：「韓郎打算去哪裡？我這裡若是得了消息，怎麼告訴你？」

「我將去太原府投奔裴相公，你有消息可以送到那裡去。」

「成。」郭浣撩起車簾向外望了望，「不早了，我得回去了。」

郭浣下車時，韓湘又叫住他：「郭郎，如果有機會見到裴煉師，請你務必轉告她，我帶著李彌走了，讓她放心。」

「沒問題。」

「還有……麻煩你也給段成式帶一句話。」

「什麼話？」

「請你告訴他，『鬼花不語，頻笑輒墜』是我聽過的最動人的故事。我相信他定能平安度過此劫，因爲萬物有靈，段成式是生來爲它們寫故事的人，所以它們也一定會護佑他。」

第三章　水如天

1

在長生院香氣氤氳的暖閣中只待了一小會兒，柳泌的額頭就開始冒汗了。暖閣四周，椒壁芬芳，厚厚的暖簾層層疊疊，擋住嚴冬的寒氣。尤其是銅爐中燃著的「瑞炭」，十分稀罕。這種木炭由西涼進貢而來，色青堅硬，燃燒時無焰而有光，熱氣逼人，所以整個暖閣中可以用「溫暖如春」四字來形容。

郭貴妃從屏風後走出，儀態萬方地落座後，便半眞半假地嗔怪起來：「你們也太沒眼色了，沒看見柳國師都出汗了嗎？怎不爲國師寬衣？」

宮婢連忙上前，小心地伸出雙手：「國師，請除去大氅。」

柳泌一驚，不由自主地攏了攏鶴羽大氅的前襟：「不必了，我還是穿著吧。」

郭念雲嫣然一笑：「柳國師是在聖上那裡凍怕了吧？」

柳泌不答。

郭念雲問：「我怎麼聽說，這樣數九寒冬的天氣裡聖上還要用冰？柳國師可知否？」

「知道。」柳泌傲慢地回答，「那是因爲聖上服了貧道煉製的仙丹，體內陽氣充裕，自然不畏嚴寒。」

「哦？國師的丹藥如此神奇，倒是令人驚歎。只是國師的道行至深，爲何自己卻會怕冷呢？」

柳泌「哼」一聲：「貴妃有話便明說吧，不必含沙射影。」

「含沙射影？」郭念雲沉下臉來，「我郭念雲自小就沒學過什麼叫做含沙射影！有話明說？哼，我是怕柳國師你擔當不起！」

「請貴妃賜教！」柳泌竟也毫無懼色。

「我聽說聖上服丹後腹內燥熱難耐，才需用冰的寒氣加以克制，難道這就是你所說的陽氣旺盛嗎？而且，聖上從一日一丹，增至如今一日三丹，又是怎麼回事？」

「這些問題，貴妃何不直接去問聖上呢？」柳泌仍是一副有恃無恐的樣子，「自從貧道爲聖上獻煉丹藥以來，朝野內外各種非難不絕於耳，不但對丹藥的好處視而不見，還一味讒言說貧道的丹藥有害於聖上。我如果沒有領會錯，貴妃的話也是這個意思吧？」

「你沒有領會錯。」郭念雲盯住柳泌。

「貧道還是那句話，是聖上每天在服丹。丹藥究竟有益還是有弊，聖上比任何人都清楚。貧道在三清殿中煉丹，出不得大明宮一步。如果貧道所獻的丹藥有半點瑕疵，聖上隨時可以要了貧道的性命。可是聖上仍然對貧道恩遇有加，卻又是爲何呢？」

「因爲你的丹藥有鬼。」

柳泌怒目圓睜：「請貴妃明示！」

郭念雲一字一句地說：「因爲你在金丹中放了致人上癮的藥物，從而使聖上須臾離不開你的丹藥，也就離不開你。而你，因此才能保下這條狗命，甚而加官進爵飛黃騰達。你這個國師的封號，就是用茶毒聖上的龍體換來的！」

柳泌大驚失色！他在大明宮中起起落落，一直遭到各種非議，嫉妒、懷疑乃至憎恨，這些柳泌都知道得清清楚楚。但他始終堅持一點，只要控制住了皇帝，便能立於不敗之地。現如今，就連最有實力把柳泌像隻臭蟲般碾死的吐突承璀，不是也對他敬而遠之了嗎？柳泌以為自己在大明宮中再無後顧之憂，卻萬萬沒有想到，今天突然又跳出來一個郭貴妃！

大明宮中人盡皆知，郭念雲素與皇帝面和心不和，柳泌根本不信她會發自眞心地關懷皇帝。那麼她今天說的這番話，究竟想達到什麼目的？高傲到目空一切的郭貴妃，從來對柳泌不假顏色，爲什麼會突然針對起他來了呢？

無論如何，對於郭念雲的可怕指控，柳泌必須反擊。

他義正辭嚴地說：「貴妃如果沒有眞憑實據，那就是血口噴人！」

「我沒有證據。」

柳泌囂張地笑起來。自己在丹藥中做的手腳無人能夠識別，即使御醫們察覺有問題，也只能口說無憑。早在三年前，吐突承璀就企圖從丹爐和藥物中查出端倪來，結果不也是徒勞無功嗎？果然郭念雲只是詐人而已。

郭念雲摩挲著懷中的香熏暖爐，悠悠地問：「國師就不擔心嗎？」

柳泌挑釁地反問：「貧道有什麼可擔心的？」

「聖上服了你的金丹，假如哪天眞的羽化升仙了，國師將如何自處呢？」

柳泌瞠目結舌：郭念雲連續地語出驚人，到底想幹什麼？

郭念雲欣賞了一會兒柳泌驚駭的模樣，方道：「柳國師道行深厚，深諳煉丹秘術，一定能算出聖上升仙的吉日、良辰吧。」

此話一出，柳泌幾乎要被嚇癱了。

郭念雲還不肯放過他：「究竟是哪一天哪一個時辰，柳國師能不能告訴我呢？我也好有所準備。」

「貴妃娘娘！這種話可不能亂說，柳泌吃罪不起啊！」

「國師怎麼了？爲何突然如此慌張？」

「貴妃娘娘剛才的話一旦傳揚出去，貧道可是要被千刀萬剮的啊！」

「那也不一定。」

「啊？」柳泌驚惶地看著郭念雲。

「聖上升仙而去，人間自不會缺了皇帝。」

柳泌汗如雨下，再也說不出半個字。

良久，郭念雲才用厭倦的語氣道：「柳國師先下去吧。我以後有事，再請你來。」

「是。」柳泌面色慘白，躬身退了出去。

郭念雲頓時感到頭暈目眩，全身乏力得像要虛脫了似的。

到頭來，她還是說不出口。

好在柳泌已經被懾服了，郭念雲在心中安慰著自己，所以，晚點再說也來得及。她只是沒有想到，這個念頭醞釀已久，但眞到提起時，仍然感到了剜心刺骨般的痛，而非原先以爲的恐懼。

難道，自己對他仍存有一絲情分嗎？

不。即使很久以前曾經有過，這一絲情分也早在年復一年的猜忌和冷漠中消耗殆盡了。她對他的仇恨，累積了那麼久那麼深，難道還不足夠賦予她勇氣，支撐她去採取必要的行動嗎？

絕對是必要的！

過完年皇帝才滿四十二歲，正是春秋鼎盛之時。少陽院中的太子並不受到重視，因爲在眾人看來，皇帝體魄強健，精力旺盛，至少還能在位十年。這麼長的時間裡，儲君之位尚存變數。

但對於郭念雲來說，正是這種不確定快要把她逼瘋了。

就在不久前，皇帝剛剛罷免了宰相崔群，再度令郭念雲對太子的地位感到了極大的不安。崔群是朝中以清廉正直著稱的宰相，一直很受皇帝的器重。前太子李寧去世之後，皇帝舉棋不定了很久，好不容易才決定立郭念雲所生的李恒爲太子，還特意吩咐庶長子澧王上了一篇推讓表。當時崔群便諫道，只有對自己應得的才需推讓，如果本不應得就談不上推讓。澧王是庶子，太子之位本來就輪不到他，所以上推讓表是多此一舉。

崔群的這番仗義執言頗令皇帝難堪。其實崔群算不上郭系人馬，也從不對郭家趨炎附勢。他支持立郭念雲所生的嫡子爲太子，完全是基於宗法體制的正統，所以才更顯得難能可貴。

然而前不久，就是這樣一位忠直又能幹的宰相，僅僅由於替皇帝上尊號的爭論便遭到了貶謫。當時，宰相皇甫鎛主張加「孝德」二字，崔群卻認爲已有的「睿聖」二字包含了孝和德的意思，沒必要再重複。本來只是很小的意見分歧，竟令皇帝勃然大怒，很快就找了一個理由，罷免了崔群的相位，打發他去當湖南觀察使，逐出京城了。

朝野對此有諸多議論。有說是皇甫鎛小人讒言，成功地排擠掉了朝中對手；也有說是皇帝素來對「孝」字最敏感，崔群這回直言沒有掌握好分寸，犯了皇帝的大忌。但郭念雲卻嗅到了別樣的危險氣息。

她知道，皇帝對太子李恒從來就沒有滿意過，那個該殺的吐突承璀也一直在私下攛掇皇帝，廢了李恒的太子位，重立澧王為太子。吐突承璀是皇帝的頭號心腹，他敢於運作此事，只因為他看透了皇帝內心深處的想法。換句話說，皇帝是在利用吐突承璀之口，將自己不可告人的企圖暴露出來。

罷免崔群，除了別的原因，一定還有為換儲而掃除障礙的目的。

正當郭念雲惴惴不安時，又由佛骨引發了吐蕃囚犯的案件。對旁人來說，這或許只是一起未遂的解救人質案，但對於郭念雲來說，卻是心底的傷疤再次被血淋淋地撕開。

二十多年前的噩夢重演，從金仙觀到太極宮的密道中，再現了幾乎一模一樣的過程。而郭念雲正是在二十多年前的那次吐蕃人質逃亡中，失去了自己的第一個孩子。

雖然她僥倖地死裡逃生了，對於皇帝乃至先皇的恨，卻從此深種在郭念雲的心中，發枝開葉，漸漸長成了一棵參天大樹。

想當年她才剛嫁給廣陵郡王李純不久，便與他賭氣跑到金仙觀去修道。郭念雲承認，自己那時確實任性了些，但李純對她這位新婦的冷漠態度，恐怕連出身小家小戶的女子都受不了，更遑論自視甚高的她。須知郭念雲的母親可是赫赫有名的升平公主，當年嫁入郭家時被丈夫教訓，回宮去向代宗皇帝哭訴，代宗皇帝就曾含淚勸女兒：忍了吧。若不是郭子儀再造唐室，這江山早就不是咱們李家的了。

所以，李純有什麼權力讓她郭念雲看臉色？

那一次，正是先皇安排郭念雲去金仙觀修道的。金仙觀是皇家道觀，配得上郭念雲的身分。就如代宗皇帝幫女兒升平公主在親家面前打圓場，先皇身為郭念雲的公公，也是在竭力周旋，替兒子李純彌補吧。

然而金仙觀下的地道直通太極宮中三清殿下的地牢，地牢裡還關押著吐蕃重犯論莽熱，這個絕密在當時只由先皇掌握著。論莽熱意外逃脫，在金仙觀中大開殺戒，郭念雲差一點兒就成了吐蕃人的刀下鬼，先皇自然不可能未卜先知，所以只能說他顧慮不周，好心辦了壞事。幸虧郭念雲毫髮無傷，案發後便記取了教訓，乖乖地回廣陵王府做她的郡王妃去了。

秘而不宣的卻是，郭念雲當時已經懷有身孕。金仙觀一案中，她受到驚嚇，回家後不久便小產了——那是一個已經成形的男嬰。就這樣，郭念雲失去了爲李純誕下嫡長子的機會，等她再度懷孕生子時，只能排行老三了。

這是一系列意外的結果，怪不得任何人，倒像是老天對她的捉弄。但當郭念雲因爲自己封后和兒子立嫡備受挫折之後，心中漸漸形成了一種可怕的猜疑：金仙觀的劫難，根本就是皇帝與先皇父子針對自己的惡毒陰謀。

因爲要利用郭家的勢力，所以才娶郭念雲爲正妃。但又不想讓她誕下嫡長子，以防下一代皇帝的身上流著郭氏的血，外戚的力量太過強大，難以控制。所以才有了金仙觀中所發生的一切！

在郭念雲的反覆琢磨中，這個想法漸漸成了無可爭辯的定論。她不去想，最初正是自己和李純鬧彆扭要進的道觀，也不去想吐蕃人怎麼可能與東宮相互勾結，更不去想李純父子即使再包藏禍心，也不可能用放走論莽熱爲代價。畢竟，大唐還是他們的天下。

所有的道理她統統不管。郭念雲就是要把人生中所有的失意、悔恨和不滿全部怪罪到皇帝的頭上，唯有如此，她才能夠心安理得地恨他，一直恨下去。

金仙觀的慘劇再度上演，更讓郭念雲感到是上天在提醒自己，應該徹底拋棄對皇帝的幻想了——他絕不會讓她的兒子登上皇位的。罷免崔群只是第一步，只要他想換儲，就一定能有條不紊地、堅決而持續地實施他的計畫。就像他花了整整十五年，終於把那些桀驁不馴的藩鎮一個一個地收服，讓天下重歸於李唐一統。

除了權力和智慧，皇帝的意志力才是最令人生畏的。郭念雲深知，自己和兒子不是他的對手。

她曾經一心巴望，兒子能安安穩穩地當著太子，有朝一日名正言順地繼承皇位。現在她明白了，這是不可能的。除非先下手爲強，在皇帝換儲之前就奪下皇位！

那也就是說，皇帝必須盡快死掉。只要皇帝死時，還是郭念雲的兒子在當太子，就沒人能夠阻止他即位。可是才四十出頭，又一向健康的皇帝怎麼會突然死亡呢？

郭念雲相信，一切皆有可能。

但必須策劃周密，因爲皇帝暴卒必將引起朝野震動，到時候追查起來，絕不能留下任何把柄。當然，即使眞被查出什麼來，郭念雲也是不怕的。因爲那時坐在龍椅上的，已經是她的兒子了。只是有些話好說不好聽，就像今天的皇帝，再怎麼鐵血強硬，卻在一個「孝」字之前屢屢失態，終究於顏面有害，於權威不利。

所以郭念雲下定決心，大逆不道的事情就讓自己來做吧。太子無須介入，甚至不必知道。這份恩怨本來就是她與李純兩人之間的，應該由她來了結。

天賜良機。在太液池邊無意間看到的一幕，再加上陳弘志透露的資訊，使郭念雲的心中飛快地成形了一個計畫。這個計畫太過大膽而狠毒，把她自己也嚇壞了，以至於當她步步爲營，成功地將柳泌裝入彀中時，卻在最後一刻猶豫了。

她沒能說出口的計畫是：讓柳泌直接在丹藥中下毒。

郭念雲認爲，柳泌的丹藥遲早會要了皇帝的命，自己只不過是讓這個過程加快速度。柳泌是個聰明人，應該懂得皇帝一死，自己的靠山就倒了，如今飛揚跋扈結下太多仇家，到時候根本不需要任何證據，光用唾沫星子就能淹死他。所以柳泌應該感激郭念雲，爲他指出了一條生路。

聖上升仙而去，人間自不會缺了皇帝。

只要柳泌立下汗馬功勞，繼任的皇帝就不會虧待了他。

儘管沒有明說，他們今天還是達成了共識的。對於郭念雲來說，這就夠了。

2

皇帝派來玉晨觀的內侍，向裴玄靜捧上一把純金的鑰匙。

「聖上命我將金匱的鑰匙交給煉師。」

「給我？」

「聖上口諭，宋學士對凌煙閣異象的解釋尚不足信，命裴煉師繼續調查。」

裴玄靜愣住了。

「裴煉師？」

「妾遵旨。」裴玄靜雙膝跪倒，從內侍手中接過沉甸甸的鑰匙。

「裴煉師請起。」內侍又道，「聖上已經傳旨給凌煙閣的守衛，任何時候煉師都可以出入。馬車已在外面候著了，請煉師即刻去凌煙閣查案。」

裴玄靜將金匱的鑰匙藏入懷中，登上了馬車。

皇帝爲什麼要讓自己介入凌煙閣一案呢？會不會是宋若昭要求的？也可能是自己曾進入過凌煙閣，被柳泌或者神策軍們通報給了皇帝，於是皇帝便想利用自己來驗證宋若昭的說法？不管怎樣，宋若昭在凌煙閣異象案中究竟隱藏了什麼，是否與《推背圖》有關——這些都是裴玄靜感興趣的。裴玄靜始終相信一點：從哪裡開始，還要在哪裡結束。所有秘密皆如是。既然皇帝給了機會，裴玄靜不會放過。待胸有成竹之後，再考慮下一步該怎麼辦。

神策軍果然已接到指示，將裴玄靜放入凌煙閣後，便退了出去。裴玄靜聽到關門落鎖的聲音——自己被關在淩煙閣裡了。

裴玄靜徑直來到中隔前。正是午後時分，薄薄的陽光投在中隔上，畫了一條金色的斜線。她欺身向前，沒費多大力氣，就在中隔靠近中央的位置，找到了一個小洞。

乍一看像是蟲蛀出來的洞，但邊緣又整齊得很不自然。無巧不巧，陽光畫出的金線恰好穿洞而過，直直地落在前方的柱子上，變成了一個拳頭大小的光圈。細密的灰塵在光圈中悄然起舞。裴玄靜盯著灰塵看了一會兒，又繞著柱子轉了一圈。這一圈還沒有轉完，她的目光便被柱子上的一小塊污痕吸引住了。

裴玄靜伸出手指探了探，有點黏。她索性湊上去，朝污跡呵了口氣。不出所料，再摸時黏度增強了。

這是有人在柱子上抹了膠。淩煙閣中灰塵較多，陸續黏在膠上，便形成了這塊污跡。幾天過後，膠都變乾了，污跡也比較淡，輕易發現不了。

小洞、膠跡和小剪紙，都證明在淩煙閣中充滿了人爲的蛛絲馬跡——造成異象的根本不是鬼神，而是人。

裴玄靜回到金匱前，取出那枚小小的金鑰匙，將鎖打開。

金匱的蓋子比裴玄靜想像的重，掀開後，首先看見的是第一象，卦曰：「甲子，乾爲天。」圖上畫著：一個男子身披桷葉，兩隻手裡分別托著日月，坐於石上。畫面另一側的竹葦上，站著一個女人。讖曰：「初劫世千變，戰爭無了時。遇著秋蘭草，方是迨成時。」七言詩中寫道：「自從盤古分希夷，虎鬥龍爭事是悲。萬代興亡誰能記，試從唐後定興衰。」

宋若昭提到過，第一象是整個《推背圖》的總綱。從「甲子，乾爲天」的卦語中就能看出來。圖示也很容易理解：人分男女，而男子手托日月，說明陰陽分明，乾坤若定。男人掌控著世界，也掌控著女人。至於讖和詩，說的都是興亡更替，承襲天命。所以《推背圖》的第一象不需要特別的解釋，因是總論和概括。

裴玄靜將第一象取出放到旁邊，緊接著便是第二象了，卦曰：「乙丑，天風姤。」

圖上畫著許多鯉魚。裴玄靜數了數，恰好十八條。畫面中央豎著一柄寶劍。寶劍的前方游著一條鯉魚，兩條鯉魚被寶劍穿過，身上還畫著斑駁的血跡。其餘的鯉魚都游在寶劍的後方。讖詩是這樣寫的：「枝葉方生根，東風起復翻。將不磨二劍，十八子稱尊。」

「十八子稱尊？」裴玄靜默唸著，心中疑雲頓生。

按照宋若昭的說法，推背圖除了一頭一尾的第一象和第六十象，分別作爲開始的概論和結束的總結，其餘的五十八幅圖均爲預言。第三、四、五象已經有了較爲確切的解釋。宋若華又將第九象解釋爲藩鎮作亂和武元衡遇刺。但是，宋若昭爲什麼沒有提到第二象呢？

就連普通人都能一眼看出，十八子，便是個「李」字。鯉魚，更是「李」的諧音，所以本朝禁吃鯉魚，老百姓在江中捕到鯉魚都必須放生，凡有膽敢販賣鯉魚者，被抓住了還得挨六十大板。

所以，第二象明顯是對李唐國祚的預測。尤其是七言詩寫著：「江中鯉魚三六子，重重源源泉淵起。子子孫孫二九人，三百年中少一紀。」其中的鯉魚、三六子仍然代表李氏。「重重源源泉淵起」一句，肯定是說李唐江山源自高祖李淵。而後面的兩句「子子孫孫二九人，三百年中少一紀。」則直白得有些令裴玄靜害怕了。

「子子孫孫二九人」很像是指李唐傳代的位數，但「二九人」究竟是說二十九位皇帝，還是十八位皇帝，抑或還能解釋成別的數字，尙無法斷定。至於「三百年中少一紀」這句，幾乎明示了李唐江山將要綿延近三百年。「少一紀」具體是指多少年，又無從判斷。

宋若昭沒有提到第二象，會不會是因爲第二象所預測的正是李唐江山的氣數與命脈，意義太過重大，所以不敢去解釋它？

裴玄靜心想，可能還有一個原因：如果對《推背圖》的解釋只能是已經發生的事實的驗證，那麼除非到了大唐覆滅之時，才能給第二象一個明確的答案。

「三百年中少一紀？」裴玄靜暗自琢磨，今年是元和十四年，大唐建國至今正好兩百零一年了。三百年，似乎還是很遙遠的未來。不論「少一紀」指的是少一年或者少十年，對於活在今天的人們來說，都不可能親眼目睹，因而並不那麼重要。

這麼想著，她又覺得心中釋然多了。

再往下看，依次便是第三、四、五和第九象。裴玄靜盯著第九象發起呆來，武元衡遇刺的往事勾起了許多回憶，齊齊湧上心頭。

良久，裴玄靜清醒過來。抬頭一看，那道投在中隔上的陽光更加偏斜。冬天日落得早，她得抓緊時間了。

再往下翻，便是第三十三象。對著兩個變成紅色的字，裴玄靜又想了好久，卻始終沒有靈感。

「裴煉師，天快黑了。」神策軍在外面敲門，「是不是該走了？」

裴玄靜答應：「知道了。馬上就好。」剛才全神貫注於《推背圖》上，不曾注意到窗戶上已經全黑了。她下意識地瞥了一眼立在金匱旁的燭台，和凌煙閣中的其他陳設相匹配，燭台的下部爲青銅，上部爲青瓷，均施以藍白彩釉，全無金銀之類奢華的裝飾，顯得樸實而端莊。燭台上插著一支沒有點過的紅燭。

突然，裴玄靜震驚地回過頭去——凌煙閣中早就一片黝黯了，爲什麼自己能一直毫無障礙地觀看《推背圖》？

卻見金匱之中，悠光瑩瑩，從《推背圖》的下面亮出來。

裴玄靜的心都快跳出來了，連忙將《推背圖》全部從金匱中取出。頓時，一塊圓形的玉片似的東西顯露出來，像是被人隨意丟棄在金匱裡的，正是它在靜靜散發著柔和的瑩光。

裴玄靜小心地將它撿出來，輕輕薄薄的，分明就是一塊玉。當她將它從金匱裡取出時，它的光澤明顯變暗了。裴玄靜再把它放回去，亮了些，取出來，又暗了。

她明白了！這個玉片和夜明珠有著異曲同工之妙。在暗處會發光，到了明處則黯然。

是誰把它放在金匱裡的呢？難道是爲了研讀《推背圖》時照亮嗎？

不可能。宋若昭說過，研讀《推背圖》都在白天，根本不需要額外的光線。況且，閣中四周都豎著燭台，金匱的左右兩側也有，萬一需要照明，也不必採用如此奇異的手段。

她輕輕摩挲著玉片，指尖不經意地觸到了一些凹凸不平，好像有什麼黏在表面上。

裴玄靜恍然大悟！

她把《推背圖》按原樣放回金匱，鎖好。玉片藏入懷中，想了想，還不放心，又將金匱兩旁的蠟燭都點亮了，才招呼守在門外的神策軍。

神策軍打開門時，屋內一片亮堂。

暮色蒼茫，裴玄靜在神策軍的護送下，回到玉晨觀中。

直到夜深人靜時，裴玄靜才在燭光的掩護下，悄悄取出玉片。儘管不夠明顯，仍然能夠看到玉片的周圍，籠著一層輕煙似的微光。

是有人將它黏在了正對中隔和金匱的柱子上。白天黏上時，完全不會引人注意。但入夜後閣中一片漆黑時，玉片發出的光便足夠在窗上顯影了。

中隔的那個小洞上方，裴玄靜還發現了一根扯斷的絲線。這條絲線上，原來就應該繫著那片兩棵樹的小剪紙。

凌煙閣窗上的第三十三象，至此便真相大白了——

玉片在黑暗中放光，光投到中隔上。中隔的小孔前懸著剪紙，上有一枯一榮兩棵樹，其形狀經由小孔再投到窗上，放大了數倍，便成了他們在外面看到的情景。

當眾人打開門時，火把燈籠大放光明，玉片之光立刻消泯。宋若昭及時取下玉片，藏到身上，待之後打開金匱向裴玄靜解釋《推背圖》時，再伺機將它丟了進去。但她畢竟只有兩隻手，且在眾目睽睽之下，所以只來得及扯下剪紙，扔在地上。按她的估計，地上的一個巴掌大小的薄紙片肯定會被忽略掉，卻還是被裴玄靜發現了。

其實在裴玄靜發現剪紙和中隔上的小洞時，心裡已經有了初步的推測，所缺的只是光源。現在，一切都清楚了。

凌煙閣窗上的第三十三象顯影，是宋若昭費盡心機安排出來。她只要偷偷將四件東西帶入凌煙閣即可：夜光玉片、剪紙、絲線和魚膠。這幾樣東西都不大，很容易藏在身上。

夜光玉片在黑暗中才能發光的神奇特性，是這個計策能夠成功的關鍵一環。裴玄靜記得，當時宋若昭要求距離凌煙閣最近的神策軍熄滅火把，才使第三十三象在凌煙閣的窗上完美地呈現出來。

裴玄靜將夜光玉片放在手心掂弄著，如此稀罕的寶物，恐怕也只有皇宮大內才能找得到。以若華、若茵和若昭歷來所受的皇恩來看，三人中的任何一個都有可能獲賜此物——或許還是宋若華的可能性最大吧。

至於這張玲瓏秀氣的剪紙呢？

裴玄靜猜想，多半是心靈手巧的宋若茵的作品。宋若茵死在整整三年前，所以這張剪紙應該是她很早就製作出來的。看來宋若昭還是說謊了。宋若華奉命解讀《推背圖》，並沒有對柿林院中的妹妹們保密。她肯定曾把其中的一些畫默寫出來，和妹妹們共賞共猜，只要不出大明宮，也算不上違背皇命。而宋若茵把它們做成剪紙圖樣，亦符合她一貫標新立異的性格。

以此類推，第九象的「猿猴戲火球」顯影，會不會也是宋若昭用相同的方法製造出來的？

內侍又來傳旨了，皇帝召裴玄靜即刻前去清思殿。

已過半夜三更。

3

陳弘志帶著裴玄靜繞過雲母屛風，皇帝背朝外站著，面前的長案上正是那具微縮精巧的凌煙閣模型。模型的旁邊多了一件原先沒有的東西——金匱。

裴玄靜的心中微微一動，這麼說自己在凌煙閣查看過金匱後，皇帝就命人將它取來了。爲什麼？宋若昭不是說過，《推背圖》是不可以離開凌煙閣的嗎？

「大家，裴煉師來了。」

裴玄靜跪下叩首。她低著頭，視線落在青綠色江山海牙紋的地毯上，看見皇帝緩緩轉過身來，鞋尖朝向自己。

「妳進過凌煙閣了。」他說。

「是，遵陛下的旨意，妾進閣查看過了。」

皇帝「哼」了一聲。

裴玄靜等著他非難自己前兩次未經許可進入凌煙閣，不料他卻問：「感覺如何？」

「……陛下是問我對凌煙閣的感覺？」

「嗯？」

裴玄靜稍作遲疑，答道：「和我想像的不太一樣。」

「哪裡不一樣？」

「我心目中的凌煙閣是至陽、至剛、至光明的所在。可我沒想到……還是在其中發現了陰暗。」

少頃，皇帝方道：「陰陽互體、黑白共生本是道家的精髓，妳身爲修道者，連這個道理都不懂嗎？」

「是妾愚鈍。」

「不，妳並不愚鈍，而是太執著了。」皇帝道，「那就說一說吧，妳所發現的陰暗是什麼？」

裴玄靜沉默著，她尚無法確定皇帝的眞實意圖，不願輕易開口。

「宋若昭失蹤了。」

裴玄靜驚駭地渾身一震，不由自主地抬起頭來，與皇帝的目光不期而遇。

自從被關進大明宮後，這還是她頭一次眞正地與皇帝對視。刹那間，裴玄靜便覺通體惡寒，彷彿跌入冰河。

「妳有什麼要對朕說的嗎？」

裴玄靜抖得連一個字都說不出來了。

皇帝看了一眼陳弘志，他立刻心領神會地向陪立在側的內侍們示意，幾個人悄無聲息地上前來，從屏風旁抬起盛滿冰塊的于闐白玉大盤，帶著一縷嫋嫋的寒霧退了出去。

片刻之後，裴玄靜才感到體溫漸漸回升，全身的血液又能流動起來了。

「眞有那麼冷嗎？妳的嘴唇都發紫了。」

「陛下不冷嗎？」

皇帝沒有回答，儘管他的嘴唇也泛著青紫。

裴玄靜想起永安公主說過的關於皇帝服丹的話，心中驟然湧起一股難以形容的複雜情緒。

又過了一會兒，她聽到皇帝說：「朕在問妳話。」

「是。」裴玄靜道，「陛下，宋學士是什麼時候不見的？」

「三天前。」

那也就是《推背圖》第三十三象於淩煙閣窗內顯影的第二天。那夜，裴玄靜和宋若昭在柿林院前分手時，宋若昭曾說過，第二天一早將面見皇帝，向他彙報對淩煙閣異象的分析。

宋若昭面見皇帝，並將金匱的鑰匙交還之後，清思殿外的侍衛們目睹她沿著太液池的南岸，朝柿林院的方向走去。巨大的水晶冰面上反光耀眼，宋若昭的身影消失其中，再也沒有出現。

宋家小妹若倫在柿林院中空等一天一夜後，才通報了皇帝。因宋若昭襲了宋若華的女尚書之職，在宮中女官裡位列頭等，她的失蹤絕對算得上是宮中大事。於是皇帝下令神策軍和內侍省在宮中遍尋宋若昭的蹤跡，可是找了整整三天，至今一無所獲。宋若昭就像一縷輕煙似的，消失得無影無蹤了。

而皇帝在遍尋三天無果之後，才命裴玄靜進入淩煙閣做了一番調查，隨後便將存放《推背圖》的金匱取來清思殿收藏。因爲他擔心《推背圖》再發生什麼意外，那將是不可承受的損失。

「一點兒痕跡都沒找到嗎？」裴玄靜不可思議地問。

「沒有。生不見人，死不見屍。」

皇帝的語氣再次令裴玄靜感到寒意刺骨。她抬起頭來問：「陛下，宮中曾發生過類似的事情嗎？」

「據朕所知，從來沒有過。」

「陛下，讓我試試吧。」裴玄靜說，「我願意來尋找宋四娘子的下落。」

「哦？妳居然也會主動請纓？」皇帝嘲諷地說。

「是的，陛下！四娘子失蹤前夜就與我在一起，曾和我有過一番長談。也許我能幫上一點忙。」

沉吟片刻，皇帝說：「不，此事不需要妳，朕交給神策軍去辦。」

「神策軍？他們找了三天都沒有結果。」

「那就再找三天，三十天。」

「可是陛下——」

皇帝呵斥：「教訓過妳多少次了，朕說話的時候，不要打斷朕！」

裴玄靜猛地一個激靈，頭腦好像清醒些了。佛骨案後皇帝對李彌網開一面，給予了特別的恩遇，這使他得到了裴玄靜發自內心的感激。就本性而言，裴玄靜終究是一個心地善良並且懂得感恩的人。像她這樣的人，愛一個人固然不輕易，但恨一個人更難。最近裴玄靜甚至開始想，自己對皇帝的恨是不是太固執太偏狹了。不論是崔淼的死，還是禾娘與李彌的噩運，裴玄靜都把它們歸咎於皇帝，但她知道自己並沒有多少眞憑實據。

裴玄靜心裡明白，自己所恨的與其說是皇帝這個人，不如說是他所代表的，絕對的權力。正是這種至高無上、天命所歸的權力，將人命視爲草芥，隨意踐踏弱小者的尊嚴，剝奪他們的自由、希望乃至一切，卻連申訴的機會都不給。

最可怕的是這種權力以家國天下的名義行事，因而無人能與其爭辯。沒有人是永遠正確的，唯獨在與這種權力相結合時，就可以爲所欲爲，殺伐予奪，不需要承擔任何良心的譴責。

在與皇帝打交道的過程中，裴玄靜時刻感受著這種權力所帶來的可怕壓迫，但與此同時，她也能感覺到，皇帝同樣被這種權力所裹挾，他所承受的壓力也許超過了天下任何人。

她知道他有多麼強大，他是萬人之上主宰眾生的天子，但裴玄靜還是試圖從人的角度去理解他。每當這樣做的時候，她對他的恨意便會有所鬆動，她的人生也就顯得不那麼黑暗了。

可是現在，宋若昭的失蹤令一切又恢復了原狀。

裴玄靜認爲，這一次宋若昭肯定凶多吉少了。

首先，宋若昭要逃出大明宮是不可能的，況且她絕不會將小妹若倫單獨留下。偌大的一個大明宮，如果想刻意藏身某處的話，以宋若昭的聰明應該可以辦得到，但她何必如此呢？宋若倫才剛十六歲，性格單純怯懦，一向依賴姐姐們慣了，半分主見都沒有。從皇帝的說法來推斷，宋若倫對宋若昭的下落肯定一無所知，否則以她的那點膽量，絕對瞞不過皇帝的眼睛。現在宋若倫的天已經塌了，今後的命運更加堪憂。但凡有一點辦法，宋若昭都不會讓唯一的妹妹落到這步田地，除非——她自己遭遇了不幸。

所以說，宋若昭的失蹤絕不是什麼好事。很可能她已經死了，也可能她正在生死的邊緣掙扎，而裴玄靜作爲她最信賴的朋友，卻根本不知該如何施以援手。

爲了自保，宋若昭選擇做一個無心的人。即便如此，無心的宋若昭還是未能倖免。

裴玄靜的心又一次被無能爲力的恨浸透了。

多少次了，從〈蘭亭序〉的謎題開始，她執著地尋找真相，解開了一個又一個謎，隨之而來的卻是一個又一個噩運。武元衡、王義、禾娘、宋若華、宋若茵、賈桂娘、王質夫、李彌、崔淼、宋若昭……她眼睜睜地看著這些或尊敬或憐惜或同情或摯愛的人離她而去，而自己所追求的眞相不僅沒有幫到他們，反而成了索命的繩圈，穿心的利箭！

不，她再也不會犯傻了。

裴玄靜沉思的時候，皇帝保持著沉默。如果裴玄靜注意去看，一定會發現皇帝的臉上陰晴不定了很久，彷彿在竭力克制自己的情緒。冰塊移出去之後，皇帝只能用意志力來壓抑腹中時刻翻滾的燥熱，這對他來說談何容易——應該是越來越困難了。

終於，皇帝勉強用平穩的語調說：「宋若昭之事不必再提。妳只說說對凌煙閣異象的解釋。」

裴玄靜緊張地思索起來，要怎麼說才合適呢？

第三十三象「一枯一榮」的顯影，裴玄靜能夠肯定是宋若昭一手製造出來的。其實在那夜的長談中，宋若昭幾乎已經向裴玄靜承認了這一點，並暗示這麼做的目的是爲了保護自己和妹妹。裴玄靜也毫不猶豫地向她表示了支持。所以，即使今天裴玄靜推測出了宋若昭僞造異象的全部過程，也找到了相關的證據，卻仍然必須以「鬼神之說」來搪塞皇帝。

別著急，別著急。裴玄靜命令自己，冷靜下來想一想，宋若昭爲什麼非要用製造異象的方式來保護柿林院？

異象一共發生過三次。第一、二次顯影是《推背圖》第九象的「猿猴戲火球」，裴玄靜並未親眼目睹，而是聽宋若昭敘述的。第三次便是第三十三象的「一枯一榮」，裴玄靜和宋若昭、柳泌等人在一起親眼所見。也正因爲人在現場，裴玄靜才能及時發現剪紙和其他蛛絲馬跡。

等等！裴玄靜的心頭一亮：即使宋若昭製造了第三次異象，就能推斷第一、二次的異象也是她製造的嗎？

裴玄靜的心狂跳起來，她發現自己忽略了一個重大的問題：剪紙是不會動的！

宋若昭不可能用同樣的辦法製造出「一枯一榮」和「猿猴戲火球」這兩種異象。因爲即使她能夠搞到「猿猴戲火球」的剪紙，也沒有辦法讓它動起來！

第三十三象和第九象的顯影，最大的區別就在於「動」與「靜」之間。

宋若昭用自己的方式解決了光源和顯影的問題，但是她的辦法製造不出猿猴嬉戲和明珠發火的活動效果。

第一、二次顯影用的光源肯定是蠟燭。而且，這兩次顯影時凌煙閣中是有人的！

裴玄靜想起曾經看過的皮影戲，如果要讓窗上的影子動起來的話，皮影戲的方式或可一用，但必須有人在後面操縱。所以她推斷第一、二次顯影時，應該是有人在閣中點起蠟燭，再操控猿猴和火球的皮影，遠遠望去，絕對能造成「猿猴戲火球」的異象。而且策劃者對宮中的規矩瞭若指掌，深知眾人在看到異象後，絕對不敢立即衝進閣中，所以閣中之人有充分的時間熄滅蠟燭，收拾好皮影，在眾人到達之前安然離開凌煙閣。

這個人絕不是宋若昭。宋若昭從大明宮到太極宮去一趟都頗爲不易，更別說在夜間。製造第三次顯影時，宋若昭必須得小心翼翼地，在眾人的眼皮底下費盡心機地佈置機關，她根本不具備製造第一、二次顯影的條件。

但是，宋若昭爲什麼非要製造出第三次顯影呢？還一再向裴玄靜強調，這三次顯影都是鬼神所爲？難道是爲了掩護製造第一、二次顯影的人？還是爲了把大家的注意力從第九象的「猿猴戲火球」轉移到第三十三象的「一枯一榮」上去？

裴玄靜覺得頭痛欲裂，好不容易想明白了三次顯影的原理，卻反而走進了死胡同。不僅離眞相越來越遠，離她眞心想要幫助的人，似乎也越來越遠了。

偏偏她不能再閉口不言了，皇帝在等她的回答。

4

她的面前有兩種選擇：一、堅持鬼神之說，把宋若昭和柿林院從淩煙閣異象案中撇得清清楚楚，但也就此堵住了繼續追查的路；二、向皇帝坦承自己的判斷，即宋若昭為淩煙閣第三十三象顯影之元謀，並請皇帝允許自己接著調查第一、二次異象的眞相。宋若昭的失蹤很可能與此有關，順著這條線索也許還能找到宋若昭的下落。

裴玄靜感到左右為難。

宋若昭生死未卜，裴玄靜生怕自己的任何輕率之舉，都將給宋若昭，乃至柿林院帶去滅頂之災。

裴玄靜咬了咬牙，終於下定決心道：「稟報聖上，經過妾的反覆查對，淩煙閣異象並非出自人為。因此，因此……」

「因此妳的結論和宋若昭的一致？」皇帝緊鎖眉頭。

裴玄靜橫下一條心：「是的。妾同意宋四娘子的看法，淩煙閣中的異象均為神蹟。」

當自己沒有能力抉擇的時候，裴玄靜決定遵守承諾。裴玄靜認為，宋若昭一定掌握著更多內情，所以自己不應該冒險違背她的意願。宋若昭明白地表示過，只有將淩煙閣異象訴諸鬼神，才能保護她，保護柿林院。

幾年前的〈璇璣圖〉一案，讓裴玄靜眼睜睜地看著宋家姐妹凋零大半。今天，裴玄靜的心境已大為不同。對她來說，皇命不再是不容置喙必須遵從的，她也不會再像當初那樣只知道堅持眞相，結果反而助紂為虐。

良久，皇帝歎息一聲，「妳也這麼認為？」

裴玄靜剛想回答，卻立即意識到皇帝是在自言自語，果然，他又接著喃喃地說：「那麼說，《推背圖》的紅色變字也是神蹟咯？」

《推背圖》的紅色變字！

裴玄靜差點兒叫出聲來──對呀，宋若昭偽造第三十三象的顯影，正是為了讓《推背圖》第三十三象的紅色變字也成為神蹟！

《推背圖》第九象的含義已經十分明確，而第三十三象的意義卻撲朔迷離，更由於那兩個紅色的變字顯得越發蹊蹺了。很有可能，宋若昭最在意的秘密就埋藏在「青龍變化白頭兔」和「天軍東南木易來」這兩句詩中！

裴玄靜小心翼翼地問：「陛下也知道紅色的變字？」

「唔？」皇帝盯著裴玄靜，「宋若昭都對妳說了？」

「她提到了第三十三象中的『青龍變化白牛兔』一句，因為『牛』字變成了紅色的『頭』字，這句詩就成了『青龍變化白頭兔』。」

「對此，她有什麼想法嗎？」

「我們討論過，但暫無結論。」

「暫無結論，暫無結論！」皇帝鐵青著臉說，「永遠就用這四個字來搪塞朕！」他一指裴玄靜，厲聲道，「妳！既然宋若昭失蹤了，就由妳來接替她吧！」

「我？接替她……什麼？」

「宋若昭和妳都堅持說淩煙閣的三次異象均爲神蹟，《推背圖》第三十三象的『青龍變化白頭兔』和『天軍東南木易來』也是神蹟，那麼妳就給朕解一解，這一連串的神蹟究竟是何含義吧！」

裴玄靜不由自主地抬起頭來，她終於開始明白了，自己怎麼又會被捲進來。從大明宮到太極宮，從三清殿到淩煙閣，從「猿猴戲火球」到「一枯一榮」，她仍然被一股強大的力量操控著。想來，自己才是那隻猿猴皮影吧，一舉一動都在對面這人的手中。

躲是躲不開的。何況，還有宋若昭的生死未卜。裴玄靜現在越發覺得，陳弘志對自己的勸告太正確了。與其坐以待斃，不如主動出擊。正是因爲接手了佛骨案，才能救出李彌，也才能揭開金仙觀地窟的秘密。而今天的淩煙閣和《推背圖》之謎中，又牽連著宋若昭的一條性命，自己更當義不容辭。

她想了想，答道：「其實，對於三十三象的含義，我和四娘子有過一些推測。」

「說。」

「我們認爲，這一象預示的是永貞元年的帝位更替。」裴玄靜剛說完這句話，立即驚訝地看到，皇帝的臉上出現了自己從未見過的表情。

她不知該怎麼形容這種表情：是悲傷？恐懼？還是震撼？裴玄靜原本只是實話實說，並沒有多想什麼，但就在皇帝面色劇變的一剎那，她突然意識到，自己剛剛衝破了一重最險惡的魔障——

《推背圖》第三十三象所預言的，正是皇帝此生最忌諱的往事。

所以宋若昭才失蹤的嗎？也許她有了什麼進一步的發現？也許她對皇帝說了什麼不該說的

話？

接下去自己也必須加倍小心、步步爲營了，否則不僅幫不到宋若昭，還有可能連自己的性命都葬送了。

過了好一會兒，皇帝才用略微沙啞的聲音問：「何以見得第三十三象所預言的，正是永貞之事？」

裴玄靜字斟句酌地回答：「第三十三象卦曰：風澤大過。在《易經》中此卦表示大的過渡。《推背圖》是預測國運的，所以大的過渡當指朝代變遷。而永貞元年中，從德宗皇帝到先皇，再從先皇到陛下，短短一年之中皇位在三位帝王之間傳遞，當可稱之爲『風澤大過』。」頓了頓，她又道：「此外——就是那幅圖。」

「圖？」

「圖上畫著一棵枯樹和一棵榮樹。我們推測，枯樹指的正是先皇。先皇登基時即身患重病，如同一棵大樹已經枯朽。與之形成鮮明對照的茂樹卻生機勃發，我和四娘子都認爲，榮樹所指的正是陛下。」裴玄靜停下來悄悄觀察皇帝，見他的臉上浮現出一層悲意，似乎並沒有受到冒犯的憤怒，便繼續往下說，「永貞元年時，陛下接受先皇禪位登基，正當年富力強之時，就如一株參天大樹茂葉華發，充滿了勃勃生機。所以……」

「所以……朕現在老了。」

裴玄靜低頭不語，皇帝的這句話無須也不能回應。自從談起永貞元年的往事，皇帝的反應就越來越奇怪，似乎突然變得多愁善感起來，都不太像他這個人了。

皇帝問：「那麼，詩又該作何解釋呢？」

裴玄靜暗自思量，關於第三十三象，皇帝肯定還知道得更多。他是不是又設下了圈套，引自己往裡鑽呢？

不入虎穴，焉得虎子。況且箭在弦上，現在要回頭也來不及了。

裴玄靜說：「陛下，關於詩，我們的想法是：第一句『要知太歲在何處』中的太歲意指太歲星君，也就是天干地支中的六十花甲子。」

「說下去。」

「第二句詩原先是『青龍變化白牛兔』，對這一句，我們想不到貼切的解釋。但當『牛』字變成『頭』字後，白頭兔就非常容易理解了。白頭兔也就是白兔。而青龍和白兔，對應天干地支的話，就是乙卯和壬辰。」

皇帝蹙眉沉默，似在認眞思考裴玄靜的話。

「陛下，永貞元年，歲在乙酉。詩中的青龍和白兔，即乙卯和壬辰，應該是指永貞元年的某月或者某日，並且很可能和那一年中的帝位更替有關。」

裴玄靜再次停下，等待皇帝的反應。沉默像巍巍巨石一般壓在殿堂上，也壓在她的心上，讓她喘不過氣來。

「乙卯。」皇帝終於開口了，「先皇是元和元年正月乙卯日駕崩的。」

裴玄靜一驚。想了想，又輕聲問：「已經不是永貞了？」

皇帝重複：「已經不是永貞了。」

裴玄靜試探著說：「這麼想來，如果詩中的乙卯是日，那麼壬辰也應該是日。」

「不。」皇帝斬釘截鐵地說，「朕想不起來在那年的壬辰日發生過什麼大事。」他盯著裴玄靜，強調說，「特別是與帝位更替有關的大事。」

「哦，那也許是妾想錯了。」

皇帝高聲招呼：「陳弘志！」

「奴在。」

「你速去史館傳朕口諭，把永貞元年的起居注、實錄和內傳全部調出來。」

「是。」

皇帝轉向裴玄靜：「永貞元年只不過是短短的一年而已，朕命妳對照那一年的史實紀要，給朕一條一條、一天一天地查！必須把『青龍變化白頭兔』的意思解出來！」

裴玄靜愣了愣，道：「除了這句詩，還有第三句，由『天軍東北木易來』變成了『天軍東南木易來』，『北』字變成了『南』字，對此妾尚無心得……」

皇帝打斷她：「朕說得還不夠清楚嗎？不管是『白牛兔』，還是『白頭兔』；不管是『東北』，還是『東南』，朕命妳解，妳就必須解，一字不漏、一五一十地全部解開！」

「如果我解不開呢？」

「妳說什麼？」他從牙縫裡擠出這四個字，忍無可忍的暴戾之氣向裴玄靜直擊而來。從李彌獲救之後，她對皇帝產生的所有微妙的感激乃至同情，都在這一刻徹底煙消雲散了。

他是皇帝，但首先是她的仇人。她怎麼可以忘記呢？

「如果我解不開，就會成為又一個宋若昭，對嗎？」

「宋若昭？」皇帝一下沒明白裴玄靜的意思，「宋若昭失蹤了。朕正在命神策軍尋找……」

他住了口，注視裴玄靜，「妳在懷疑朕？」

裴玄靜沉默。

皇帝冷笑起來：「一個宋若昭，也値得朕說謊嗎？」

「一個崔淼，也値得陛下說謊嗎？」

「砰」的一聲，案上的青瓷茶盞被皇帝掃落於地，砸了個粉碎。轉眼間，陳弘志就趴在地上收拾了殘片，躬身而退時還不忘悄悄掃了裴玄靜一眼，似乎在說：「差不多就得了，妳還眞鐵了心和上頭這位對著幹啊！有什麼好處呢！」

少頃，皇帝用恢復了平靜的語調說：「不管妳心裡怎麼想，都必須爲朕做事。認命吧。」

5

永貞，是一個多麼奇異的年號。

在仔細閱讀了史官送來的實錄和內傳後，裴玄靜首先獲得了這樣一個感覺。

實際上，那一年開始的時候，德宗皇帝還在位，因而被稱爲貞元二十一年。正是在那年元日的朝會中，德宗皇帝因沒有見到重病的太子而落淚，後感不適，很快便告不治。正月二十三日，德宗皇帝於大明宮會寧殿駕崩。三日後，太子李誦即位，也就是先皇。但先皇早在貞元二十年的秋天便因風症而臥病在床，已逾數月，是抱病勉強登基的。所以登基之後一切從簡，也沒有宣佈改元，仍然沿用貞元二十一年的年號。當年八月，先皇因病體難撐，宣佈禪位給當今聖上，自稱太上皇。當今聖上即位後，才將當年的年號改爲永貞。於是貞元二十一年才正式變爲永貞元年。第二年，皇帝再度宣佈改元爲元和。所以，永貞這個年號總共只使用了短短一年。甚至就連這一年中，也有一個月是從德宗皇帝那裡借來的，而從八月到十二月的五個月，又是當今聖上慷慨贈予自己父親的。眞正屬於先皇的永貞，只有從二月到八月的區區六個月。

皇帝顯然也認識到了這一點，所以命史官送來的資料除了永貞一年的，還包括了貞元二十年和元和元年的。他似乎下定決心要讓裴玄靜查出個究竟來。

讀完了文豪韓愈親自撰寫的《順宗實錄》，裴玄靜的心中很不是滋味。

王叔文、柳宗元、劉禹錫、呂溫……當這一個個令人敬重的名字出現在史書上時，卻伴隨著惡毒的詆毀和責罵。裴玄靜看到，他們爲國除弊的努力被無情地擊潰，仕途挫敗之餘，還要蒙受個人名望的屈辱。更叫人唏噓的是，打擊不僅僅來自於可惡的宦官、心懷叵測的藩鎮，還來自於同樣爲裴玄靜所深深敬仰的韓愈、武元衡等人。

裴玄靜終於明白了，爲什麼短命的永貞會成爲許多人心中不能揭的瘡疤。因爲在那段時間裡，他們的良心經歷了太過劇烈的震盪，所有的僞裝都被卸下，使他們看清了深藏在彼此內心的齷齪，也看清了這個光輝王朝中最陰暗的角落，看清了用「家國天下」裝飾起來的自私與卑鄙。

那麼許多罪孽，不是用「一朝天子一朝臣」這一句話就可以掩蓋過去的。

人性不可考驗。永貞，偏偏就是集中拷問人性的一年。可悲的是，在這場試煉中，沒有最終的勝利者。

裴玄靜把思緒收回到《推背圖》第三十三象的謎題上。

遍覽面前的紀錄，裴玄靜只找到了一個發生在壬辰日的事件，並且與帝位更替相關。

永貞元年十月十八壬辰日，皇帝下令處死了一個名叫羅令則的人。

從手上寥寥數語的記載中，裴玄靜讀到：永貞元年的十月，山人羅令則秘密奔赴秦州，妄稱自己得到太上皇的密旨，要求隴西經略使劉澭在德宗皇帝下葬的日子起兵，廢黜矯稱內禪、擅自登基的當今聖上李純。劉澭沒有上羅令則的當，而是拘禁了他。羅令則被押解到長安，遭到大理寺嚴刑拷問，之後皇帝下令將其連同黨羽一起杖打而死。

裴玄靜直覺，這個事件相當蹊蹺。

首先，她翻遍了手頭的資料，提到羅令則的唯有這一處，關於他的身分背景，也只有兩個字：山人。山人是什麼意思？裴玄靜琢磨，通常是指修道者或者隱士吧。那就等於說，這個羅令則沒有官職，也非豪門貴戚。他就像是從石頭裡蹦出來的，突然便聲稱攜有太上皇的秘密旨意，行起謀反之事來。

從羅令則的身分來看，他根本不可能有機會見過太上皇，所以應是矯詔。但一介草民竟有如此膽量，也實在令人訝異。朝廷嚴刑逼供，羅令則是否供出了同黨呢？紀錄裡沒有詳寫，只說皇帝下令將他連同黨羽一起杖斃了。同黨的名字倒是提了一個：彭城縣令李諒。

裴玄靜找到了李諒曾被先皇任命爲左拾遺的記載。這說明，李諒是有可能和先皇說得上話的。但是，他又怎麼會和一個山人混在一起謀反呢？難道李諒因遭貶而心生怨恨，詐以太上皇的名義謀反？這也未免太過分了吧。永貞之後，「二王八司馬」皆遭貶謫，其中包括柳宗元、劉禹錫這樣的名士。王叔文甚至直接被當今聖上賜死，都沒有一個敢出來造反的。貶謫，畢竟還有翻身的希望，謀反，就是拚命。不被逼到絕路上，誰會出此下策呢？

裴玄靜不理解李諒的行爲，更看不懂羅令則究竟是何方神聖。一個毫無根基的山人敢於矯詔謀反，他到底是怎麼考慮此事的風險的呢？難道他眞的以爲自己會成功嗎？從他直接去找隴西經略使劉澭的支援來看，其所作所爲可謂喪心病狂。

羅令則和李諒的謀反，到底是一群亡命徒的瘋狂之舉，還是另有隱情呢？

另外，這個事件對先皇是否有影響？雖然事件被描述得與先皇毫無關聯，但既然有李諒參與其中，恐怕皇帝不會不起疑心。而且，羅令則是以皇帝篡位的名義起事謀反的，說明至少在當時，這是一個能夠引起共鳴的理由。

何止當時，其實直到現在民間都流傳著一種說法——先皇是被迫禪位的。先皇病重屬實，但未必就到了必須退位的地步。先皇在太子位上苦熬了二十六年才即位，他會捨得僅僅過了六個月就放棄嗎？實錄裡有這樣一段記載：德宗皇帝剛駕崩，因太子臥病日久，內外憂心帝位空懸。爲了安定人心，臥床好幾個月不能下地的太子竟然支撐著站了起來，登上九仙門召見諸軍使，方平息了所有非議。由此可見，先皇謀求皇位之心有多麼迫切，竟能使一個癱瘓的病人站立行走。如此拚命才得到的皇位，他會在僅僅半年之後，就那麼輕而易舉地拱手交出嗎？這實在不符合人之常情。

所以永貞內禪在世人眼裡，始終不盡合理，不盡可信。

有沒有可能，羅令則的確是奉了先皇的密旨呢？

裴玄靜不敢再往下想了。青龍和白兔，乙卯和壬辰，循著這條思路下去，裴玄靜害怕終將會遇上一個無法承受的謎底。實際上，她已經和這個謎底多次擦肩而過了：「眞蘭亭現」離合詩所指向的豐陵；王皇太后至死不肯洩露的玉龍子的下落……前幾次她都陰差陽錯地避開了，但這個謎底一直如影隨形地糾纏著她。

再看《推背圖》的第三十三象，老樹枯萎倒地，新樹在它的殘枝中榮發。假如第三十三象眞的預言永貞之事，那麼這幅畫便活生生地描繪出一個事實：老皇帝拖著病體倒下，新皇帝踩在他的身上崛起。

青龍和白兔會不會是說：史載先皇崩於元和元年的正月乙卯日，但其實早在永貞元年十月的壬辰日，羅令則謀反案發時，先皇就已經「死」了？

不，必須到此爲止了。

裴玄靜決定，在沒有進一步佐證的情況下，絕不再向這條思路邁進，太可怕了。

還是看一看另一句詩吧。

七言詩第三句的「天軍東北木易來」，變成了「天軍東南木易來」。『北』字變成了『南』

字，這個變化把裴玄靜徹底弄糊塗了。從五行來說，東北方為木，所以原詩寫天軍自東北方向，有木同來，是合乎邏輯的。然而改成『南』字後，因東南方為火，這句詩就不通了。

既然想不通，就再看第四句——「此時換卻家中土」。家中土？裴玄靜心頭一動，通常來說，家中土指入葬。「換卻家中土」，似乎有遷墓的含義在裡面。

她翻起面前的實錄，在這裡寫著：元和元年正月乙卯日，先皇崩於興慶宮咸寧殿。裴玄靜記起在興慶宮時，漢陽公主曾經提到過，先皇在永貞元年八月禪位後，便移居到興慶宮中，還曾在勤政務本樓上會見過倭國來的遣唐僧空海。漢陽公主特別說過，就是在那次會見空海之後，先皇便一病不起，沒過多久便駕崩了。

奇怪的是，實錄裡還記載著，先皇是在太極宮的太極殿發喪的。以裴玄靜所見，從大明宮到太極宮的距離不近，從興慶宮過去則更遠。為什麼要移殯到太極宮去發喪呢？這樣做既沒有必要，又不符合規制。

莫非「此時換卻家中土」是暗指這個？

在永貞前後的實錄上花了一整夜的時間，裴玄靜沒有得出任何明確的結論。

凌晨時分她方才朦朧睡去，很快又被鐘聲驚醒。裴玄靜按照規矩做了早課，朝陽漸漸地從窄小的窗牖探進來，把面前的席子染成溫暖的金黃色。

她又沉浸到《推背圖》的謎題裡。也不知過了多久，突然「嘭」的一聲，有什麼東西穿廊而入，直接砸到窗上！

她向外一望，原來是只彩球。在廊下彈了幾下，滾到門邊便不再動了。

裴玄靜欠身將它撿起來。

「煉師！」一個胖乎乎的少年跑到廊下，漲紅著臉向她伸出雙手。

裴玄靜覺得他有些面熟，卻想不起來在哪裡見過，便朝他微笑一下，將彩球遞過去。

「多謝裴煉師。」他欠身致意。轉身的一剎那，從袖中掉出一個小紙團來。

裴玄靜觀察周圍，確認沒人注意時，才迅速撿起紙團揣入袖中。

當郭浣再朝這邊望時，裴玄靜已經從廊簷上消失了。他想，她一定把紙團收好了。

裴玄靜關攏窗扇，借著從窗格中透進來的日光，迅速流覽了一遍紙上的內容。

這一驚非同小可。

她從沒想過會讀到如此奇特的文章——〈辛公平上仙〉。

乍一遍讀下來，裴玄靜根本不能判斷這個故事究竟是瘋子的囈語，還是膽大包天的想像，抑或是黑暗恐怖的事實。

她只覺得心跳如鼓，許多零亂的想法在腦子裡四處亂撞，又似乎都在拚命地要向她揭示什麼。太多的假設、線索、推論和謎團，全都圍繞著〈辛公平上仙〉這個故事打起轉來。經驗和直覺都在告訴她，長久以來的迷霧即將被衝破，而這則寫在皺巴巴的紙上的故事——〈辛公平上仙〉，就是那道劃破夜空的閃電。

裴玄靜激動得全身發冷。

「裴煉師！裴煉師！」有人在窗外低聲叫她。她移到窗邊，隔著窗櫺看到一雙明亮的眼睛。

「你是誰？」

「裴煉師，我是郭浣呀！段成式的朋友。」

「郭浣？我記得你！」裴玄靜想起來了，三年前，段成式和十三郎身陷金仙觀地窟時，正是這個孩子把金吾衛連同皇帝帶去的。原來他已經長得這麼大了。

「裴煉師，看過〈辛公平上仙〉了嗎？」

裴玄靜警覺地反問：「你是從哪裡弄來的？」

「哎呀，煉師，這是段成式寫的呀！」

「段成式？」

「對！唉，其實也不是他自己寫的，是他聽別人說的。喏，就是那個辛公平講給他聽的故事，段成式記下來的。」

裴玄靜恍然大悟。不錯，也只有段成式會對這類故事感興趣，並且將它描述得那麼栩栩如生。

「可是裴煉師，段成式讓這個故事給害苦了！」

「怎麼害苦了？」

郭浣遂將〈辛公平上仙〉經祈願燈廣為散發，又由紙上的鬼花印記引到段成式的身上，進而遭到吐突承璀逮捕的經過說了一遍。因為心急和緊張，他說得七零八落，但裴玄靜全都聽明白了。

郭浣說：「段成式現在被拘押在大理寺中，吉凶難測。我不知道該怎麼辦了。裴煉師，你能不能想想辦法救他？」

裴玄靜沉默著。

「煉師？」

「你怎麼會想到來找我的？」裴玄靜問，「是段成式讓你來的嗎？」

「不，是我自己想到的！上回的佛骨案，就是裴煉師幫忙才破的。所以我想來想去，這次恐怕還得請煉師出手。恰好今天宮中有一場馬球賽，就在麟德殿前面的球場上。我藉口來玉晨觀找永安阿姨要一個得勝符……」郭浣囉哩囉唆地說著，鼻子尖上都冒汗了，「……段成式是我最好的朋友，我絕不能看著他受傷害。」

「我明白了。」

「哦，對了。前幾天我已經把韓郎送出長安城了，他說京城恐怕要出大事，擔心李彌再遭不幸，所以就帶著他去太原投奔裴相公了。」

「是這樣……那太好了。」這麼說李彌和韓湘都安全了。她少了這份後顧之憂，當可全力以赴了。

「我該走了。裴煉師——」郭浣的聲音越發焦急起來。

「郭公子，我還需要時間好好想一想。你還能再來嗎？」

「我會想辦法的。」郭浣道，「一切都拜託煉師了！」

6

寫著〈辛公平上仙〉的紙已經在燭焰上燃成了灰燼，但它所帶來的巨大衝擊，仍然令裴玄靜雙手顫抖，久久無法自持。不，單單〈辛公平上仙〉還不至於把她驚嚇到如此地步。〈辛公平上仙〉中的弒君情節固然可怕血腥，眞正讓裴玄靜震驚的，卻是那把匕首！

故事裡說：一個沒有面孔的閹人將一把匕首捧到皇帝的面前。匕首亮出寒光，奪去了皇帝的性命。還特別描述了匕首的樣子：前後一樣寬，就像一把特別的直尺。

裴玄靜平生只見過一把匕首是這樣的——純勾。

聶隱娘曾經明明白白地告訴她，類似形狀的匕首，世上唯有純勾。

還有一個理由讓裴玄靜斷定，故事中提到的匕首就是純勾，那便是她自己的夢。

裴玄靜曾經不止一次地夢見過，自己手持純勾殺死了皇帝。雖然與〈辛公平上仙〉中的情節不盡相同，但至少有兩點是相似的：第一，皇帝被刺殺；第二，兇器正是純勾！

絕不會僅僅是巧合。但如果不是巧合，那又會是什麼呢？她不相信有人能窺視到自己的夢境，她更不相信自己能夠預知到一場謀殺。

裴玄靜認爲，假如殺死皇帝的兇器的確是純勾，那麼這很可能是一樁已經發生過的血案。

理由正是：波斯人李素！

李素在清思殿前觸柱而亡前，曾經明白地告訴裴玄靜，皇帝在尋找純勾。他甚至隱晦地提到，正是長吉將純勾帶給裴玄靜的。

長吉和這可怕的一切有什麼關聯！裴玄靜的心又劇烈地跳蕩起來。純勾是長吉留給自己唯一的念想。它代表的是矢志不渝的情愛與相知啊，怎麼可能會是一件兇器！但裴玄靜也不得不承認，長吉將這把匕首作爲信物交給自己，從一開始就是令人困惑的。作爲一名文弱書生，又貧困潦倒，怎會擁有一把稀世罕見的寶刃。裴玄靜早就不止一次地問過自己這個問題。

她還沒有找到答案，但是從李素臨死前的話能夠推斷，純勾原藏於宮中，不知如何流失出宮，又不知如何爲長吉所有，長吉將它作爲愛的信物贈予了自己。而自己在兩年前，爲了取回玉龍子，又讓崔淼將純勾轉交給了聶隱娘。

純勾現在應該就在聶隱娘的手中。但裴玄靜更關心的是，如果將純勾的這一系列前塵往事和〈辛公平上仙〉，乃至自己的夢境放在一起考慮，就只能得出一個結論：純勾的確曾經取過一位皇帝的性命！

被純勾所殺的皇帝究竟是誰呢？

完全是下意識地，裴玄靜把「一枯一榮」的剪紙放到面前，卻又不敢再往下想了。她只能命令自己，先把思路引向明確的事實，而不要輕易得出任何結論。

〈辛公平上仙〉中還有一處細節引起了她的注意——陰兵迎駕時走的路線：隊伍經丹鳳門，直入大明宮中。側行至光範門，穿宣政殿，再往東一拐，從崇明門進入內庭。

以裴玄靜對大明宮的瞭解，前面的路線沒問題，但是穿過宣政殿以後，隊伍往東拐到崇明門再入內廷，就不盡合理了。因爲宣政殿就位於第三道宮牆前，所以穿過宣政殿以後，陰兵已然進入內廷，沒有必要再向東直行，再過一次崇明門更是多此一舉。

正常的路線是經過宣政殿以後，一直往北過紫宸門。紫宸門的正北面就是紫宸殿。紫宸殿兩側分佈著內廷的各個寢殿和便殿，皇帝通常在這些殿宇中休息或就寢。另外，上仙時宮內正在舉辦夜宴，所以應該是在一處相對比較大、能夠舉行宴會的殿中。據裴玄靜所知，大明宮中最常用來宴筵的是麟德殿。但麟德殿位於太液池的西面，所以陰兵更不應該朝東走了。

難道是說故事的人對大明宮不夠熟悉，所以弄錯了？不對。裴玄靜直覺，炮製出〈辛公平上仙〉的人不僅對大明宮瞭若指掌，而且刻意設計了這條錯誤的路線，把某種他想表達的意思隱晦地埋藏其中，就等有心之人來發掘。

自己會是他等待的有心人嗎？

裴玄靜預感到，那麼久以來的困惑、懊悔、仇恨和痛苦，很快就要有個了結了。剎那間，恐懼消失了。她只覺得心如石硬，念比冰寒。該來的總會來，在大明宮中煎熬了整整兩年，終於要等到這一天了。

裴玄靜在心中默唸：「天軍東南木易來，此時換卻家中土。」

這一則〈辛公平上仙〉的故事，真像是特來幫她解開《推背圖》第三十三象之謎的。

崇明門就位於大明宮內廷的東南面。天軍，也就是陰兵沒有走東北面的光順門，也沒有走正北的紫宸門，而是繞道東南，經崇明門殺入大明宮，取走了皇帝的性命。

為什麼一定是東南呢？

東北為木，東南為火。

原先的「東北木易來」，可以拼出一個「楊」字來。可是「東南木易來」，豈不是變成了一個「煬」字？

楊——煬！

把這兩個字放在一起，幾乎沒有其他解釋了。

裴玄靜喃喃自語：「……隋煬帝楊廣。」

有了這個人名，第三十三象的「一枯一榮」圖示，頓時變得清晰了。隋煬帝楊廣殺父奪位的故事，是小孩兒都聽過的。後繼者年富力強，踩著前任者的屍體上位。血腥而冷酷的弒君篡位，就是《推背圖》第三十三象的預言！

然而，《推背圖》是對唐立國以後的預言，所以第三十三象絕非實指隋煬帝之史事，它借喻的又是唐以後的哪位帝王殺父奪位呢？

永貞。永貞！

裴玄靜再怎麼命令自己冷靜，此時也不禁牙齒相扣起來。

她想起自己曾對「此時換卻家中土」一句的猜測，似乎是指先皇駕崩在興慶宮咸寧殿，卻遷殯至西內太極宮的太極殿發喪……所以〈辛公平上仙〉中那位被殺的皇帝，會不會正是先皇？〈辛公平上仙〉描述的是發生在大明宮中的刺殺案。但先皇禪位之後就移居興慶宮，並死在那裡的咸寧殿。如果〈辛公平上仙〉暗指的是先皇被殺，爲什麼又要描述成在大明宮中呢？

除非——那位神秘的辛公平就是想要引起混淆。因爲直接說興慶宮的話，就等於將這個秘密大白於天下，連一點兒餘地都不留了。而且，段成式聽到興慶宮，就會立即認識到〈辛公平上仙〉的實質，也就不會把它當成一個鬼故事記錄下來，甚至有可能去向皇帝告發。所以講述〈辛公平上仙〉故事的人，採用了巧妙的曲筆，讓外人一時無法參透它究竟是寫實，是演繹，還是純粹的想像。

但是，陰兵入宮的路線刻意偏差，皇帝舉行宴會的殿宇位置也不正確，所有這些錯誤的細節都在提示，弒君的場所其實並不在大明宮中！

長安城中三座大內，〈辛公平上仙〉避開了興慶宮和太極宮，避免直指先皇之死，也因爲在天下萬民的心目中，唯有「如日之升」的大明宮，才能代表大唐皇帝的無上榮耀，才是大唐唯一的、眞正的皇宮。

全明白了。

裴玄靜明白了，爲什麼宋若昭千方百計要把第三十三象中的紅色變字解釋爲神蹟，因爲她和她的小小柿林院根本無法承受如此可怕的眞相。宋若昭一定是知情人！她從第三十三象的變字中窺視到了殺身之禍，爲了自保，只能鋌而走險在凌煙閣中製造出第三十三象的顯影。因爲只有這樣，她才能說服皇帝一切都是鬼神所爲。也只有這樣，她才能把自己和柿林院徹底摘出去。畢竟在凌煙閣發生異象之前，最後一個開啓過金匱，研究《推背圖》的人正是宋若華。

現在裴玄靜更加確定了，所有的一切都和鬼神沒有絲毫關係！

是有人在暗中主導。裴玄靜還沒有證據斷言，〈辛公平上仙〉和《推背圖》第三十三象的變字背後是同一股力量，但分別來看，二者都有著脈絡分明的計畫，和堅決有效的執行。

就從自己親歷的凌煙閣異象來說。第一、二次凌煙閣中發生「猿猴戲火球」異象，彼此相隔十天。製造這兩次異象的人能夠自由出入凌煙閣，說明其在宮中自有路數，能夠弄到戒備森嚴的凌煙閣的鑰匙，也可能在負責守衛的神策軍中有內應。總之，前兩次的顯影十分完美，猿猴不僅出現在凌煙閣的窗戶內，而且連蹦帶跳相當活躍。

這兩次顯影的目的，就是引起眾人的注意，並最終引起皇帝的注意。

之所以選擇第九象「猿猴戲火球」，一是因爲此象才爲宋若華所解，二是因爲皇帝耗盡了大半生的心血致力於削藩事業，絕對不敢對此掉以輕心。

果然，兩次顯影發生後，皇帝特意造訪淩煙閣，並打開金匱檢查《推背圖》，看到了第三十三象中兩個紅色的變字。

《推背圖》第三十三象尚未得到破解，對皇帝來說，其含義本是模糊不清的。但是第三十三象的詩句發生了如此詭異的變化，使皇帝對它所預言的內容產生了極大的關切。於是他召來宋若昭，命她揭開淩煙閣異象之謎，同時解釋第三十三象的兩個變字。

皇帝之所以找了宋若昭，表面上因爲《推背圖》原先就由宋若華負責解釋，宋若昭襲了大姐的女尚書之職，從才學和職務來說都是第一人選。但除了這些理由，還有一層深藏不露的原因：皇帝懷疑第三十三象的變字是宋若華所爲。

不是嗎？除了宋若華，誰還有機會接觸到鎖在金匱裡的《推背圖》？寫在紙上百年的字，怎麼可能突然發生變化？

若非鬼神之力，就只能是人爲。如果是人爲，宋若華當然就是第一個懷疑對象。只不過她已經死在三年多前，即使眞是她幹的，她的動機也死無對證了。皇帝命她的妹妹宋若昭接手此事，恰恰是出於這一層疑心。

以宋若昭的冰雪聰明，怎麼會想不到這些？

第三十三象的變字究竟是否宋若華所爲，裴玄靜還無法下結論。可是，通過這兩個紅字的變化，第三十三象確鑿無疑地預言了一樁殺父弑君篡位的兇案，難怪宋若昭會那麼恐慌。

宋若昭知道，皇帝早晚會了悟到第三十三象變字的含義，也必然會因此而暴怒。到那時，他必將所有的罪責和憤怒都傾瀉到宋家姐妹的身上。畢竟，她們是最弱小也最容易懲罰的。宋若昭必須保護自己和小妹，但與皇帝爭辯宋若華是否有罪沒有絲毫意義。宋若昭能夠想到的唯一的辦法，就是把一切都推諸於鬼神。

只有憑藉神明的威力，她才有機會和皇帝的淫威一搏。畢竟，皇帝還只是天子，如果是上天要揭露其罪行，他還是會感到心虛的吧！

宋若昭下了大賭注：在凌煙閣中巧設機關，讓第三十三象於眾目睽睽之下顯影。同時，她還成功地把裴玄靜爭取到了自己這邊，與她商定共同向皇帝撒謊，一口咬定凌煙閣的三次異象均出自鬼神之力。那麼以此類推，《推背圖》第三十三象的兩個變字自然也是天意——是天意要把皇帝弒殺先皇的血腥罪行，通過變化後的《推背圖》第三十三象揭露出來！

然而宋若昭還是失蹤了。

裴玄靜悲憤地想，她們終究還是太天眞了。宋若昭肯定遭遇了不測。兇手無外乎兩種可能：一、製造前兩次凌煙閣異象的人；二、皇帝。

裴玄靜認爲：皇帝的嫌疑更大！

除非宋若昭查明了製造凌煙閣前兩次異象的幕後黑手，對其造成了威脅，否則沒必要除掉她。留著宋若昭，就是爲了讓她頂罪的。她死了便失去了價値。從宋若昭最後一晚與裴玄靜的談話來看，她仍試圖以鬼神之說來掩蓋眞相，說明她還未找出幕後黑手的眞實身分，否則的話，以宋若昭的聰慧和對裴玄靜的信任，至少會給她留下些線索，以備不時之需。

所以最大的可能就是，第二天早上宋若昭面見皇帝時，說漏了嘴，讓皇帝看出了破綻。皇帝懷疑宋若昭已經識破了自己的罪行，就斷斷不能讓她活著返回柿林院了。

然後，他又召來裴玄靜繼續破解第三十三象，甚至把宮中的史冊都交給她研究，就是想看看她究竟瞭解到什麼程度。

現在看來，裴玄靜手中掌握的玉龍子的去向，反而成了她的護身法寶。包括「眞蘭亭現」離合詩的來歷，這個謎底也從宋家姐妹轉移到了裴玄靜的手中。在了結宋若昭以後，皇帝只需集中精力對付裴玄靜一人即可了。

裴玄靜這樣一個微末的女子，又被拘禁在大明宮中，不管她發現了什麼秘密，都不可能對皇帝造成任何威脅。所以他盡可以慢慢地與她周旋，將她玩弄在股掌中。摧折她的信念，壓迫她的意志，終有一天，讓她的智慧全部爲他所用。到那時候，從〈蘭亭序〉開始的一系列陰謀將被徹底揭開，幕後眞兇的面目也會暴露無遺。

所以皇帝是在用自暴罪行的方法，來引出一個針對自己的驚天殺局嗎？

而裴玄靜就是他的誘餌，從一開始就是！

從找回武元衡的金縷瓶開始，直到誘殺崔淼，一切都在皇帝的盤算之中。唯有玉龍子的眞假出乎了他的意料。哦不，還有純勾！皇帝至今都不知道，純勾曾經就在裴玄靜的身邊很久，這才是他最大的失算。

如果他早知道這一點，裴玄靜根本活不到今天。

裴玄靜已經可以確定，皇帝正是用純勾殺死了自己的親生父親！

〈辛公平上仙〉和變字後的《推背圖》第三十三象，所揭露的都是這同一樁兇案。有知情人終於決定打破沉默，將皇帝的罪行披露出來。但此人的心思相當狡詐，竟將段成式、宋若昭和裴玄靜這些無辜者全部攪入局中，要用他們的性命鋪出一條血路。

她現在該怎麼辦？

7

永安公主趾高氣揚地邁入門檻，可一進到屋內，她的高傲姿態就瓦解了。

裴玄靜向榻上讓她：「公主殿下請坐。」

「不，我就站在這兒。」永安臉色煞白地站在門邊，死活不肯再向內邁一步。

她顫聲問裴玄靜：「妳……全都知道了嗎？」

最近她們彼此迴避，同在玉晨觀的屋簷下，卻是老死不相往來的姿態。今日一早，裴玄靜在廊上與永安擦肩而過時，把一個小紙團塞進她的手中。紙團上寫著：「永貞眞相，午時來訪。」字條送出後的幾個時辰，裴玄靜是在等待中度過的。她想起幾年前自己初到長安時，就陰差陽錯地被武元衡選定爲解謎人，身負著連自己都參悟不透的重大使命，卻仍一心只想著奔向昌谷，去做長吉的新娘。啓程之日，叔父爲自己準備了簡單的嫁妝，告訴她說：去做妳想做的事，將結果交給上蒼。

兜兜轉轉到如今，裴玄靜終於明白了一個道理：上蒼既不像想像的那麼公正，也不像想像的那麼善良。上蒼捉弄每一個人。

從現在開始，她將不再相信任何人，也不再屈從於上蒼的安排。

即使結局早就註定。

憑藉〈辛公平上仙〉和變字後的《推背圖》第三十三象，裴玄靜得出了皇帝殺父的結論。但這個結論畢竟太駭人聽聞了。裴玄靜反覆思考後，還是覺得不能僅靠推理就給皇帝定罪。她還需要員憑實據。

證物本來就在她的手裡——純勾。但現在純勾已經歸屬了聶隱娘。自從蔡州一戰之後，裴玄靜再也沒有聽到過聶隱娘的任何消息。她大概眞的已經退出江湖了。如果純勾從此隨著聶隱娘消失匿跡，裴玄靜倒不覺得遺憾。

純勾是一件兇器，但對裴玄靜來說，它更是愛的信物，是人生最初的也是最眞的一段情感的見證。她至今想不通，是什麼原因使純勾以那麼奇特的方式來到自己身邊，但既然它已經離開了，那麼相忘於江湖，或許才是她與它最好的道別。

換句話說，裴玄靜情願不要純勾來做證物。

她還有證人，至少一個。

從永安公主的言行中，裴玄靜敏感到她對先皇之死的內情有所知曉。永安公主對皇帝的恐懼和憎恨，絕不單單是被逼和親所致。裴玄靜還認爲，永安公主肯定也知道純勾，說不定還知道純勾曾經輾轉到長吉的手中，所以才會在聽到裴玄靜與長吉的婚約時那麼詫異。

裴玄靜決定，直接把永安公主約來。

她寫下語焉不詳的字條，只要永安公主的心裡有鬼，就一定能讀懂。

永安公主果眞來了，帶著驚惶至極的神色，站在門口隨時準備逃跑似的。

「妳都知道了？」她又問了一遍。

裴玄靜緩緩地點了點頭。

「妳知道什麼了？」公主的話中已經帶了哭音，形容更顯悽愴。

那終究是親生父親的慘死啊！

裴玄靜單刀直入地問：「先皇不是病逝的吧？」

永安公主倒退半步，後背重重地撞在門上。她就那麼直挺挺地靠在門上，淚水從一雙瞪得大大的眼睛中緩緩淌下來。

裴玄靜說：「公主殿下——」

「不！妳別過來！」永安公主喝道，「妳說，妳是怎麼知道的？」

裴玄靜斟酌著開口：「是公主……」

「妳胡說！我什麼都沒有說！不是我說的！」永安已經在喊叫了。

「公主殿下請低聲！」裴玄靜不得不阻止她，「您這樣會讓人聽見的！」

「不是我說的！不是我告訴妳的！不是！」

突然，永安公主一轉身便跑了出去。

玉晨觀中的宮婢們眼睜睜看著，尊貴的公主殿下像個瘋婆子般毫無儀態地一路狂奔而去。

永安公主離開還不到半個時辰，裴玄靜就被傳喚至清思殿。站在高高的御階上，她回首望了一眼太液池。水晶盤一般的冰面上出現了數道長長的裂縫，從上向下俯瞰時，有點觸目驚心的感覺。

迎面吹來的風已不似前些天那麼寒冷了。裴玄靜深深呼吸，肺腑中感到一絲微妙的暖意。又一個春天即將到來，周而復始，不可阻擋。她對自己微笑了。

這次，皇帝沒有命人取走于闐大玉盤。於是清思殿中不僅比戶外更寒冷，甚至比這個冬季中的任何一天都更寒冷了。裴玄靜走進肅穆無聲的大殿時，彷彿聽見滿殿的屏風和帷幕都在酷寒中簌簌發抖。她在御榻前筆直地跪下，龍涎香立即將她圍繞起來。

「永安告訴朕，妳都知道了。」

「永安公主？」裴玄靜一愣，隨即便釋然了。爲了給自己脫責，永安公主居然乾脆向皇帝告發了裴玄靜。恐懼會使人做出任何極端的事情，裴玄靜一點都不感到意外。以永安公主的自私和怯懦，出賣誰都會毫不猶豫的。

她平靜地回答：「是的，陛下。」

抬起頭看到皇帝的臉色，裴玄靜吃了一驚。他比前幾天見時又憔悴了許多。在裴玄靜的印象中，只有身患重病的人才會如此急劇地衰敗下去。她又看見從玉盤中散出的嫋嫋冰霧，心還是不由顫了一顫。輝煌如日的大明宮中，皇帝周圍正在發生的事情，遠比她所設想的險惡得多。

或許這就是報應吧。想到這一點，她的內心便恢復了平靜。

「妳都知道什麼？」

「公主殿下說什麼，就是什麼。」

「她說妳知道了永貞舊事。」皇帝的語氣很奇特，並不特別惱怒，反而有些悲涼。

裴玄靜垂首不語。

「妳是怎麼知道的？」

「是陛下讓妾知道的。」

「朕？」

「是陛下給妾看的永貞實錄和內傳，此外便是……天意。」

直到此刻，從永安公主到皇帝的種種表現，已經完全佐證了裴玄靜的判斷，她對自己的推理確信無疑了。在永安離開之後，裴玄靜就從頭至尾地思考過了。皇帝遲早要召見自己，要求解釋第三十三象變字的含義。如果直接把皇帝殺父的罪行揭發出來，裴玄靜將斷無生路。

她不怕死，甚至還有些期待。從元和十年的那個盛夏開始，才不到五年的時間裡，她先失去了長吉，又失去了崔淼，最後連純勾都失去了。兩年前慫恿永安公主砸碎假玉龍子時，裴玄靜已經做好了赴死的準備。但是禾娘和李彌下落不明，以及崔淼最後囑託給她的身世之謎，才使裴玄靜又在大明宮中堅持了兩年。像囚徒一般活著，沒有尊嚴沒有未來更沒有自由，這樣的生對裴玄靜毫無吸引力。她早就受夠了。

令她感到安慰的是，韓湘把李彌帶走了。想想真是可笑，現在她只欠皇帝一個人的了。

何不趁此機會，將一切都做個了斷呢？

沒想到永安這麼快就出賣了自己。不過她仍然可以抓住機會，最後再做一些事——

裴玄靜想幫助段成式擺脫噩運，還想逼出崔淼的身世之謎。關於崔淼的身世，皇帝曾經派曾老太醫給過她一個答案，但裴玄靜根本就不信。時間太倉促，也許不能兩者均達成，但哪怕做到其中之一呢？也可以對自己有所交代了吧。値得慶幸的是，在她和永安公主的談話中，誰都沒有直接說出那兩個字：殺父！所以就還有餘地可以周旋。

裴玄靜拿定了主意，眼前似乎鋪開一條坦途。這條路通向眞相，亦通向彼岸，通向永恆不滅的信念。

裴玄靜昂起頭，朗聲道：「陛下，天意昭示，先皇並不是因病駕崩的。」

「哦，那是因爲什麼？」皇帝的聲音也相當平穩。

「妾不知。」

「妳不知？」

「妾只有對天意的解讀。」

「說。」

「《推背圖》第三十三象在淩煙閣中顯影，其詩變了兩個字。經過妾的推研，變字後的詩說明了：先皇詔稱崩於元和元年乙卯日，為了掩飾他的真正死因，曾經發生過遷殯這種違背祖制的事情。就像……」她一咬牙，堅決地說下去，「就像當年隋煬帝殺父篡位，同樣的罪行在本朝再度發生了。」

很久很久，清思殿中都是一片靜默。裴玄靜好像聽見冰塊在于闐玉盤中融化的絲絲聲，又像是血液凝結發出的聲音。最後她才聽清楚，那是仙人銅漏不停的滴答——時間在流逝。

「妳是在說，朕就是隋煬帝？」

「不！」裴玄靜叩首，「這只是妾解讀的天意而已。」

又是一陣令人窒息的靜默，漫無止境。

突然，皇帝道：「先皇並非因病駕崩，妳說得沒錯。」

裴玄靜不由抬頭朝皇帝望去，恰好看到一抹獰笑在他的唇邊悠悠蕩起。

「上天的昭示嘛——上天總是對的。」他俯瞰著她，「現在朕就告訴妳，先皇究竟是因何駕崩的。」

一張箋紙輕飄飄地落在裴玄靜的面前。

「看吧。」他命令。

裴玄靜撿起紙，只看了一眼，便覺天旋地轉。

那是崔淼的筆跡，瀟灑不羈，風流自信。寫的應該還是一份藥方，但又與皇帝已經恩賜給她的那些藥方不同。那些方子都是寫在宮中專用的粉箋上的，而這張方子卻寫在一張普普通通的黃紙上。

皇帝問：「認出來了？」

「……這也是崔郎給皇太后寫的方子嗎？」

「不，這張方子是崔賊逃出長安之前，留在西市的一間藥鋪裡的。」

「宋清藥鋪！」裴玄靜驚呼。

「沒錯，就是宋清藥鋪。崔賊伏誅之後，宋清掌櫃畏懼國法，將這張藥方上交給了大理寺，然後又由大理寺呈給了朕。」頓了頓，皇帝問，「妳不想知道，這是一張什麼樣的藥方嗎？」

「請陛下明示。」

「是毒藥。」

「毒藥？」

皇帝一字一句地說：「這是一種無色無臭、不易察覺的稀有毒藥。先皇就是被這種毒藥害死的！」

裴玄靜的頭腦瞬間一片空白，但旋即又清醒過來：「永貞之時，崔郎只是一個十來歲的民間少年，怎麼可能毒殺先皇！此事斷不足信！」

皇帝冷然道：「崔賊之母曾為宮中女醫，有祖傳驗方數種。其中之一就是這種毒藥。她對先皇下毒後，害怕罪行敗露，便設法從宮中逃離了。她在外生下孽種，又將藥方傳給了他。而他，再企圖以這些驗方陰潛入宮，為害皇太后。被皇太后識破後，倉皇逃走。最終被誅於裴愛卿的箭下，只能說是天理昭昭，死有餘辜！」

裴玄靜的眼前一片漆黑，經歷過長吉和崔淼的死，她以爲自己已經能夠承受任何剜心之痛，不料還會這樣……強咽下從喉頭泛起的腥鹹，裴玄靜定住心神，沒有癱軟暈倒，反而更加挺直了身軀。

她抬起頭，重複道：「我不信。」

皇帝一哂：「哼，只要是朕的話妳統統不信，對嗎？」

「不，是陛下的話不通！」裴玄靜朗聲道，「首先，崔淼的母親既爲宮中女醫，爲什麼要用祖傳的秘方害死先皇？難道她就不怕事情敗露嗎？第二，大明宮戒備森嚴，一個女醫怎麼能夠逃得出去？第三，她生下崔淼並傳給他驗方，那麼崔淼爲了保命應該遠離京城隱匿身分才是，爲什麼千里迢迢跑來自投羅網，還企圖殺害與他無冤無仇的皇太后？這種行爲用喪心病狂都是無法解釋的，根本就沒有道理啊！最後，王皇太后明明從崔淼的驗方中認出了他的身世，如果按照陛下所說，皇太后應該恨透了崔淼才是。但她卻放走了崔淼，這又是爲什麼呢！」

皇帝凝視著裴玄靜：「妳越來越讓朕感到驚異了。妳的這些問題，朕本來完全可以置之不理，但是看在妳的急智和冷靜上，朕倒有興趣回答一二。」

直到現在，他的神態都很平靜，平靜得完全不能匹配正在說的話題。他們在談論殺父、弑君、仇恨和迫害，但是皇帝的表情和語氣中只有無邊無際的厭倦。他彷彿厭倦得連氣憤的勁頭都提不起來了。

丹藥帶來的燥熱，被于闐白玉大盤散發的寒氣暫時壓制住了。皇帝自己也能清晰地感覺到，身上的熱力正在不斷消失，血液流動得越來越遲緩。他最近常常會想，等到熱力褪盡，血液凝凍的那一刻，生命也將棄自己而去吧。那便是擺脫塵世中的一切煩惱，飛升極樂的時刻了。

皇帝心裡明白，這個過程已經無人能夠阻擋，包括他自己。

他看著裴玄靜，多麼秀美的一張面孔啊，竟也被痛苦侵蝕得不成樣子了。但她仍然不肯放棄。皇帝覺得，自己對她的最後一點耐心即將耗盡。他不是不能接受質疑甚至頂撞。即位這十幾年來，皇帝虛心納諫的名望甚至已經超過了太宗皇帝，但裴玄靜對他的冒犯是完全不同的。

許多年來，皇帝心中的痛苦無法言說，任何人都不能與他分擔。只有裴玄靜意外地闖入了他的痛苦地界，而且離核心的傷口那麼切近。她明明是在挑戰他最虛弱的部分，卻還要擺出一副倔強不屈的樣子，彷彿她在維護的是人間正義。

必須要讓她也嚐一嚐他所經歷的痛苦，她才會懂得人間正義的代價！

「那麼朕就一個個來回答吧。」皇帝極其耐心地說，「首先，女醫是被人指使毒害先皇的。既然有背後主謀，那個人當然用盡了威逼利誘的手段，迫使女醫就範；其次，同樣也是在幕後主使的安排下，女醫得以潛逃出宮；第三，崔淼對其母的罪行很可能所知寥寥，說不定想要通過手上的祖傳驗方飛黃騰達，但當被皇太后識破以後，便起了殺心；第四，皇太后以仁愛爲念，雖然認出了崔賊，卻不想因母之罪株連其子，所以才暗示他離開。可是崔賊呢？反以爲得計，人雖逃出京城，還將殺人毒方留在宋清藥鋪中。之後又跑到淮西前線，利用妳的身分謀取信任，企圖放走吳元濟，若不是裴愛卿和李愬將軍早有預料，朕在淮西打了這麼多年的戰事幾乎功虧一簣！」長篇大論地說到這裡，皇帝終於露出了惱怒的表情，但依舊控制著語調，不緊不慢地道出：「不誅崔賊，天理難容。」

他注意地觀察裴玄靜，期待看到她的崩潰、痛哭流涕或者哀告求饒，那樣他所受的煎熬或許會有所緩解。

但他還是失望了。

在裴玄靜睜得大大的雙眸中，連一絲水氣都沒有。她直視著皇帝，只說出了一個字：「不。」

「不？」皇帝實在感到不可思議了，「什麼意思？」

「陛下所說的都是謊言，妾不相信。」

「妳憑什麼這樣斷定？」

「就憑陛下所說的，和崔郎所說的截然不同。陛下是皇帝，崔郎是草民——我寧願相信草民！」

「妳！」腹中的燥熱急劇翻滾，連冰的寒氣都克制不住了。皇帝不得不從御榻上站起身來。呵，他這一生中見過的最冥頑不化的惡徒都及不上跪在階前的這個女子。爲了維護一個江湖郎中，她竟敢與天子爲敵。對於這種人，光靠殺都不能令皇帝安心了。

皇帝向前連邁兩步，直接站在裴玄靜的跟前：「說，妳以爲的眞相究竟是什麼？」

直到這一刻他還在懷疑，她眞的敢說出口嗎？

裴玄靜仰起紙一般煞白的臉，口齒清晰地說：「妾相信先皇並非病故，也不是因中毒晏駕的。所謂的幕後主使根本就不存在。先皇，是被陛下親手殺害的！」

眼前掠過一道寒光，原來是皇帝抽出佩劍，直指她的咽喉。

裴玄靜閉起眼睛。

許久，殿中只迴盪著銅漏的「滴答、滴答」。忽然「轟隆」一聲巨響，御案的一角被皇帝硬生生地砍斷了。他叫起來：「陳弘志！」

「奴在。」黃衣內侍又如幽靈一般從帷簾後面閃出來。

「將她截舌。」

陳弘志沒聽明白：「大家？」

「朕命你將裴玄靜截舌。」

「截舌？！」這一次陳弘志聽懂了，頓時嚇了個魂飛魄散，雙膝一軟就跪了下去，匍匐於地連頭都不敢抬。

皇帝居然沒有發火，又說了第三遍：「裴玄靜褻瀆君王，朕命你將她的舌頭割去。」

「陛下！」裴玄靜高聲道，「請陛下殺了妾吧！」

皇帝盯著她，終於堅持不住了嗎？

「妳想死？」

「只要陛下留著妾的性命，就算不能說話，妾還是可以寫。就算不能寫，妾還是可以想！」

皇帝調轉目光，對陳弘志道：「你還要朕說幾遍？」

「是……大家。」

皇帝乏力地擺了擺手：「就在偏殿辦吧，俐落點，不要弄得到處是血。」

8

剛醒來時，她以爲自己已經死了。但陰曹地府怎麼會有光呢？她分明看見，面前的土牆上有一片裁剪得窄窄的白色，還會像水波一般輕輕擺動。

原來是月光。

裴玄靜伸出手去，輕輕地撫摸這片皎潔的月光。它的形狀多麼像純勾，就連摸上去的感覺也很相似，清冽中帶著某種神秘莫測的吸引力，冰冷徹骨卻又使人流連。她記得聶隱娘曾經說過，純勾不沾滴血，所以不管殺了多少人，背負多少血債，刀身上永遠閃耀最清白的寒光，就如月色一般純潔無瑕，故曰「純」。

假如有可能，她眞想親口告訴長吉，自己是多麼喜愛他贈予的這件信物。現在她已經知道了，那是一件兇器，卻擁有世間最美麗而高貴的名字。長吉的詩不也如此嗎？用最迤邐的詞句描摹最淒慘的命運。他將最豐盛的才華獻給了遊蕩在黑夜中的鬼魂。純勾，就是那道劈開永恆之夜的月光。

她不知自己現在被關在何處，像是一間全封閉的牢房，唯一的光亮就是那片月色，從頭頂上方的一小片孔洞照進來的。那應該是一扇給犯人通氣用的天窗，覆在上面的木柵缺了一長條，月光便乘隙而入了。

在這片清光之上，她看見了那幾句詩——長眉凝綠幾千年，清涼堪老鏡中鸞。秋肌稍覺玉衣寒，空光帖妥水如天。

裴玄靜微笑起來，還是長吉，用一首詩便道出了她的歸宿。躺在海底，仰望著天光透過水面，不正是她現在的樣子嗎？她曾經困惑過，爲什麼長吉將自己描述爲沉默千年的仙女，原來他那雙詩人的慧眼早就穿透時光，跨越生死，看到了今天！啊，她是多麼歡喜，終於可以像長吉所期望的那樣，隔著鏡花水月觀看人世，從此再無一言。

忽然，土牆上的月光被什麼東西遮掉了一大半。裴玄靜有些著急，撐起身想回頭看一看，疼痛瞬間爆發了。麻木已久的身體驟然清醒過來，從頭頂到胸口再到腳尖，每一寸肌膚彷彿都被硬生生地撕裂開，滿嘴鹹腥難忍，她「哇」的一聲嘔了出來。

殷紅的鮮血濺到土牆上，那片月光彷彿也跟著晃了晃。

「哎呀，把你弄髒了。」裴玄靜在心裡唸叨著，忙抬起胳膊去擦。這才發現衣袖上滿是血跡，低頭看看前襟，也被血污染成了黑紅色的一片。

陳弘志嚇破了膽，行刑時搞得一團糟。裴玄靜卻異常堅忍，甚至堅持到清醒地看著陳弘志將半片血肉模糊的舌頭撿起來，放在金盤裡送去給皇帝過目時，才暈厥過去。她不記得自己是否有過喊叫掙扎，也許吧。但當劇痛襲來時，她的心中變得清明而平靜。她終於可以體會崔淼中箭時的感受了。

痛苦，再一次將她和他連接在一起。

她覺得自己求仁得仁，即使現在死去亦無悔無憾。裴玄靜不明白，皇帝爲什麼還不殺了自己，但也並不太在意，死亡即將到來，只不過是早一天晚一天的事，沒什麼可著急的。她更不在乎失去了舌頭，她已經說完想說的話，再沒別的可說了。

哦，還是有一個小小的遺憾的。最終，她仍然沒能徹底查明崔淼的身世。她終究還是對不起他。但是從皇帝對崔淼再三的詆毀中，裴玄靜依舊窺出了一些端倪。崔淼的身分，絕不會是皇帝一口咬定的那麼卑微和低賤。裴玄靜已經非常瞭解皇帝了，以他那麼極端傲慢和自尊的性格，對於眞正的卑賤者，即使讓他提一個字都會覺得自貶身分，根本無法忍受。而他卻對她反覆提到崔淼，雖然口口聲聲「崔賊」，更讓她看出了欲蓋彌彰的虛僞。現在裴玄靜越發覺得，王皇太后認出崔淼後將他趕出長安這件事，深深地刺痛了皇帝。不管皇帝所說之事是否屬實，不管崔淼的母親是否犯下弒君大罪，事實上都與崔淼沒有半點關係。王皇太后的做法才是爲君者的仁愛與氣度，皇帝卻一路追殺崔淼，無非是因爲這其中牽扯到了他自己都不敢面對的罪行。

正是這樁罪行，使崔淼成爲了犧牲品，但他是無辜的。雖然崔淼的冤屈將不可能被伸張，至少裴玄靜可以爲了他，當面駁斥皇帝的謊言。爲此她寧願失去舌頭，乃至生命。

裴玄靜已經感覺不到疼痛了，整個身體彷彿都不再屬於自己。她仰面躺在地上，也不覺得寒冷。冬天就快要過去了吧？

「唉——」一聲長長的歎息，在她的近旁響起。

微光亮起，有人點燃了一盞小油燈。

牢裡還有別人？裴玄靜不由自主地往牆邊挪了挪，咬牙支撐著靠牆坐起來。

油燈的光，照出一張陌生男人的面孔。臉上沒有鬍鬚，卻遍佈與年齡無關的衰朽，雙眸死氣沉沉，顯得格外蒼老。

「不要害怕。」他對裴玄靜說。是閹人的嗓音，不過，沒有閹人的氣味。他身上的衣袍也是裴玄靜從沒見過的樣式。

「別怕，我不會傷害妳的。」他又溫和地重複了一遍，「我在這裡等了一會兒了，就等妳醒來，說幾句話便走。哦，我的名字叫李忠言。」

李忠言？裴玄靜沒有聽說過這個人。

「我是豐陵的陵台令。」

豐陵！她好像突然明白了什麼。但是，陵台令可以離開山陵的嗎？裴玄靜聽說過，為皇家守陵者終生不得離開陵園，出陵園一步即是死罪。

李忠言也在端詳裴玄靜，儘管唇邊結著大塊血疤，嘴也腫脹得不成樣子，整張臉算得上慘無人形，但仍然能看出原先的秀美，還有眉宇間的聰慧和倔強，都令他心有戚戚。

這麼多年來，李忠言第一次從心底裡感到了踏實。他預感到，自己所謀劃的一切終將走向既定的結局。為此，他已經等待了太久，久到把生命完全耗盡了。

現在，所有的棋子都擺到了最合適的位置。今天，他只要完成最後一步，就可以徹底放手了。日升月落，春華秋實。他在豐陵中悟出這麼一個道理：世間萬物皆有靈，只要讓他們各就其位，事情便會自然而然地運轉下去。到時候，任何人力都阻擋不了。

他向裴玄靜點了點頭：「裴煉師的事情，我都聽說了，更對裴煉師的勇氣欽佩不已。有些往事，我亦略知一二，但恕不能透露。我只有一句話可以對煉師說——妳沒有錯。」

她以為自己已經身經百戰了，在最絕望和最痛苦的時候都不曾流過一滴淚，可是她萬萬沒想到，在聽到這個初次見面的宦官說出這句話時，自己的眼眶竟然一下就濕潤了。隔著模糊的水霧，裴玄靜看著李忠言的臉。不需要再多的言語，她彷彿已經能夠與他心意相通。為先皇守陵的，一定曾是先皇身邊最親近的人。對於先皇的死因，他的話比任何人都更可信。尤其她還從他的聲音中，聽出了無法用言語形容的深切的悲哀。

所以，她並不是孤獨一人。她所堅持的眞相，還有別人也在堅持。儘管在對手面前，他們的聲音弱小得幾乎沒有人會聽見。但是她知道，他知道，就足夠了！

「我還有一句話，想說給裴煉師聽。」頓了頓，李忠言又道：「我想請裴煉師務求生，莫求死。」

裴玄靜一震。

李忠言慘然而笑：「像裴煉師這樣的人，應該要活下去。活下去就有希望。死，還是讓給我吧。」

裴玄靜想開口問爲什麼，旋即才意識到，自己什麼話都不能說了。

「多謝裴煉師了。」李忠言說罷，俯下身向裴玄靜行了一個大禮，便起身離去了。

李忠言走出囚室時，恰逢一陣夜風捲起旌旗，在頭頂上撲稜稜地響。漫天烏雲被吹散了一角，明月再現身姿，將皎潔的清光灑了一地。列隊守候在外的神策軍也可以看得清清楚楚了。

吐突承璀迎上前來。李忠言與他相視一笑，兩人的臉上都露出如釋重負的表情。

「看見了？」吐突承璀問。

李忠言點了點頭。

「怎樣？」

「不錯。」

「只是……不錯？」

李忠言略顯無奈地回答：「你我心裡有數就行了，何必說出口呢。」

「就是嘛！」吐突承璀眉飛色舞起來，「我告訴你啊，第一次在裴度府上見到她，我很是吃了一驚呢。」

李忠言只是「哼」了一聲。

「我不敢對聖上明說，就拐彎抹角地提了提。誰知道，聖上還眞上心了。」

「你不就希望這樣嗎？」

吐突承璀只當聽不懂李忠言的嘲諷，繼續興致勃勃地道：「聖上是在賈昌的院子裡第一次召見她的。見過之後，聖上就下令把那院子給拆了，還讓我把東牆上的字拓給你。記得嗎？」

李忠言自然懂得他話中的含義，卻有樣學樣，對吐突承璀的暗示置之不理，反問：「現在將她關在這個地方，也是同樣的原因？」

「這個嘛……」吐突承璀猶豫了一下，歎道，「誰叫她非要和聖上作對呢？其實聖上對她已經夠容忍的啦。這次她說了那麼十惡不赦的話，聖上都沒捨得殺她。」

「十惡不赦的話？」李忠言舉頭眺望東方，黑漆漆的天邊只有一顆金星閃耀著。少頃，他方淡淡地說：「那話你我難道沒有說過？只不過是在心裡說罷了。」

「我可絕對沒有啊！」吐突承璀頓時急得青筋直爆。

李忠言好笑地問：「也沒那麼想過？」

「當然沒有！你們都不瞭解聖上，可是我相信他！他絕對不會做出那種事！」

李忠言沉默。

吐突承璀對李忠言道：「行了，想看的都讓你看了。現在該你說了吧。」

李忠言不慌不忙地說：「不忙。我們這就回豐陵嗎？」

「你還想去哪兒？」

「中間能不能在東宮停一下？我想最後再去看一眼。」

吐突承璀沉吟：「倒是順路。不過……」終是面色一寒，「我看還是算了吧。天這麼黑，就算到了東宮外頭，也看不見什麼的。」

他示意軍卒，將一輛馬車趕過來。

「該上路了。你我一起，咱們邊走邊說？」

「好啊。」李忠言微笑，「到豐陵時天就大亮了。」

車輪「咕嚕嚕」地轉起來。皇宮中的甬道修得比任何地方都平坦，馬車行進得格外平穩。李忠言掀起車簾向後望去。皎潔的月光下，那座孤零零的祭天台通體雪白，彷彿玉石雕琢而成。在它最初建成的時候，沒有人會想到它將成為一座牢房。更沒有人會想到，有朝一日它會收藏起一切秘密的根源。

「別看啦。」吐突承璀說，「馬上就進夾道了。」

李忠言放下車簾。

貼著皇宮外牆修築的夾道，以太極宮的西端為起點，一路向東，沿大明宮的南側直抵長安城的東牆，再從那裡向南經過興慶宮，然後跨越整個長安城，一直抵達最南端的芙蓉園。穿過芙蓉園，就是樂遊原了。

李忠言神往地想，從樂遊原下經過時，但願能夠聽到青龍寺的鐘聲。如此，他這一趟也就圓滿了；他這一生也就圓滿了。

車簾外突然變亮了，隨著馬車行進漸漸暗下去，然後又亮起來，周而往復。李忠言對此再熟悉不過——夾道兩側的磚牆上每隔一丈，便有一盞長明燈，不分白天黑夜得點著。所以夜間在夾道中行進時，就有這種時明時暗的效果。

吐突承璀坐在對面盯著他：「說吧。」

「我就是辛公平。」

「你？」吐突承璀並不顯得驚訝。

「是我。〈辛公平上仙〉這整件事都是我幹的。」

「就你一個人嗎？」吐突承璀誇張地揚起眉毛，「不可能吧。」

「倒是還有一位幫著聯絡。」

「是誰？」

李忠言問：「你還記得李諒嗎？」

「李諒？是不是那個彭州縣令李諒？」吐突承璀的臉色一變，「他不是在羅……哦，在永貞元年的謀反案中被處死了嗎？」

李忠言道：「他有個兄弟還活著，後來設法找到了我，說是想為兄長報仇。我便讓他幫我實施辛公平之計。我告訴他，當年武元衡任御史中丞時，李諒的罪名就是武元衡拍板定案的，所以報仇應該針對武家。」

吐突承璀驚歎：「你好……歹毒啊。」

李忠言一笑：「怎麼？難道你希望我說出陷害羅令則和李諒的真正元兇？」

吐突承璀陰沉著臉不吭聲了。

少頃，李忠言道：「總之，他一口就答應了。」

「他是自己去豐陵找你的？」

李忠言點了點頭。

「好啊！還眞把皇家陵園重地當成西市了，想進就進？」吐突承璀勃然大怒，「那幫飯桶，看我不狠狠地收拾他們！」

李忠言勸道：「百密尙有一疏。你呀，就別爲難把守陵園的神策軍了，長年累月待在那種地方，是個人都會變得麻木的。況且，陵園裡的人絕對出不去，這一點守軍們看得還是很緊。但偌大一個豐陵中，尙有幾百號活人，總需要運送糧食蔬果進去，故而對進園的人有時盤查得並不太嚴格。」又笑了笑，「至少我是絕對不能跨出陵園一步的。對此，吐突將軍大可放心。」

「不對啊！」吐突承璀皺眉道，「我聽段成式那小子供稱，他是在驪山上見到辛公平的，你人既然出不得豐陵，又如何能去驪山？」說著，不禁上下打量李忠言，「你究竟搗的什麼鬼？莫非學會了分身術？」

李忠言大笑起來：「我要是有那個本事就好咯。哪有那麼玄乎，其實說穿了，就是一點障眼法加迷魂陣而已。」

「障眼法加迷魂陣？」

「很簡單。我之所以約段成式在驪山行獵的時候與他見面，就是爲了避開長安城的宵禁。當時他被蒙上頭，由馬車一路載著去往的正是豐陵。」一邊說，李忠言一邊從懷裡掏出了一把假鬍子，往下頷處比了比，衝著吐突承璀微笑。

「哈哈，對啊！」吐突承璀猛拍大腿，「我明白了！從驪山去豐陵反而比從長安去更近。一個晚上足夠來回，而且都是在夜間的深山裡行路，憑耳朵聽不出任何區別。段成式會以爲，馬車帶著自己在驪山裡兜圈子，實際上都跑那麼遠了。」他看著李忠言，「誒，可你費這麼大勁卻又爲何？隨便派個人給他講〈辛公平上仙〉的故事不也一樣嗎？比如那個李諒的兄弟？幹嘛非得你自己講給段成式聽，這也太冒險了吧？」

「任何人都講不出我的感受來。」李忠言正色道，「在我的心中，〈辛公平上仙〉裡所發生的一切，都是眞實的。」

「你——唉！」吐突承璀長歎一聲。

「況且，我也想親眼見一見段成式。」

「見他？爲何？」

「當你想害一個人的時候，至少得先看他一眼吧。」

吐突承璀感觸良多地說：「那個段成式嘛，不過就是個少年人。」

「是啊，一個聰明、正直、前途無量的少年人。」李忠言微笑著說，「是個好孩子，所以吐突將軍就別再爲難他了。我還想拜託吐突將軍去懇請聖上，就說段成式只是落入了我的圈套，無辜受到陷害。聖上對武元衡的感情那麼深，段文昌又是現今朝廷中的股肱之臣，放過段成式乃皆大歡喜的好事，何況，那孩子本來就沒有罪。我原本光想著要翁債孫還，如今想來，還是太過分了。」

「這就心軟了？」吐突承璀怪裡怪氣地問。

「人之將死，其言也善嘛。都到了此刻，我不想多作孽了。」

「哼，當初卻爲何挑中他下手？」

「一則，這孩子喜歡志怪傳說，用鬼故事引誘他，很容易就上當了。二則，幾年前我佈局離間聖上和武元衡，本來進展得很順利。哪知道藩鎭橫插一腳，搶先砍掉了那廝的頭顱！我總覺得讓他死得太便宜了！」說到這裡，李忠言突然滿面猙獰，足見恨意之深。

「你……就那麼恨武元衡？」連吐突承璀也有點驚到了。

「當然恨！恨透了！」李忠言咬牙切齒地說，「永貞之時，柳宗元和劉禹錫先後去請他幫忙，他不答應。先皇讓我去對他說，他還是不答應！當時韓愈等人都在看武元衡的動向，如果他肯站出來，先皇何至於那麼快就被迫退位，『二王八司馬』也不至於落到最終的慘況！所以在我的心中，武元衡堪稱罪魁禍首！」

「唉，你這麼說就太偏激了嘛。我雖極厭惡武元衡的爲人，還要替他說兩句。」吐突承璀道，「先皇登基之時已是風中殘燭，偏偏『二王八司馬』還肆意胡爲，非要推行他們那套所謂的變革措施，把朝中的老臣幾乎得罪光了。在當時的情勢之下，武元衡選擇敬而遠之，也是情有可原的啊。」

「情有可原？那會兒先皇還在位呢！他這麼做，根本是對君主的背叛！」

吐突承璀正色道：「武元衡選擇的是向當時的太子、如今的聖上效忠。事實證明，他的選擇是眞正明智的。你必須承認，如果任由『二王八司馬』那班人折騰下去的話，朝堂只會越來越亂，人心更將紛雜，對大唐有百弊而無一利。其實到後來，先皇自己也認識到了這一點。否則，怎會那麼快就決定禪位呢？」

李忠言臉色鐵青地沉默著。

吐突承璀又道：「聖上即位以來，殫精竭慮、嘔心瀝血，花了整整十四年的時間，終將天下強藩悉數剿滅，如今只剩下一個平盧李師道還在苟延殘喘，被滅是早晚的事。聖上一直對我說，削藩成功之後，他就要著手完成另外一個心願，在邊境上平定吐蕃，進而收復河朔失地，把大唐失去的隴右疆域重新奪回來！」他注視著李忠言，一字一頓地說，「先皇想做卻沒有能力做、來不及做的事情，正在聖上的手中一點一點變成現實。我相信，先皇的在天之靈亦會感到慰藉。而你，爲什麼非要執著在當年的恩怨中呢？」

良久，李忠言回答：「你知道我在執著什麼，你也知道聖上在執著什麼。」

9

馬車正行進到一段陰暗處，吐突承璀的臉在黑暗中顯得格外蒼白。他問：「你方才提到幾年前曾設計離間聖上和武元衡，指的是什麼？」

「眞蘭亭現。」

「眞蘭亭現？」吐突承璀難以置信地瞪著李忠言，「連那首離合詩也與你有關？哎喲，不會是你自己作的吧！」

「怎麼可能？」李忠言笑道，「我要是有那點才學，早就當上樞密使啦。我告訴你吧，其實那首詩是拼出來的。」

「拼出來的？」

「你還記不記得，當年咱們在東宮的時候，先皇以太子身分常常召集各色文人墨客，乃至僧道等江湖異士，在一起做一些品詩論畫、談禪論玄的風雅之事。有一陣子，先皇對離合詩特別感興趣，那些人就爭著作離合詩展才，還相互比賽，熱鬧了好長一段時間。離合詩本屬遊戲之作，大家作完樂後就扔到一邊去了，漸漸地興致沒了，便再無人提起。我呢，倒是打心眼裡羨慕他們的聰明才華，悄悄地把這些詩都抄錄了下來，自己也想學著作，可是最終連半首都沒湊出來。後來我到了豐陵，每天閑來無事，腦子裡又總是轉悠著東宮的舊時光，便把這些個離合詩又翻了出來，常常讀讀再練練，只爲了消磨時間。」

「只是消磨時間？」

「起初確實如此，但漸漸地在我的心中形成了一個想法。因爲我偶爾在那堆離合詩裡，發現了『蘭』和『亭』這兩個字。」頓了頓，李忠言問吐突承璀：「你可知道，這兩個字的離合詩是出自誰人手筆嗎？」

「誰？」

「爛熵洛水夢，徒留七步文。蓬蒿密無間，鯤鵬不相逢。這四句詩離合出一個『蘭』字，它的作者正是武元衡。」

「武元衡？」吐突承璀大吃一驚，「竟然是他？」

李忠言譏諷道：「何必大驚小怪？你又不是不知道，武元衡當年也曾在東宮走動過，雖然不及柳宗元與劉禹錫他們幾個與先皇的關係親密，但也絕對不像他後來所表現出的那樣，與東宮之間涇渭分明，界線劃得那麼清楚。所以我恨他，尤其是在這一點！不知你聽說過沒有，後來權德輿曾經發起過一次離合詩會，武元衡刻意不參與，顯得格外清高。在我看來，實在是欲蓋彌彰得可恥！」

吐突承璀直聽得眉飛色舞，嘴裡卻道：「你如此詆毀武相，不厚道！」

「隨你怎麼說吧。」李忠言道，「我記得武元衡當時作完此詩，還提到他最愛曹子建的〈洛神賦〉，故而把這個典故寫入詩中。不信你再去問問段成式，他的外公是不是特別推崇曹植的詩賦。」

吐突承璀點頭，又問：「那麼『亭』字呢？又是何人所作？」

李忠言沉默了很久，吐突承璀快等得不耐煩了，才聽到他用無限惆悵的語氣說：「亮瑾分二主，不效仲謀兒。仃伶金樓子，江陵只一人。『亭』字的這四句離合詩，乃出自先皇親筆。」

吐突承璀驚得張大了嘴巴。

李忠言說：「你不覺得嗎？『貞蘭亭現』的十六句離合詩中，唯有『亭』字的這四句最具帝王之氣。尤其是『仃伶金樓子，江陵只一人。』，直指當年蕭繹爲了奪取皇位而剪除手足兄弟，最後落得孤家寡人，江陵城破後自己也被殺的慘痛後果……先皇作此四句詩，何嘗不是在借古諷今，感歎李唐皇家中親情淪喪，父子兄弟之間自相殘殺！」

「哎喲！」吐突承璀忙不迭地去捂李忠言的嘴，「求求你別再亂說了！」

李忠言將他的手打落：「你放開！我都是要死的人了，你就讓我說個痛快吧。總之沒有旁人能聽見就是了，你怕什麼！」

吐突承璀喘著粗氣道：「那……另外兩個字的離合詩又是打哪兒來的？」

「『貞』字的四句：克段弟愆休，潁諫孝歸兄。懼恐流言日，誰解周公心。則是白居易寫的。他曾作過的〈放言五首〉，其三中有句曰：『周公恐懼流言日』，用的是同樣的典故。」

「最後一個『現』字呢？」

「覲呈盛德頌，豫章金堇堇。琳琅太尉府，昆玉滿竹林。又是金又是玉的，足見閨閣之風，乃出自女子手筆。」李忠言冷笑著問，「在大明宮中，除了咱們的女尚書宋若華，還有哪位閨閣能作出如此佳句呢？」

「宋若華啊！」吐突承璀驚訝得無以言表。

少頃，李忠言道：「其實我抄下來的離合詩遠遠不只這幾句，但恰恰是這十六句，組成了『貞蘭亭現』四字。當我在豐陵拼出『貞蘭亭現』後，心中便形成了一個計畫，專用來對付武元衡！」

「你當眞那麼恨他？」

「當然，原因我方才已經講過了。元和一朝，武元衡簡直就是踩著永貞的屍骸上位的。不可否認，他在削藩一事上功不可沒。可是元和十年時，聖上欲召回柳宗元和劉禹錫等人，明明有重新啓用他們的意思，卻被武元衡阻撓，又都落了空。我知道武元衡在怕什麼。他就是不願意永貞舊人重新站在朝堂之上，站在他的對面。因爲到那時，過去的恩恩怨怨就會被重新翻出來，他武元衡一手遮天的風光日子也就到頭了！」

李忠言的話字字誅心，吐突承璀不禁長聲喟歎。其實武元衡活著時，吐突承璀同樣對其怨恨不已，因爲武元衡佔去了皇帝太多的信任，也因爲他想方設法阻止宦官攫取更多的權力，首當其衝最受傷的就是吐突承璀。然而吐突承璀也不得不承認，武元衡所做的一切絕非出自私心。平心而論，武元衡的確是最忠實於皇帝的臣子。所以對於李忠言的刻骨仇恨，就連吐突承璀亦無法苟同，當然，現在已無必要就此爭論了。

吐突承璀思忖著問：「我還是想不通，何以一首離合詩就能離間武元衡和聖上的關係呢？」

李忠言得意地說：「我設法將離合詩送到了皇帝的案頭。」

「是哪一個幫你做的？」吐突承璀又露出一臉凶相來。

李忠言不慌不忙地回答：「魏德才。」

「魏……」吐突承璀不能相信李忠言的話。栽贓到一個死人頭上，還是一個臭名昭著的死人，再容易不過了。但是……他狐疑地打量著李忠言，考慮了一下，決定暫不追究這些細節了。不管李忠言安插在皇帝身邊的人究竟是誰，今天過後，有的是時間和機會收拾他們。目前李忠言談興正濃，務必要讓他不停頓地說下去，說得越多越好。

於是吐突承璀問：「你認爲聖上看到離合詩會怎麼做？」

「他會非常擔心。聖上未必能立刻解出『眞蘭亭現』這四個字來，但一定能看出此詩別有深意，代表著有人在暗處覬覦什麼。所以，聖上定會找最信任的飽學之士來幫忙。」

「於是聖上便……找了武元衡？」

李忠言微微一笑：「我認爲聖上有兩個人選，其一是武元衡，其二就是宋若華。」

吐突承璀恍然大悟：「有道理！因此你特意選擇了他們二人的詩句放在其中？」

「因緣際會而已。」李忠言道，「只能說在若干年前的東宮詩會中，就已經埋下了後事的種子。按照我的盤算，不管聖上找了武元衡還是宋若華，此二人見到這首離合詩後定會驚懼萬分。因爲首先，這裡面有當年他們在東宮與永貞黨人唱和的證據。儘管元和以來，他們二人都竭盡所能與那段往事切割，然一旦舊事重提，聖上再怎麼信任他們，心裡也會相當不舒服，從而生出嫌隙。其次，以他們二人的才學，應能立刻離合出『眞蘭亭現』四字，但對於這四個字背後的含義，卻又肯定疑慮重重。所以他們只能向聖上撒謊，聲稱自己一時無法破解此詩，請求聖上將這個謎題全權交給他們去辦，從而爭取主動，便於攻守。」

吐突承璀直搖頭：「眞沒想到啊，你這傢伙居然盤算得這麼深了！」

「我在豐陵成天無所事事，還不是盤算這些。」

「好好。」吐突承璀問，「你要報復的人是武元衡，爲什麼還要扯上宋若華呢？」

「算她倒楣，寫了『現』字的離合詩，正好能用得上。不過，宋若華本來也不是什麼好人。永貞期間，她也曾在暗中支持禪位。當年德宗皇帝將她召入宮中，先皇對其避之唯恐不及，故而宋若華懷恨在心，挑了先皇最艱難的時候落井下石。」

吐突承璀無語。他算是看明白了，在李忠言的眼中，所有在永貞期間不願和搖搖欲墜的先皇綁在一起墜入深淵的人，都是叛臣逆子，都該千刀萬剮。

他長歎一聲：「都讓你料準了，聖上果然找了武元衡。武元衡也確實如你所想的，請求聖上把此事全權交由他來辦。」

「天助我也，沒過多久藩鎮居然用一只金縷瓶去行賄武元衡，而武元衡爲『眞蘭亭現』所困，正在揣摩〈蘭亭序〉裡藏著的秘密，就趕緊把金縷瓶收下了，還對聖上隱匿不報。如此一來，就算聖上原來沒有多想，這下也對武元衡起了疑心。」

「等等！」吐突承璀皺起眉頭，「你的意思是說，沒有武元衡幫忙，聖上自己便離合出了『眞蘭亭現』四字？」

「當然。聖上參加過東宮的詩會，也玩過離合詩，所以我想他只要稍微花一些心思，肯定能解得開。而一旦解開，他就會立即聯想到太宗皇帝僞造〈蘭亭序〉的秘密。對於聖上來說，〈蘭亭序〉的秘密牽扯到立儲之事，又隱含皇家的人倫悲劇，正是他最大的心病。而武元衡藏下金縷瓶，且對離合詩的含義隱而不報，你覺得，聖上會對他有什麼看法？」

吐突承璀問：「難道聖上早就知道太宗皇帝僞造〈蘭亭序〉的秘密了？」

「每任太子都會被告知這個秘密，以爲警戒。所以先皇很早就知道了。只是後來不知怎麼的，王叔文和王伾二人也查得了這個秘密。在先皇打算立太子時，他們二人擔心從此失去權力，就祭出這個秘密來，企圖以此來阻止先皇立當今聖上爲太子。」

「沒錯。」吐突承璀點頭道，「聖上對二王恨之入骨，就是因爲他們曾經力阻先皇冊封聖上爲太子。」

「是的，也正因此先皇才痛下決心，僅僅在位六個月就將皇位禪讓給了聖上。因爲他知道，再任由二王那麼鬧下去，勢必對朝局造成致命的打擊。而他自己的病勢一天比一天沉重，已經沒有能力控制他們了。」頓了頓，李忠言搖頭道：「扯遠了，這些事情你都很清楚，無須我贅言了，還是說回離合詩吧。」

「我明白了！你把離合詩送到聖上案頭時，正値聖上爲重新冊立太子而煩惱。〈蘭亭序〉的秘密將引出『立嫡以長』之說，很容易被人加以利用。所以武元衡在此事中的態度大可斟酌。」吐突承璀看著李忠言，豎起大拇指，「時機選得妙啊！」

「可是，武元衡到底在想什麼呢？」吐突承璀又納悶起來。武元衡對皇帝的忠心不容質疑，再加上清高的個性，從不對太子之事妄加評論，所以連吐突承璀都不相信他會與郭念雲一派相勾結。以武元衡的睿智和他對皇帝的瞭解，應該很快就能醒悟到，此事將對自己造成威脅。要想維持皇帝對自己的信任，最簡單的辦法就是把一切對皇帝和盤托出，才能顯得光明磊落，心不藏奸。他有什麼必要將「眞蘭亭現」和金縷瓶都藏匿起來呢？後來甚至還把一個純粹的外人裴玄靜捲進來，以至於連皇帝都不得不親自出馬收拾場面——武元衡究竟所爲何來？

「我認爲，武元衡是想借機查出先皇的死因。」李忠言肅然道，「他從『眞蘭亭現』離合詩中嗅出了不一樣的味道，故而產生了一些可怕的聯想。」

吐突承璀瞠目結舌：「不不不！武元衡絕對不會有那種忤逆的念頭……」

李忠言反問：「那他爲何專程來豐陵探聽我的口風？」

「武元衡來過豐陵？什麼時候？」

「就在他收受了金縷瓶之後不久。」

「哦？他對你說什麼了？」

「總之是與先皇駕崩有關的話，你還要我再說下去嗎？」

「……算、算了！」

李忠言冷笑：「武元衡還是挺厲害的，竟推斷出了離合詩與豐陵、與我有關。可惜現在已經死無對證了。哼，遇刺算便宜了他，否則倒眞有一場好戲可看！」

「他得了什麼便宜，頭顱至今沒有找到呢。」

「所以說啊，位極人臣又怎樣，到頭來連個全屍都沒有。」李忠言用悲喜交加的語氣道，「至少在這一點上，我肯定會強過武元衡。」他的目光停留在吐突承璀青白相間的臉上，微微一笑，「你也要早做打算。」

吐突承璀色厲內荏地說：「我？我怎麼了？！」

李忠言但笑不語。

馬車停下來，有人在車外說話：「將軍，豐陵到了。」

兩人都坐著沒動，只是靜靜地看著日光透過車簾照進車內，在內壁上畫出閃爍不定的線條。車外傳來晨鳥啾啾，說明嚴冬正在遠去。

良久，吐突承璀方道：「還有一件事，眉娘在福州等的人……」

「你應該猜得到吧。聖上肯定也能猜到。」

「可是……」

李忠言直視前方的車壁，目光卻無比悠遠。他是在凝望一段往事，一段刻骨銘心的記憶。

「永貞元年冬，倭國遣唐僧沙門空海求得先皇敕書一封，允其提前結束遣唐使命，返回倭國。先皇賜沙門空海主船一艘、副船兩艘及所有船員裝備。這些船隻滿載著兩百多部佛經及阿闍梨附屬物，送沙門空海返回倭國。」頓了頓，李忠言道：「不過你我都知道，船上還有唐人。」

「我知道。」吐突承璀承認，「但那個唐人並沒有登船，卻由明州港掉頭西行了。」

「因爲他想回長安，而你們自然不會讓他回來。」

吐突承璀歎道：「他那是回來找死啊！本來聖上都打算放過他了。你想啊，如果他眞到了倭國，難道還派人渡海追殺過去不成？」

李忠言平靜地說：「先皇一心指望他能平安抵達倭國，可又擔心他待不了多久就想回來，所以才囑咐眉娘在自己駕崩之後，請求出宮返鄉，專程到福州去等待倭國來船。先皇準備了一封手書給眉娘，如果在十年內見到他回來，就把手書交給他。」

「信裡寫了什麼？」

「我怎麼知道。先皇並沒有給我看過。不過我猜想，應該是一些指點吧，關於回到大唐以後該怎麼做。」

「做什麼？謀反嗎？」

「謀反？謀反的罪名不是已經被你們安上了嗎？人也被活活杖斃了。先皇千算萬算，唯獨沒有算到，他根本就未曾登船，而是死在了大唐！」李忠言直視著吐突承璀，一字一頓地道：「我告訴你們，從來就沒有任何陰謀。皇帝根本無須懼怕，卻偏偏怕得要死。只因他怕的不是陰謀，而是——他自己的良心！」

吐突承璀激靈靈打了一個冷顫。

「好了。」李忠言輕輕拍了拍自己的雙膝，「我所知道的都說完了，也該上路了。」他露出滿足的微笑，「我等這一天已經等得太久，實在是迫不及待了。」

「等等。」吐突承璀攔道，「最後一個問題，那個李諒的兄弟現在何處？」

「我不知道他現在哪裡，你也不必再多花力氣去找他。此人身上帶著十幾年前的舊傷，本就是苟延殘喘，活一日算一日罷了。我估摸著，很可能他現在已經死了。就算不死，無非再多挨幾日，你放過他，就當給自己積點陰德吧。」

見吐突承璀仍然滿臉怒容，李忠言忽道：「我聽說，聖上這段時間越發離不開柳國師的仙丹了？」

吐突承璀一愣。

李忠言微微欺身向前，道：「我就是辛公平，我已經看到了聖上上仙之日。只是我想問——當陰兵闖入大明宮的那一天，吐突將軍該如何自處呢？」

吐突承璀將牙齒咬得「咯咯」作響。

李忠言向他靠得更近一些，聲音壓得低低的：「好歹你我也算幾十年的交情了，今日我便給你最後一句忠告：如若不想讓永貞的慘況在自己的身上重演，就必須在未來的新君那裡早做打算。你當初力挺澧王上位，少陽院裡的太子和長生院裡的郭貴妃都已將你視爲眼中釘。一旦他們得勢，你想想自己會落到什麼下場吧！聖上保得了你一日，保不了你一輩子！我言盡於此，吐突將軍好自爲之吧！」

當李忠言的背影消失在狹窄的墓道深處時，吐突承璀下令：「封門。」

神策軍推著小車，輪番把混合著水銀的泥漿灌進墓道，直至墓道中已經沒有任何空隙了，才合力將沉重的石門關攏。

吐突承璀呆呆地注視著嚴絲合縫的墓門。很久很久，他的眼前仍然晃動著李忠言的笑臉。在他的記憶裡，李忠言從來沒有笑得這麼舒心過。

第四章　龍涎香

1

爲了隱蔽行藏，韓湘帶著李彌專挑冷僻小道，花了比平常多一倍的時間才抵達北都太原。太原又名并州，是高祖李淵的發跡之地，同時也是大唐面向廣大北方的屏障要塞，其戰略意義不言而喻。目前擔任北都留守的，正是皇帝最信任的宰相裴度。

既然是北都，地理位置比長安要往北不少。北方的時令似乎總比南方快上半步。當韓湘來到太原城附近時，已經能夠見到枯枝中萌發的新芽，早春的氣息侵入肺腑，讓他生出一種恍若隔世的感覺。

太原城中井然有序，雖不如長安恢弘壯麗，也比不上洛陽旖旎繁華，但街上行人的神態看起來更沉著也更安逸些。

長安的人和事，彷彿已經十分遙遠了。

韓湘來到北都留守府求見裴度大人，沒多久即被引入二堂。對於韓湘來說，裴度本是熟稔的長輩，今日一見更是百感交集，搶前幾步拜倒行禮，眼眶一下子就紅了。

他沒有半點隱瞞，便將自己從藍關山道上受叔公韓愈之命，回到長安後遇到種種事端，一五一十地對裴度講起來。

裴度聽得很專注，只有當談及李諒的時候，才第一次打斷韓湘。

「李諒，字復言？」他沉吟道，「我記得這個人。當年他受到羅令則謀反一案的牽連被杖斃。恰好他的夫人正懷有身孕，受到刺激後難產而死，可謂家破人亡了。」

「竟然是這樣……」

裴度歎息一聲：「更令人痛心的是，不久後便有證據表明，李諒的罪名完全是被捏造出來的，也就是說，他是蒙冤而死的。」

韓湘喃喃自問：「難道我眞的殺了一個冤魂？」

「怎麼可能？人是不能死第二次的。」裴度慈愛地看著韓湘，「我倒想起來了，李諒似乎還有一個兄弟。」

「兄弟？」

「是的，也同李諒一起被抓，遭到嚴刑逼供要他指認其兄謀反，他寧死不從，被刑訊而亡了。」

韓湘怒火中燒，一拳砸到案上：「天理何在？王法何在？」

裴度平靜地說：「據老夫所知，天理和王法並非一直都在，但是，它們終究都會在。」

韓湘愣住了。

少頃，裴度又道：「我聽你的描述，這個自稱李復言的人身有痼疾，卻不肯延醫治療，還聲稱有冤屈。所以我在想，此人會不會正是李諒的那個兄弟？」

「可他不是已經死了嗎？」

「李諒是明正典刑的。他的兄弟只是證人，被刑訊逼供而死，我估計屍體就被隨意丟棄在野外了事，未經仔細查驗。說不定他的命大，又活了過來。」

「這麼看來……」韓湘越想越有道理，「倒是很有可能！他死裡逃生，蟄伏多年後來到長安，就是爲了報當年之仇！」轉念又一想，「可是他要報仇，怎麼報到段成式和我的頭上了？」

「因爲李諒案當時的御史中丞，即案件的主審官員正是武相公。」

「什麼！」韓湘驚道，「我不信武相公會做出那等傷天害理的事來！」

「他沒有做。」裴度的語氣有些奇怪，「當時眞正辦理案件的人是吐突承璀。」

韓湘目瞪口呆。

「實際上，事後爲李諒平反的才是武相公。」

韓湘明白了。本應負責案件的御史中丞武元衡靠邊站，吐突承璀卻越俎代庖，草菅人命，而武元衡只能在事後略做補救。此案背後操縱者的身分不言而喻了。「李復言」卻只知向當年的主審官員復仇，想必叔公也是因爲和武元衡的密切關係，被一併當成了復仇對象。

是「李復言」錯了嗎？韓湘悲哀地想，不，他沒有錯。即使武元衡和韓愈並未實際介入此案，但他們不也是袖手旁邊，冷漠地看著好好的一個官員和他的家人被活生生地逼死了嗎？而「李復言」明明已將自己裝入彀中，卻在最後關頭以死相逼，意欲使自己免遭吐突承璀的毒手。相形之下，他的行爲要高尚得多，也寬宏大量得多。

韓湘的心刺痛難忍。只因自己無意中給予的友善，「李復言」便放棄了復仇，而自己卻親手殺死了他。

韓湘好不容易才控制住自己，沒有當著裴度的面落下淚來。

過了好一會兒，韓湘才能繼續往下講。裴度再沒打斷過他。官衙的鐘敲午時，韓湘正好說完了最後一句話。裴度立即便問：「李彌在哪裡？」

僕人把李彌帶上堂來。如今他的樣子已十分整齊，只有眼神依舊呆滯得嚇人，對裴度慈愛的問話也沒有絲毫反應。

韓湘說：「他什麼人都不認得，也完全不會講話了。」

裴度長歎一聲，目光落到李彌的手上。早已變形的金簪從握緊的拳頭中探出來，指縫間滑落幾縷絲線，很難分辨出原先的顏色了。

裴度曾聽裴玄靜講述過這支金簪背後的故事。他知道，這是一位父親對女兒充滿歉疚的愛。他更知道，這位父親正是為了救自己流盡了最後一滴血，永遠失去了和女兒團聚的機會。而自己，卻從未替那個可憐的女孩做過任何事，任由她被殘酷的命運吞噬。這支金簪中凝結著女孩的結局，將永不為人所知。很可能眼前這個癡呆的少年是知道的，但少年拒絕把那一切說出來，為了替女孩保持最後的尊嚴，他決定從此不再對這個世界說一個字。

裴度不由閉了閉眼睛。作為一位帝國的宰相，他深知「家國天下」這四個字本就意味著犧牲，再多的鮮血也不會令他的信念有絲毫動搖。可是今天，他仍然感到了劇烈的心痛——

這樣真的對嗎？

也許，裴玄靜的話是有道理的。真相就是真相，不該因為任何觀念而改變。沒有真相，就沒有正義，更沒有救贖。

裴度吩咐僕人為李彌準備住處，好生照顧他，又對韓湘道：「你也累了，就在留守府裡住下吧，好好休息。」

「是。」韓湘答應著，又問：「京城那邊的事情怎麼辦？」

「京城的什麼事？」

韓湘讓裴度給弄糊塗了：「好多事啊！段成式怎麼洗脫冤情？〈辛公平上仙〉的幕後策劃者到底想幹什麼？他們的陰謀是否會危害到聖上？所有這些事情都關係重大，必須立即採取行動啊！」

「採取行動？」裴度歎道，「只怕鞭長莫及啊。」

「啊？！」

裴度輕輕地拍了拍韓湘的肩膀：「聽老夫的話，少安毋躁。我想，長安那邊很快就會有消息傳來了。」

韓湘度日如年地熬過了三天。第四天的傍晚時分，終於等到了裴度的召喚。剛一踏進裴度的書房，韓湘就被裴度的面色嚇著了。

他不由自主地厲聲問：「裴相公，出什麼事了？」

裴度指著書案：「長安來函，你讀一讀吧。」

將書信匆匆掃過一遍，韓湘幾乎不能相信自己的眼睛：「截、截舌……？！」

「怪我，都怪我啊！」裴度啞著喉嚨說，「我不該任由玄靜陷入宮中而置之不理，只是一味抱著幻想，指望她會在宮中磨礪了性情，並最終改變想法。可歎啊，這些都只是我的一廂情願！」他痛心疾首地連連搖頭，「我早該料到會有今天！」

韓湘急問：「為什麼？為什麼聖上要對靜娘下如此毒手？她做錯了什麼！」

「你沒看見信上寫的嗎？因為玄靜說了大逆不道的話，所以才會被處以截舌之刑……」頓了頓，裴度慘然一笑，「唯一的好消息是，〈辛公平上仙〉一案告破，段成式洗脫罪名，算是不幸之中的萬幸吧。」

「什麼大逆不道的話？什麼大逆不道的話？」韓湘還在一個勁兒地翻看書信，「這裡沒寫啊！我不明白，靜娘到底說了什麼話呀！」

「我想……我知道她說了什麼。我還知道她爲什麼要那樣說。」裴度沉痛地說，「玄靜她恨我，更恨聖上！」

「恨您？恨聖上？」

「因爲她親眼目睹我射殺了崔淼，並且她相信，正是聖上命我這樣做的。她之所以在宮中隱忍兩年，目的就是要查明崔淼的死因。她想弄明白，崔淼這個江湖郎中到底犯了哪條死罪，竟使他不得不死。這一次，她一定以爲找到了答案，所以才會不顧一切地忤逆聖上，因爲她要爲她所愛之人鳴冤啊！唉，就像……就像……李諒的兄弟要爲他的兄嫂鳴冤一樣。」說到這裡，裴度看著目瞪口呆的韓湘，長聲喟歎，「我只道玄靜是個執著的孩子，願意尋根究柢，卻不想她還如此剛烈。我眞的很後悔，沒有早一點告訴她——崔淼沒有死，他還活著。」

「……崔淼還活著？」韓湘的腦子亂作一團了。

「我的那一箭從城頭射出，被崔淼胸前的假玉龍子擋了一擋。假玉龍子從中裂開，箭矢插入他的胸膛，崔淼受了重傷，但沒有當場斃命。按照聖上的旨意，我原應該再補上一刀，割下他的頭顱才是。可是就在那一個瞬間，我改變了主意。」

裴度沒有說明，究竟是什麼原因導致他留下了崔淼的性命。他只告訴韓湘，發現崔淼尚有一口氣之後，他便命人將崔淼藏了起來，另外從淮西戰場上找到一具年紀和相貌近似的士兵的屍體，將其頭顱砍下帶回長安。當時裴玄靜瘧症復發，再加目睹崔淼中箭所受的刺激，病得人事不知，所以才僥倖瞞過了她。回到長安之後，皇帝根本沒有興趣查看崔淼的頭顱，就命裴度將它處理掉了。

「如此一來，崔淼已死遂成定論。但實際上，我將他轉送去了洛陽，悄悄找人爲他醫治。」裴度解釋道，「崔淼的傷勢非常嚴重，不將他帶入長安，一則是怕走漏了風聲，二來他的身體也承受不了長途旅行。到達洛陽之後，崔淼的情況仍然幾經反覆，很長時間都處在生死的邊緣。所以，我也一直沒有對玄靜提起。恰好那時，聖上遷我爲北都留守，我認爲是個很好的機會，可以遠離長安這個是非之地。我原計畫帶著玄靜一起來太原，再把崔淼也安排到這裡來救治。可是萬萬沒想到，玄靜自作主張攪亂了回鶻和親，被聖上沒入宮中……」

平復了一下心情，裴度繼續說：「玄靜奉旨入宮，我心中固然大爲不捨，但也覺得她的行爲太過失當，無法偏袒。玄靜是以陪同永安公主修道的名義進宮的，今後還有機會離開。故而我思之再三，贊成了聖上的決定。玄靜的性格有時的確太過執拗，我以爲讓她在宮中過一段與世隔絕的生活，靜心修道，約束性情，同時把過去的事情逐漸淡忘掉，對她終究是件好事——可是，唉！」

事與願違固然令人傷感，但裴玄靜會有今天的遭遇，確實出乎了所有人的預料，更粉碎了裴度的美好願望。

裴度告訴韓湘，到太原後不久，自己就命人將崔淼接來，爲他多方延請名醫，最終救回了他的性命。等崔淼眞正恢復健康時，距離蔡州之戰已經過去大半年了。在崔淼臥病期間，裴度始終沒有和他照過面。對於崔淼的各種問題，僕人們遵照裴度的吩咐一概置之不理，同時對他保持著嚴密的監控。

直到崔淼基本痊癒，對這種囚徒般的生活再也無法忍耐時，裴度才與他展開了一次嚴肅的長談。正是這次談話使裴度震驚地發現，崔淼的身世大有玄機。

2

裴度歎息著說：「當初，聖上正是以崔淼身世的名義，命我將其誅殺的。」

在裴度收到的旨意中，皇帝明確指出崔淼之母曾經是大明宮中的女醫官，名叫藥蘭。藥蘭出身於一個不爲人知的神醫家族。該家族早從漢朝起即爲御醫，後來又歷經各朝皇家所用，自大唐建國便一直在長安宮中侍奉。藥家的醫術相當精湛，但因從不在民間行醫，所以其名不揚，就連他們的姓——「藥」也是由漢家天子所賜，其本姓反倒無從考證了。

藥家醫術的核心是一本世代相傳的神奇方書，藥家就像保護性命一樣保護著這本書。歷朝歷代都有人打過這本書的主意，巧取豪奪卻統統失敗。因爲除了方書本身，藥家還有一套記錄和解讀藥方的特殊辦法，所以即使有人拿到了方書，不會讀照樣沒用。但藥家也因此遭到皇家所拘束，世世代代都不得踏出皇宮半步。

到了藥蘭這一代，整個家族只剩下她一脈單傳。又因藥蘭是個女子，所以時常在後宮走動。東宮太子多病，王良娣經常向藥蘭請教調理補宜的方子，兩個年齡相仿的女子因此結下私誼，王良娣也跟著藥蘭學到了一些皮毛的醫術，並且記住了藥家常用的幾個方子。

許多年後，正是憑藉這幾個方子，王皇太后認出了崔淼的身分。

裴度道：「崔淼自己的回憶也證實了，他應該就是藥蘭逃離長安後生下的兒子。問題在於，當年藥蘭爲什麼要出逃？」

按照皇帝的說法，藥蘭企圖在太子的藥中下毒，被識破後倉皇出逃。皇帝甚至一口咬定，先皇之所以沉痾不起，即位不久就因病重禪讓，又僅過了數月便駕鶴西去，這一切都要歸咎於藥蘭的毒藥。

韓湘問：「這麼說藥蘭下毒成功了？那她就是沒被識破啊，爲什麼還要逃？」

裴度頷首：「問得好。關於藥蘭毒害先皇的說法，還存有其他疑點。你想一想崔淼的年齡，他出生於貞元七年，也就意味著藥蘭逃離皇宮的時候肯定早於貞元七年。而此時距離先皇病逝還有足足十五年。試問，天下有什麼毒藥會等到十五年後才發作呢？」

「就是！」韓湘贊同，「所以先皇之死和藥蘭不可能有直接的關係。如果藥蘭當年眞的下了毒，也肯定是被發現了的。但若是那樣，她怎麼可能逃得出去呢？」

「除非有人幫她。」

「幫她？誰？」

裴度道：「你倒不如換一個問題思考，是什麼人讓藥蘭下毒？」

韓湘思忖道：「藥蘭只是一名宮中女醫，沒有理由毒殺太子。此事必有幕後主使，會是什麼人呢？」他抬起頭看著裴度，期望從宰相的臉上找到答案。

裴度面沉似水，韓湘心中的疑團卻像冰封的湖面即將融開……

太子之位意味著未來的最高權力，在歷朝歷代都是一個相當危險的位置。既然是最高權力，就必然有人想爭奪；既然是未來的，就說明尚無明確保障，人人都有機會。

奪嫡，也許不是毒害太子的唯一理由，但絕對是必須最先考慮的理由。

大唐建國至今，多任太子均難逃被廢被殺的可悲下場，正是慘烈的奪嫡鬥爭的結果。先皇在太子位上整整二十六年，是大唐迄今爲止堅持時間最久、並最終登基的儲君。在這漫長的二十六年中，他曾幾度面臨重大的危機，而這些危機都和一個人分不開——舒王李誼。

舒王李誼是昭靖太子李邈之子，也就是德宗皇帝的侄子、先皇的堂弟。李誼年幼時父親就亡故了，德宗皇帝對他特別憐惜，親自撫養他，後來乾脆將他過繼過來。在德宗皇帝的幾位皇子中，舒王李誼排行第二。

先皇爲嫡長子，太子地位本該牢不可破，但德宗皇帝對李誼異乎尋常的偏愛卻成了最大的陰影。舒王李誼得到的各種封賞均超過太子，由德宗皇帝特許，連外出的儀仗都在東宮之上。涇原兵變時，德宗皇帝倉皇出逃奉天，命舒王做開路先鋒，卻讓太子斷後。後來還以舒王戰功卓著爲名，加封他爲天下兵馬大元帥。雖然這只是一個榮譽稱號，但從來專封太子，所以當舒王得此封號時，有關德宗皇帝即將廢掉太子，改立舒王的傳聞更加甚囂塵上。德宗皇帝似乎還嫌不夠亂，乾脆讓舒王從十六王宅中搬出，到大明宮裡與自己毗鄰而居。

所以說，先皇的二十六年太子生涯，始終籠罩在舒王的奪嫡威脅之下。雖然二人都行事謹慎，從未公開撕破過臉，但如若當年眞有人想要害死太子，舒王確實有最大的嫌疑。

難道，藥蘭是奉了舒王李誼之命？

想到這裡，韓湘又擔心起來，自己的這一連串推測會不會太想當然了？須知宮闈秘史，向來不足爲外人道也。先皇和舒王都已作古十幾年了，自己怎敢在沒有半點實證的情況下，去貿然臆測多年前可能發生過的一次謀殺？

他遲疑地對裴度說：「裴相公，假如藥蘭奉命毒殺先皇，那就應該是幕後主使者幫她逃走的吧？」

裴度卻道：「你的心思還是太單純了。試想，藥蘭沒有完成使命，幕後主使者是應該放她走呢，還是應該殺她滅口？」

韓湘不吭聲了。宮廷鬥爭從來都是這個世上最血腥的鬥爭之一，藥蘭既被捲入，不論成功與否，等在她面前的只能是死亡。但是她卻活著逃出了皇宮，她是怎麼辦到的？

裴度沉聲道：「我認爲，當年幫助藥蘭逃走的應該是王皇太后。」

「王皇太后？」這可是韓湘想破腦袋也得不出的結論。

「據我推斷，當年藥蘭奉命在爲太子治病時下毒，但她並沒有那麼做，而是選擇將內情告訴了對她友善的王良娣。」

「藥蘭爲什麼要這樣做？」

「你將心比心地想，向太子下毒不論成敗，最後都免不了被滅口的下場。藥蘭的家族在皇家侍奉了那麼多代，只要有一次捲入權力鬥爭的漩渦，恐怕都保全不下來。所以我相信，他們除了世代傳承的醫術之外，肯定還有世代傳承的自外於權力是非的祖訓，但不知爲什麼，藥蘭作爲家族僅存的繼承人，卻被捲了進去。我想，很有可能她在最後關頭幡然醒悟了。另外，先皇和王皇太后都以仁愛著稱，先皇在東宮二十餘年，謹言慎行，王良娣亦溫柔敦厚。他們的德行，藥蘭想必都看在眼中。從內心來說，她肯定也不願意傷害這兩位好人，於是下決心向太子夫婦求助。」

韓湘連連點頭：「對！所以當王皇太后從崔淼的藥方認出他時，還是放他走了。因爲從某種程度來說，藥蘭其實算得上救了先皇，是有恩於王皇太后的。但是——」他又困惑地住了口。如此說來，藥蘭更是有恩於當今聖上的，他又何故非要將崔淼斬盡殺絕呢？

韓湘心念一動，試探著問：「既然藥蘭已經成功地逃離了皇宮，還懷了身孕，按理說應該躲起來生產才是？怎麼會孤身一人在外投宿，落得在客棧中艱難生產的困境呢？她的……夫君怎麼沒有陪伴在她的身邊？」

裴度沉默良久，神色卻從惱怒不平漸漸轉爲無盡悵然。

他終於開口道：「在那次崔淼和老夫的長談中，不僅言及王皇太后與其生母的淵源。他還提到了兩件事。這兩件事亦與他的身世密切相關，卻比方書之謎更加費解。第一，崔淼提到在母親留給自己的方書的最後一頁，潦草地書寫著幾個字：春明門外，賈昌。而他，正是因爲這幾個字的指引，才千里迢迢趕赴京城，投宿在春明門外賈昌老丈的小院中，並且在那裡遇到了玄靜。崔淼一直以爲，找到賈昌就能找出自己父母的線索，結果卻令他大失所望。而據我所知，安史之亂以後賈昌就在春明門外拜師禮佛，再也沒有踏入過宮禁，所以他不可能與藥蘭有什麼關聯。」

韓湘越發摸不著頭腦了，但又覺出裴度的話中另有深意。

裴度繼續說：「在長安時，玄靜對我講述了你們尋找玉龍子的經過，提到楊貴妃的婢女賈桂娘乃賈昌的妹妹，當年這兄妹二人是玄宗皇帝和楊貴妃最信賴的人。所以玄靜懷疑，玄宗皇帝曾將索取玉龍子的密語交代給賈昌。而先皇在東宮時，特意爲賈昌建院，又設法供養他，所以玄靜又大膽地推斷，先皇正是從賈昌的口中獲知了索取玉龍子的暗語。單從這條線索來看，『春明門外，賈昌』這幾個字所指示的，會不會是玉龍子呢？」

「莫非藥蘭也知道玉龍子？」韓湘瞠目結舌，「她要玉龍子幹什麼？」

「問得好。一名女醫無端捲入奪嫡的鬥爭，玉龍子和她有什麼關係呢？」

「說到『奪嫡』……」韓湘囁嚅道，「這玉龍子倒是能起些作用的。」

還是那個人——舒王李誼。舒王和先皇明爭暗鬥了二十多年，有過好幾次取而代之的機會，卻最終與皇位擦肩而過。方書上的字是不是表明，李誼也在尋找玉龍子，並且已經找到了賈昌的頭上？也可能是，藥蘭從王良娣那裡打聽到了賈昌，卻在最後關頭倒戈，並沒有將這個秘密告訴舒王，使舒王痛失了奪取玉龍子的良機？

韓湘覺得腦袋都快要裂開了，這麼多糾纏複雜的往事，怎樣才能撥雲見日呢？

「還有一件事，並非崔淼特意提起，而是他無意中說到的。」裴度有些欲言又止起來，「……說到他的姓名時，崔淼解釋『崔』是隨了養父的姓，『淼』則是養父根據母親臨終的遺言『水』，替他起的。」

水？

韓湘琢磨，藥蘭是想給兒子起一個與「水」有關的名字嗎？假如藥蘭並非出身宮廷，韓湘倒會推想她的家鄉是否在水邊？但藥家世世代代都在宮中，這一猜想似乎並不成立。水，會不會只是藥蘭在瀕死時，乾渴難忍的囈語呢？

「聖上在冊封太子時，改過名字，你記得吧？」

「改名？」韓湘一愣，「當然記得。」

大唐皇帝在冊封爲太子，或者即位時，有改名的慣例。有些是經過周易測算後，改一個更加「順天應人」的名字；有些是因爲皇帝的名字將爲全天下之尊者諱，所以從方便臣民的角度，改一個更容易避諱的字。比如，現在的太子原名「宥」，冊封太子後改名爲「恒」。再比如當今聖上原名「淳」，冊封爲太子時才改爲「純」。他這一改，所有的同輩兄弟們也必須跟著改一遍。比如郯王本名「渙」，改成了「經」；莒王初名「浼」，改成了「紓」……

韓湘大驚失色地看著裴度——皇帝自己，以及兄弟們的原名都是「水」旁的，之後才跟著皇帝一起改成了「糸」旁！裴度爲什麼要提到這一點？他在暗示什麼？

裴度迎著韓湘惶恐的目光，遲緩而有力地點了點頭。

「崔……崔淼是皇家的人？」韓湘仍然不敢相信自己的猜測。

這一次，裴度既沒有點頭，也沒有搖頭。

韓湘呆坐著，再也不知該說什麼了。

世代侍奉宮廷的神醫世家，爲何在最後一名女傳人時，打破了不參與宮廷鬥爭的祖訓？東宮太子王良娣爲何要幫助一個受命毒殺自己丈夫的女子逃跑？又爲何在很多年後，同樣放走了她的兒子？藥蘭怎麼會珠胎暗結，又爲何在窮鄉僻壤生產？她的方書最後一頁上，怎麼會記下與皇家有密切淵源的賈昌的名字？她爲什麼至死不肯透露兒子的身世，卻要給他起一個帶「水」的名字？

最後，也是最關鍵的一個問題：皇帝爲什麼非要將崔淼置於死地？

韓湘只能想到一個答案：崔淼的父親就是那個與先皇鬥了一輩子，卻最終落敗的人——舒王李誼！

不知過了多久，韓湘才勉強從眞相的驚濤駭浪中掙脫出來，喃喃地問：「裴相公，崔淼他……還在這裡嗎？」

裴度苦澀一笑：「就在那次談話後不久，崔淼便離開了。一年多來，我一直在設法尋找他，然而至今音訊皆無。」

「您把他的身世告訴他了？」

「當然沒有。」裴度嗔道，「我還沒有老糊塗。」他歎了口氣，「我只能把聖旨上的那套說辭，對他講了一遍。」

「他相信嗎？」韓湘心道，以崔淼的聰明，怎會輕易接受那麼拙劣的解釋？

「他沒有明確表示信或者不信，只是在我提到他留在宋清藥鋪裡的方子時，才堅稱說：此方絕非什麼無色無臭的毒藥，而是一種可以使人喪失神志，任由他人擺佈的熏香。他將熏香的配方留給宋清掌櫃，只是想以此難得的奇方作爲酬答，感謝宋清掌櫃一直以來對自己的照顧，不料反而給掌櫃的引來禍端，所以深感懊惱。」頓了頓，裴度又苦笑著說：「除此之外，他對自己的所謂身世毫不在意。他眞正在乎的是——」

「靜娘。」韓湘脫口而出。

「是的。他只想知道玄靜的下落。」

「您是怎麼對他說的？」

「我不忍騙他，便如實告訴他說，聖上命玄靜入宮修道去了。我這樣說，也是爲了打消他的其他念頭。」裴度歎道，「崔淼對玄靜固然是一片赤誠，但他畢竟還有理智，應當明白宮禁意味著什麼。縱然他有天大的本事，當初能入得興慶宮見到王皇太后，已純屬僥倖，仍然凶險異常。同樣的事情，他不可能再做一遍。所以對玄靜，他只能死了這條心。」

韓湘黯然地說：「您就是想讓他死心。」

「可是，看來我還是失敗了。那次談話之後，崔淼頗安靜了一段時間，似乎在靜心考慮將來。然而就在某一天的清晨，僕人突然來報說，崔淼不見了。原來他的安靜都是裝出來的，只是爲了迷惑我，誘我放鬆警惕。其實，他一直都在研究出逃的辦法，最後終於成功遁走了。」

「也許他是想通了，從此隱匿江湖，過自己的日子去了？」

裴度看著韓湘：「你覺得呢？」

韓湘無言以對。

是啊，崔淼絕對不會放棄的。談到執著，他和裴玄靜猶如一對雙生子。

崔淼必然又重回了亡命徒的生涯。只是這一次，他將如何突破森森宮禁，去拯救心愛的人呢？

3

彷彿僅僅過了一夜，太液池就融冰了。

其實上元節後，照在太液池上的陽光就一天比一天耀眼。從池邊走過時會發現，水晶盤似的池面上爆出細細的裂紋，一簇一簇的，宛如菊花盛放。又過了幾天，若干細紋連成了長條，最長的甚至能從太液池的這邊一直貫通到另一邊。

風也越來越暖了，接連好幾個夜晚，在太液池上方的清思殿中，於萬籟俱寂裡總能聽到清晰入耳的「窸窣」聲，從池面傳過來。

早起梳妝的宮娥們比往日多了一份期待。在黎明的昏暗中，她們打開門窗，清晨的寒氣刺骨撲來，使精神為之抖擻。舉目望去，一座座宮院中亮著的黃色燭光，在晨昏中搖曳生姿，又讓她們感到溫暖的詩意。

曙光很快就升起來了。最早的一群宮娥們來到太液池邊時，驚喜地發現：閃耀了整個冬天的水晶盤蕩然無存了。太液池上碧波蕩漾，別說冰塊，連冰屑冰碴都沒有。宮娥們如同目睹神蹟，激動地拍手雀躍起來：「冰化了！冰化了！春天來了！」

歡叫著開心著，忽然有人看見水中漂浮著什麼東西，被初生的朝陽映照得光彩灼灼——難道是僅存的一塊冰嗎？

它向池邊緩慢地漂過來。大家好奇地聚攏過去，想看一看這塊「冰」的究竟。

突然，有人尖叫起來：「啊，是、是人……死人！」

一具凍得如同冰雕般的屍體，在太液池的碧波中載沉載浮。

退朝後，皇帝召幾位重臣在延英殿中商討剿滅平盧李師道的最後戰略。從元和元年開始的削藩戰事，已經持續了將近十五年。在皇帝的鐵血意志之下，天下藩鎮一個接一個歸順朝廷。平盧李師道爲形勢所迫，也不得不上表，表示願意割讓三州以換取朝廷收兵。皇帝本著息事寧人的態度，原已打算接受他的條件，誰知李師道又出爾反爾，聲稱下屬反對割讓三州，反悔了。

皇帝震怒，決定再不姑息，不惜一切代價也要將平盧藩鎮這最後一塊難啃的骨頭拿下來。就在今日的延英召對中，最終確定了征討李師道的「制罪狀」的內容，並且下令宣武、魏博、義成、武寧和橫海五軍共同出兵平盧。

返回清思殿時，皇帝仍然沉浸在興奮之中。他深知這將是削藩的最後一戰，並且他堅信，此戰必勝！

元和十四年的春天即將到來，也許不需要等到元和十五年，就可以完成登基之初立下的誓言了。這樣想著，皇帝在興奮之餘，又感到了一絲惶惑和空虛，甚至還有一種莫名的恐懼。

當他在清思殿中看見宋若昭的屍體時，這種來源不明的恐懼變得格外具體而鮮明了。

急凍使得屍體保存完好，宋若昭的面貌栩栩如生，像睡著了似的安詳。她的胸口插著一柄長劍，也凍得直挺挺的，如同旗杆般屹立不倒。

緊急前來的大理寺卿結結巴巴地陳述看法：「宋、宋學士的面容安詳，衣衫整齊……說明她死前沒有掙扎，所以不可能是失足溺水而死的。她的口鼻中沒有泥沙，又排除了投河自盡的可能，而應、應該是死後才被拋屍湖中……由於凍得時間太久，胸前傷口周圍找不到血跡，故無法判斷劍究竟是在她死前，還是死後插入的……」大理寺卿咽了口唾沫，實在有些難以爲繼，卻還得硬著頭皮往下說，「由於屍身一直藏於冰面之下，直到今日融冰才浮出水面——」

皇帝不耐煩地打斷他：「你就簡單地說，宋若昭究竟是怎麼死的，死於何時？」

「臣、臣……」大理寺卿的舌頭不利索，身子更在不自覺地發抖。侍立在側的陳弘志向他投去半是鄙夷半是同情的目光。從去年開始，朝臣們只要到清思殿面聖，都會在朝服裡面多加一件棉袍，以免被凍壞。今天大理寺卿是被臨時召來的，來不及準備，所以只穿著平常的衣服，在清思殿中待了這麼一會兒，大概整個人都快凍僵了，比躺在地上的宋若昭強不了多少。

「快說！」皇帝的耐心即將耗盡，後果不堪設想。

「請陛下恕罪！」大理寺卿納頭便拜，「宋學士的死狀實在太過奇特，臣一時無法確知宋學士的死因，亦……無法斷定她的死亡時間。陛下！」

皇帝沉著臉擺了擺手，大理寺卿逃也似的退下了。

宋若昭是在向皇帝分析淩煙閣異象的原因，從清思殿離開後失蹤的。正是宋若昭的失蹤，將裴玄靜再次帶到皇帝的面前。從淩煙閣的三次異象到《推背圖》第三十三象的兩個紅色變字，裴玄靜用一連串令人眼花繚亂的推理，最終道出皇帝殺父的罪行！

裴玄靜因言獲罪，被處以截舌之刑，結果又引出了李忠言。最終，皇帝才是眞正的勝利者。他終於除掉了這個心腹大患，並且查明了從離合詩至今的所有疑團。其實皇帝很早便開始懷疑，李忠言才是大明宮內外一系列謎案的始作俑者。對於皇帝來說，殺掉李忠言是一件輕而易舉的事情，但是他只要不開口，就無法排除所有隱患，故而皇帝對李忠言一直隱忍不發，就爲了找到一擊致命的機會。沒想到，還是裴玄靜擔當了這個最關鍵的角色。裴玄靜直言犯上，說出了李忠言想說而不能說的話。他感到心願已了，不想再牽連更多的無辜，決意向皇帝自首。

李忠言和裴玄靜，掌握著足以摧毀皇帝的秘密，但是，現在他們都不能再說話了。

至於〈辛公平上仙〉，從表面上看畢竟只是一個鬼怪故事，恐怖有餘，含義卻晦澀難解。上元節時散佈出去的，絕大部分都被收回銷毀了，即使尚有若干散落民間，亦不足為害。在對段成式的處理上，皇帝相當寬宏大度。他的形象不僅沒有受到損害，反而更顯光輝睿達。所有相關之人都心悅誠服，連裴度都未置一詞。

宋若昭失蹤已逾旬月，皇帝幾乎將她淡忘了。誰知一切塵埃方才落定，她的屍體竟又冒了出來。

假如宋若昭的死因明確，那麼不論是自殺還是他殺，都會令皇帝感到徹底心安。偏偏宋若昭以如此詭譎的形象出現，好像專為來提醒皇帝：事情還沒有完。

難道，他還忽略了什麼？

內侍上前來搬運宋若昭的屍體，皇帝突然制止：「且慢，朕還要再看一看。」

他緩步踱到屍身近前。因為清思殿中的溫度比戶外還要低，所以宋若昭的屍體在地上安放了許久，仍然清清爽爽的，既沒有融化出水漬，也看不到一點血跡或者污痕。

皇帝恍惚覺得，面前躺著的並不是一具女人的屍首，而是一條冰凍的大魚。這個聯想讓他感到隱隱的噁心，又有一種極其怪異的熟悉感。

他好像在哪裡見過這番情景？

忽然，皇帝渾身一凜！他快步繞到雲母屏風的後面，條案上並排擺放著凌煙閣的模型和收藏《推背圖》的金匱。

「陳弘志！」他吩咐，「取金匱的鑰匙來。」

「是。」陳弘志立即捧上黃緞覆面的漆盤，皇帝掀開黃緞，拿起鑰匙，看了陳弘志一眼。後者垂首侍立，畢恭畢敬地等待著。

「退下吧。」

陳弘志迅速閃到屏風外面去了。

皇帝深吸了一口氣，插入鑰匙，打開金匱。

最上面的正是《推背圖》第三十三象，兩個紅字赫然抓住他的目光。老樹枯萎、新樹茂盛。

皇帝厭惡地移開視線，將它從金匱中取出來。

接下來是第九象和第一象，也被他取出放在一邊。

然後是《推背圖》的第二象。首先進入視線的是——魚。

皇帝的呼吸沉重起來。這幅圖他看過太多遍了，所以宋若昭的死狀一下子便勾起了他的聯想。沒錯，正如同這第二象上的畫面——一柄長劍從鯉魚的身上穿過。

在宋若昭凍得僵硬的屍身上也插著一柄劍，而她自湖中浮起的樣子，又多麼像一條死魚。

這是什麼意思？

宋若昭死得如此離奇，難道是繼凌煙閣的三次異象之後，又一次神靈的啓示？

皇帝不敢相信自己的眼睛了。因爲他分明看到，第二象的詩上也有紅色的字！

這怎麼可能？將金匱搬入清思殿時，他曾把《推背圖》又從頭至尾地閱覽了好幾遍。除了第三十三象之外，所有的圖和詩都沒有任何問題。尤其是這幅他最最在意的第二象！

但是現在皇帝分明看到，在第二象的七言詩中，第三句和第四句裡都出現了紅色的字。

這首七言詩是整個《推背圖》中皇帝唯一能倒背如流的。

「江中鯉魚三六子，重重源源泉淵起。子子孫孫二九人，三百年中少一紀。」

可是現在，第三句的「九」字變成了紅色的「五」字，第四句中的「三」字變成了紅色「二」字。

於是這首詩就變爲：「江中鯉魚三六子，重重源源泉淵起。子子孫孫二五人，二百年中少一紀。」

靜候在屏風外的陳弘志聽到一聲咆哮，像極了野獸瀕死時絕望的慘叫！陳弘志驚得原地蹦起，本能地叫著：「大家！」向屏風內直衝進去。

陳弘志被眼前的情景嚇呆了。

4

浣花溪從蓊蘢林木中蜿蜒流出，清透的溪水中映著藍天白雲，映著溪畔的綠樹和茅舍，仔細看，還能找到極遠處雪山的倒影。

成都城南本是清幽之地。浣花溪因杜甫草堂而聞名，後來薛濤也搬到這裡居住，建有一座小小的別墅。隔溪眺望，可見簡樸的木簷探出在稀疏的花籬上方，一堵矮矮的泥牆擋住了絕世芳華。

薛濤避世多年，仍不時有仰慕者來探訪浣花溪。來的人多了，溪頭便逐漸聚起幾家小酒肆，高挑的酒幡老遠就能看見。薛濤畢竟年過五十了，平日裡深居簡出，從不會晤外人，又時常遁入深山修道，所以即使有人登門拜訪，也全都吃了閉門羹。來者皆爲文人騷客，還算懂得「相濡以沫，不如相忘於江湖」的道理。因此後來，大家乾脆就在溪頭的酒肆裡坐一坐喝上幾杯，聊一聊薛濤的香豔故事，發一通感慨再題上幾首歪詩，最後遙望一眼溪水深處，便興盡而歸了。

不過今天來的這位胡服公子，似乎有些與眾不同。

他剛在葉家酒肆裡坐下，女掌櫃葉三娘的眼睛就黏上了。俊朗的相貌和瀟灑的氣度尚在其次，最打動葉三娘的，是他眉宇間的鬱結。好歹也算是閱人無數，幹練精明的葉三娘心中陡然生出些沒來由的柔情，只想幫他化開那雙眉峰間的愁思。

她端著最好的酒上前招呼，誰知人家不要酒，只要茶。

葉三娘笑道：「公子這等風流人物，卻不飲酒，豈不煞風景。公子是嫌小鋪的酒不夠好嗎？

可是我這葉家鋪子裡的酒，連當年的韋夫子、武相公，如今的段翰林、元大才子都讚不絕口呢。」

「哦？」公子上下打量葉三娘，「娘子才多大年紀，就見過那些人？」

葉三娘漲紅了臉，辯道：「我是聽我爹說的。」

公子笑了：「看來我必須要嚐嚐娘子的酒了。」

一杯酒下肚，他忽然嗆咳起來。葉三娘慌了手腳，看他的樣子也不像是不勝酒力的文弱書生啊。

公子止了咳，冷笑道：「娘子勿要慌張。不是妳的酒不好，是我一年多前得了場大病……太久不曾飲酒，有些不習慣了。」

他說著又乾掉一杯酒，果然不再咳嗽了。

「請問娘子，薛煉師在家嗎？」

「我不知道。」葉三娘沒好氣地回答。

「你天天守在這浣花溪畔，怎會不知道？」公子注視著從酒肆旁流過的溪水問，「這是怎麼回事？」

葉三娘順著他的目光望過去，心中驀地一緊——碧綠見底的溪水中漂來幾縷殷紅，正隨著水流悠悠旋轉著。

「這……」她支吾道，「是有人在殺魚吧？」

公子朗聲大笑起來：「妳這樣說才是大煞風景呢。」他揚起臉，「妳再聞聞，多麼淡雅的花香，可不是殺魚的腥氣！」

「噢，也是啊……」葉三娘訕笑。

「我猜是木芙蓉碾出的汁吧？」公子道，「莫非薛煉師又開始製薛濤箋了？可我怎麼聽說，她自從與元微之情斷之後，就再也不製薛濤箋了呢？」

葉三娘衝口道：「肯定不是薛煉師。」

「那是誰？難道薛煉師的家中還住著別人？」公子微眯起一雙桃花眼，看得葉三娘芳心亂跳。

「怎麼會！公子莫要瞎說。」

「好。」公子摸出一枚銅錢放在桌上，「娘子既不肯說，我只好親自去探一探咯。」

葉三娘忙道：「公子！唉，我就實話告訴你吧，薛煉師不在家，你去了也見不著人。」

「娘子方才為何不說？」

葉三娘的臉一紅：「我們這幾家酒肆就靠薛煉師的名聲做生意，所以她就算不在家，我們也不會說的。況且，薛煉師不見生客的規矩在外，客人們都只是遠觀而已。」

公子點頭：「娘子這麼說，我再非要去一探究竟，倒顯得我不通風雅了。」

葉三娘抿嘴笑道：「公子怎會不通風雅。」

公子也笑道：「那便請娘子賜筆墨，我也按照規矩辦，酒喝了，景賞了，再題詩一首在上頭，這趟浣花溪之行便圓滿了。」

葉三娘趕緊捧出筆墨硯台，公子滿飲一杯，舉筆在牆上龍飛鳳舞地寫下四句詩。回首對葉三娘道：「娘子看看，我這首詩寫得怎樣？」

「哎喲……」葉三娘露出窘態，「我不識字呀。」

公子笑而不語，放下筆，便瀟灑地邁出酒肆，朝溪谷外翩然而去。

葉三娘躲在酒肆外的一棵枝杈如盤龍的大樹後眺望，終於等到公子的背影完全看不見了，吩咐過店裡的小夥計，便悄悄地從後面出了酒肆，快步朝浣花溪的深處走去。

她來到薛濤的小院外，在院門上輕輕敲了幾下。很快門就開了。葉三娘衝著門縫裡頭說了幾句話，又急匆匆地返回酒肆去了。

又過了片刻，院門再次打開。一個全身罩著黑紗幕離的人影躲躲閃閃地從門內鑽出來，手裡還牽了一頭灰色的毛驢。那人觀察了一番周圍，見無異狀，便騎上驢子向浣花溪外而去。

才走了沒多遠，從身側的樹後傳來吟誦聲：「勸君莫惜金縷衣，勸君惜取少年時。有花堪折直須折，莫待花落空折枝。」

黑紗幕離下的人驚得在驢背上東張西望。胡服公子從樹後閃身而出，擋在灰毛驢的面前，微笑道：「這葉三娘的話眞是連半句都不能信，她明明是識字的嘛。」

「是你！」驢背上的人猛地掀起面紗，仍然不能相信所看到的，「怎麼會是你？你不是死了嗎？」

「妳不是也死了嗎？秋娘？」

杜秋娘「嚶嚀」一聲，從驢背上斜斜地栽下來，正好被崔淼攬入懷中。

粉牆下的長條木案上，鋪著已經浸透了木芙蓉花汁的白紙，被太陽一曬，越發香氣馥郁熏人心醉。旁邊的青花大瓷缸裡，還剩了一半的木芙蓉花瓣。崔淼嘖嘖讚歎：「原來薛濤箋是這樣製成的，我今天可算大開眼界了。」

杜秋娘已脫下冪離，身上卻還是那套方才逃跑時的藕色布裙，黑髮上紮著村姑的花布巾子，沒有插一件首飾。怎奈天生麗質難自棄，洗淨鉛華之後反更顯得明眸皓齒，嬌豔動人。崔淼看著她向自己款款走來，不禁會心一笑。

杜秋娘卻噘起嘴：「崔郎要找我就直接來嘛，何苦嚇死人。」

「我沒有要找秋娘啊。」

「你？」

崔淼笑得十分狡黠：「我的確是來探訪薛煉師的，只是見那葉家娘子言語閃爍，似乎有詐。便臨時起意，在牆上提了那首〈金縷衣〉，不料竟然把秋娘驚出來了。哈哈，實屬意外之喜。」

「眞的是意外嗎？」杜秋娘喃喃，「實在沒想到，這輩子還能再見到崔郎。」

崔淼仍是那副玩世不恭的口吻：「我說過的，崔某生來便與佳人有緣。」環顧周圍問，「薛煉師的確不在家嗎？」

「薛姐姐到青城山中修道去了，她一去就要待好幾個月的。」

「妳不跟著去嗎？」

「我？」杜秋娘翹起櫻桃小口，「我可受不了那種日子。」

「妳就受得了現在的日子？」

杜秋娘垂眸不語。

崔淼輕聲問：「很寂寞吧？」

「那又能怎樣。」

「所以就做薛濤箋來打發時間？」崔淼搖頭歎息，「可惜了秋娘的天姿國色，更可惜了秋娘的才情和歌藝，直如深谷幽蘭，獨開獨謝，再美也無人欣賞，更無人共鳴。秋娘眞的甘心這樣過一輩子嗎？『勸君惜取少年時』，秋娘，這可是妳自己寫的詩哦……」

「別說了！」杜秋娘顫聲道，「別人說這種話也就罷了，崔郎怎麼也這樣說？你又不是不知道，我爲了能過上自由自在的生活，都已經死過一次了。」

崔淼追問：「現在妳自由了嗎？」

杜秋娘的臉色發白了。

「算了，不說這些了。」崔淼道，「妳也眞是沉不住氣，如果來者不是我，妳現在會是何等狀況？薛煉師若在家，定不會讓妳如此莽撞行事。」頓了頓，他又微笑著問，「妳來成都投奔薛煉師，也有一年多了吧？跟著人家這麼些日子，就沒學到半點兒虛懷若谷？」

杜秋娘驚奇：「你連我什麼時候來的都知道？」

「猜的。」

「怎麼猜的？」

崔淼一指盛放木芙蓉花瓣的瓷缸：「木芙蓉秋天開花，所以這些花瓣是去年收集的。薛煉師早已擺脫人間的情怨糾葛，與元微之情斷後再不製薛濤箋，她絕不會破例。應當是妳在百無聊賴中，向她請教製箋的方法。既然從去年秋天就收集了木芙蓉的花瓣，那麼，妳一定是早於那個時間來到浣花溪的，我說得對嗎？」稍待片刻，他溫柔地問，「秋娘，離開長安後的日子很艱難吧？」

兩人在花籬下並肩而坐，從這裡抬頭望向天際，可以在雲靄層層之上看見更白的雲朵，那其實是雪山之巓的冰峰，層巒疊嶂直入九天。

雪域冰山就像一座豎立於天地間的巨大屏風，在它的照應之下，人世顯得格外安逸，也更加無足輕重了。

杜秋娘悠悠地道：「唉，怎麼說呢？我原以爲，身上帶著這麼多年賣笑的積蓄，銀錢上絕無憂慮，日子總是過得去的。可是三年來，我每天都生活在惶惶不安中，不管離開長安有多遠，總害怕有朝一日會被人識破了身分。我再也不敢唱曲，連琵琶都不敢撥弄了……獨自漂泊了將近兩年，我實在過不下去這種浮萍似的日子，覺得人生一點希望都沒有，差點兒都想一死了之算了。後來我在街上看到道姑，就尋思著要不然也學她們，乾脆出家吧。出家固然清苦，總好過漂泊不定。可是我這樣子，去了哪家道觀，人家不會盤問呢？我試了好幾次，不管我怎麼說謊，總是立即被識破。不肯收留尙且事小，我擔心如此一來二去的，又把我的行蹤暴露出去。正在山窮水盡之際，突然靈光一現，想到了同爲樂妓出身，卻早已遁世修道，仙蹤縹緲的薛濤煉師。我想來想去，只有她這裡尙可一試，便投奔過來。總算老天爺憐憫，我來到浣花溪時，恰好碰上薛姐姐在家。我一見到她，便將自己的經歷一五一十毫無隱瞞地全都說了。薛姐姐二話沒說，就把我留下了。唉……」杜秋娘長篇大論地說到這裡，方才深深地歎息一聲，「從那時起，我總算過了一年多的安生日子。我打心底裡羨慕薛姐姐的飄然物外、離塵出世，便懇求她教導我。可是，她又總說我凡心未定、塵緣未了，就是不肯收我爲徒，連去青城山修煉也不帶著我。所以春分以來，我就獨自一人待在這浣花溪頭，每天從早到晚，連個說話的人都沒有。」她嬌嗔地抱怨，「要多無聊有多無聊，我都快悶死了！」

崔淼微微點頭：「妳後悔了。」

「後悔？當然沒有！你休要胡說。」

「妳方才的話不就是這個意思嗎？難道我理解錯了？」

「我沒有後悔詐死，我只是……過不慣如今的日子。」

「那就是後悔。」崔淼淡淡地說，「有些東西，只有失去了才會覺得珍貴。秋娘，妳更愛過去的生活，而不是現在的。」

「我是沒有辦法呀！」杜秋娘辯白，「我當然喜歡在平康坊的日子，自由自在，想唱就唱。若是碰上不順眼的恩客，想不唱就可以不唱。但你是知道的，正因爲這種好日子難以爲繼了，所以我才……如果我不詐死逃跑，眼看就要被弄進宮中去了。」

「進了宮也照樣可以彈琴唱曲，有人欣賞，不比現在這樣好嗎？」

杜秋娘狐疑地看著崔淼：「你什麼意思？」

「我只是有些糊塗了，不知秋娘更愛的究竟是自由，還是知音？」

杜秋娘目光中的疑慮更深，但她仍然思索了一下，反問：「如果我兩樣都想要呢？」

崔淼乾脆地說：「這不可能。」

「爲什麼？」

「因爲秋娘的知音只能是男人，而男人又總是最自私的。」

杜秋娘驚詫地瞪著崔淼：「你……崔郎，你說話怎麼陰陽怪氣的？你眞的是來訪薛姐姐的嗎？」

崔淼將兩手一攤：「那妳說我所爲何來？」

杜秋娘的一雙美目瞬了瞬，忽然問：「裴煉師呢？她怎麼沒和你在一起？」

「裴煉師……」

「對啊，那位天仙一般的煉師，崔郎的知音不是她嗎？」

崔淼臉上的隱痛再也掩飾不住了，冷笑一聲道：「說來好笑，她倒是入宮去了。」

「裴煉師進宮了？」杜秋娘大吃一驚，「爲什麼？」

「因爲她以爲我死了，便應皇帝之召，入宮修道去了。」

「天吶！」

少頃，崔淼才道：「所以我現在也是有自由，而無知音了。」

「崔郎……」杜秋娘情不自禁地抓住他的衣袖，「究竟發生了什麼事？」

崔淼歎了口氣：「一言難盡啊。總之都過去了，如今我已是無牽無掛孑然一身，正在四處遊歷之時，恰好來到成都附近。因我曾與薛煉師在青城山中有過一晤，便想到浣花溪來一訪故人。沒想到，卻遇上了秋娘這位故人。」他向杜秋娘展顏一笑，「今天，秋娘能否再爲我唱一次〈金縷衣〉？」

杜秋娘星眸閃耀：「千金一曲〈金縷衣〉，人間已再難聞。但爲崔郎，我願獻此曲。」

初夏夜。星光下的浣花溪波光粼粼，去年的木芙蓉和今年的青草香混合在一起，促織躲在院牆下鳴叫。

杜秋娘正在對鏡梳妝。她淡掃蛾眉，頰貼圓靨，鬢邊插了一枚碧玉釵。崔淼從院中採來一朵帶露的紫薇，爲她簪在玉釵旁。杜秋娘娉婷而立，金粉色的披帛自玲瓏的香肩委地，隨著她的步履搖曳生姿。

頃刻間，豔冠長安的名歌妓又回來了。

杜秋娘正要抱起紫檀琵琶，崔淼笑道：「等等，再有一樣東西，就完美了。」

「什麼？」

「香。」

杜秋娘道：「薛姐姐不愛熏香，總說敗壞了草木的自然之氣，久而久之，我也忘了這回事。」她對著崔淼嫣然一笑，「崔郎難得來一趟，少不得把那樣稀罕東西拿出來一用了。」

「什麼稀罕東西？」

杜秋娘打開妝奩，從中取出一個小包裹，輕輕掀開外面包裹的金黃色綢緞。崔淼一看，卻是一小塊黑乎乎泥巴似的東西。他皺了皺眉：「這是……熏香？」

「崔郎好眼力。」杜秋娘笑道，「可知這是什麼香？」

崔淼搖了搖頭。

「這就是龍涎香。」

「龍涎香？」崔淼一哂，「秋娘的身邊竟有龍涎香，是從哪兒來的？」

「是……他賜給我的，就這麼一小塊，只有他在的時候，才可焚此香。」

崔淼點頭：「好啊，託秋娘的福，今天我也做一次……」他咽下後面的話，卻從杜秋娘的手中接過絹包，在案上輕輕敲了敲，又從妝奩中找出一把小小的銀篦刀，自那塊黑乎乎的龍涎香上刮下數小碎片來，投入鏤空纏枝的香爐中。

兩人都默默地注視著香熏爐中透出的火光，明明滅滅，須臾，屋裡便飄蕩出一股奇異的香氣。

「好聞嗎？」杜秋娘輕聲問。

「不好說。」崔淼答，「太特別了，極尊貴又極悲哀的感覺，實非人間該有的。」

「崔郎也這麼覺得？」

崔淼若有所思地說：「這香氣讓我想起一個人。」

「誰？」

「王皇太后。」

杜秋娘愣愣地看著崔淼，他卻還以狡黠的一笑：「是不是也讓妳想起了什麼人？」

杜秋娘的臉登時變得酡紅，彷彿飲下一口烈酒，她橫抱起琵琶，嗔道：「你管我想誰呢，聽歌吧。」

長安城中千金難覓的〈金縷衣〉，在千里之外的浣花溪畔響起來。

5

一曲終了，龍涎香氣卻似乎變得更加濃郁，在他們的身邊形成化解不開的包圍，又彷彿要吸走他們的魂魄。

崔淼舉起酒杯：「花有重開日，人無再少年。來，秋娘且與我痛飲這一杯吧！」

杜秋娘將杯中之酒一飲而盡，明眸如星辰般湛亮。她輕聲道：「崔郎方才的話不對，並非所有男人都自私。據我所知，就曾有人既得到了自由，也得到了知音。」

「哦，什麼人那樣幸運？」

「我聽薛姐姐說的，那人是她最好的朋友，名字叫做傅練慈。」

「傅練慈？我好像聽說過這個名字。」

「崔郎也知道她？」

「二十多年前的京城名妓，恍若三年前的秋娘，對嗎？」

杜秋娘滿臉驚詫：「天吶，崔郎你怎麼什麼都知道？」

崔淼忍俊不禁地說：「我早說過，全天下的佳人都是崔某的知己，不論是過去的還是現在的，抑或是將來的。」

「呸！瞧把你得意的。」杜秋娘佯斥，「我知道了，你一定聽過白樂天的那首〈琵琶行〉的故事。不過薛姐姐告訴我，〈琵琶行〉表面上看起來是寫一名老大嫁作商人婦的歌妓，其實那位驚才豔豔的琵琶女就是傅練慈。她是在看過白樂天爲她所作的〈琵琶行〉之後，感覺生無可戀，兼心願已了，便投水自盡了。薛姐姐還說，世人並不知道〈琵琶行〉背後眞正的故事。」說到這裡，她又朝崔淼投去含情脈脈的一瞥，「崔郎這麼靈巧的人兒，多半是打聽到了〈琵琶行〉的眞正內情。」

「只聽說了一些大概。」崔淼不以爲然地笑起來，「方才秋娘的話，倒是引起了我的好奇心。不知崔某是否有幸，能聽秋娘講一個纏綿悱惻的故事？」

「故事可講，但並沒有那麼纏綿悱惻。」

杜秋娘將紫檀琵琶擱在身邊，悠悠道：「我聽薛姐姐說，那傅練慈生得美貌絕倫，又擅奏五弦琵琶，技藝之精湛，多年前的長安城中，無人能與她相比。傅練慈二十來歲時，有一位西川富商斥鉅資爲她贖了身，納她爲妾，傅練慈隨富商來到成都，從而與薛姐姐相識成爲了好友。後來，傅練慈厭倦了爲人妾的日子，便讓那富商給她一紙休書，又返回長安去了。她在曲江旁買下一座宅院，重新彈起琵琶，沒過多久聲名再起，爲了能進她的院子一睹芳容，長安城中的王孫公子恨不得浪擲千金，而她卻只挑想見的才見。崔郎你說說，她是不是活得特別瀟灑自在？」

崔淼含笑不語。

杜秋娘歎了口氣：「按說，她本可以一直這樣瀟灑地過下去，可是偏偏遇上了一個人。就因爲那個人要專寵她，曲江旁的院子只能重門深鎖，傅練慈的琵琶從此也只能彈給他一個人聽，狂蜂浪蝶們都跑了，所有的眞心假意也統統散去。按照傅練慈一向的言行，大家都推想她是被迫的，甚至還在暗暗盼望著，有朝一日她能突破束縛，重新變回那個豪放不羈、自由自在的性情女子。可是，所有的人都失望了。」

直到此時，崔淼冷淡的目光中方才閃出一星亮澤。他問：「難道說，傅練慈是心甘情願放棄自由的？」

杜秋娘沒有回答他的問題，繼續道：「她在曲江旁的宅院中過著足不出戶的日子，銷聲匿跡了整整十年。最好的年華就這樣一擲而去，卻沒有絲毫留戀。直到貞元二十年，那個專寵她的人逼她離開長安。」

「哈！霸佔了人家整整十年，到頭來就一腳踢開？」

杜秋娘笑了笑：「也可以這麼說吧。傅練慈不願意走，但那個人的命令她更不敢違抗，最後只能無奈地返回成都來了。因爲她心意徬徨，一路上走走停停，足足三個月後才遊蕩到成都。這時，已經是永貞元年的元月。」

又是永貞元年。

崔淼凝視著香熏爐中的火光，不知在想什麼。

「又過了一個月，新皇即位的詔書傳到西川，傅練慈才明白自己爲什麼會被趕走。」杜秋娘道，「再過半年，先皇因病禪位，不久便駕崩了。傅練慈從此定居在成都，徹底過起了隱姓埋名的日子。直到元和十一年的秋天，她將那人所贈的紫檀琵琶交給白樂天後，便投江自盡，走完了這一生。我覺得，她應當走得了無遺憾。」

崔淼將目光轉回到杜秋娘的臉上：「恕我愚鈍，秋娘所謂的自由與知音兼得，指的就是傅練慈嗎？可爲什麼在我聽來，她的人生是個純粹的悲劇？」

「悲嗎？」杜秋娘悵然地說，「崔郎有所不知，像我們這種身分的女子，對於幸福的祈盼自與良家女子不同。我們並不奢望天長地久，也從不敢想什麼相夫教子、舉案齊眉。何況，貧賤夫妻百事哀的日子，我們還不見得能過下去。比如薛姐姐吧，與她有過情緣的人，並無一個能修成正果，所以這就是我們的命啊。但是沒關係，只要曾經得到過一份眞心，就足夠了。崔郎你想，當初如果傳練慈被納入宮中，即使得了一個妃子的封號，從此卻只能在深宮中耗盡一生，再不見天日。這與她爲他獨守宅院，根本就是兩回事。所以，那人在登基之前放她走，在我看來，便是最難得的情義了。」

沉默片刻，崔淼道：「恕我直言，從男人的立場來看還是自私，不過換一種方式罷了。」

「你！」杜秋娘大爲掃興，憤憤地說，「和你說不清楚！」她伸腿下榻，誰知剛踩到地上，卻像踩到一堆棉花。身子晃了晃，便重新軟倒在榻上，頭上冒出冷汗。

「崔郎，我的頭好暈，怎麼……」杜秋娘向崔淼伸出手，可是他的輪廓越變越虛，漸漸化成一團迷霧。她摸不到也抓不住，只能頹然倒下。

崔淼一手摟著杜秋娘的嬌軀，一手推開房門，初夏的清風瞬間灌入，衝破了屋內的重重鬱結。

一個黑衣人從門外姍姍而入，身上卻帶著星辰點點。「這是什麼？」崔淼在她的肩頭隨手一撚，原來是一枚螢火蟲。

「怎麼磨蹭了這麼久？」聶隱娘只要一開口，便是萬年不變的凌厲語氣。

崔淼對著掌心輕輕吹了一口氣，目送著螢火蟲飛進夜色中不見了，才輕笑道：「我也不知爲什麼，今天的香起效比平時慢，結果她就絮絮叨叨地說個不停，把她幾輩子的心裡話都說出來了，聽得我十分尷尬啊。唉！迷魂香就是這點不好，把人迷暈了不算，還會誘人說出清醒時說不出口的話，我卻未必次次都想聽。」

「少矯情了，我看你聽得十分暢快嘛。」聶隱娘可不會對他客氣，扭頭嗅了嗅，「味道很特別啊，這就是迷魂香氣嗎？」

「不，這是龍涎香。」

「龍涎香？」

崔淼掀開香熏爐的蓋子，用銀籤子撥動著香灰道：「我知道了，應該是龍涎香的緣故，使混在其中的迷魂香起效變慢了。而且，龍涎香氣把迷魂香的味道完全掩蓋了，我原先還有些擔心會被她發現呢。」

在他說話之際，聶隱娘已經麻利地把杜秋娘五花大綁起來，還在嘴裡塞了團絲帕。饒是崔淼的迷魂香厲害，這麼折騰杜秋娘居然都沒醒。

「走吧？」聶隱娘把杜秋娘往肩上一搭，又在門邊駐足道，「要不要給薛煉師留個信？否則她不知道發生了什麼事。」

「算了。不留信，薛煉師就會當是杜秋娘自己走了。」崔淼伸手拿起榻上的紫檀琵琶，笑道：「這件好東西還得帶上。」

院門前，已有一輛馬車在靜靜等候。待聶、崔二人將杜秋娘弄上車後，斗笠遮面的車夫輕輕一鬆轡繩，馬車便在星月的指引下，悄無聲息地向浣花溪頭駛去。

走了好長一段時間，聶隱娘打破沉默：「原來龍涎香的味道是這樣的。」

「隱娘也知道龍涎香嗎？」車內月光朦朧，只能隱約照出崔淼的輪廓，看不清表情。

「我只聽說過龍涎香之殺。」

「龍涎香之殺？這名字有趣，是什麼意思？」

聶隱娘道：「龍涎香之殺，指的是永貞元年前後發生的一系列刺殺案。」

崔淼看著聶隱娘，笑得有些邪魅。

「你笑什麼？」

「我覺得，龍涎香之殺這幾個字，和隱娘倒挺般配的。」

「非也。龍涎香可不是尋常刺客能有的。」從聶隱娘的冰冷語調中竟透出一絲罕見的敬意，「之所以叫做龍涎香之殺，是因爲刺客每殺一個人之後，都會在現場焚起龍涎香。龍涎香氣彌久不散，而且與眾不同，絕對不會引起混淆。」

「所以，刺客是用龍涎香作爲標記咯？」

聶隱娘反問：「龍涎香可是一件稀罕之物，崔郎以爲，刺客爲何非要用龍涎香做標記呢？」

「龍涎香又名天子之香，莫非……刺客是代表皇帝而行刺殺？」崔淼一拍大腿，「多半就是！普通人怎麼搞得到龍涎香？」

聶隱娘點頭道：「我告訴你龍涎香之殺中被刺者的身分，崔郎就更清楚了。據我瞭解，當年死於龍涎香之殺的有金吾衛大將軍郭曙、西川節度使韋皋，還有……舒王李誼。」

「等等，等等。金吾衛大將軍、西川節度使、舒王！這可都是一等一的達官貴人啊！他們竟然都死於刺殺？」

「對，而且都死於龍涎香之殺。也就是說，他們都是被皇帝派出的刺客暗殺的。」

「哪位皇帝派出的刺客？」崔淼看著聶隱娘的眼睛，「難道是……先皇？先皇爲什麼要殺這些人？還要用暗殺這種見不得人的手段？」

「這個問題我就沒法回答了。但據我所知，先皇在東宮當了二十多年的太子，他的儲君位置一直受到舒王李誼的威脅。金吾衛大將軍郭曙是郭子儀之子，把持著京畿重地的防務，和舒王李誼曾爲同袍，所以關係特別親密。至於西川節度使韋皋，曾經是西川的一代梟雄，由於他在和吐蕃的戰爭中立了大功，吐蕃內大相論莽熱就是他抓捕到的，所以他居功自傲，從來不把朝廷放在眼裡。先皇登基之初，就是韋皋頭一個上表，稱先皇身患重病，口不能言，無法視政，應該讓位給更加賢良適當的人。」

「他居然敢上這樣的表章？」崔淼忍俊不禁，「先皇熬了二十多年才當上皇帝，龍椅都沒坐熱呢，就要把人家趕下台去，這個韋皋也太囂張了吧。他這麼鬧圖什麼呢？再怎麼折騰也輪不到他當皇帝，莫非是爲他人做嫁衣裳？」

「韋皋肯定是想擁立他屬意的皇帝。至於誰是賢良適當的人選，韋皋沒有直說。崔郎不妨猜一猜？」

「讓我猜？」崔淼思忖道，「我想想，能夠將先皇取而代之的無非兩個人：一個是當今聖上，還有一個就是舒王李誼？至於韋皋想擁立的是誰，我還眞不敢胡亂揣測。」

「有什麼不敢的。結局你都知道了——龍涎香之殺所到之處，韋皋頭一個喪命，接著是金吾衛大將軍郭曙，最後便是舒王李誼。此三人一除，先皇即宣佈退位，內禪於太子。於是，咱們英明神武的當今聖上便順利登基，開始大展宏圖了。」

「哈！我知道隱娘爲何對龍涎香之殺特別感興趣了。」崔淼恍然大悟，「若非龍涎香之殺，大唐很可能就不是今天的樣子了。」

聶隱娘冷冷地說：「先皇孱弱，即使在位也堅持不了多久，暫且不提。但是當初如果舒王即位，因他得位不夠名正言順，肯定希望拉攏各方勢力來支持他，所以我預料，他絕不會像當今聖上這樣戮力削藩。」

「微波有恨終歸海，明月無情卻上天。」崔淼打了個哈哈，勸道：「藩鎮大勢已去，隱娘何必執著。妳我皆凡人，還是隨波逐流罷了。」

聶隱娘似笑非笑地說：「哦？崔郎想要隨波逐流，為何不早說呢？也省得我們夫婦跟著你這般窮折騰。」

崔淼尚未答話，橫躺在車座上的杜秋娘卻「哼」了一聲，緩緩睜開雙目。當她發現自己四肢被綁，嘴裡也堵了東西，不禁拚命掙扎起來，還發出「咿咿呀呀」的聲音。

「休要亂動！」聶隱娘說，「識相的就幫妳除掉嘴裡的東西。」

杜秋娘看看崔淼，又看看聶隱娘，狂點頭。

聶隱娘將她口中塞的絲帕一把扯下。杜秋娘大口喘息了幾下，衝著崔淼叫起來：「崔郎，救我呀！」

聶隱娘斥道：「叫什麼叫！再叫還把妳的嘴堵上！」

崔淼朝杜秋娘攤了攤手：「秋娘，妳還是乖乖地躺著吧，不要吵不要鬧，便可少受點罪，咱們還有很長的路要走呢。」

「崔郎你！」杜秋娘這才認清了現實，雙眸閃現淚光，「原來、原來你是故意……」她倔強地昂起頭，「你們到底想幹什麼？」

聶隱娘道：「告訴她吧，遲早要說的。」

崔淼向杜秋娘俯下身，壓低了聲音道：「秋娘，我們送妳回長安去。」

「回長安？」

「是的，回長安。」頓了頓，崔淼補充，「我們還要將妳送進大明宮去。」

杜秋娘瞪大眼睛：「爲什麼？崔郎、隱娘，你們這是爲什麼呀？當初不是你們幫我逃離虎口的嗎？現在爲何又要把我送回去？我不明白，這究竟是爲什麼呀！」

「爲什麼？」聶隱娘冷哼道，「就因爲妳面前的這位風流郎君，要用妳去和皇帝做一場交易。」

「交易？」

「他要用妳去換回他的心上人。」

「崔郎的心上人？」杜秋娘愣愣地看著崔淼，忽然叫起來，「啊，裴煉師！崔郎，你是爲了裴煉師嗎？」

月光如水在車內流動，照出崔淼冰霜一般的面容。

杜秋娘難以置信地喃喃：「眞的是這樣……」

崔淼苦澀地笑了笑：「秋娘不是遺憾缺少知音嗎？到了大明宮中，妳就可以繼續彈琴唱曲，也會有人欣賞了。」

「不！我不要！」杜秋娘尖叫起來，「天底下哪有這樣的事情！我豁出命才逃出火坑，現在怎可又去自投羅網！我不去！我不去！」

「這便由不得妳了。」

「天吶……」杜秋娘的眼淚奪眶而出。片刻，她又支撐起身子，頑強地說：「你們打錯主意了。當今聖上是什麼樣的人，怎會與你們市價。不可能的！就算你們把我送進宮去，也絕對換不回來裴煉師，不過是多一個人去送死罷了！」

崔淼斥道：「若是沒有靜娘，妳早就死了！那次的詐死之計，其實她已看出端倪，但出於同情和義氣，當然也是爲了……保護我，她才毫不猶豫地對皇帝撒謊，使妳能夠逃出生天。如今她有難，難道妳不應該傾力相助嗎？即使是讓妳去送死，一命換一命，不應該嗎！」

「好，就算我欠了你們一條命，我應該以命換命，可你怎麼就能肯定，聖上一定會答應你的條件？」

「休要再多費口舌了。」聶隱娘插嘴道，「道理我都對他講過無數遍了，可他就是不聽。這個人吶，已然鬼迷了心竅，不到黃河他是不會死心的。所以我勸妳也死心吧，乖乖地隨我們去長安。」

崔淼沉聲道：「你們說得都沒錯，我當然知道，用秋娘去和皇帝做交易，很可能一無所獲。但是，我再沒有其他辦法了。」

車外仍是漆黑的長夜，萬籟俱寂中聽著車輪滾滾，彷彿宿命一般不可阻擋，令人生畏，但也及不上崔淼的話語更加決然。

「我花了差不多半年的時間，想盡了辦法，最終才想出了這個計策。然後我又花了半年多的時間，才找到了秋娘——妳的下落。轉眼之間，一年就這麼過去了。」他的聲音變得嘶啞，「我已經浪費了太多時間，不能再等，也不想再等。無論如何，我都必須行動了。秋娘，眼下只有靠妳，才可能進入大明宮中，見到靜娘。至於別的，我現在根本不去想。」

6

截舌後的第二十天，裴玄靜應皇帝召見，離開牢房，再度站到了光天化日之下。

一早就有宮婢來幫她洗漱更衣。除了在興慶宮中，裴玄靜還沒遇到過這樣滿頭銀絲的老年宮婢，服侍人的手法倒是十分嫻熟，默默無語地幫裴玄靜收拾得乾乾淨淨。最後，老宮婢舉起一面銅鏡，讓裴玄靜照一照自己的樣子。

呵，鏡子裡的這個女子還是她嗎？裴玄靜用陌生的眼光打量著銅鏡中的面孔。傷口癒合之後，從五官輪廓上幾乎看不出變化。新換上的雪白道袍將她的臉色襯得越發晶瑩無瑕，而那雙一直給人留下深刻印象的明眸變得越發深邃，在黯淡的銅鏡中像兩顆漆黑的珍珠。

「娘子眞好看啊。」老宮娥直到此時才說了第一句話。

裴玄靜有些意外地朝她瞥了一眼。老宮婢又把頭低下了。

走出門，便看見前方大片空地上那座孤零零的祭天台。長安三大內，裴玄靜都已經到過，她見慣了金碧輝煌，也曾爲殘破凋敝而黯然神傷。但眼前這一大片寸草不生的荒蕪，卻是三座皇宮中絕無僅有的。

如果不是祭天台前仍然站著幾名神策軍，簡直不能相信此地屬於皇宮。其實祭天台下的地牢已經空了，根本不需要守衛。那幾名神策軍是專門來看管裴玄靜的。

自從受刑之後，裴玄靜就被送來太極宮中，關押在三清殿旁殘存的下等奴僕的房舍中。除了那幾名遠觀的神策軍守衛，整個太極宮西隅的這片狹長地帶中，就只有裴玄靜這一名囚犯。

很顯然，皇帝不希望再有任何人見到裴玄靜，所以才做此安排吧。

她倒覺得十分安逸。

裴玄靜上了馬車，撩起車簾，看到老宮婢弓著身子，向南去了。

南面是掖庭宮。

掖庭宮中都是最低等的宮婢，其中不少是犯官的女眷，也有犯錯遭罰的宮婢甚至被打入冷宮的嬪妃。沒入掖庭便意味著終生爲奴，很少有人能從掖庭宮走出來，掖庭便是她們人生最後的歸宿。所以，打破慣例的上官婉兒才會被稱爲人中翹楚。

裴玄靜注視著老宮婢遠去的背影——她因何沒入掖庭？又是什麼原因使她從掖庭宮中被挑選出來，專門來爲裴玄靜梳妝？還有，她爲什麼要說那句話呢？

裴玄靜的思緒被拂面而來的春風打斷了。將近一個月沒有出門，天地已經換了一副模樣。暖風和煦，楊花和柳絮在空中簇擁起舞，惹得她的鼻子微微發癢。

春天來了。

只有清思殿仍停留在嚴冬中。龍涎香氣與冰塊散發的寒氣交融在一起，香者更香，寒者更寒。

裴玄靜入殿跪拜，良久，才聽到皇帝說：「宋若昭的屍體找到了，就在太液池中。」

她抬起頭。彷彿初遇一般，他們都用全新的目光打量著彼此。裴玄靜幾乎認不出皇帝來了。二十天不見，皇帝老了十歲，于闐大玉盤中的冰霜好像全部凝結到了他的鬢邊。尤其讓裴玄靜感到震驚的是，他的神態變了。在裴玄靜的印象中，皇帝是她所見過的最傲慢的人。這一點兒不奇怪，因爲他是天子，自然可以睥睨天下。但是裴玄靜第一次見到皇帝時，便從他的傲慢中看到了一種敢為天下先的勇氣和決心。他的傲氣是進取的，是胸懷社稷者的野心萬丈。正是這種特殊的傲慢，使皇帝看起來相當年輕。

他真的不像一位守成的君主，而更像一位開疆拓土的戰士。他的所作所爲也證明了，這是一位從不停歇地「打江山」的皇帝。這樣的皇帝怎麼會老呢？即便是死，也只能戰死在沙場上。

在賈昌的小院中第一次見到「李公子」時，裴玄靜便感歎於他的高傲與銳氣。從那時起，裴玄靜就對皇帝始終抱持著矛盾的感情。她憎恨他將天下人視爲草芥，毫無憐憫的冷酷，但也敬佩他對於自身使命的堅持。正是這種相互矛盾的情感，導致了她在面對他的淫威時，一直自相矛盾的行爲。她反抗他，但又服從他，均源於她在內心敬重他，同時又厭惡他。

今天，就在裴玄靜踏進清思殿前的那一刻，甚至在她聽到他說「宋若昭死在太液池裡」的那一刻，她都堅信這種矛盾不復存在。對於皇帝，現在她的心中只有恨，再沒有別的了。

可是不對啊，爲什麼皇帝變成了這個樣子？他的狂傲呢？他的強硬呢？他的堅韌呢？

裴玄靜驚駭地發現，當皇帝失去鬥志以後，就彷彿失去了生命的根基。令她既恨又敬的東西同時消失了，如今在御榻上坐著的，幾乎是一個老人。頭一次見到皇帝時，裴玄靜不相信他已年滿四十歲；今天見到皇帝時，裴玄靜同樣不敢相信他還未到四十五歲。

出了什麼事？

他不是一切盡在掌握，把最後的威脅都排除掉了嗎？

皇帝說話了：「朕有樣東西，要給妳看。」

在雲母屏風的後面，皇帝打開金匱，示意裴玄靜上前來。

擺在最上面的是《推背圖》第二象。

裴玄靜的目光停駐在七言詩上，那兩個紅字格外鮮明，不容忽略。

「看清楚了？」

裴玄靜點了點頭。

「宋若昭給妳看過整部《推背圖》？」

裴玄靜又點了點頭。

「那妳可知，第二象預示著什麼？」

裴玄靜看著皇帝。

他的唇邊泛起一抹苦笑：「從《推背圖》被撰寫出來以後，第二象所預示的內容就一直不可言說，因為它代表的是——大唐的國祚。沒有人敢解讀第二象，也沒有任何一位皇帝敢讓人去解讀它，哪怕是太宗皇帝本人。其實它的寓意不言而喻，從朕登基的第一天起，《推背圖》第二象就是朕的信心來源。」他問裴玄靜，「妳還記得第二象的讖詩原先是怎麼寫的嗎？」

裴玄靜記得。

但是皇帝沒有等待她的回應，他雖面對著裴玄靜在講這番話，其實是在自言自語：「原先的讖詩是這麼寫的：『江中鯉魚三六子，重重源源泉淵起。子子孫孫二九人，三百年中少一紀。』解讀這首詩太容易了。江中鯉魚是指李家，重重源源從高祖皇帝而起。子子孫孫二九人，指的是帝位在李家子孫中代代傳承，也許是二十九代，也許是十八代。至於『三百年中少一紀』就更好解釋了。三百年，是指大唐將有綿延三百年的國祚，而少一紀呢，或許是指三百年少一年，也可能少一個月、少一天、一個時辰……」他住了口，沉思片刻，才又道，「朕不知道其他人的看法，但朕一直這樣解釋《推背圖》的第二象，朕對此篤信不疑！」

裴玄靜聽懂了：爲什麼皇帝說《推背圖》第二象給予他信心。因爲按照他的解讀方式，大唐國祚將近三百年。不管是三百年少一年，還是少一個月，少一天，大唐從現在算起，還有起碼一百年的國祚！讖詩第三句的帝位傳承，也佐證了這個推測。從高祖皇帝開始至今，如果不算武周的則天女皇，那麼當今聖上恰好是大唐的第十一位君主。不論大唐的帝位將傳承二十九代還是十八代，都還在方興未艾之時。

當人人都以爲大唐已經風雨飄搖時，皇帝卻幾乎以一己之力擎起整個江山，正因爲他擁有最堅定的信念：大唐距離分崩離析的那一天，還遠著呢！而他自己在帝王序列中所處的位置，也恰好位於中間，承擔著轉折的重任。

如果從現在開始算，大唐還有不少於一百年的國祚，那麼皇帝的一切付出都是有意義的。因爲他正在把一個帝國從深淵中帶出來，重新攀上高峰。從安史之亂開啓的持續衰敗的局面在他的手中得以扭轉，只有這樣，大唐才能夠浴火重生，再延續一百年！

「可是它變了！」皇帝指著金匱中的第二象，聲嘶力竭地說。

是啊，讖詩變了。從二九人變成了二五人，從三百年變成二百年！

太可怕了。裴玄靜完全理解了皇帝的絕望。二五人，解釋爲二十五位帝王尚可，但如果解釋成十代傳承呢？而三百年變成二百年，則更加直白並且逼迫太甚。現在的讖詩等於在說：大唐將亡，亡於當下！

「妳與宋若昭一起勘察過凌煙閣異象，她說那一切都是鬼神之力，包括《推背圖》的變字。妳也這樣認爲嗎？是嗎？！」皇帝的問話仍然像過去一樣咄咄逼人，但是裴玄靜分明感覺到了他的恐慌和虛弱。

她直直地望向他。

皇帝仍然在喃喃自語：「宋若昭死了，一柄寶劍穿胸而過，正如第二象中的鯉魚……她怎麼會死成那副怪樣，難道也是鬼神之力嗎？」他盯著裴玄靜，「假如凌煙閣異象真乃鬼神所托，就是爲了讓人發現第三十三象的變化。那麼，宋若昭死成第二象中鯉魚的樣子，也是爲了叫朕留意到第二象的變化嗎？」

裴玄靜垂下眼簾，不忍再看皇帝。

他衝著她低吼：「妳沒有聽見朕的問話嗎？回答朕！」

她只好又抬起頭來。皇帝卻連連擺手道：「不，妳回答不了，是朕錯了，錯了。妳走吧，退下吧。」

7

剛一踏出清思殿，裴玄靜便覺全身融暖。春光總能給予人希望。可是——她駐足回首，望著眼前的這座宏偉宮殿，心中竟有一絲惻然：多麼可惜，它再也不能接納春天了。

皇帝將她召來，並不是爲了問她話。因爲他比任何人都清楚，裴玄靜現在什麼話都不能說了。他要她來，是他自己有話要說，再不說出來就要發瘋。然而普天之下，這些話他竟然只能說給她聽。

從皇帝的狀況來看，《推背圖》第二象的變字已經實實在在地打擊到了他。而且事屬絕密，他沒有辦法找任何人來探討這個問題，紓解自己的恐懼，所以只能在絕望中越陷越深。

裴玄靜還不知道發現宋若昭屍體的具體日子，但從皇帝的語氣來判斷，距今至少有十天了。所以這十多天來，皇帝都在反覆咀嚼著變化後的第二象。裴玄靜完全可以想像出，他是怎樣一遍遍地否定，又一遍遍地確定——自己將要成爲亡國之君了。

然而，大唐的現狀並沒有一樣能夠支撐這個預示啊。藩鎮一個接一個被剿滅，大唐從上到下都認定當今聖上是一位不可多得的明君。就連裴玄靜也不得不承認，皇帝是大唐中興的希望，怎麼會變成一位亡國之君呢？

普天之下，沒人會相信皇帝將成爲亡國之君，即使這個預言出自《推背圖》。但是皇帝自己卻信了，爲什麼？

裴玄靜回到牢房。門關上之後，屋裡就只有從木窗柵的縫隙中投入的微弱光線了。儘管如此，她還是覺得這裡比清思殿中溫暖太多，而且，會越來越暖。這樣想著，裴玄靜忍不住微笑起來。

皇帝爲什麼會相信《推背圖》變字後的第二象？

因爲有凌煙閣的三次顯影再到第三十三象的變字，一環扣一環地證實了，這一切都是天意。當《推背圖》被挪進清思殿後，凌煙閣不再顯影，而宋若昭從太液池中浮出的屍體，又成爲了第二象變字的徵兆。

宋若昭已死，對此裴玄靜早有心理準備。她還一直以爲，是皇帝殺了宋若昭。如今看來，倒是自己錯怪了皇帝。恰恰是宋若昭之死，成了用《推背圖》第二象來詛咒皇帝，暗示皇帝將爲亡國之君的關鍵一環，那麼她是如何死的呢？

會不會是自殺？不，以裴玄靜對宋若昭性格的瞭解，以及她力求自保的種種行爲，都說明宋若昭絕對不想死。實際上，她百般掙扎，千方百計就是想從《推背圖》的陰謀中擺脫出去，但還是失敗了。最終，宋若昭也被牢牢地編織進了這張大網，並給了皇帝最致命的一擊。

皇帝之所以相信了改變後的《推背圖》第二象，是因爲有第三十三象變字的鋪墊。裴玄靜脫口而出的「殺父」，就是以《推背圖》第三十三象的變字爲依據的。所以，緊接其後的第二象變字，應該昭示了殺父弒君的後果，是天道輪迴的報應！

皇帝相信了，也就等於承認了「殺父」的罪行。

現在，裴玄靜幾乎能夠斷定《推背圖》這張網究竟是誰織就的了——李忠言。

而且她相信，李忠言肯定已經死了。

截舌後，他來看望她，並向她暗示了自己的下場。

李忠言用自己的死，佈下了滴水不漏的棋局的最後一著。由於他的死，即使之前皇帝對《推背圖》第三十三象的變字有所懷疑，也不能將第二象的變字再歸咎到他的身上。

李忠言巧妙地利用了宋若昭和裴玄靜，向皇帝施以最殘酷的詛咒——弒君者必遭反弒，皇帝篡奪的帝位將在他自己的手上粉碎。即使這個預言在現實的襯托下顯得相當荒謬，但對於心中有鬼的皇帝來說，足夠使他崩潰了。

然而，李忠言又是如何掌握到《推背圖》的絕密內容，並且設計出這樣一個連環相扣的陰謀呢？裴玄靜記起來，宋若華曾經向自己暗示過「眞蘭亭現」離合詩出自豐陵，說明宋若華對李忠言此人早就有所警惕，也許她受到了李忠言的脅迫？當然還存在一種可能性，所有這一切根本就是他們二人合謀的。金匱中變字的第三十三象，就是宋若華在死前放入的。

如今宋、李二人皆已離世，眞相將永遠不得而知，並且不再重要。

裴玄靜更想通了，李忠言爲什麼要來見自己那最後一面。他要從豐陵來到太極宮中，必須經過皇帝的首肯。也就是說，他是抱著必死的決心而來的。他來見裴玄靜，不僅爲她在自己的設局中遭受的一切表示歉意和感謝，最重要的是，他是來堅定她的決心。

一句簡簡單單的「妳是對的」，就讓裴玄靜心甘情願地成爲了他的同謀。

皇帝的直覺沒有錯。在他即將被《推背圖》壓垮的關頭，找來了裴玄靜。因爲她最有機會戳穿《推背圖》的陰謀，但是李忠言以死換來的最後一面，成功地堵住了她的嘴。

所以裴玄靜只能讓皇帝失望了。也許，想到他正在墮入無底深淵，她甚至還有一點報仇雪恨的快意吧。

他可以隨隨便便地奪走別人的生命，也可以隨隨便便地粉碎別人的希望，現在，就讓他也嚐一嚐這種滋味吧。

裴玄靜決定不再去想皇帝。她還有一件更有意思的事情要做。

她從袖囊中摸出一塊小石子，這是剛才回來時她故意在廊簷下絆了一絆，悄悄從地上撿起來的。就著微弱的光線，裴玄靜找到了牆壁上的那個位置，用石頭上的稜角在牆上輕輕摩擦起來。她摩擦得非常小心，卻又胸有成竹。

將近傍晚時，屋中已經暗得什麼都看不見了。裴玄靜不再摩擦牆面，而是閉目養神，耐心地等待著萬物沉睡的時刻。

三更天了。

有人在很遠處敲更，此地太空曠，所以更聲傳來時仍然很清晰。裴玄靜撐起身來，將自己擱在榻上的一件襦裙蒙到窗縫上。她知道一直有人在監視自己，但已夜深人靜，那些人多少會放鬆警覺，只要這間小屋沒什麼明顯的動靜，監視者也樂得瞇一會兒。

怕的是光，一點點也不行，所以必須將窗縫全部堵上。

屋裡現在伸手不見五指了。裴玄靜憑著感覺解下衣帶，從最裡層挖出一塊小小薄薄的玉片。頓時，華光綻放，照在裴玄靜磨了一整天的牆面上。

除去了表面的灰泥和污垢，牆上的小圖便暴露出來。起先，裴玄靜只是無意中發現牆上有幾處污泥脫落的地方，露出了後面的畫作。她進而推想，牆上應該有著完整的圖畫，所以用手試著剝了剝，果然不出所料。但裴玄靜沒有繼續行動。一則，有工具才能事半功倍；二則，她不想讓監視的人發現。因為從顯露出來的一小部分畫面上，裴玄靜已經看到了一條翻騰在海裡的蛟龍。

玉片發出的光芒明亮而柔和，照徹了斑駁的牆面。現在，裴玄靜能夠清清楚楚地看到那一連串的畫：海面上的風起雲湧；蛟龍激浪；三隻在怒濤中掙扎的小船，還有……泣血成珠的鮫人。

畫面中的內容應該和金仙觀地窟裡的壁畫一模一樣。裴玄靜雖未曾親下金仙觀地窟，但從段成式等人的描述中，她知道地窟中的壁畫畫幅巨大，而且色澤鮮明，筆觸生動，氣韻天成，令人神往。然而裴玄靜在牢房牆上發現的這些壁畫，小而潦草，沒有設色，只用石青的顏料草草畫就，就像是作畫者事先所作的草樣。

對，就是草圖。

金仙觀地窟中的壁畫作者，一定曾在這間小屋居住過，並且在牆上畫下了「鮫人降龍」故事的最初設想。

他是誰？他是如何產生這些瑰麗浪漫的想像，又爲何要將它繪製在地下，一個永遠不見天日的地方呢？他創作出那麼奇妙的畫卷，完成了一個不可多得的傑作，卻似乎並不希求世人的欣賞？

裴玄靜有些擔心被人發現，正打算將玉片重新藏起來，突然，她又在草圖的邊緣發現了一些墨跡。

這次不是畫，而是字。

蠅頭小楷，和裴玄靜擦拭後殘存的污跡混在一起，差點兒就被忽略掉了。

裴玄靜幾乎把臉貼到了牆面上，才勉強辨識出來——

最左邊的一列寫著：「壬子年，蛟奴一歲記，草圖成。」

第二列：「癸丑年，蛟奴二歲記，海船。」

第三列：「甲寅年，蛟奴三歲記，蛟龍。」

第四列：「乙卯年，蛟奴四歲記，鮫人降龍。」

第五列：「丙辰年，蛟奴五歲記，泣血成珠。」

裴玄靜用手按住胸口，否則心就要跳出來了。她看見了什麼？這分明是那個神秘的作畫者所寫的編年志，記載著從壬子年開始到丙辰年，整整五年繪製成金仙觀地下壁畫的全過程。

此人不但有一手絕世畫技，書法也相當精湛，寥寥數字的小楷寫得優雅端麗。

但是，從第六列起字體卻變了，歪歪扭扭，幾不成形。寫的是：「丁巳年，蛟奴六歲了。」

蛟奴？裴玄靜猜測，那應該是一個孩子的乳名吧。時人給孩子起的乳名中，常帶一個奴字，比如花奴、鳳奴。高宗皇帝李治的乳名就是雉奴。但「蛟」字不會用在女孩的身上，所以這個蛟奴應當是個男孩子。

裴玄靜驚喜地想，是了。在六歲時，這個叫蛟奴的男孩學會了寫自己的乳名。

她情不自禁地伸出手指，輕輕觸摸這行稚嫩的筆跡。

丁巳年，那應該是代宗皇帝的大曆十二年——整整四十二年前。

多麼奇妙啊，她竟然與一位四十年前的男孩在此相遇了。正是爲了紀念他的降生和成長，這個孩子的父親在地下繪製了令人驚歎的磅礴畫卷。

嗯，肯定是父親作的畫。有機會學畫的女子太少，完成金仙觀地窟中的巨幅壁畫所需要的體力，也不是一個女子所能承擔的。

這位畫師父親，一邊在地下作畫，一邊在這間小屋裡撫養他的孩子。

蛟奴很聰明，因爲緊接著的第七列，他的字跡就端正了許多：「戊午年，蛟奴七歲，爹爹走了。」

爹爹走了？裴玄靜的心裡「咯噔」一下。走了是什麼意思？孩子還只有七歲，做父親的爲什麼要離開？難道是因爲，畫成了就不能繼續留下嗎？

右邊還有最後一列字，是更顯成熟的筆跡：「己未年，蛟奴八歲。太子殿下賜名：羅令則。」

裴玄靜將玉片藏回衣帶中。

在無邊無際的黑暗中睜大雙眼，她看見了——

玄宗皇帝師從的眞人羅公遠有一位再傳弟子，俗家名爲羅義堂。羅義堂曾被代宗皇帝封爲國師，在太極宮中的三清殿爲代宗皇帝煉丹。大曆五年時，一場雷擊引來天火，三清殿付之一炬，羅義堂也在火海中失蹤，傳說他已火解成仙。

看來羅義堂並沒有成仙，而是躲到了祭天台下的地牢裡。每當夜深人靜時，他便悄悄回到這間下等宮奴棲身的小屋，來看望自己的兒子。

不知是因爲在金仙觀地窟中繪製了「鮫人降龍」的瑰麗畫卷，便給這孩子起了「蛟奴」的乳名，還是因爲這孩子，特意繪製了壁畫。

蛟奴七歲時，羅義堂走了，原因不得而知。先皇將蛟奴接去撫養，給他起名羅令則。

永貞元年末，羅令則因矯詔謀反之罪，被當今聖上誅殺。

原來山人羅令則，就是永安公主口中，那個由先皇撫養長大的道士的兒子。

8

元和十四年夏，憲宗皇帝展開了削藩的最後一戰：奪取平盧。

元和十二年李愬發奇兵雪夜入蔡州，一舉剿滅淮西吳元濟後，各藩震懾於朝廷的威勢，紛紛歸順。成德節度使王承宗將兒子送到長安爲質，以示投誠。曾經相互勾結刺殺了武元衡的河朔三鎮淮西、成德和平盧，一直都是諸藩中最桀驁不馴的，如今也只剩下平盧李師道一個光杆了。

起初李師道上表割讓三州，並送兒子進京入侍。皇帝爲百姓生計，接受了他的求和。誰知李師道出爾反爾，在朝廷派出使者到平盧宣詔受降時又公然反悔，皇帝忍無可忍，下詔削去李師道的官職，並命魏博、宣武、義成、武寧和橫海共五大節度使共同征討平盧。

自從憲宗皇帝削藩以來，就數這次討伐難得的順利。參與作戰的藩鎮人心已歸服，所以仗打得特別賣力，其中尤以田弘正率領的魏博軍爲翹楚。元和十四年霜降之時，憲宗皇帝採納了裴度的建議，詔令田弘正取道楊劉渡過黃河。田弘正奉命率軍過河後，直搗鄆州，一舉擊敗平盧大將軍劉悟。很快，朝廷派來的李醞、李光顏和田弘正對鄆州形成三軍合圍之勢，李師道逼著劉悟出兵迎戰。劉悟知道田弘正的厲害，不願貿然出擊送死，李師道便懷疑他有叛心。內外交困之下，劉悟決心倒戈，回兵鄆州斬殺了李師道父子，拎著兩顆腦袋向田弘正求降。

至此，平盧藩鎮平定。憲宗皇帝從即位伊始便發起的削藩戰事，終告全面勝利。

安史之亂後，藩鎮割據就成了大唐帝國最大的頑疾。王化之外的藩鎮，民風日益悍野，目無倫常，是從盛唐文明巔峰的大倒退，也是大唐人心向背的極大損失。藩鎮割據的大唐，猶如渾身長滿了毒瘤，處處潰爛不遂，任其發展的話，朝廷就等於被動等死。但削藩戰爭要消耗已經極其羸弱的國力儲備，江南等賦稅重地的百姓被盤剝得一乾二淨，民怨四起。一著不慎，甚至有可能將大唐重新拖入全面戰亂、分崩離析的可怕境地。

正因爲削藩面臨這麼多不利因素，從代宗、德宗到順宗的幾代皇帝，均心有餘而力不足，最終將這副重擔壓到了憲宗皇帝的肩上。

元和君臣，終不辱使命。經過將近十五年艱苦卓絕的努力，跋扈河南、河北三十餘州六十年的諸多藩鎮，從此盡皆聽從朝廷約束。誠然有武元衡、裴度、李愬這樣的良將賢相爲削藩立下汗馬功勞，但若沒有憲宗皇帝的「慨然發憤，能用忠謀，不惑群議」，諸事仍然不可能成就。

平盧既平，在時人心中，憲宗皇帝絕對稱得上是安史之亂後，大唐最英明有爲的君主了。

仲夏的傍晚，長安城內的暑氣久久不肯消退，滾滾雷聲在天邊隱而欲發，悶熱更甚。城東春明門外的曠野上也是烏雲壓頂，連一絲風都沒有，未見得比城內涼快半分。

城門還未關閉，仍有車馬匆匆趕來入城，但礙於將下未下的雷雨，行進的車馬明顯要少於往常。終南山的陰影下，大片簡屋陋舍逼仄地擠在一起，家家戶戶都敞著門窗透氣。這裡不像城中有金吾衛巡街管束，不少人乾脆坐到門外乘涼，男女老少不分彼此。

只有一個院子的門從早到晚鎖得嚴實，大家都道此處已許久無人居住。暮色更深了，當空中打響第一聲悶雷時，一條黑色身影從院牆上一躍而入。

崔淼立即迎了上去：「怎麼去了那麼久？」

聶隱娘一邊擦著額頭上的汗，一邊回答：「難得故友重逢，本來還要留我夜飲敘舊的，我就是怕你心急，找了個藉口離開，已是失禮。」又盯了崔淼一眼，「崔郎何時也變得這麼沉不住氣了？」

崔淼沒有回答，卻向東北方向仰起臉來。一道接一道的閃電撕開夜空，悶雷滾滾，空氣幾乎凝滯不動，但就是不下雨。

「我第一次見到靜娘，就是在這樣一個雷雨夜。」他說。

聶隱娘也抬頭望著天空：「我方才還去了一趟賈昌的院子，那裡只剩下一座白塔，什麼都沒有了。」

烏雲翻滾的天際，每一道霹靂閃過之時，大明宮的輪廓都會在龍首原上頃刻突顯，帶著力壓千鈞的威嚴。

聶隱娘道：「這場雨憋了一整天，還不知能不能下來。」

崔淼看著她，問：「都談好了嗎？」

「談好了。」聶隱娘回答，「田弘正因平定平盧立下首功，聖上已加封他為檢校司空、同中書門下平章事，從此便可以著紫袍了。明日聖上將在麟德殿中設宴，親自召見他。」她終於忍不住「哼」了一聲，「真沒想到魏博也能有如今之榮耀。」

「大勢所趨，隱娘該為之欣喜。」

聶隱娘冷笑起來：「當年田季安統領魏博時，荒淫無道，田弘正看不慣他的惡行，曾私下串聯我，希望我夫婦二人能助他除掉田季安，奪取節度使之位。我雖厭惡田季安的為人，但覺得朝廷對魏博虎視眈眈，我們更不應該內訌，所以就乘著田季安派我去刺殺劉昌裔的機會，轉投在劉帥麾下。不久便聽說田季安暴卒，田弘正乘其子田懷諫年幼，奪下了節度使之位，又向朝廷派去的特使裴度投誠。從那以後，魏博便由一頭猛虎搖身變成了朝廷的一條忠犬，現如今更因替朝廷效力，剿滅其他藩鎮而受到嘉獎。崔郎眞的認爲，我會爲此而喜悅嗎？」

崔淼反問：「難道隱娘不願意看到四海歸心、天下一家的局面？」

「不願意。」聶隱娘乾脆俐落地回答，「我本出身藩鎮，更願意看到一個欣欣向榮的自主的魏博。」

「但這已經不可能了。」

「是嗎？咱們等著瞧。」

「不談這些了。」崔淼岔開話題，「田弘正看到隱娘突然去訪，沒有起疑心嗎？」

「沒有。我們從小一起長大。當年我雖未助他，卻也沒有去向田季安告發他，所以他對我還是相當信任的。」聶隱娘一笑，「更重要的是，他對我所提之事極爲熱心。」

「哦？我還怕他不相信杜秋娘在我們手上。」

「他知道我不是亂開玩笑的人。」聶隱娘直視著崔淼道，「我已和田弘正約定，明日他入麟德殿召對之時，將把杜秋娘獻給皇帝。」

這就是崔淼苦苦籌劃了一年的計畫。

聶隱娘又道：「田弘正不僅沒有懷疑，反而喜出望外。只因他早就聽說過，之前皇帝削藩成功，叛臣家眷沒入宮闈時，其中就有特別出眾者受到皇帝寵幸，還生下了皇子。田弘正如今聖眷正隆，一心想著要錦上添花，能夠討得皇帝更多的歡心。我們此時送上杜秋娘，正中他的下懷。」

這個計策能夠成功的關鍵還在於：藩鎮在長安的進奏院遍設眼線，掌握著從皇帝到達官貴人們的各種動向，其準確和詳盡的程度甚至超過了長安本地人。聶隱娘和崔淼在商議這個計畫時，最擔心的是田弘正不瞭解杜秋娘對皇帝的重要性，多加解釋的話又會顯得累贅，反而令人生疑。沒想到今天聶隱娘剛一提到杜秋娘，田弘正就已知道她曾爲長安頭名歌妓，連皇帝暗地裡寵幸她都早有所聞。於是聶隱娘便順水推舟地告訴田弘正，杜秋娘在元和十一年詐死離開長安後，生活頗不順遂，故而心生悔意，想回京城來見皇帝向他認錯呢。恰好二女在途中巧遇，聶隱娘便將她護送來了長安。

聶隱娘對田弘正說，這將是魏博再向皇帝獻媚的絕佳機會。而自己多年來遠離魏博，一直感覺對魏帥有所虧欠，也想借此稍作補償。田弘正完全可以裝作對皇帝的隱私一無所知的樣子，只是進獻一名出色的歌姬而已。這樣連皇帝的面子都顧及到了，卻又拍了一個最到位的馬屁。對皇帝來說，曾經軟玉溫香在懷的美人千里迢迢來向自己負荊請罪，縱然是有一副鐵石心腸，恐怕也會化了吧。

談到這裡，剛剛榮登三品大員的田弘正銜著聶隱娘撫掌大樂：「此等美事，豈有不成全之理。」於是一拍即合。

頭頂上忽然「轟隆」一聲巨響，憋了一整天的大暴雨傾盆而下。

聶隱娘與崔淼奔進屋時，榻上的杜秋娘目光炯炯地看著他倆。

崔淼說：「定了，就在明天。」

杜秋娘沉默。

崔淼來到榻前，遲疑了一下，低聲問：「妳……願意嗎？」

「哼，現在想起來問我願不願意了？」杜秋娘道，「千辛萬苦地把我從成都弄回長安來，我就算不願意，現在說還有用嗎？」

崔淼說：「秋娘，此中曲直我都對妳說明了，如今也不想再重複。我知道這樣做對妳不公平，但除此之外別無他法。崔某在此謝過了。」說著對她深深一揖。

杜秋娘仍然拉長著一張臉：「你先別急著謝我，明日見到皇帝後，我自己還生死未卜呢。」

「這倒不怕。」崔淼笑了笑，「我相信秋娘之魅，無人能夠抵擋。」

「算了吧。我有何魅？裴煉師能讓崔郎生死與共，才是女子的眞魅力。可歎我杜秋娘風光一時，到頭來卻連一個眞心人都沒有。」

輪到崔淼沉默了。

少頃，杜秋娘又道：「裴煉師與崔郎對我有救命之恩，杜秋娘雖是煙花女子，卻也懂得義氣二字。如今二位有難，我自當捨命相助，沒什麼可多說的。只是有一點，明日我即使入了宮闈，見到了裴煉師，也只能帶句話給她。別的，我就眞的無能爲力了。」

「並不需要秋娘做別的，只要秋娘告訴她——我還活著。」崔淼的聲音控制不住地顫抖起來，「請秋娘務必對她說，我就在春明門外的老地方等她，會一直等下去。」

「你傻啊！就算我說了，她也未必願意出宮！」

「她會的。只有我知道她爲什麼要進大明宮。所以還要請秋娘告訴她，不必再尋根究柢，我什麼都不想知道，只要她平安歸來。」

「可她怎麼能出得來？」

「沒關係，我等著就是了。」

「你——」杜秋娘愣了片刻，又恨恨地說，「雖說沒有你們幫忙，我可能早就死在宮中了。

如今在外逍遙了三年，也不算虧。但我既得了自由，現在又親手將其葬送，只爲替你們傳句話，我怎麼想都覺得不值！」

「我覺得值。」

杜秋娘一咬櫻唇，「你就不怕我去向皇帝告發你？」

崔淼笑了：「如果那樣，說不定我死前還能見她一面。此生足矣！」

「你……」杜秋娘再也無話可說，一賭氣從榻上下來。

「去哪兒？」聶隱娘擋住她。

「去外面透透氣！」

「外面在下大雨。」聶隱娘攔道，「還是早點睡吧。明天見皇帝，總得有個好臉色。」

「睡不著！」

聶隱娘順手一拽，把杜秋娘摁回到榻上：「睡不著就好好打扮打扮，晨鐘一響我就帶妳進城。」

雷聲不絕於耳，一道接一道淩厲的閃電在窗外劃過。突然，一道寒光直接打到眼前，把杜秋娘嚇了一大跳。凝神再看，原來是聶隱娘從靴筒中抽出一把匕首，引刀出鞘，昏暗的房中頓時隨之一亮。

聶隱娘若有所思地說：「明日入宮，不能攜帶兵刃，這把純勾還是得留下來。」

「關於這把匕首，我還打探到了一些內情。」聶隱娘對崔淼說，「靜娘曾經說過，純勾是李長吉給她的定情信物，但我卻發現，它實際上出自宮中。」

「皇宮裡的匕首嗎？」杜秋娘好奇地端詳著純勾。

「長吉取自宮中？」崔淼思忖著道，「據我所知，李長吉做過一段時間的奉禮郎，有機會出入宮禁。但以他的官職和身分，應與這樣一把寶刃沒有瓜葛。」

「據我推斷，純勾是有人帶出皇宮後，再交給長吉的。」

「誰？」

聶隱娘道：「前朝的大宦官俱文珍。在德宗皇帝時，俱文珍就是權勢熏天的大宦官。永貞期間，他以先皇病重為由，極力推舉太子監國，傳言連先皇禪位的詔書都是俱文珍召集一干翰林所擬，所以當今聖上剛一登基，便將俱文珍封為神策軍右衛大將軍，知內侍省事，與吐突承璀受到的寵信程度相仿。但後來不知怎麼的，俱文珍卻突然失寵，還遭到了以吐突承璀為首的其他宦官群起而攻之。俱文珍只能稱病自願離宮，不久在外病死。特別奇怪的是，俱文珍雖沒有兒女，與族中親戚也斷了往來，以他做了一輩子宦官的積蓄，晚年當能殷實無虞。但他最後卻死在長安城的崇義坊中，一處破爛不堪的租屋裡面。恰好，長吉在長安為官時十分拮据，也租住在同一所房舍裡。」

「還有這等事？」崔淼原本滿腹心事，卻也被聶隱娘所說的吸引住了。

「我曾去過崇義坊的那個地方，還幾乎遭了暗算。記得嗎？就在原先想送她出城的那一晚。」聶隱娘朝杜秋娘一指。

「我聽韓湘說過，你們遇上了會邪術的崑崙矮奴。」

「哼，說明皇帝也找到了那裡。」聶隱娘冷笑道，「你想，皇帝總不會是關心李長吉吧？」

崔淼說：「有沒有可能……俱文珍棲身於崇義坊中，正是為了躲避皇帝的追殺？」

「很有可能啊。」杜秋娘插嘴，「像他那麼有地位的人，一定得躲到最窮陋的地方，才不容易被發現嘛。」

「那他爲什麼不離開長安?」

「也許他確實有病,沒法走遠,所以只得在崇義坊中暫時安頓下來。」

崔淼點頭道:「有道理。但是俱文珍萬萬沒有想到,竟有一位朝廷官員也住在那個破爛地方。」

聶隱娘說:「誰會想到長吉竟困頓如此呢?更要命的是,長吉肯定認出了俱文珍!」

「對!」崔淼越聽越來勁,就連黯淡的目光也恢復了些許往日的亮度,「所以俱文珍若想繼續躲藏的話,就必須請長吉幫自己隱瞞。爲了達到這個目的,也許他向長吉透露了一些宮闈秘聞,也許他還指望著長吉能幫他逃出長安。然而貧病交加,再加上擔驚受怕,沒多久就一命嗚呼了。」

「於是……」聶隱娘的目光落到純勾上,「他將這把匕首留給了長吉。」

崔淼小聲叫起來:「我明白了!當初武元衡會找上靜娘,多半也是因爲查得長吉拿到過純勾!可是……這把純勾到底有何蹊蹺啊?」

「原先我也想不通這一點。」聶隱娘慢吞吞地道,「純勾的確是一把不可多得的寶刀,身爲刺客一眼就能看出它的價值,也想不惜代價地得到它。但這只是一個刺客才會有的欲望,對於普通人來說,純勾上的寶石已經全部剜除,本身並不值多少錢。皇宮中的寶物何止千萬,傳世名劍想來也不會少,失去一把純勾又有什麼大不了呢,非要千方百計地去尋?」

她從懷中摸出一張紙,輕輕放在桌上:「直到今天,我在田弘正處看到這個,才大概猜出了其中的道理。」

杜秋娘先搶到手裡，唸道：「辛公平上仙……咦，這是什麼意思？」

崔淼將蠟燭移近，兩人湊在一起讀起來。須臾，崔淼驚道：「這說的是刺殺皇帝啊！什麼人竟敢編造這樣的故事？」

聶隱娘答非所問：「這裡面提到的匕首，前後一樣寬，像一把直尺的奇怪形狀，你們不覺得眼熟嗎？」

不約而同地，崔淼和杜秋娘凝視橫陳於燭光下的純勾，它的寒光亮過燭火，亮過閃電，彷彿能照徹人世間一切罪惡。

「我聽他們說，這則〈辛公平上仙〉的故事是今年上元節時，從數個祈願燈上散佈出來的。後來朝廷派出金吾衛四處搜羅，民眾禁不住驚嚇，紛紛將撿到的上交，也有的偷偷撕毀或者燒掉，總之無人敢於私藏。」說到這裡，聶隱娘微微一笑，「但魏博進奏院是不怕的。我今天去見田弘正時，他便給我看了這個。我覺得有趣，乾脆趁他不備夾帶了出來，也讓你們開開眼界。」

崔淼的眼波一閃：「田帥為什麼要給隱娘看這個？」

「最近聖躬不豫，京城中傳聞四起，說什麼的都有。其中便有一個說法，指上元節時自天而降的〈辛公平上仙〉乃為凶兆。因此田帥才給我看了這個，讓我明天見到聖上時，不要唐突。」

杜秋娘忙問：「皇帝的身體不好嗎？怎麼不好了？」

「這我可不清楚。」聶隱娘瞥了她一眼，「明天秋娘就能見到皇帝了，到時候自己去問便是。」

杜秋娘頓時面紅耳赤。

崔淼點頭道：「這麼看來就太有意思了。先不去管〈辛公平上仙〉由何人炮製，至少有一點很明確，純勾應當是一柄刺殺皇帝的兇器！」

聶隱娘問：「是已經殺過，還是即將要殺？」

她的口氣使杜秋娘情不自禁地打了個寒顫。

崔淼說：「也許……都是。」

「可惜，這將成爲一個永久的謎團了。」聶隱娘冷笑。

9

將近四更時，雷雨方止。長安城中晨鐘聲響起，杜秋娘最後一次攬鏡自照。鏡中的容顏嬌豔無雙，正是長安公子們豪擲千金仍難得一見的絕世美貌。

「該走了。」聶隱娘替她戴上帷帽，坐進停在院中的馬車。

崔淼將手搭在車轅上：「隱娘——」他欲言又止。

「放心吧，我們會按計行事。」聶隱娘道，「你只在此等候便是。」

「我跟你們一起去吧，請隱娘的夫君留下，我代他趕車好不好？」崔淼的雙眸灼灼閃耀。

「不行。你曾在皇宮走動過，萬一被人認出來呢？」聶隱娘的語氣罕見地溫柔，像在安慰不懂事的兄弟，「哪怕只是懷疑，都會令我們功虧一簣的。不可冒險。」

可是她的話不起作用，崔淼的雙手仍然在車轅上握得死死的。隔著車簾，杜秋娘看不到他的表情，卻恰好能看到他手背上爆起的青筋，心中煞是不解——不是都說得好好的，崔淼即使去了也幫不上任何忙，反而容易鬧出亂子，怎麼到臨出發時又變卦了？難道，他不相信自己和聶隱娘嗎？

正在胡思亂想，耳朵裡突然聽到一聲悶響，抓著車轅的手鬆開了。杜秋娘掀起車簾一看，崔淼直挺挺地躺在泥地裡，已然失去了知覺。

「呦，這是做甚？」杜秋娘話音未落，就被聶隱娘一把拖回車內。

「別亂動，坐好！」

馬車左右一晃，徐徐駛出院子。

「他沒事的，就這麼乖乖地躺著挺好。」聶隱娘道，「這傢伙果然心思敏銳，竟被他看出了我的念頭。」

「妳的念頭？什麼念頭？」

聶隱娘不答，杜秋娘卻見她的手中赫然出現了純勾，不覺一驚：「誒？妳不是說今天進宮面聖時，不能帶著它嗎？」

聶隱娘似笑非笑地看著她：「我們都會被搜。但是不會有人搜妳。」

「我？」

聶隱娘指了指她抱在懷中的琵琶：「這把琵琶是妳的心愛之物，曾用它爲皇帝彈奏過多次，琴音也深得他的喜愛，對嗎？」

「對啊……」

「那好，就把純勾藏在琵琶套中，由妳抱著一起上殿吧。」

「爲什麼？」杜秋娘大驚失色，「啊！妳、妳不會是想要、要……」

「不好說。」聶隱娘輕輕地笑了笑，「實話告訴你，我還沒有決定。」

「天吶，太荒唐了！隱娘怎可如此輕率！」杜秋娘眞的嚇壞了。

「輕率？不，瞬間決定一生，我這一輩子都是這麼做的。」

馬車正排在入城的隊伍中，趕著最早一班的人流進入長安。夏季日出得早，東方已拉出第一道晨曦。一夜雷雨過後，清晨的空氣難得涼爽，龍首原上空的那方彤雲說明，今天將是一個燦爛的大晴天。

金吾衛們一輛一輛地放馬車通行，渾然不知其中一駕不起眼的馬車中，兩個女子正在討論刺殺大唐的皇帝。

經過盤查時，杜秋娘緊張得全身汗濕，抱著琵琶的雙手一個勁兒地顫抖。她的頭腦中一片混亂，無法想像今天等待著自己的將是什麼。她甚至有種衝動，想在金吾衛盤問時跳出馬車，叫喊救命，也許還能逃過此劫！

最終，她什麼都沒有做。馬車波瀾不驚地進了城。

馬車向前行進了一小段，聶隱娘才又開口了：「我最初剛當上刺客時，便有過刺殺皇帝的念頭。爲了魏博去刺殺其他藩鎮的節度使，怎比得上爲了魏博去刺殺皇帝來得痛快？不過，這種事情也只能想想，我畢竟連見到皇帝的機會都沒有，又談何刺殺呢？歲月蹉跎，轉眼天下藩鎮盡已歸服朝廷。這些年來，皇帝眞是一點時間都沒有浪費。時至今日，就連魏帥也要以一條走狗的身分走進大明宮，去向聖上搖尾乞憐了。哼，卻沒想到，我的機會也來了。」

「妳在說什麼呀？我聽不懂……」杜秋娘無助地喃喃著。

「對於一個刺客來說，刺殺皇帝不啻爲最高的目標。我聶隱娘當了一輩子的刺客，想要給此生一個交代。」

「那就非要刺殺皇帝嗎？妳這樣做，會連累我們所有人的！」

「我沒說非刺殺他不可。」聶隱娘的語氣半眞半假，讓人捉摸不透，「純勾是一件不可多得的寶刃，但也得有配得上它的被刺者。否則，我留著純勾又有何用？〈辛公平上仙〉的故事說明了，純勾就是用來刺殺皇帝的！如今我的手中有純勾，又能上殿面見皇帝。十步之內，只要我想殺他，誰都攔不住！」她的雙眸中放出奇異的光彩，「妳懂得對於一個刺客來說，這是何等的誘惑嗎？」

杜秋娘不可思議地看著她：「可是就算妳殺了皇帝，又能改變什麼呢？天下藩鎮俱已歸服，難道皇帝死了，你們就又能造反了不成嗎？」

「假如十年以後，當然不可能再翻盤，但是如果皇帝現在就死了，妳看著吧，那些剛剛歸順的藩鎮一定會群起而反之。十五年削藩，靠著皇帝的鐵血意志方有所成。一旦沒了他，還不知會怎麼樣呢！」

「造反就那麼有意思嗎？」杜秋娘氣喘吁吁地問，「我真不明白，做大唐的子民有什麼不好，爲什麼非要做叛臣逆子？」

「妳當然不會明白，可是我們明白。」

眼見哀求沒有結果，杜秋娘強硬起來：「行，妳明白妳的，別扯上我好不好！我是爲了報答崔郎和裴煉師的救命之恩，才答應捨身入宮的。現在可好，連我的命也要搭上了，憑什麼呀！」

聶隱娘呵斥：「先別急著叫屈！第一，我說了我未必會刺殺，要待上殿之後看了皇帝的言行再做決定；第二，就算我真的刺殺了皇帝，我聶隱娘向來一人做事一人當，絕不連累他人。」

「怎麼可能！純勾是我帶進去的，我能脫得了干係嗎！崔郎肯定也得受到牽連，更別談再見裴煉師了。聶隱娘，妳只圖一人痛快，卻要傷害到那麼多人，妳於心何安？！」

「既爲刺客，首要斷人倫六親之念。」聶隱娘一哂，「這種話就不必說了。」

「我不願意！」

「妳別無選擇。」聶隱娘的語氣冰冷似鐵，「做，妳尚有一半的機會全身而退；不做，我現在就殺了妳。」

杜秋娘癱倒在車座上。

到達皇城前的天街時，一輪旭日已經從東方升起。在承天門前與田弘正的人馬會合後，再由金吾衛引導著，沿皇城外側向龍首原而去。越往東走，朝陽的光芒越燦爛，當他們終於停在建福門前時，隔著車簾都能感覺到前方金光閃耀，如上九天凌霄。

大明宮到了。

此後的路程對於杜秋娘來說，就如夢境一般恍惚。她不記得自己經過了多少道宮牆，也不記得路過了多少座崇殿，她甚至連怎麼一路走去最後站到麟德殿前都渾然無覺。她只看見鋪天蓋地的金色，連呼吸的空氣好像都閃著金光。

她想，我要暈了，我走不動了，我就快倒下了。

當麟德殿的三重宮闕和兩座樓閣佇立在前方時，侍衛將他們擋住，讓在殿外等候。杜秋娘長長地透過一口氣來，心中只覺得奇怪，自己居然活著走到了這裡。

田弘正應召入殿去了。

不知過了多久，一名黃衣內侍到殿前宣召聶隱娘和杜秋娘二人。杜秋娘跟在聶隱娘身後，亦步亦趨登上高高的御階。

殿門前，一名金甲侍衛攔住她們的去路。先搜過聶隱娘，又來到杜秋娘的面前。

他命令：「摘下帷帽。」

不知從何處伸過來兩隻手，直接將杜秋娘頭上的帷帽除去了。

她不由自主地抬起頭來，雙手緊抱琵琶。純勾就藏在琴套的內側，絕不會滑出來，但她仍然下意識地拚命抱著。她感到聶隱娘從旁邊射來的目光，比純勾的刀鋒還要銳利。

侍衛會搜身嗎？會檢查琵琶嗎？杜秋娘緊張得快要失去知覺了。她迷迷糊糊地想，也許搜了更好，那樣就徹底解脫了。

她並不知道，對面的侍衛內心同樣忐忑。只因他清楚地回憶起來，自己曾經如何期盼一睹美人的芳容而不得，又曾如何在爲微服尋花問柳的皇帝值守時，忍不住想入非非意亂情迷。他從來沒有想到過，有朝一日美人就站在自己的面前，離得這麼近，只要伸出手去便能一親芳澤……

他激靈靈地打了一個冷顫，清醒過來——不可造次！

金甲侍衛向後退了半步，讓出通道。

聶隱娘無聲地微笑了。

兩名女子，一個黑衣勁裝，一個襦裙飄逸。當她們並肩進入麟德殿時，立即吸引了所有的目光。

聶隱娘率先跪下，杜秋娘也跟著跪在她的身旁。

杜秋娘沒有看清殿中的任何人和物，只是騰雲駕霧地走進去，又稀裡糊塗地跪下來。腦海中唯一的念頭竟然是：有沒有到聶隱娘所說的十步一殺的距離呢？一個聲音在說話，這個聲音是她記得的。

她情不自禁地循聲抬頭，望了過去。

杜秋娘驚呆了。那個頭戴冕旒，身穿龍袍正在講話的人是誰？是皇帝嗎？爲什麼和她記憶中的完全不同？

聲音是對的，面孔是對的，姿態和表情也都是對的。但合起來的這個人卻又是杜秋娘完完全全陌生的。

那個多次造訪過她的宅院，曾與她耳鬢廝磨，乃至肌膚相親的人是他嗎？

杜秋娘幡然醒悟過來：是，她一直都知道那個人是皇帝。但事實上與她相會的從來就不是皇帝，而是「李公子」。所以，當初她寧願用詐死來逃避的人，又是誰呢？

她好像頭一次用這樣的眼光來檢視自己的內心。

杜秋娘還沒來得及思考完這個問題，高高在上的皇帝卻站起身，自御座上緩緩走下。

他先來到杜秋娘跟前，但只是不易察覺地停了停，便又向聶隱娘走去，站在她的前方。

皇帝說：「聶隱娘，朕第一次知道妳，是從嘉誠公主的信中。」

聶隱娘跪得筆挺，朗聲答道：「嘉誠公主是妾一生中最敬佩的人。」

「敬佩她什麼？」

「公主以千金之軀下嫁田緒，終其一生都在完成自己的使命，最後薨於魏博。」聶隱娘的聲音中充溢著罕見的情感和毫不掩飾的崇拜，「在妾的心中，嘉誠公主是世上最勇敢的女子，一位偉大的戰士。」

「朕聽說，妳也是一個勇敢的女子？」

「妾不敢當。」

「妳既然如此崇敬嘉誠公主，卻為何不肯接受她臨終的囑託？」皇帝的話鋒突然一轉。

「公主要求我輔佐田季安，但此人陰險殘暴，我不願意。」

「哦，那麼田弘正要將田季安取而代之時，妳為何也不肯相助？」

「妾雖不能應嘉誠公主之命，但也不能負她。」

「不，這些都不是理由。朕認為，妳身為魏博大將之女，身懷絕技，卻背棄魏博轉投劉昌裔，乃是因爲在妳的心中，不論田季安還是田弘正，都偏向朝廷。而妳卻是徹頭徹尾只忠於魏博，目無唐廷的。朕說得對嗎？」

面對如此尖銳的指責，聶隱娘毫不動容，竟然反問皇帝：「是嘉誠公主這樣告訴陛下的嗎？」

更讓人匪夷所思的是，皇帝竟然也承認了：「正是。嘉誠公主在給朕的絕筆中寫道，魏博已不足爲患，唯一的隱憂就是妳——聶隱娘。她告誡朕，不要小看了這個女刺客，如有機會必將除之。」

聶隱娘仰起頭，直視著皇帝。

「但是朕問自己，爲什麼要除掉妳？妳能給朕造成什麼損害呢？什麼都不能。」

聶隱娘道：「陛下有一點說得不對。妾從未背棄過魏博。過去沒有，將來也永遠不會。爲了魏博，妾隨時可以赴死。」

「很好。那麼朕便問妳，歸順大唐的魏博和桀驁不馴的魏博，有何區別？」

「桀驁的魏博只有魏帥，歸順的魏博還有皇帝。魏帥再不好，我們看得見。而皇帝卻離得太遠。」

「此刻，朕就在妳的面前。」

片刻的沉默，聶隱娘道：「妾可否問陛下一個問題。」

「可以。」

「陛下會怎樣對待魏博的百姓？」

皇帝露出微笑：「這還需要問嗎？魏博是大唐的魏博，魏博的百姓是朕的子民。妳覺得，朕會怎樣對待自己的子民？」

「請陛下明示。」

「朕將無爲而治。」

「無爲而治？」

「無爲而治乃治國的最高境界，貞觀和開元的盛世都是與民生息、無爲而治的成就。朕一直心嚮往之。然而直到今天，朕才有了無爲而治的條件。正是爲了達成這個條件，嘉誠公主以及許許多多的人，付出了包括生命在內的一切。這麼說，妳能聽懂吧？」

良久，聶隱娘道：「妾還想請問陛下，嘉誠公主是您的……」

「嘉誠公主是德宗皇帝的妹妹、先皇的姑姑、朕的姑祖母。」皇帝莊嚴地說，「好了。聶隱娘，妳可以退下了。」

聶隱娘向上深深稽首。沒有人知道，她是在拜別面前的天子，還是一位已逝去多年的和親公主。

直到聶隱娘奉旨退出殿外，杜秋娘才如夢初醒。她突然意識到，剛才皇帝和聶隱娘的那段長長的對話中，他們之間始終僅有一步之遙。

杜秋娘眼前一黑，暈倒在大殿上。

第五章　蘋花夢

1

杜秋娘是被龍涎香「吵」醒的。這股香氣醇厚而霸道，一下子便衝破了盤桓在她腦際的重重黑幕。

杜秋娘睜開眼睛，首先看到的便是從博山香爐中升起的嫋嫋香煙，在頭頂上變幻出不可名狀的形態，無聲地穿梭於一層又一層的華貴帷幕之中。

我在哪兒？

她撐起身來，環顧四周，可是金色的帷簾一直垂到地上，只有燭光從簾外影影綽綽地透進來，好像還有人影在晃動。

她伸出顫抖的手，掀開帷簾的一角。

杜秋娘驚訝地看到，緊靠榻前的檀木圓几上擱著一個碧色的玉盤，盤中盛著一汪清水，紋絲不動。盤底的中央，一隻蹲伏在蓮葉上的青蛙栩栩如生。她有些好奇，便朝水中探出一根玉指。

哎呀，冰涼刺骨！

「妳在做什麼？」

杜秋娘嚇得全身一顫。

這個聲音她太熟悉了，所以連抬頭看一看說話者的勇氣都沒有，只好縮在榻上發抖。那人卻掀簾而入，自自然然地在她的身旁坐下。

「妳在做什麼？」他又問了一遍，語氣是溫和的。

杜秋娘支支吾吾地回答：「我、我想看看裡面有沒有……魚。」

「魚？」他好笑地說，「哪來的魚？這盤中之水是由冰融化的，不是用來養魚的。」

「冰？」她又氣喘吁吁地問，「床榻前為什麼要放冰？是因為天氣太熱嗎？可是殿中十分涼爽啊……」

沒有回答。身旁的人一味沉默著，寂靜壓迫得她幾乎窒息。杜秋娘終於忍無可忍地抬起頭來。

她看見了——「李公子」。

換上便服的皇帝又恢復成了杜秋娘記憶中的模樣，正在默默地打量著她。見杜秋娘朝自己望過來，他微微一笑，說：「妳一點兒都沒變。」

也不知怎麼了，杜秋娘竟激動得熱淚盈眶。她趕緊低下頭去，不想讓他看出來。

「我呢？妳看我有沒有變化？」

「也沒、沒變……」

她的下巴被一隻手輕輕托起。

「都沒好好看過，怎麼知道變不變，瞎說。」

杜秋娘只得瞪大雙眼，可是皇帝的五官太過標緻，離得越近越失真，而他那切近的氣息更令她頭暈目眩，無法自持。

「說吧，爲什麼要回來？」皇帝突然問。

「我、我想……」

「想什麼？」

在杜秋娘的嘴邊，既有一路上準備得滾瓜爛熟的回答，也有此時此刻突然湧上心頭的眞心話。不可思議的是，這兩者居然完全相同，但她就是說不出口。

「這個問題很難回答嗎？」皇帝戲謔地說，「那就換個問題——這是什麼？」

暗影幢幢的帷帳中劃過一道寒光，頓時把杜秋娘從神魂飄蕩的狀態中徹底喚醒了。

她恐懼地注視著皇帝手中的純勾。

「這是從妳懷抱的琵琶套中搜出來的。妳怎麼會有這種東西？還藏著它上殿面聖？」

皇帝的表情和語氣都很平靜，杜秋娘卻怕得全身顫抖起來：「我……」她語不成句。

「妳想殺朕？」從他變換自稱的這一刻起，所有的柔情蜜意都消失了，現實就如他的話語一樣，遍佈殺機。

「不！」杜秋娘本能地叫起來，「不是我！是、是聶隱娘！」

「聶隱娘？」

「對，都是她逼我的！」杜秋娘面紅耳赤地辯白，「是她強迫我把匕首藏在琵琶套中。因爲她說，上殿之時任何人都將被搜身，唯有我、我會是個例外……」

「妳是例外？」

杜秋娘抬起淚光盈盈的雙眸，哀求地看著皇帝：「我不願意，她就要殺我。我實在是沒有辦法啊……請您相信我，我說的都是眞的。」

「明白了。」皇帝微微頷首，「妳的意思是，想殺朕的人是聶隱娘。」

「是。」

「而且她還脅迫妳，利用妳的特殊身分，將兇器帶到了麟德殿上。」

「是的……她說，十步之內，取人首級如探囊取物。」

「原來如此。」皇帝沉吟道，「可是，朕在殿上與聶隱娘有一番對談，當時朕就站在聶隱娘的面前，與她相距不過一步，她為何始終沒有出手呢？」

「……我不知道。」

皇帝盯著杜秋娘：「抑或是妳在說謊？根本就不是聶隱娘要妳私藏兇器。要殺朕的人——就是妳。」

「我沒有！」杜秋娘又急又怕，淚水奪眶而出。

「說！匕首是從哪兒來的？」

杜秋娘哭著回答：「我說過了呀，真的是聶隱娘給我的……」

「胡說！她怎麼可能有這把寶刃！」

「我不知道！我真的不知道！」

心中的恐懼升到了頂點，杜秋娘終於意識到自己的處境有多麼險峻了，簡直就是生死一線。世人均道皇帝冷酷多疑，但在她過去的印象中，他雖精明高傲，卻也有溫柔細膩的一面。難道是她錯了？難道她從來沒有見識到他的真面目……

「再給妳一次機會。」杜秋娘聽到皇帝在說，「為什麼要回來？」

她抬起淚水恣肆的面龐，隔著水霧，他的五官看起來柔和多了，似乎還帶著幾分情思繾綣。

杜秋娘含淚道：「我回來是因為……我想念李公子。」

良久，皇帝才說：「哦？那當初為什麼要走？」

杜秋娘忽然又冷靜下來，橫豎就是一個死罷，沒什麼大不了的，自己不都死過一回了嗎？既然從不把自己看成尋常女子，為什麼還要言不由衷呢？她杜秋娘這一生，只想坦坦蕩蕩地做自己，要死要活，看著辦吧。

她脫口而出：「其實當初，我只是想嚇嚇你。」

皇帝詢問地挑起眉毛，「哦？」

「我就是想看一看，如果我死了，李公子會不會傷心難過？」見皇帝露出不可思議的表情，杜秋娘的眼波在他的臉上悠悠一轉，「最初我以為，是李公子要用扶乩木盒毒殺我，我既痛心又害怕，便決定將計就計……我也曾擔心過李公子洞若觀火，能夠看透我的花招，不料你竟然信了。後來我才知道，是我錯怪了李公子……」

過了好一會兒，皇帝才道：「簡直是胡鬧。」

杜秋娘聽他的語氣還算平和，便壯起膽子道：「胡鬧又怎樣？否則，我永遠都不會知道李公子對我是否真心！」

「妳冒著生命危險，犯下欺君之罪，就為了知道這個？」

「我當然想知道啦。」杜秋娘索性使出最拿手的好戲——撒起嬌來，「李公子是不一樣的人嘛，全天下的女子都只能等待你的垂青和恩寵，卻不敢企盼你一分一毫的真心。可我杜秋娘偏是不甘。」事到如今她已經豁出去了，反而對答如流起來。

「妳得到答案了？」

「沒有。」她懊喪地低下頭。

「妳這又是何必呢？」他的話音中竟有著意外的柔情。

杜秋娘情不自禁地抬起眼簾，瞟了他一眼，趕緊楚楚動人地把頭低下了。

「妳以爲朕就那麼容易騙嗎？」

杜秋娘的心又是一顫。

「元和十一年中和節那天，妳乘馬車自春明門出城而去。當時與妳同行的，正是聶隱娘，對嗎？」

杜秋娘驚愕地瞪著皇帝：「你？」

「朕全都知道。」

「啊！」

他的手輕輕拂上她的面頰：「朕一直在青龍寺目送妳離去。那個中和節，朕過得不太愉快。準確地說，是頗爲傷心。」他的動作和語氣都很溫柔，卻依舊帶著清醒和孤高的風度。

杜秋娘的心狂跳起來，曾經在平康坊中令她癡迷的一切，在今日的大明宮裡，再度不費吹灰之力地征服了她。她低聲問：「爲什麼不攔下我？爲什麼要放我走？」

「因爲……」皇帝沉吟著說，「正如妳方才所說的，全天下的女子都只能等待朕的垂青與寵幸，而妳卻用詐死來逃避朕，這讓朕顏面何存？」他笑了笑，「沒錯，朕可以輕而易舉地把妳攔下，更可以輕而易舉地將妳納入宮中，但在朕的後宮中盡是這樣的女人，並不缺少妳一個。所以當時朕就想，不如放她去吧。她既然那麼討厭朕，硬把她留在身邊也沒意思。」

杜秋娘忙道：「我並沒有討厭李公子，哦不是，是陛……」該改口了，她卻無法啓齒。

「其實在宮中，妳不該稱朕為陛下，而是稱大家。」

「大家？」杜秋娘喚了一聲，覺得怪怪的，忍不住噗哧一笑。

「有什麼可笑的。」他嗔道。

「是，大家。」杜秋娘的笑顏終像春花一般綻放開來，奪目的光彩把整個帷帳都照亮了。

「現在可以說實話了吧？妳究竟為何而來？」

杜秋娘正色道：「我說的都是實話。聶隱娘脅迫我藏械入殿，我如果不從的話，就只有死路一條。但是她也說了，未必會行刺殺之事。於是我便抱著萬一的僥倖，跟她進到大明宮中。因為我始終覺得，弒君大罪，即使對於聶隱娘這樣的刺客來說，也是最艱難的決定。她固然可以將生死置之度外，但是由此引發的天下動盪、社稷危難她豈能坐視？聶隱娘終究不是一個喪心病狂之徒。再說天下藩鎮俱已歸順，此乃大勢所趨，以她的一己之力，是不可能顛覆的。所以我堅信她刺不出這一刀。她之所以要逼著我走這一遭，無非是想給自己一個交代罷了。」

「妳這番話說得倒頗有些見地。」皇帝似笑非笑地看著她，「不過，妳還沒有回答朕的問題。」

杜秋娘的臉騰地漲紅了，噘起嘴不說話。

「既然說到聶隱娘，妳就把整個經過都講一遍吧。」

他對她終究還有懷疑，對此杜秋娘並不意外。她定了定神，道：「當初我詐死還魂之後，須設法出長安城，崔淼郎中就找了聶隱娘來幫忙。他們好像在藩鎮時就認識了。元和十一年中和節那天，聶隱娘將我送出長安，又一路陪我到了洛陽。在那裡我便與她分手了。從此我獨自一人浪跡天涯，東躲西藏了整整兩年，雖然銀錢上無憂，但這種漂泊不定、無親無友的日子，過得實在沒有滋味。最後我到了成都，找到浣花溪畔的薛濤煉師，想拜她爲師修道，跳出紅塵，偏偏她又不肯收我做徒弟。」說到這裡，她悄悄地瞥了皇帝一眼，見他聽得十分專注，臉上沒有絲毫不悅，甚至還有一抹憐惜之色，心中更加安穩，便繼續道：「我再也不想流浪了，就在浣花溪邊賃了一所小院住下，總算過了幾天安生日子。誰承想，就在旬月前的一天，聶隱娘突然闖進我家，不由分說就把我綁了出來。上路之後，她才告訴我，因魏博節度使田弘正立下軍功，被皇帝召入京城封賞。而她雖出身魏博，卻從未替魏博做過事，所以這次就想用我來錦上添花，讓田弘正把我獻給皇帝，從而贏得皇帝更多的歡心。一路上我哭也哭了，鬧也鬧了，還想法逃跑過。唉！可是落入了聶隱娘之手，我當眞是插翅也難飛啊，最後只得認命了。況且……」她停下來，再一次向皇帝投去情意綿綿的目光，「況且我在這三年中飽嚐了漂泊之苦，才懂得知心之人可遇而不可求。想當初我杜秋娘最風光的時候，圍繞在身邊的既有達官貴冑，亦不乏風流才子，可到頭來眞正的知音也只有……」

沉默片刻，杜秋娘又道：「直到今日入宮前，聶隱娘才說出了她的刺殺大計。我嚇得差點兒暈厥過去，卻也只得照她的話辦。可是正像我方才所說的，我始終不信聶隱娘眞的能出手，事實也如我所料。」

「如果她出手了呢？」皇帝冷冷地問。

「如果……」杜秋娘直視皇帝，「如果她眞的出手了，我也將斷無生路。所以我會拚死不讓她拿得琵琶套中的匕首，我想過，在大殿上哪怕能拖延一瞬，也就足夠了。」

「朕聽明白了。」良久，皇帝才道，「並不是聶隱娘利用了妳，而是妳利用了聶隱娘——回到朕的身邊。」

杜秋娘垂眸，輕輕地吁出了一口氣——他終於信了。

皇帝伸出手臂攬過來，她順勢靠進他的懷中，沉醉地閉上了眼睛。

「妳在這個時候回來，朕很高興。」皇帝輕聲說。

杜秋娘不懂他爲什麼要強調這個時候，但既然他說很高興，她便也高興極了。

「妳會後悔嗎？」他又問。

杜秋娘搖了搖頭。

她曾經後悔過，但是現在不會了。她只有一點小小的遺憾——自己到底還是欺騙了他。好在欺騙的成分很小。在那段長長的表白中，她只隱瞞了和崔淼以及裴玄靜有關的部分，其他全都是眞的。況且她堅信，這些極爲有限的謊話絕對不會傷害到他。否則，又怎能騙得過精明如斯的皇帝呢？

唯有她的眞摯女兒情，才能說服他的這顆帝王之心。

「知道朕爲什麼喜歡妳嗎？」皇帝在她的耳邊輕聲問。

杜秋娘搖了搖頭。

「因爲妳很有勇氣，一旦明白了內心所求，便會不惜一切代價去尋求。妳不是貪生怕死之人，與那些庸脂俗粉更有著天壤之別。」

杜秋娘被讚得心花怒放，卻故意道：「我知道了，喜歡我就是因爲我傻，不懂得惜命。」

「喜歡妳，因爲妳和朕是一樣的人。」

杜秋娘無言以對了。

「話都說完了。」皇帝拍了拍她的手背，「彈一曲琵琶給朕聽吧。朕想了很久了。」

「是。」杜秋娘忙道，「我的琵琶呢？」

「不用那把琵琶了，朕另外給妳一把好的。」皇帝指了指榻旁的架子。

杜秋娘向他嫣然一笑，溜下榻去。她光腳踩在絲毯上，腳底感到從未體驗過的細膩柔滑，整個人都變得輕飄飄的，恨不能立即起舞。架子上放置著一把紫檀五弦琵琶，杜秋娘好奇地將它抱起來。

紫檀木的琴身閃著悠遠的光華，琴弦也一看便知是有年頭的了，鑲嵌在琵琶上的片片螺鈿卻像嶄新的一樣絢麗，美不勝收。

她輕輕撥了撥弦，一陣比珠玉更玲瓏，比月光更剔透的琴音便在帷帳中響起來。

杜秋娘又驚又喜：「這把琵琶是……」

「妳猜。」

「莫非……是楊貴妃用過的那一把？」

皇帝微笑著點了點頭。

杜秋娘喜不自勝地抱著琵琶回到榻上，正要彈奏，又停下來。

皇帝問：「怎麼不彈？」

杜秋娘目光炯炯地看著他：「我在成都時聽薛濤姐姐說起過一把琵琶，不知是否就是這一把？」

「哦？她說了什麼？」

「她說，曾經有一個和我命運相仿的歌妓，也擁有過一把楊貴妃的琵琶。那個歌妓和我一樣幸運，得到了一位真正的知音。他贈予她琵琶，與她共度了十年的好時光。最後，當他發現自己不能再給予她庇護時，便忍痛放她離開，讓她去過自由自在的新生活。」杜秋娘說得太投入太激動，完全忽略了皇帝越變越難看的臉色。

她無限神往又動情地說：「正因爲薛煉師告訴我的這個故事，才使我看清楚了我與……李公子的情彌足珍貴。今天我又知道了，我也曾被忍痛放走過，可見我已得到了最眞的眞心——」

「夠了！」一聲怒喝把杜秋娘震呆了。

皇帝拍案而起，暴怒使他的面孔扭曲變形，足以令人魂飛魄散。他飛起一腳，將榻邊盛放玉盤的案几踹翻，盤中的清水潑灑在絲絨地毯上，水滴像一顆顆珍珠般閃閃發光。

「大家！」

杜秋娘驚愕地看到，不知從哪裡突然鑽出來的好多宮婢和內侍，呼啦啦地跪了一地，個個都像末日來臨似的簌簌發抖。

皇帝狂叫：「冰！冰！冰呢！」

「來了！來了！」一個年輕內侍快步奔入，牽領眾人抬著裝滿冰塊的大木桶，手忙腳亂地撿起玉盤往裡裝冰塊。

皇帝向前邁出一大步，不愼踩到了地上的水，腳下一滑，便直挺挺地倒了下去。

2

在大明宮中度過了兩個寒暑，秋天是裴玄靜最愛的季節。與大千世界中的秋天相比，大明宮中的秋季少了碩果豐盈的滿足，代之以多思的靜謐和曠達。在這座宏偉的宮殿中，四季的變遷格外顯著，秋季帶給人的無奈感也更加鮮明。如火如荼的春夏離去得多麼迅疾，令人無限惆悵。好在肅殺的冬季尚未到來，所以儘管大勢已去，卻還來得及再三回顧，汲取勇氣去面對前方的漫漫長夜。

她在叔父的身上也看到了這份蕭瑟的秋意。

裴度應召回京的第二天，便在大明宮中見到了裴玄靜。

他端詳了侄女好久，才說出第一句話：「玄靜，叔父應該早些來看妳的。」

從勉強壓抑住情感的語氣中，裴玄靜聽到了叔父的弦外之音，但她只以淡淡一笑回應——自己一切都好，無須掛慮。

裴度說：「聖上剛剛與我長談過了。他說，他很後悔對妳所做的事。」

這句話倒是出乎意料，裴玄靜抬起雙眸。

「他還讓我來問一問妳，是否想離開大明宮？」頓了頓，裴度道：「玄靜，我與聖上相處了這麼多年，還是頭一次聽到他在言語中隱含歉意。所以我想，過去的事情就讓它過去吧。如果妳想出宮，現在就告訴叔父，我將去懇求聖上。我相信，我們是有機會的。」

許久，裴度都沒有等到裴玄靜的回答。雖然現在的她只能沉默，但沉默也有拒絕與認同的區別，裴度當然能分辨得出來。於是，他提起了另外一個話題：「李彌在我這裡很好，我已當他是我的親侄兒，妳盡可以放心。」

裴玄靜默默拜謝。抬起頭時，臉上仍然風平浪靜。

「……柳子厚去世了。」

她的表情中終於起了一絲波瀾。

裴度長歎一聲：「聖上已經頒發了召回子厚與夢得的詔書。可惜啊，詔書還未到柳州，子厚就病故了。所幸夢得已在回京的路上，不日便能抵達。子厚臨終前修書給夢得和退之，托孤於他們二人。他的兩個兒子，今後就將由夢得和退之分別撫養了。柳子厚一生懷才不遇，最終又走得如此淒涼，怎不叫人悲從中來。他去世前不久寫了一首詩，我讀給妳聽聽吧。」

秋風中，簷下的鐵馬輕輕奏響，伴和著裴度的吟誦：「破額山前碧玉流，騷人遙駐木蘭舟。春風無限瀟湘意，欲採蘋花不自由。」

他說：「讀過子厚那麼多的詩文，這是最讓我感到心痛的一篇。」

「沒能爲子厚做些什麼，是我的終生遺憾，且無可挽回了。」裴度又道，「但我還是要說，聖上對他們的處置沒有錯。如果能夠再來一次的話，我還是會支持聖上的決定。有些事的確很殘酷，甚至令人髮指，卻不得不爲之。玄靜，我不是在爲自己，更不是在爲聖上辯護。我所說的只是事實，是政治的代價，是家國天下的取捨與無奈。」

裴度將一沓紙和一支筆輕輕推到裴玄靜的面前：「玄靜，妳有什麼話要對叔父說的，就寫下來吧。」他的嗓音因爲顫抖而顯得格外蒼老。

裴玄靜注視著面前的紙筆，眼前浮現的卻是元和十年的夏天，自己和崔淼在宋清藥鋪的後院見到柳子厚的情景。她永遠記得在那張清臞的臉上，寫滿了滄桑與不平。正是這份椎心之痛，使她不願去理解叔父此刻的表態。她更覺得，所有的遺憾和懺悔都無濟於事，因爲對於死者來說，什麼都太遲了。

裴玄靜沒有動紙筆，因爲她實在無話可說。

裴度等了許久，見裴玄靜始終毫無動靜，心中自是明鏡一般。有些事情，是到了該挑明的時候了。

「玄靜，有件事應該讓妳知道了。」裴度沉聲道，「崔淼——還活著。」

裴玄靜驀地抬起雙眸，直勾勾地盯住裴度。

裴度迎著她的目光，溫和而確鑿地點了點頭。

裴玄靜口不能言，但急促的呼吸和瞬息萬變的神情足以讓裴度看出，這一刻她的內心是多麼激動。

裴度安撫地拍了拍她的手背。

「正如妳原先所猜想的，假玉龍子替崔淼擋住了致命的一箭，但他仍然身負重傷，很長時間都命在旦夕。所以我先將他送到洛陽治傷，後來又轉往太原。本來是想待風波平息之後再告訴妳的。唉！怎奈人算不如天算，後來所發生的一切都出乎了我的預料，也超出了我的控制。對此，我眞的非常懊悔。玄靜……」裴度嘶啞地說，「是叔父對不起妳。」

裴玄靜卻連連搖頭，用力抓住裴度的胳膊。

裴度明白她的意思，歎道：「不過，崔淼在一年多前離開了太原，至今不知所蹤。」

裴玄靜又愣住了。

裴度道：「此事機密，我亦不敢大張旗鼓地尋找他。我認為，最好的辦法就是妳設法離開大明宮，自己去尋找他的下落。我相信，妳一定能夠找到他的。」

裴玄靜伸手取過紙筆。

裴度焦急地等待著，卻見她的動作又停下來，面頰上剛剛泛起的兩抹紅暈又迅速地褪去了。

「怎麼了，玄靜？」

裴玄靜乾脆把筆擱下了，垂下頭，不讓裴度看到自己的表情。

裴度的心頭一緊：「妳不相信叔父的話嗎？」

裴玄靜一動不動。

是的，她不相信。如果叔父當初向自己隱瞞了崔淼未死，為何今天又突然坦白呢？江湖郎中崔淼的生或者死，之所以重要，無非是因為他的身世。而在這段隱秘身世的背後，更隱藏著先皇的死因！

裴玄靜多麼希望崔淼還活著，她在內心極度渴望相信叔父的話，但她不相信叔父本人。她懷疑叔父在此時提到崔淼的真正意圖，是否為了混淆她在先皇之死上所做的判斷？如果崔淼真的活了下來，並且逃之夭夭了，那麼叔父選擇在此時告訴裴玄靜，甚至與皇帝達成共識，放她出宮去尋找崔淼，就很可能又是一個利用她設下的圈套。

裴玄靜已經被欺騙了太多次。以她的智慧，本不應該輕易上當，但正因為謊言總是來自於她最尊重的人，所以才會一次又一次陷入泥潭。

裴玄靜不會再輕信任何人，因為她已經付出了太多代價。

裴度發出一聲苦澀至極的歎息：「叔父不怪妳，是叔父失信在先。但是玄靜，這次妳一定要相信叔父。我知道妳心裡最在意什麼。然而大內之中，耳目眾多，此刻不及詳談。有關崔淼的情況，我另外只告訴了韓湘一人。他說了，如果妳需要，他隨時可以陪妳一起上路，尋找崔淼。」

裴玄靜仍然沒有任何反應。

裴度只覺心力交瘁，沉默良久，無奈地道：「我該走了。玄靜，妳好好想一想吧，但也不要想得太久。我方才已經說了，今天聖上召見我時特別提到了妳，罕有地表示出了悔意。所以我認爲，只要妳能夠爭取到聖上的諒解，是完全有可能離開大明宮的。」頓了頓，又字斟句酌地說：「我已經兩年多沒有見到聖上了。這次見他，發現情形遠比我想的還要糟糕許多——我有一種非常不祥的預感。我原先一直以爲，削藩大業有成，大唐的一切都在方興未艾之際。以聖上的年齡和體魄，只要再給他十年時間，就一定能完成中興偉業，使大唐重現昔日輝煌。可是現在……唉！總之妳一旦想清楚了，務必要當機立斷。切記，時候不等人。」

裴度朝桌上最後看了一眼，白紙上空空如也，筆尖連墨汁都沒蘸上。在宦海屹立多年不倒的宰相大人心中，感到了非同一般的失落。

他失落，不是因爲失去了最疼愛的侄女的信任，而是因爲他深知謊言不可避免。那些不願說謊的人紛紛死去，可是他多麼希望，他的玄靜能夠活下去。

「玄靜，叔父對不住妳。」裴度對她說完這最後一句話，便起身離去了。

大明宮宏偉的宮殿環繞下，一個躑躅獨行的蒼老身影，在逆光中漸行漸遠。裴玄靜頭一次發現，叔父是一個眞正的老人了。

3

元和十四年的深秋十月，勉強維持了數年安定的大唐和吐蕃邊境上，一場戰事激烈地展開了。

吐蕃節度使論三摩及宰相、中書令等人率領十五萬大軍進犯大唐，將邊境上的鹽州重重包圍。毫無疑問，這場戰役是由年初吐蕃囚徒論莽替之死直接引起的。論莽替在太極宮的地牢裡被關押了整整十六年，期間雖然吐蕃一直有侵奪大唐領土的狼子野心，但投鼠忌器，始終不敢大舉進犯。元和十四年的上元節，乘著奉迎佛骨的機會，吐蕃奸細聯合波斯人在長安城中策劃了一場轟轟烈烈的救援行動，最終卻功虧一簣。論莽替死於李彌之手，波斯人李景度也被炸身亡。由此，吐蕃終於決心與大唐徹底翻臉，經過幾個月的籌備，在邊境展開了一場血腥的廝殺。

鹽州刺史率領邊軍殊死據守，戰事異常激烈。

加急戰報送入京城，大明宮中卻異乎尋常的平靜。皇帝將禦敵的重任交給幾位宰相，允許他們全權處理，自己卻稱病把上朝都免了。

在皇帝即位以來的十四年中，這是絕無僅有的現象。

這麼多年來皇帝一心勤政，又值年富力強，所以極少因病罷朝。然而自從元和十四年迎佛骨之後，皇帝的身體每況愈下。入秋以來更是連續罷朝，常常一連數日不露面。

這天，他卻單獨召見了裴玄靜。

在清思殿中見到皇帝時，裴玄靜方才領悟到叔父所說的不祥預感是什麼意思。她在御榻之上所見的，已是一個病入膏肓之人。

雖然早有思想準備，裴玄靜仍不禁暗暗心驚。其實上一次見面時，她就已經看出皇帝在忍受病痛的折磨，但那時的他還心有不甘，尚在掙扎。今天看起來卻十分平靜，彷彿對於即將到來的一切已能坦然接受，乃至無動於衷了。

裴玄靜跪下行禮，面對著兩股嫋嫋升騰的煙氣，一股是龍涎香，還有一股是冰霧。

「妳有話要對朕說？」皇帝的聲音還算清晰有力。雖然面容相當憔悴，但他仍然一絲不苟地端坐著。到底是六歲時就自居的「第三天子」，即使身染沉痾，也絕不會像普通人那樣疏懶，依舊保持著君王的儀態。

陳弘志將一個黑漆托盤放到裴玄靜跟前，盤中有一沓黃麻金紙、一支毛筆和一碟研好的墨汁。

「有什麼話，就寫下來吧。」

裴玄靜提起筆，似有千鈞之重，遲遲不能落下。

裴度走後，她思考了很久。誠如裴度所說，她不該放過這個難得的機會。要想離開大明宮，這一生中她很可能只有這一次機會了。蒼天垂憐，如果崔淼確實活著，也許他們仍有重逢的那一天。

然而她眞怕，這是又一個險惡的圈套。

思量再三，裴玄靜還是決定求見皇帝。曾經，對天子的敬畏蒙蔽了裴玄靜的眼睛，使她對皇帝的話篤信不疑。但現在她不會了。裴玄靜決定再與皇帝面對面地較量一場，從而判斷出他的眞實意圖。

然而此刻她卻意識到，自己仍處於極端的劣勢。因爲不能說話，所以無法通過你一言我一語的對談來做試探。呈給天子的文字一旦寫下來，就必須嚴肅規整，容不下曲折迂迴，也沒有任何餘地。

裴玄靜遲疑著。

「怎麼了？」皇帝的語氣頗不耐煩，「如果沒想好就先退下吧。朕的身體不適。」

裴玄靜咬了咬牙，提筆書寫起來。寫畢，她朝陳弘志看了一眼，後者立刻雙手捧起呈了上去。

「請陛下勿服金丹。」

皇帝望著這幾個娟秀的字，露出困惑的神情：「妳想對朕說的，就是這個？」

裴玄靜點了點頭。

「沒有別的了？」

裴玄靜又搖了搖頭。

「朕還以爲妳是來求朕，放妳出宮的。」皇帝凝視著裴玄靜問，「妳想出宮嗎？」

裴玄靜再次搖頭。

「眞的不想？爲何？」

裴玄靜又拿起筆，在紙上飛快地書寫。

這次皇帝讀到的是：「妾在世間已無牽掛，故無意出宮。」他一哂，將黃麻金紙隨手拋下。

「裴玄靜，妳實在是太聰明了。」皇帝慢悠悠地說，「魏博田弘正入京獻功，朕將裴愛卿也召來長安，他卻借此機會爲妳求情，對朕絮絮叨叨地講了很久。朕不願薄他的面子，便敷衍他說，如果妳眞的想出宮，就自己來對朕說。沒想到他還當眞了。不過，朕更加沒有想到的是，妳來見朕，卻不提出宮之事。」他收起笑容，「朕再問妳最後一遍，想不想朕放妳走？」

裴玄靜將握緊的雙拳藏在袖籠之下，再一次堅定地搖了搖頭。

「很好，那就這麼定了。」

少頃，皇帝又道：「知道朕爲何說妳聰明嗎？因爲朕絕對不會放妳出宮，所以妳不求朕是對的。妳說過那些詆毀朕的、大逆不道的言語，朕怎麼還會放妳走呢？難道讓妳去民間繼續造朕的謠嗎？妳雖不能說話了，可是還能寫字。妳離開了大明宮，朕要怎麼才能放心呢？難道要把妳的十指也都切掉嗎？妳說呢？」

他注視著裴玄靜，似乎想要欣賞她的絕望表情，但她的臉上什麼都沒有。

「妳也不要灰心。」皇帝的語氣又變得戲謔起來，「只要朕活著一天，是絕對不會允許妳踏出大明宮半步的。但是……哪天朕上仙了，便將不再理會這些人間俗務。到了那個時候，妳仍有機會重獲自由。」

皇帝將目光移回到裴玄靜所寫的第一張紙上，若有所思地問：「妳要朕不服金丹，是不想讓朕升仙嗎？」

這一次，裴玄靜既沒有搖頭也沒有點頭。

皇帝盯住裴玄靜：「妳應該勸朕多服金丹，早日上仙才對。」

裴玄靜又在紙上寫了幾個字，由陳弘志呈上去。

皇帝唸道：「金丹有害？」他沒有顯露出絲毫詫異的表情，反而笑了出來，「何不乾脆寫金丹有毒呢？」

就在這時，陳弘志捧上一個小小的金匣，哭喪著臉道：「大家，該、該服丹了……」

皇帝看著瑟瑟發抖的內侍，裴玄靜突然發覺這場面實在滑稽。想必是皇帝嚴命陳弘志按時提醒自己服丹，所以陳弘志見時候一到趕緊奉上金丹，可這時候也未免趕得太湊巧了，倒像是他故意要逼皇帝服毒似的。

皇帝緩慢地站起身，陳弘志連忙伸手攙扶。

「不用。」皇帝將他的雙手擋下，又朝裴玄靜點點頭，「妳來。」

裴玄靜跟著他來到雲母屏風後面，金匱靜悄悄地待在長案上。一抹日光隔著屏風落在上面，給它增添了幾道朦朧的花紋。

「這些日子，朕每天都要看它一遍。」皇帝掀開蓋子，示意裴玄靜上前來。

她一眼便看到放在最上面的《推背圖》第二象，兩個紅字格外刺眼，皇帝的目光也死死地盯在上面。

「朕一直在祈禱在盼望，它還會變回去。」皇帝的語氣有些悽愴，「既然是神明的徵兆，就應該還有改變的餘地。但是……」他搖了搖頭，「這麼多天過去了，它一直沒有再變。」

他看著身旁的裴玄靜：「假如第二象始終如此，朕就要成爲亡國之君了。對嗎？」

裴玄靜很清楚，皇帝並不需要自己的回答。現在和裴玄靜交談的每個人都會陷入類似的狀況。因爲面對的是一個「啞巴」，所以不能期待她的回答。但他們又都深信，她能理解自己所說的每一個字，即使得不到回應，也會滔滔不絕地說下去，越說越多……

「時至今日，朕已經不抱希望了。鬼神之事，寧可信其有，不可信其無。」他對裴玄靜說，「《推背圖》的預言屢經證實。妳卻根據第三十三象的變字，將朕說成是殺父弒君的兇手。今天朕就再對妳重複一遍，妳的解釋是錯誤的。」

「朕知道妳會說，妳只不過是解釋了神明的徵兆，但是神明會不會弄錯了呢？假如神明因此怪罪於朕，進而改變了第二象……」皇帝的聲音終於顫抖起來，身體也開始搖晃，不得不用雙手撐住長案的邊緣。他再也無法掩飾內心的恐懼，由權威和意志支撐的強硬形象到了崩潰的邊緣。

「第二象必須恢復原樣！朕也絕不會當亡國之君！」皇帝說罷，用盡全力將金匱合上，「如果沒有別的辦法，朕就親自去向神明說清楚！」

沉重的悶響在殿中久久迴盪，震得裴玄靜有點兒暈眩。

皇帝仍用一隻手扶著長案，另一隻手攤開來，露出掌心的金丹。

他古怪地笑了一下：「朕服此丹已有些時日了，金丹到底是有益、有害還是有毒，朕的心裡最清楚不過。但是這些都不重要，最重要的是早日上仙。」

言罷，他將金丹送入口中。

裴玄靜垂下眼簾。

她知道此役自己勝得有多麼險。終局將近了，可爲什麼她的心中沒有半分勝利的喜悅，也沒有半分報仇雪恨的暢快，所有的只是無窮無盡的悲涼。

4

他們來了！

皇帝猛地抬起頭，空無一人的大殿上，紅燭的火苗颯颯而動，但他知道那不是風，而是——殺氣。

他們終於來了！

他下意識地握緊拳頭，屏息凝神，死死盯著前方，直到那裡漸漸幻化出一個人形。此人宦官打扮，臉上只有一張面皮，沒有五官。

果然和〈辛公平上仙〉中的一模一樣。

不，還是有所不同的。陰兵並沒有如〈辛公平上仙〉中所說的，在麟德殿舉行宴會時進入，而是直接闖到了他的寢殿裡來。

無臉宦官一步一步向皇帝逼近。

「你是誰？」皇帝問，「你是李忠言嗎？」

無臉宦官全然不理會他的問話，倏忽之間已迫近到皇帝的跟前，與他面對面了。

皇帝驚恐地看見，無臉宦官的手中出現了一把匕首——純勾！

「不！」他驚恐地大叫起來。

純勾劃出一道銳利的閃光，劈頭而來。情急之下，皇帝也不知從哪裡來的勇氣，伸手一把擎住無臉宦官握刀的手腕，與他爭奪起來。

純勾噹啷落地！

皇帝撲上去，雙手扼住無臉宦官的咽喉，使出了渾身的力氣……

「大、大家！饒命啊……」有人在嘶喊，聲音斷斷續續的。

是吐突承璀！皇帝猛地撤開雙手，吐突承璀這才緩過一口氣，紫漲著臉拚命咳嗽。

「怎麼是你？」

「是我啊，大家！」吐突承璀喘息道，「大家召喚奴來。奴一進殿，便見大家在伏案休息，不敢打擾，誰知大家突然就撲了過來。哎喲，奴差點兒就……」

皇帝頹然倒下：「哦……是朕做了一個噩夢，」看看吐突承璀，「你沒事吧？」

「奴沒事，沒事。」吐突承璀整理了衣袍，重新向皇帝跪拜，抬起頭時聲音中已帶了哭腔，「大家，您這到底是怎麼了呀？」

皇帝苦笑著搖了搖頭：「沒什麼，朕……只是累了。」突然緊張地左右四顧，「純勾呢？純勾在哪裡？」

「在這兒呢！」吐突承璀從御案上捧起匕首，托舉到皇帝面前。

皇帝這才大大地鬆了一口氣：「在就好。」

他靠在御榻上閉起眼睛，吐突承璀大氣也不敢出地在旁侍立，神色悲傷又畏懼。

良久，皇帝輕聲道：「眞沒想到，最後竟是杜秋娘將純勾帶回到朕的身邊。」

「是啊。」吐突承璀小心翼翼地應道，「奴已照大家的吩咐，從野狐落裡帶出了鄭瓊娥，讓她去伺候杜秋娘了。」

「嗯。杜秋娘對宮中的規矩一無所知，有鄭瓊娥陪著她，朕就放心了。」

皇帝睜開眼睛，示意吐突承璀扶自己坐起來。

「那件事，你準備得怎麼樣了？」他問。

吐突承璀回道：「朝中的大部分重臣都已達成共識，就等著大家下決心了。」

皇帝不語。

吐突承璀試探：「要不要先把詔書擬起來？」

皇帝瞥了他一眼：「不急。」

「是。」

少頃，皇帝冷笑一聲：「朕又不會即刻就升仙，忙什麼。」

「大家！」

「你不要怕。」皇帝道，「《推背圖》第二象的『姤』卦，從則天皇后之後就有共識了——李唐不宜立后。朕對郭氏是有虧欠，但郭家勢力太隆，朕不得不防。大唐絕不能再有一個武則天了！元和十年朕立恒兒爲太子，實乃妥協之計。所以元和十一年時，乘著〈璇璣圖〉一案，朕便已經明確地告訴了郭氏，朕絕不會立后，讓她死了這條心。朕原以爲，還有足夠的時間教養太子，並使其疏遠郭家。如實在辦不到，亦可換儲，卻不想朕自己……沒有時間與郭氏慢慢周旋了。太子必須要換，但只能一擊成功，否則澧王將斷無生路。所以此事越急，反而越要緩圖之，你明白朕的意思嗎？」

「奴明白。」

皇帝又閉起眼睛，良久，悠悠道：「這幾天，朕一直在回想永貞元年的件件往事。」

吐突承璀屏息傾聽著，神情越發哀戚了。

「從朕獲封為太子，再到先皇內禪、朕即位的那幾個月，如今想來還是驚心動魄，後怕不已。當時只要有一著不慎，別說皇位，朕恐怕也已經萬劫不復了。」皇帝睜開眼睛，看著吐突承璀道，「你還記得嗎？當時那幾起『龍涎香之殺』幫了大忙。」

「奴當然記得。只是，那幾起刺殺究竟是何人所為，至今都是一個謎啊。」

皇帝點了點頭：「你說……會不會和玉龍子有關？」

「玉龍子？」

「是啊。現在我們才知道，那時先皇的手裡有玉龍子。玉龍子可以號令天下道門，而那幾件刺殺從長安到洛陽再到成都，肯定是由不同的刺客分別完成的，卻做得那般井然有序，又都以龍涎香為號。所以朕這幾天突然想到，會不會這些刺殺都是道門中人所為？」

「大家是說——先皇持玉龍子為令，命道門派出刺客，以成龍涎香之殺？」

「你覺得呢？」

吐突承璀深吸了一口氣：「奴以為，大家說得有理！」

「可惜啊，如今朕的手中卻沒有玉龍子。」說完這句話，皇帝沉默了許久，不知在想什麼。突然，他撐起身道：「陳弘志呢？你去把陳弘志叫來，朕要服丹。」

吐突承璀一驚：「大家，現在還不是服丹的時候。」

「朕頭痛得厲害！你叫他來！」

吐突承璀一動不動。

「你怎麼回事？」

「大家！」吐突承璀撲通跪倒，顫聲道，「大家，求您不要再服丹了！」

皇帝面無表情地看著他。

吐突承璀哀哀奏告：「大家，這十幾年來您爲了大唐殫精竭慮、日夜操勞，別人或許不知，奴可全都看在眼裡！奴不懂什麼《推背圖》，只知道大家對家國百姓，無可指摘！若是沒有大家，大唐別說能有今日之氣象，只怕早就危在旦夕了！奴只聽說識時務者爲俊傑，大家卻是逆勢而爲，硬生生地撐起了大唐的天。莫說什麼神明的指示，在奴看來，神明根本沒有資格評判您！大唐離不開您啊！大家！」他越說越激憤，眼角迸淚，索性「咚咚咚」地磕起響頭來。

「行啦，朕知道你的用心。」皇帝卻怪異地笑起來，「裴玄靜來過了，居然和你說的是同樣的話。」

吐突承璀抬起頭，直勾勾地盯著皇帝。他的額頭上已然一片青紫，看起來又可笑又可悲。

「朕原以爲，她是來求朕放她出宮的。誰知她竟然表示不想出宮，還勸誡朕勿服金丹。」皇帝冷哼一聲，「哼，假如她提出要出宮，她現在就已經死了！裴玄靜確實聰明過人，甚至超出了朕的想像。」

吐突承璀一時沒弄懂皇帝的意思，不敢接話。

「明日你就把她從太極宮接回來吧。那裡過於破陋，顯得朕待人太刻薄了。今後，還是讓她住在玉晨觀裡。」

吐突承璀遲疑地應了一聲。

「還有一件非常重要的事情，朕要囑咐你。」皇帝忽然放低了聲音，吐突承璀趕緊往前湊了湊。

「待朕升仙之後……」頓了頓，皇帝道：「你便立即殺掉裴玄靜，必須由你親自動手。記住了？」

吐突承璀渾身一凜，忙道：「是，奴遵旨。」

「但是，只要朕尚有一口氣在，任何人都不准動她。」

5

裴玄靜又回到了大明宮中的玉晨觀。

永安公主遠遠地站在廊簷下，一言不發地看著裴玄靜走進自己的屋子。秋風乍起，黃葉紛紛飄落。因爲無人打掃，裴玄靜的屋前鋪了一層厚厚的落葉。走在石子鋪就的甬道上面，裙下發出簌簌的輕響，竟成爲這段時間以來，她對世間萬物最眞實的感受。

嚴冬將至。這個冬天一定會很漫長，漫長到永遠不會終結。

裴玄靜知道，和大唐皇帝的對決即將迎來終局。她甚至已經能夠確認，自己將贏得最後的勝利。儘管這是一場險勝，更是一場慘勝。

層層疊疊的屍體爲她鋪就了這條勝利之路，裴玄靜不會辜負他們。

其實，當裴玄靜推斷出李忠言所佈置的一切時，也曾有過疑惑：既然他苦心孤詣地籌劃了十幾年，已經能夠將離合詩直接擺到皇帝的案頭，那麼就算要殺掉皇帝，也並非不可能的。但他爲什麼沒有那麼做？

直到現在，裴玄靜才完全理解了李忠言的意圖。復仇，固然是李忠言唯一的目的，但在李忠言看來，直接殺掉皇帝未免太便宜他了。李忠言不想讓皇帝痛痛快快地死，相反，他要折磨皇帝，從所有的方面打擊他。李忠言巧妙設局，小心實施，一步一步地讓皇帝失去最仰仗的臣子、最信賴的女官，乃至手足和妻兒的親情，直至成爲眞正的孤家寡人，最終失去健康和最令世人欽佩的意志力。

當皇帝當著裴玄靜的面吞下金丹時，他的崩潰已經一覽無餘。

皇帝支撐不了多久了。

李忠言才是《推背圖》變字的幕後主使，包括淩煙閣的第一、二次顯影，也肯定是他策劃的傑作。宋若昭心裡明白，卻有苦說不出，因爲即使向皇帝告發的話，也無法使柿林院置身事外，宋若華的干係總是洗不掉的，甚至會被認定爲同謀。以皇帝的多疑和冷酷，等待宋若昭和小妹若倫的仍然是滅頂之災。所以宋若昭只能拚命強調鬼神之力，甚至自己動手安排了第三十三象的顯影，希望能從這個必將導致不幸的可怕亂局中擺脫出來。但最後，她連自己的命也沒能保住。

裴玄靜認爲，殺死宋若昭的還是李忠言。按理說，置無辜者於死地，應使裴玄靜感到憤怒，但現在她的良心也似乎有些麻木了。況且，李忠言已經用自戕的方式贖了罪。他臨死前去看望裴玄靜，讓她認識到，他也只是一個可憐人。在先皇的陵寢中苟活了十幾年，支撐他的唯一力量就是對皇帝的恨。時至今日，裴玄靜完全理解了他。

不得不說，李忠言精心打造的復仇大計十足血腥。他在臨死前，將它轉交到裴玄靜的手中，因爲他相信，她一定會幫自己完成它。

假如皇帝沒有犯下殺父的罪行，他就不會像現在這樣恐懼和絕望。李忠言所設計的，正是用皇帝自己的良心來行殺戮。其最高明之處在於，皇帝將用自己的死來認罪。

一切的一切都證明，皇帝是罪有應得的。

當裴玄靜認定裴度在用崔淼的生死欺騙自己時，便也拋棄了最後一絲幻想。

裴玄靜相信，崔淼死了，絕不可能還活著。當初親眼目睹裴度射殺崔淼，裴玄靜仍然竭力摒棄對叔父的恨。現在她不再做這種努力。事實上，當她目送叔父遠去時，心中也沒有太多的恨，而是一種解脫。

今日的大明宮中，再無一位生者使裴玄靜留戀，她只想親近那些死去的人們。他們的面目在她的心中栩栩如生，裴玄靜認定，自己與死者謀面的時候不遠了。

短促、輕微的敲門聲打斷了她的思緒。

「裴煉師！裴煉師，快開開門啊！」一個女聲在門外輕喚，緊張得連聲調都變了，但變不了的甜美和嬌嗲，卻令裴玄靜感到似曾相識。

原來已經入夜了。裴玄靜這才發現屋裡一片漆黑，忙摸索著將手邊的一支蠟燭點亮。被關押在太極宮的這些日子裡，她已經習慣了白天黑夜都生活在黑暗中，忘記了人是需要光明的。

燭光如豆，在她面前劃出一個紅色的光圈。

門外的人還在叫：「裴煉師，妳在嗎？」聲音越發焦急。

裴玄靜舉著蠟燭來到門前，將門打開。

「啊，裴煉師，終於見到妳了！太好了！」杜秋娘驚喜地低叫，「我們還是進去說話吧，不能讓人看見了。」

她想往門裡擠，卻被裴玄靜擋住。

「怎麼了？」杜秋娘端詳著裴玄靜的臉，「裴煉師，我是特意來找妳的呀！」

裴玄靜沉默。

杜秋娘說：「哦，妳是不是覺得我不應該在這裡啊？哎呀，說來話長呢。我是偷著來找妳的，求求妳還是先讓我進去吧。」

裴玄靜仍然一動不動。

「裴煉師，妳怎麼不說話呀？」杜秋娘突然想起來，「呀！難道他們說的是真的？妳真的被聖上……他……」

裴玄靜這才默默地點了點頭。

「天吶！」杜秋娘的眼中猝然泛起淚光，「這要是讓崔郎知道了，豈不得心痛死……」她一語未了，就被裴玄靜用力拽進屋中。

杜秋娘尚在暈頭轉向，裴玄靜已飛快地關上門，取過紙筆唰唰幾下，遞到她的面前。

紙上只寫著兩個字：崔淼？

杜秋娘捂著胸口道：「我的老天爺，怎麼會變成這樣啊！」她抓住裴玄靜的胳膊用力搖撼，「裴煉師，妳聽我說，崔淼還活著！正是他設計將我送進大明宮來的，就是爲了來找妳！」

裴玄靜臉色煞白地盯住杜秋娘，目光中仍然充滿疑問。

杜秋娘稍微定下神來：「裴煉師妳別急，此事原委容我從頭講起，妳若是有什麼想問的，就寫在紙上吧。」

於是她嬌歎一聲，將崔淼到浣花溪頭的薛濤別墅尋找自己，又與聶隱娘夫婦一起來到長安的始末原原本本地說了一遍。最後道：「裴煉師，我杜秋娘雖是風塵女子，卻素來羨慕俠義風範。當初蒙了崔郎和裴煉師二位的救命大恩，這次二位有難，我自當相報不在話下。只是入宮的這些天來，我一直不敢輕易打聽裴煉師的下落，所以才耽擱到了今天。好不容易得知煉師在此，恰好聖上他……」她突然住了嘴，臉上泛起一陣莫名的紅暈，「聖上命人傳話給我，說今天身體不適不叫我過去了，我才得了這麼個空，偷偷地溜出來找煉師。」

杜秋娘總算說完了，便愣愣地瞅著裴玄靜，等她在紙上寫幾個字，或者至少顯露出一些表情來。但裴玄靜就像入定了一般，蠟燭的紅光將她的面龐照得瑩澤如玉，在杜秋娘看來，比記憶中的她更加美麗，簡直超凡脫俗，宛然若仙了。

杜秋娘怯生生地問：「裴煉師，妳是犯了什麼錯嗎？還是惹聖上不開心了……」

裴玄靜突然拿起筆，在紙上原先的「崔淼」二字後面，加了兩個字：已死。

「嗯？」杜秋娘愣了愣，「我說過了呀，崔郎沒有死，現正在春明門外，等著煉師前去相會呢。」

裴玄靜把寫了字的紙湊到燭火上。火焰迅速燃燒，片片黑灰像蝴蝶般起舞。

杜秋娘若有所悟：「裴煉師，妳不相信我的話？」

裴玄靜與她眼神交錯。

杜秋娘幾乎跳起來：「裴煉師，我騙妳做甚！我都詐死遠離京城了，如今又巴巴地自己送上門來，難道就爲了對妳說幾句謊話嗎！我吃飽了撐著啊！」見裴玄靜仍是一副不爲所動的樣子，杜秋娘眞火了，「好，反正我是把話帶到了，也算對得起你們，對得起我自己的良心了！別的，我管不著了！」

她作勢起身要走，裴玄靜連看都不朝她看一眼。杜秋娘又氣呼呼地捲起袖子，將懸在玉腕下的一個小香囊解下來，恨恨地扔到桌上。

「這是崔郎中叫我帶給妳的。我留著也沒用，妳拿去吧！」

裴玄靜還是不動。

杜秋娘簡直氣得火冒三丈，從桌上撿起香囊，一直送到裴玄靜的鼻子底下：「我杜秋娘做事向來仁至義盡。喏，崔郎中說了，這裡面盛的是什麼迷魂香料，妳或許會用得著。還有……」她又從香囊外側的小袋中摸出一顆丸藥來，「還有這種小藥丸，說是比普通的雞舌香更管用，只要含在舌根底下，就不會被迷魂香所害。裝了十多粒，妳慢慢用！崔郎還說，此香的味道會被龍涎香所掩蓋，可以用這個方法掩人耳目。好了！該說的都說完了！反正他再三要我向妳強調，他不在乎自己的什麼身世，只想妳平安歸去！」

她本已不再抱希望，卻意外地看到裴玄靜猛地抬起臉來，雙眸中燃起兩團烈火。

裴玄靜張了張嘴，像要說什麼，轉而又去握筆。

就在這時，門上突然傳來急促的敲擊聲，有人在門外低聲叫：「秋娘快出來，聖上派人來傳妳了！」

杜秋娘頓時嚇得面無人色。裴玄靜搶步過去將門打開，慘白的月光照著一個窈窕的身影——是鄭瓊娥。

見到二女出來，鄭瓊娥忙道：「傳話的公公等在清暉閣的前堂，我謊稱娘子已經睡下了，請他稍待片刻。快走吧，再耽擱就要引起懷疑了！」

杜秋娘趕緊跟上她，走了幾步，又問：「誒，妳怎麼找到這兒來的？」

鄭瓊娥道：「我見妳這些天一直在打聽裴煉師的情形，剛才又一個人偷偷地溜出清暉閣，朝玉晨觀的方向而來。我便猜妳多半是來找她的。」

杜秋娘圓睜雙目：「妳在監視我？」

「哎呀！」鄭瓊娥急道，「我是擔心秋娘呀。」

「妳還看到什麼？聽到什麼了？」

「我什麼都沒看見！什麼都沒聽見！」

杜秋娘厲聲道：「我警告妳，休想用這件事來要脅我！如今聖上心裡最在乎的人是誰，想必妳也看得出來！」她雖入宮才沒幾天，對嬪妃之間的爭鬥早有耳聞，況且過去在平康坊中也免不了爭風吃醋，所以極爲警覺。鄭瓊娥人長得太美，身分又特殊，杜秋娘心中對她本就相當忌憚，不想今天還是落了把柄在她手裡。

鄭瓊娥聽得一愣，隨即苦笑道：「秋娘放心吧。裴煉師曾對我有恩，就算是看在她的份上，我也不會去亂說的。況且娘子如今聖眷正隆，我又何苦以卵擊石呢。」最後這句話說得飽含辛酸，又有一種看破紅塵的淡然。

杜秋娘不禁愣了愣。鄭瓊娥抬起手，輕輕將她鬢邊的一支鳳釵插好，柔聲道：「好好定一定神，他是最精明的，千萬不能讓他看出破綻來。」

兩個女子的身影消失在夜幕中。裴玄靜獨自呆立在屋子中央，心中卻掀起了一陣又一陣驚濤駭浪。

崔淼眞的還活著！

杜秋娘說的是實話，叔父也沒有說謊！

剛剛搭建好的復仇之塔瞬間便土崩瓦解了。爲什麼，爲什麼現在才讓她得到這個消息？！

6

皇帝時日無多了。

沒人敢於公然提出這個話題，但它就像是無孔不入的陰風一般，迅速而不可阻擋地流傳開來。大明宮中每一個人的眼神裡，都透出深深的焦慮。令他們恐慌的當然不是皇帝的生死，而是自己的未來。

每一次改朝換代都避免不了流血。即便是按照規制，順利平滑地交接權力，仍然會有人在這個過程中被無情地犧牲掉。與權力離得越近，這種體會就越深刻。

上元節奉迎佛骨的盛況和金秋平定最後一個藩鎮的勝利都被拋在腦後，如今充盈在大明宮中的，只有惶惶不可終日的忐忑與不安。

很快，兩撥人的對抗就把這種恐慌直接掀到了檯面上。

其中之一是吐突承璀。自從皇帝稱病罷朝，從群臣面前消失後不久，吐突承璀就開始上躥下跳，四處串聯謀求改立太子之事。吐突承璀向來與郭貴妃不對盤，也從未對現任太子李恒表現出應有的尊重。在前太子李寧逝世後，吐突承璀一直支持立澧王李惲爲太子。作爲皇帝的心腹，吐突承璀所代表的其實正是皇帝的主張。元和十年末，當時迫於各方壓力，兼有眞假〈蘭亭序〉之謎撕開了李唐皇位繼承中一貫的血腥內幕，皇帝才不得已立了郭貴妃所生的嫡子李恒爲太子，暫時平息了立儲的紛爭。誰知才五年不到，吐突承璀又擺出一副必將其掀翻在地的架勢了。

還是那句話，站在吐突承璀背後的是皇帝。

與之相對的另一撥人，便是太子李恒和他背後的郭貴妃了。吐突承璀這邊鬧得沸沸揚揚，把皇帝意欲換儲的心思搞得路人皆知。雖然太子廢立會引發地動山搖，歷來為朝廷之大忌，但吐突承璀拚命造成大勢所趨的局面，還是令太子和郭貴妃的壓力陡增起來。相對於元和十年的內外交困，如今的局勢已經徹底傾向於皇帝：削藩成功，外患已除，且聖望正隆，朝野內外皆對他衷心順服，就連澧王李惲本人的品格也頗為人所稱道。只要能取得絕大部分朝臣的支持，換儲將會水到渠成。

吐突承璀正在做的就是鋪墊和試水，一旦條件成熟，以皇帝的果敢個性，必會當機立斷。

太子李恒按規矩去父皇的寢宮日省，卻連皇帝的面都見不著，回到少陽院中就只能長吁短歎，坐立不安。太子被拘束在大明宮的少陽院中，每天只能和一幫宦官宮女們面對面，無法結交朝臣乃至江湖人士，更無法形成自己的勢力。一旦變故發生，便成刀上魚肉，任人宰割。

這種時候能夠不避嫌疑，來少陽院看望太子的重臣少之又少，所以當京兆尹郭鏦出現時，李恒差點兒哭出來。

「舅舅，我該怎麼辦啊？」太子沒頭沒腦地問。

郭鏦歎了口氣，太子的地位受到威脅，自己除了安慰他幾句之外，又能做什麼？於是他說：「而今太子所能做的，無非是對聖上盡孝罷了。除了侍膳問安之外的事情，太子殿下切勿胡思亂想。」

「這……」李恒繼承了父母的好容貌，稱得上是一位相貌堂堂的儲君，性格卻頗為軟弱散漫，遇事沒主意，所以特別不討性情剛烈的父親的喜歡。

在郭鏦看來，外甥就是被妹妹郭念雲從小給寵壞了。其實李恒心地厚道，喜愛詩文，雖比不上當今聖上的雄才大略，終歸算是個好人。如此秉性，做個太平之主也綽綽有餘了。

「我知道了！」李恒突然轉憂為喜，「是不是阿母怕我擔心，特意讓舅舅來囑咐我？」

「你母親？」

「是啊。阿母曾對我說，為避嫌疑讓我少去長生院找她。但她又說，一切均會安排妥當，所以我什麼都不必擔心。」

郭鏦皺起眉頭：一切均會安排妥當？妹妹到底在想什麼？難道她……

森森寒意在郭鏦的後背上蔓延開來。

除了太子李恒，大明宮中還有一人對前途感到了莫大的憂慮。更確切地說，國師柳泌感到自己正處在生死邊緣，隨時都有可能死得很難看，還要被栽上一個千古罵名。

郭貴妃太狠毒了，竟脅迫其在給皇帝的丹藥中下毒，還暗示說，只待皇帝升遐而去，新君將論功行賞，柳泌仍能在新朝延續榮華富貴。

柳泌才不敢相信這些許諾！

皇帝尚在春秋鼎盛的年紀，而且得到了極大的擁戴。一旦皇帝駕崩，如果有人追究他的死因，柳泌勢必成為眾矢之的。想當年太宗皇帝駕崩後，就有人要捉拿獻丹的天竺術士，妄稱正是此人害死了太宗皇帝。其實當時太宗皇帝病重，御醫已經束手無措，才會去找天竺異人求藥，純屬「死馬當活馬醫」之舉。將太宗皇帝之死歸咎於天竺人的丹藥，一方面是御醫為了推卸責任，另一方面也是高宗皇帝因父親亡故而痛心疾首的反應。幸虧天竺人跑得快沒被抓住，最終也就不了了之了。

如今柳泌卻連溜之大吉都做不到，因爲他身處宮禁之中，逃無可逃。他也指望不上郭貴妃。如果東窗事發，把柳泌抛出去頂罪是最簡單的辦法，郭念雲不僅能因此自保，還可以拔除一個隱患，何樂而不爲。

柳泌終於開始明白，讓皇帝延年益壽、長命百歲才是保命的最好辦法，起碼皇帝對他的丹藥還篤信不疑。等皇帝一死，就再沒有人能夠庇護他了。

可惜局面已經不爲柳泌所左右，就連一直對他逆來順受的永安公主也變臉了，接連藉故推託不來三清殿學道。今天人雖然來了，卻沒精打采的，一副不情不願的死樣。

柳泌端出國師的架子道：「公主殿下學道，還是得有個樣子。」

沉默片刻，永安公主道：「那就算了吧。我以後也不想再來了。」起身要走。

「等等！」柳泌喝道，「妳想走？」

「不行嗎？」永安竟也變得蠻橫起來。

柳泌氣沖斗牛：「哼，公主殿下想翻臉不認人嗎？難道把幾個月前的事情都忘光了？」

「不，我一點兒沒忘，相反記得很清楚！我記得你小人得志的猖狂嘴臉，我還記得你不自量力，一心想要攀龍附鳳的猥瑣模樣。不過是一個下賤的江湖術士，仗著幾顆丸藥蠱惑皇兄，就以爲自己能夠登天了，做夢去吧！」

柳泌氣得連反駁都忘了。

永安公主卻越罵越起勁：「跟著你才學不到仙道，只能沾染到一身臭氣！我今天來就是要告訴你，我再也不會踏入這三清殿一步！」

「妳！」柳泌終於回過神來了，怒極反笑道，「好啊，真正是金枝玉葉的公主殿下，多麼高貴，多麼不可侵犯！只是貧道不知，當初那個向我造作乞憐，央求我在聖上面前說幾句好話的人又是誰？」

「你說了嗎？」永安逼問。

「假如我說了，怎對得起殿下這番精采的說辭？」柳泌一直湊到永安的面前，「公主殿下還指望我去說嗎？」

「啪！」一記耳光結結實實地打在他的臉上。

永安公主顫聲道：「皇兄都快被你害死了！」

回到玉晨觀時，永安公主的情緒依舊洶湧澎湃，見到人就想罵想打，想不顧身分不顧臉面地大吵大鬧一場。回到房中，永安將宮婢們統統趕出去，憋了許久的淚水立時奪眶而出。

哭了好一會兒，她才漸漸平靜下來，心中卻升起一股異樣的感覺來——屋裡有人！

裴玄靜端端正正地踞坐於窗下，神情坦然地注視著她。

「啊！」永安公主抬手捂住自己的嘴，將一聲驚呼硬生生地塞了回去。

「妳……妳怎麼在這兒？」永安連問了兩句，才想起裴玄靜根本無法回答自己，遂冷笑道：「這些死奴才，連個啞巴都對付不了！」

裴玄靜拿起筆，在紙上寫了幾個字。

永安公主坐到她的對面，見紙上寫的是：「自三清殿來？」

「是，我對柳泌說清楚了，從此以後再也不去了！」

裴玄靜又寫：「他怎樣？」

「他？他應該能想到自己的下場，偏又無路可走，實在令人好笑！」永安公主果真斷斷續續地笑起來，有點兒瘋癲的樣子。

裴玄靜看著她，沒有再提筆寫字。

好不容易止住笑，永安公主又道：「柳泌現在肯定後悔死了。當初只想著用丹藥蠱惑皇兄，好讓自己能夠飛黃騰達，卻不料做過了頭，皇兄沉迷金丹不可自拔，身體也每況愈下。哼！柳泌現在也慌了。皇兄若有個三長兩短，別說榮華富貴了，他連性命都保不住。可是事已至此，如今想抽身亦絕無可能了。所以他明知眼前只有死路一條，卻只能硬著頭皮走下去。呵呵，妳不知道我今天看見他那副喪家犬的模樣，心裡面有多麼痛快！」

裴玄靜又動筆了。

永安公主拿過紙，讀道：「殿下可爲聖上擔憂？」

「我擔憂有用嗎？皇兄是什麼樣的人？別人的話他會聽嗎？金丹有害，大明宮上上下下誰人不知。別的不說，就看看那些連數九寒冬都不能離開的冰……」她淒涼地搖了搖頭，「皇兄雖貴爲天子，終究也是血肉之軀啊，怎麼能受得住！可是，有誰敢去向他提一個字？」

裴玄靜一瞬不瞬地注視著永安公主。

「妳是說我嗎？」永安領會了她的意思，「皇兄才不會聽我的呢。至於其他人，比如郭貴妃，本就心懷鬼胎。要我說，她還巴不得皇兄早點死呢！」她今天算是豁出去了，對裴玄靜完全口無遮攔。畢竟在大明宮中，裴玄靜是一個値得信賴的人，這樣的人幾乎絕無僅有。

永安又道：「其實我心裡不願意皇兄出事……他雖對我無情，終究是我的親哥哥。如果換了別人坐在那個位置上，我的狀況只會更淒慘。但有什麼辦法呢？命該如此，只得認命罷了。」

裴玄靜將方才寫過的紙在蠟燭上引燃，看著它燒成了灰，才又提起筆，寫在一張新紙上。

永安公主探頭一看，卻見上面寫著：「聖上已知。」

「已知？」她問裴玄靜，「皇兄知道什麼？」

裴玄靜再寫：「金丹有害。」

永安公主愣了愣，說：「但是柳泌已用化骨成仙之說搪塞過去了，否則皇兄也不會堅持服丹至今啊。」

裴玄靜搖了搖頭，在「金丹有害」四字下面，又加上了兩個大大的字：有毒。

「妳是說……皇兄知道金丹有毒？」

裴玄靜鄭重地點了點頭。

「那他爲什麼還要服丹？有害和有毒，是兩回事呀！」永安公主低聲叫起來，「他不會這麼糊塗吧！」她看著裴玄靜的表情，突然倒吸一口涼氣，「妳的意思是他、他自己想……」

她實在沒有膽量說出那個字——死。

良久，她才掙扎著問：「爲什麼？」

這次裴玄靜寫得非常緩慢，一筆一劃，彷彿手中的筆有千鈞之重，但又寫得非常堅決，沒有半點猶豫。

她只寫了四個字，便將筆擱下了。

永安公主把紙捧到眼前，雖然手抖得厲害，四個字幾乎疊影成了八個字，但仍然看得清清楚楚。不，不用看，她也知道裴玄靜寫的是什麼。

「先皇之死。」

永安公主一動不動地坐了許久，視線好像被黏在這四個字上面。

裴玄靜也一動不動地坐在對面，等待著。她有充分的耐心。在生與死、希望與絕望的交替衝擊後，再沒有任何力量可以動搖她的決心。裴玄靜決心——揭開先皇之死的眞相。

崔淼還活著，當裴玄靜確認這個事實後，弄清先皇之死變得更加至關重要。

崔淼讓杜秋娘轉告裴玄靜，不必再追尋他的身世，他已經放棄了這一切，只要裴玄靜平安歸來。正是這句話，再加上絕無僅有的迷魂香粉，使裴玄靜相信了杜秋娘。因爲那是他們二人在蔡州之戰的前夜，對雪盟誓時的私語，除了崔淼，天下再無人知。

但也是這句話，使裴玄靜更堅定了釐清眞相的決心。

皇帝是否犯下殺父罪行？崔淼的母親究竟有沒有給先皇下毒？這兩個謎團互相糾纏在一起，非此即彼、非黑即白，種下了一切的因。所有業緣由此而起，眞相卻始終撲朔迷離。所有人都被這個謎團所裹挾，有人已爲之而死，更有人生不如死。

那天皇帝當著裴玄靜的面服下金丹時，目光中的悲涼是她所不能理解的。他明知金丹正在毒害自己，卻一顆顆地吞下去。裴玄靜曾試圖將這種行爲解釋成：不堪良心的譴責而自戕。但在她的意識深處，始終迴盪著一個懷疑的聲音。

皇帝的性格至剛至硬，被良心擊垮太不像他了。即使有《推背圖》第二象的變字威脅他爲亡國之君，他也更應奮起反擊，而不是像現在這樣，乖乖地束手就縛，以死謝罪。

會不會他眞的被冤枉了？

經過徹夜不眠的激烈思考後，裴玄靜決定拋開先前所有的假設，重新尋求眞相。

崔淼讓杜秋娘轉告她，自己已經放棄了追索身世，並且要裴玄靜也放棄。他還希望裴玄靜能借助迷魂香的特殊效果，找到逃出大明宮的辦法。崔淼的想法雖別出心裁，卻也有其高明之處。以裴玄靜的聰明才智，確實有可能辦得到。但是裴玄靜已下定決心，除非查出先皇之死的眞相，否則絕不離開大明宮。

因爲在這眞相裡埋藏了太多的恩怨情仇，乃至大唐的命運與前途。

否則，即使她能成功地逃離大明宮，她的心也會被繼續深鎖在這座宏偉的宮殿中，深鎖在仇恨的漫漫長夜裡。

永安公主開口了：「我什麼都不知道。」

裴玄靜鎭定地注視著她，等她說下去。

「我只記得，那是一個極冷極冷的冬夜。父皇移居興慶宮已有數月，病情時好時壞，入冬以後便一日差似一日。我們兄妹幾個每天去興慶宮定省，只有皇兄因國事繁忙，很少出現。但不知爲什麼，那天夜裡他突然駕臨興慶宮，身邊除了幾名貼身侍衛之外，只帶著內侍省的主管太監俱文珍公公。皇兄來了之後，命所有人迴避，我們幾個便退到阿母的寢閣內等候。李忠言本來片刻不離父皇的左右，那次也被趕到了外面。我們在阿母處等了好一會兒，並不見皇兄出來。這時，我突然發現襄陽妹妹不見了。她那時還小，剛滿六歲，父皇特別疼愛她，所以她在咸寧殿上毫無拘束，想做什麼就做什麼，沒人管她。姐姐和阿母都說，糟了，襄陽妹妹肯定還留在父皇那裡。她們怕她打擾到父皇和皇兄，想把她叫出來，又不便命宮婢闖進去。於是她們便商量，讓我去把襄陽妹妹帶出來。」

永安朝裴玄靜含淚笑了笑：「那一年我也才剛十二歲，所以阿母覺得，我進去的話會比較自然，皇兄不至於心生芥蒂。我聽從阿母的吩咐，悄悄地溜進父皇臥病的東廂。在父皇的御榻前擋著一架屛風，屛風後面傳來說話聲，雖然壓得很低，但我馬上就聽出是皇兄在說話。他好像很激動，話說得又急又快，怒氣衝衝的。我根本就聽不明白他在講什麼，心裡卻非常害怕。因爲我知道，皇兄肯定是在對父皇講話，用的卻是如此不恭不敬的語氣。更讓人難過的是，父皇那時癱在床上，口不能言，所以只能聽著皇兄訓斥自己……我嚇得不敢再往裡進了，正在進退兩難時，忽見皇兄從屛風後走了出來。我慌忙躲到一根立柱的後面，皇兄正處於情緒激昂之中，沒有發現我就與他近在咫尺。他滿面怒容地來回踱步，又停下來，將耳朵靠到屛風上傾聽。他聽得那麼專注，於是我也跟著側耳傾聽起來。我聽見從屛風內傳來一些奇怪的響動，難以辨別卻令人極度恐懼……突然，皇兄疾步衝向屛風裡面去了。而我卻像被凍住一樣，根本無法動彈。就在這時，從屛風後傳來俱文珍帶著哭音的高喊：『太上皇駕崩了！』」說到這裡，永安公主深深地喘了口氣，臉上已然慘無人色，「我也不知從哪裡來的勇氣，直接奔了進去。我看見俱文珍匍匐在地上發抖，而皇兄就站在父皇的御榻前。他聞聲回頭，看見了我，一下子便愣住了。我永遠記得他當時臉上的表情，還有他握在右手中的匕首……」

匕首。裴玄靜在心裡唸出它的名字：純勾。

「匕首上沒有一絲血跡。」永安的神情如癲似狂，臉上淚水恣肆，「呵呵，因爲這把匕首滴血不沾，所以永遠永遠都是乾淨的！可是皇兄的衣襟上血跡斑斑，袍袖上也沾滿了血……我完全嚇呆了。就在這時，襄陽妹妹從父皇的御榻後面跑了出來，嘴裡連聲叫著：『爹爹！爹爹！』我撲過去，一把將她的小嘴捂住。皇兄突然轉過身去，把匕首塞進了俱文珍的手裡。與此同時，李忠言和阿母、姐姐他們一起從外面衝進來……」永安公主緊緊地閉起雙目，喃喃地說，「我所知道的，就是這些。」

許久，裴玄靜才拿起筆，在紙上寫下四個字：「襄陽公主。」

「沒有用的。」永安搖頭道，「我曾悄悄問過她幾次。她總是回答說，什麼都不記得了。」

不，一定有用！既然純勾由長吉贈予，那麼他給李彌起了和襄陽公主一模一樣的字肯定也不會是巧合。裴玄靜無法解釋這種神奇的關聯，卻對此深信不疑。

她再次提起筆，寫道：「請殿下召喚襄陽公主前來，我自有辦法。」

擱下筆，裴玄靜從肘上解開一個香囊。

7

「朕聽說妳這兩天很忙碌？」皇帝隨意地問跪在面前的裴玄靜，「連襄陽公主都跑到玉晨觀去了。據朕所知，她向來與永安並不親密，彼此沒什麼往來。」他又若有所思地看著裴玄靜，「襄陽公主去玉晨觀，是因爲妳吧？」

陳弘志早已在裴玄靜的面前放好了紙筆，她卻連動都沒動。如果能夠說話，她多半會直截了當地反問，陛下爲何不直接去問兩位公主呢？不過這種帶有挑釁意味的話，既不適合也沒有必要落成文字，還是省略了吧。

自從被截舌之後，裴玄靜才認識到自己過去說了多少廢話。

見裴玄靜沒有反應，皇帝又換了個問題：「妳去柿林院做什麼？」

裴玄靜提起筆，在紙上寫了幾個字。

皇帝吩咐陳弘志：「你唸吧。」

「是。」陳弘志畢恭畢敬地唸起來，「請陛下召宋若倫來問話。」

「哦？」皇帝微微一笑，「妳找了個人來代妳講話？爲什麼是她呢？」

宋家五姐妹中，就數若倫的年齡最小，長得也最不起眼。和幾個各具風華的姐姐相比，宋若倫的人品平淡無奇，性格也軟弱怯懦。宋若昭出了意外之後，她更是龜縮於柿林院中閉門不出。若非今天裴玄靜提起，皇帝都快把她給忘了。

宋若倫應召上殿，畏縮著雙肩在階前跪下，顯得十分纖弱可憐。曾經聲名遠揚的宋家五姐妹悉數凋零，如今就只剩下這一枝獨秀了。

她怯生生地回答皇帝的問話：「陛下，妾應裴煉師之命，帶來了這些。」

「是什麼？」

「這些都是三姐做的皮影，陛下。」

「皮影？」皇帝詫異。

宋若倫回道：「昨日裴煉師來到柿林院中，說她想為陛下演一齣皮影戲。因為裴煉師過去造訪柿林院時，曾經在三姐的屋中看見過皮影，所以想來找些用具。我回答裴煉師，三姐過去確實喜歡皮影戲，自己也做過一些，帶著我們一起演來取樂，還曾為陛下演出過。裴煉師聽了很高興，便從三姐留下的皮影中找出了幾件合用的，還有演出時所需的幕布等等，我今天都一併帶過來了。」

皇帝越聽越疑惑，不禁問：「裴玄靜會演皮影戲？」

「我教了裴煉師如何操作，她很快就學會了。」宋若倫一五一十地答著，顯然都是裴玄靜教好了的。

皇帝皺起眉頭，看了看陳弘志。

陳弘志會意，連忙捧起宋若倫帶來的包袱，小心翼翼地擺在御案上。除了雪白的幕布之外，包袱中共有三個人物的皮影。其中兩位均戴冕旒著龍袍，應該是兩位君王。第三個人物則穿著黃色的宦官服色。兩位君王以鬚髯可以區分出來，一個較為年長，一個相對年輕。

皇帝的臉上陰霾密佈。他記得宋若茵確實曾在宮中表演過皮影戲。為了討得皇帝的歡心，她還特意選取起居注中太宗皇帝的事蹟，例如魏徵諫言使太宗皇帝捂死鸚鵡的趣事，編成小戲演出。在宋若茵的皮影人物中出現皇帝和宦官，倒是不奇怪。

難道說，裴玄靜要演一齣由這樣三個人物組成的皮影戲？

皇帝將目光投向那張清麗出塵的臉。她亦毫不迴避地與他對視，在這個世上敢於這樣做的，實在寥寥無幾。

「皮影戲麼？有意思。」皇帝說，「朕倒是想看一看。」又問宋若倫，「妳也一起演嗎？」

「不。」宋若倫回答，「裴煉師只命若倫幫忙準備，其他的妾一概不知。」

皇帝點了點頭：「好，那妳就退下吧。」

裴玄靜利用了柿林院現成的條件，卻周到地避免了將宋若倫牽扯進來。皇帝亦認可她的做法。歸根結柢，這只是他們兩個人之間的秘密，不是嗎？

雪白的幕布支起來了。帷簾一層一層地放下來，隔絕了窗外的月色，只有隱隱約約的燭光在幕布後方搖曳。龍涎香和冰的寒意交糅在一起，殿中清冷孤絕，恍似廣寒的最深處。

所有人都應命退了出去，只有皇帝一人端坐在幕布前。裴玄靜立於幕布之後。除了仙人銅漏發出恆久的「滴答」，清思殿中再無一絲聲響。

裴玄靜思考了很久，最後還是淩煙閣顯影給了她靈感。因爲接下來她要向皇帝展示的一切，那一幕幕無法用文字描述的場景，更不應該以任何形式保留下來。

她會將它從歲月的深處找出來，驚鴻一現，再放它消失在記憶的盡頭。只有轉瞬即逝的影子才能符合她的要求。

一場無聲的皮影戲開始了。

首先出現在幕布上的，正是那名年輕的君王。他疾步上場，來到一側半臥的老年君王跟前，跪下來。

幕布前的皇帝情不自禁地握緊了雙拳。他知道的！他早就知道會看見這一幕！裴玄靜！他在心中默唸這個名字——殺了她吧！現在就讓一切終止，趁還來得及。

然而他什麼都沒有做，只是一動不動地坐著，目不轉睛地盯著幕布。

年輕的君王正在爲老皇帝侍藥。突然，藥碗被老皇帝推翻。年輕的君王跳起身來，衝著老皇帝指手畫腳一番，似在怒不可遏地喝罵，隨即拂袖而去。

緊接著宦官登場了。他跪在老皇帝的面前，又端起一碗藥，正想往上送，突然看到老皇帝的手中，出現了一把匕首。

太監嚇得癱倒在地上，剎那間，老皇帝已將匕首插入自己的胸膛。

幕布前的皇帝猛地挺直身軀，嘴唇翕動卻發不出一點聲音。

戲繼續演下去。

太監衝過去，想要奪下匕首。

年輕君王匆匆跑上來，像是聽到動靜而來。見到眼前的情景，他呆住了。

太監又撲通跪地，連連叩頭。

年輕君王一步步走上前去，伸手拔出了插在老皇帝胸口的匕首。旋即回轉身，將匕首塞進太監的手中。

幕布上的場景就停在這一刻。隨後，裴玄靜吹滅了幕後的蠟燭。

一切都消失了。

唯一的光源是香爐中搖動的火，照在皇帝慘白猙獰的臉上，直與惡鬼無差。

「妳……妳是怎麼知道的？」他指向裴玄靜的手抖得厲害。

裴玄靜沉默。無須回答，他應該猜得出來。

「俱文珍爲什麼不說實話……我一直以爲純勾是、是他……」皇帝手扶立柱，搖晃地站起來，語無倫次地喃喃著。

他一直以爲是俱文珍動手殺了先皇。正因爲他在心中起過這個可怕的念頭，所以才不敢向俱文珍追問眞相。而俱文珍也利用了皇帝這一點最根本的怯懦。因爲老奸巨猾的宦官深知，只有成爲皇帝的共犯才能保全性命，而一個目擊者必將被無情地消滅。何況他所目擊的，是比殺父弒君更慘烈的人倫悲劇！

先皇是自盡的。

而皇帝卻一直誤以爲，是俱文珍擅自揣度自己的意思，對先皇下的毒手。他不願承認殺父的罪行，但更可怕的是，他也無法否認。一年又一年，他肯定在心中無數次地回想，無數次地與自己的良心對峙，卻只能在黑暗中越陷越深。

現在眞相大白了，他就能從此得到解脫了嗎？

「妳！」皇帝指著裴玄靜，「妳怎麼敢……」他還想說什麼，喉嚨卻被腥鹹的東西堵住了。忽然，一大灘黑紅的血就吐在裴玄靜的面前，緊接著又是一灘。皇帝的身體搖搖欲墜，裴玄靜伸手去扶，卻被他用盡全力地甩開。

「滾！」皇帝聲嘶力竭地吼著，「滾出去！」

裴玄靜徑直向外走去。陳弘志帶著一幫內侍從她的身旁經過，慌慌張張地奔入殿內。

她一直走到御階的盡頭，才停下腳步。

大明宮中的夜色是多麼恢弘。頭頂繁星似蓋，一輪皎潔的圓月將清光遍灑。腳下的長安城中，萬家燈火無限延展，彷彿可以生生世世地凝望下去，永不停頓，永不消亡。

她想像著，千百年後人們會像仰望今夜的明月一樣，仰望大唐的盛世榮耀。但他們不會去想，在這盛世中的每一個人都流盡了眼淚，不論君王還是走卒。

所有眼淚均無足輕重，一切盛世都稍縱即逝。

裴玄靜雙手捧面，滾燙的淚水從指縫間奔湧而出。還是頭一次，她在大明宮中失聲痛哭起來。

直至黎明時分，裴玄靜再度被召入殿。

「就在剛才，朕得到了一個好消息。」

裴玄靜聞聲抬頭，又看見了一個神采奕奕的君主。僅僅過了幾個時辰，他就戰勝了最軟弱的自己，憑藉歎爲觀止的意志力重現一位帝王之尊。

不論對他有什麼樣的看法，此時此刻，裴玄靜還是肅然起敬了。

「在鹽州與吐蕃之戰雖然慘烈，但大唐終究還是勝了！鹽州刺史李文悅死守了整整二十七天，等到了靈武牙將史奉敬的援軍，前後夾擊大敗吐蕃。」

裴玄靜眞心想說一句祝賀的話，可她的面前沒有紙和筆。是陳弘志忘記擺放了嗎？不可能，那只能是皇帝特意的安排。

也就意味著，今天他不再需要她說一個字了。

「妳知道鹽州在哪裡嗎？」皇帝對她說，「妳來看。」

裴玄靜隨他來到懸掛在一旁的巨幅輿圖前。

「這就是鹽州。」皇帝指著圖上的一個小點說，「從元和初年到現在，吐蕃一再要求會盟，朕均以種種理由拖延，如今他們實在忍耐不住了，於是率先發兵進犯。但吐蕃沒有想到，大唐已今非昔比，朕再也不必對他們虛與委蛇。」他越說越興奮，煥發的神采掩去了深重的病態，「藩鎮已平，下一步就是收復河湟舊地。大唐的子民還在那裡等著唐軍，他們已經等待了幾十年，朕不會讓他們再等那麼久！此次鹽州首勝，是吐蕃主動挑釁的。接下去就該大唐……」皇帝突然住了口，摩挲著輿圖的手也停下來。

他轉過臉，注視著裴玄靜問：「妳曾經看過大唐的疆域嗎？」

她搖了搖頭。

「朕每天都看。喏，這就是長安。」皇帝點了點輿圖的中央，「妳看，大唐是不是很遼闊？」

當然。裴玄靜在內心由衷地讚歎：遼闊的大唐，無可比擬的大唐，誠當生死與共的大唐！

「可惜啊，如此美好壯麗的山河，朕卻未有機會真正地親近過。除了幼年隨祖父逃難的那段時間，朕的這一生都未離開過長安。」皇帝道，「還記得嗎？在春明門外賈昌的小院中，妳我第一次見面時，朕就對妳談起過『舉目見日，不見長安』的典故。」

裴玄靜點了點頭。

「其實，朕倒是有點羨慕隋煬帝，可以乘著龍舟沿運河下江南，亦能御駕親征北上吐谷渾。縱使民不聊生，最後身死國滅，也算飽覽了這片壯麗的山河。相反，朕卻只能抱憾終身了。不僅僅是朕，還有朕的祖父、父親和朕的孩子們都一樣，我們世世代代都是大明宮的囚徒，必將這一身的骨血獻給大唐。這,就是我們李家人的命。」

皇帝說著,沿運河下行的手指停住了:「揚州。哦,差點兒忘了,朕的十三郎在揚州。」他用疼愛的語氣說,「他還小,又是個傻孩子,所以就讓他去開開眼界,比待在長安好多了。不過,最終還是要回來的。」

皇帝轉過身來,背對大唐的疆域全圖,莊嚴地說:「裴玄靜,朕不想再見到妳了。」

裴玄靜挺直身軀。她深知,自己的命運就將在這一刻被決定。幾個時辰前,是她向皇帝揭露了眞相。而現在,卻仍將由皇帝來對她進行宣判。

但這一點兒都不荒謬。裴玄靜甚至感激皇帝,讓自己在大唐的萬里河山前接受命運的最終安排。不論結果爲何,她都能坦然面對。因爲她對自己、對大唐,對天子保有了眞誠,無愧於心。她比任何時候都更加堅信:眞相不能改變過去,卻能決定未來。

「朕想過殺掉妳,這樣做最簡單。但是,昨夜當朕收到前線戰報,站在這張大唐輿圖前時,朕改變了主意。這張圖上的每一寸山河都屬於朕,朕的大唐如此遼闊,怎麼會容不下一個女子呢?大唐是朕的,亦是天下人的。當然,也是妳的。所以,裴玄靜,朕命妳即刻離開長安,隨妳去到大唐的任何一個角落。只有一個條件,永遠不許再回到長安來!」

話音落下,寂靜重回。裴玄靜有一絲暈眩,不知今夕何夕。

靜待片刻,皇帝道:「朕將賜妳自由。」

裴玄靜毫無動靜。

皇帝微微皺起眉頭:「怎麼?妳不想走?」雙眸中閃現出含義不明的光芒,牢牢地盯在她的臉上。

裴玄靜抬起手，在大唐的疆域圖上，用食指緩緩地描出一個字型──「還」。

皇帝臉上的表情瞬息萬變，最終在唇邊凝成一個意義深遠的淺笑。

「好吧。」他說，「裴玄靜，朕還妳自由。」

裴玄靜伏身下跪，向大唐的天子深深叩首。她終於可以確定──沒有陰謀，沒有圈套。他配得上她的這一拜，最後一拜。

「快走！乘著朕還沒有後悔，走得越遠越好，不要回頭！」

裴玄靜從清思殿的御階上飛奔而下。在她的背後，曙光正從東方漸漸升起，晨鐘還未鳴響，她的前方仍然是漫無止境的黑夜。

「裴煉師！」陳弘志趕上來，右手中牽著一匹通身雪白的高頭大馬。

他跑得氣喘吁吁：「這是聖上的踏雪驄！聖上命煉師騎此馬出宮，沿途的宮門、坊門、城門盡開，無人可以阻攔！」

裴玄靜接過轡繩，踏雪驄仰天發出一聲嘶鳴。

紫宸門、崇明門、含耀門、望仙門，一扇扇宮門在她的面前敞開。裴玄靜先向南出大明宮，跑上天街，再穿過長樂坊、大寧坊、安興坊、勝業坊，在東市前折向東，直奔春明門。

旭日東升。

萬道曙光從安放著賈昌老人骸骨的白塔後射過來，耀得她睜不開眼睛。

他在嗎？他在哪裡？

裴玄靜焦急地張望著，可是眼前只有一團又一團的金色，什麼都看不清。

在她背後的長安城中，晨鐘一聲接一聲地響起來。

8

晨鐘響過之後，長安城甦醒了。

百姓們三三兩兩地剛走上街頭，便瞠目結舌地看到一匹無人乘騎的白色神駿如風馳電掣，自長街上一掠而過。

神駿所過之處，千門萬壑次第而開。一直跑到丹鳳門前，踏雪驄方才停下，威風凜凜地轉了個圈，仰首嘶鳴。

牠走慣了天子出入的丹鳳門，所以只認此門，直奔此門。

眾人目睹了踏雪驄的神奇回歸，卻只有極少數的幾個人看到牠離開時的情景，其中就有杜秋娘。

裴玄靜騎著踏雪驄奔出大明宮時，雖只是驚鴻一瞥，杜秋娘卻清清楚楚地看到了馬背上那個白衣翩躚的身影。她簡直不敢相信自己的眼睛，裴玄靜真的就這樣離開了——多麼不可思議的計畫，竟然辦成了！

杜秋娘喜極而泣，鄭瓊娥在一旁默默地陪伴。一盞紅燭尚未點盡，映著兩張國色天香的面容，各懷心事，各自悲喜。

再也沒有人提起裴玄靜這個名字，彷彿她從未在大明宮中出現過。

太液池畔的蘋花已老，大明宮中的秋色越來越深了。

杜秋娘還在梳妝，按慣例再過半個時辰皇帝才會召喚她，所以她磨磨蹭蹭地並不著急，在鄭瓊娥端上來的金盆中挑了好久，最後找出一束白色的四葉小花來。

「咦，這不是蘋花嗎？」

鄭瓊娥忙說：「這是她們採了自己玩的吧，怎麼放在金盆裡了？」說著便要將蘋花撿出去。

杜秋娘攔住她，問：「我在太液池旁看到大片的蘋花。聽說是聖上吩咐栽的？」

「是。」

「爲何？」

「聖上最愛的女兒普寧公主喜歡蘋花，可惜公主福薄，年方十七歲便薨逝了。聖上痛心不已，後來便命人在太液池邊栽了大片的白蘋。我想，是聊寄懷念之情吧。」

「哦，原來是這樣……」杜秋娘若有所思地點了點頭，將蘋花舉到鬢邊，照著鏡子道：「倒是不俗，妳覺得好看嗎？」

「萬萬不可。」鄭瓊娥勸道，「咱們大唐崇尚的是富麗華貴，這水澤邊的蘋花再美也是無根低賤之物，怎可去見天子？」

「不是啊，妳方才不是說蘋花乃普寧公主所愛。而且我這些天看見聖上翻閱柳子厚的詩集，裡面有一句『欲採蘋花不自由』，聖上時常唸誦，看樣子喜歡得很呢。」

「眞的不行。」鄭瓊娥還想勸阻，宮婢入內：「聖上命娘子速去。」

杜秋娘驚道：「這麼早！」她一陣心慌，是出什麼事了嗎？連忙對鏡再理了理鬢髮，順手便將那束蘋花簪到髮髻上，但見在清麗小花的襯托下，鏡中之人越顯得秋瞳剪水，面龐宛若出水芙蓉一般生動。杜秋娘斜了鄭瓊娥一眼，昂首而去。

剛一進殿，她便聽到皇帝焦急的聲音：「鑰匙呢？妳看見朕的鑰匙了嗎？」

「什麼鑰匙？」

「金匱的鑰匙啊！」

「哦。」這些天她總是看見皇帝捏著一把小小的純金鑰匙，獨自轉到雲母屏風後面，打開放置在長案上的一個金匱。每次他這樣做的時候，都帶著絕無僅有的肅穆神情，以及遍佈通身的緊張，彷彿金匱裡盛放的是什麼性命攸關的東西。杜秋娘很想上前去看一眼，但實在沒有這個膽量。她還發現，每次看完金匱後，皇帝都會沉默很久。在那段時間裡，他既不像造訪平康坊的神秘風流的李公子，也不像大明宮中主宰天下蒼生的皇帝，而更像是一個對天命無比敬畏，偏又不肯輕易認命的、自相矛盾的普通人。杜秋娘不敢打攪他，只能在旁邊靜靜地守候，等待他恢復常態。

「是這個嗎？」她從御榻的角落裡翻出一把金光燦燦的鑰匙。

「對！」皇帝一把搶過去，「怎麼會在這裡？」又看了一眼杜秋娘，「哦，肯定是朕疏忽了。」

他轉身便向屏風後走去。

杜秋娘只得坐下來，又要等待了。她百無聊賴地撫弄起皇帝賜的紫檀琵琶，卻小心地不發出一點聲響。這把琵琶，他至今還未命她爲他彈奏過。

突然，從屏風後面傳來一記很響的「喔噹」聲。

杜秋娘嚇得跳起來，奔到屏風前又站住，小心翼翼地朝內喚道：「大家……」

皇帝出現在她的面前，臉上有一種她從未見過的且喜且悲的表情。

「它變了。」他的聲音也顯得格外脆弱。

「變了？什麼變了？」

「它眞的變了！第二象恢復原樣了！」

「什麼……第二象？」杜秋娘如墜五里霧中。

「神明顯靈了……」皇帝突然哽咽起來。杜秋娘看著他眼中的淚光，正慌得不知該如何是好，就猝不及防被他用力攬入懷中。

「妳是朕的吉星，朕的吉星！」皇帝在她的耳邊喃喃，雙臂將她抱得死死的。

杜秋娘快要喘不過氣來了，卻又心馳神移的，一種從未有過的幸福感洋溢全身。

「等等。」皇帝又將她鬆開，「妳先彈奏一曲，彈完朕再去看一次。」

杜秋娘只得遵命抱起琵琶，彈起了〈金縷衣〉。她這一輩子都沒彈得如此心不在焉過，爛熟於心的一首曲子竟然弄到荒腔走板，幸好皇帝比她更加心神恍惚，完全沒有聽出異樣。

這一曲眞是長得難以形容。終於曲止，皇帝又轉到屏風後去了。杜秋娘稍待片刻，還是忍不住悄悄起身，躡手躡腳地來到屏風旁，以帷簾爲遮向內窺視。

她看見了什麼？！

皇帝匍匐於地，正向著案上的金匱長跪稽首。

杜秋娘入宮以來，都只見眾人跪拜皇帝，何曾見過皇帝跪拜。這一驚非同小可，她連忙悄聲退回榻上坐下，心兒兀自跳動不已。

又過了好一會兒，皇帝才再次出現了，神色卻已十分平靜。

「妳過來。」

杜秋娘順從地坐到他的身旁。

「朕封妳為妃吧。」他隨隨便便地講起這個話題來，就像丈夫在和妻子說家常，「朕沒有皇后，只有一個正妻郭氏封為貴妃。今後，妳就是朕的秋妃，怎麼樣？」

「那……好吧。」實在太意外了，杜秋娘有點發蒙。

見皇帝一笑，她才想起自己應該謝恩的，剛要起身又被他輕輕按住，「等詔書下時再謝恩吧。另外，朕還要給妳改一個名字。」

「改名？為什麼？」

「妳既要做朕的秋妃了，怎麼還能叫秋娘。況且秋字之意肅殺，朕也不喜歡。」

「那我該叫什麼？」

「叫仲陽。朕剛剛給妳想的，仲陽，是春回大地的意思。今後妳就叫做杜仲陽。」

「杜仲陽。」她忍不住笑了，「好聽是好聽，就是不太習慣。」

「慢慢就習慣了。」皇帝也笑道，「妳還想要什麼？朕今天的心情非常好，妳可以再提一個要求。」

「我想要……」她認真地想了想，「我想要專寵。」

「專寵？什麼意思？」

「就是在整個後宮裡，大家從此只能寵愛我一人。」

皇帝目瞪口呆：「這種要求妳也提得出來？」

「哼！我就不該指望皇帝也會一心一意！」杜秋娘立即漲紅了臉，氣鼓鼓地說，「還是我太傻了，就當我什麼都沒說吧！」

「也許……朕可以考慮考慮？」皇帝笑起來，「也許朕有一秋妃，足矣？足矣。」

杜秋娘頓時沒了脾氣，倚在皇帝的肩頭，又嬌嗔地道：「妾還有一個要求。」

「妳還得寸進尺了？說吧。」

「馬上就要入冬了。大家能不能命人將殿裡的冰塊移出去？」杜秋娘嬌聲說，「我有些怕冷。」

「怕冷，多穿點不就行了？」

「穿多了太臃腫，不好看嘛……」

皇帝沉默片刻，抬手撫弄她的秀髮：「嗯，這是什麼花？」

「蘋花。」

皇帝皺起眉頭：「爲什麼簪它？」

「我以爲你喜歡……」

「不，朕不喜歡。」皇帝將蘋花從她的髮髻上摘下，隨手擲於地上。

「大家喜歡什麼花？」她有些微的慌張。

他卻把她摟得更緊一些，低聲說：「這還需要問嗎？當然是牡丹。」

在龍涎香環繞中，杜秋娘情不自禁地閉起眼睛，昨夜的情景再度浮現在腦海裡——

她本該早點行動的。裴玄靜交代得很清楚：一旦自己不在大明宮中，不管是死了還是走了，杜秋娘都必須立即按計行事。

但是杜秋娘等了好幾個夜晚，皇帝的睡眠太差，極小的動靜也會把他驚醒，最後她迫不得已，才按照裴玄靜的指示，在龍涎香中添了一點點崔淼的迷魂香粉。

皇帝沉睡後，杜秋娘用鑰匙打開金匱，取出了放在最上面的《推背圖》第二象。

雖然已經練習過許多次了，但將預先調好的雌黃汁抹到那幾個紅字上時，她的手仍然抖得厲害。謝天謝地，第二象加上第三十三象，總共才四個字需要改。雌黃汁是宋若倫親手調製的。宋若華在柿林院中校書時使用的雌黃汁，經過宋若茵的巧妙調配，已能達到去除原先字跡毫無痕跡的效果。再在上面重新寫字的話，只要筆跡掌握得當，幾乎沒人能看出是修改過的。這項塗改古書的絕技，只有柿林院中的宋家姐妹掌握著。宋若昭在失蹤前一夜，曾專門叮囑宋若倫，假如自己出了意外，宋若倫便要完全信賴裴玄靜，並將此項絕技毫無保留地告訴她。於是裴玄靜從宋若倫的手中取得雌黃汁，再轉交給杜秋娘練習。她不僅要練習天衣無縫的塗改，還要練習在抹去的紅字上面，重新寫上以假亂眞的黑字。杜秋娘悄悄地練了一遍又一遍，此刻想來還後怕，眞不知自己昨夜哪來的勇氣。

好在，這一切都過去了。接下去她還要幫皇帝戒除金丹，對此她充滿信心。

現在她甚至很慶幸，幾個月前崔淼能在浣花溪頭找到自己。

杜仲陽憧憬著未來，就像剛剛得到的新名字一樣：春回大地。

9

元和十四年的上元節彷彿還在眼前，元和十五年的新年又到來了。

延續數十載的削藩戰事在上一年徹底終結。擊潰吐蕃的進犯後，邊境上亦風平浪靜。迎佛骨的瘋狂喧囂早已散盡，元和十五年的新年祥和而平靜，甚至都有些冷清了。

休養生息，整個大唐都在用心體會並且盡情享受著這四個字。

皇帝乾脆把一年一度的元日大朝會都取消了，理由雖是聖躬不虞，卻絲毫沒有引起朝野內外的恐慌。因爲朝臣們都知道，停服金丹月餘，皇帝的身體正在逐漸好轉。儘管元日朝會取消了，延英殿召對照常舉行，一切有條不紊。

元和十五年元月庚子日。是夜，皇帝命秋妃離開清思殿。秋妃自入宮後即得專寵，幾乎夜夜侍寢，所以被遣離時頗不情願。但她瞭解皇帝的脾氣，並不敢有二話。

秋妃走後，皇帝一人在殿中獨坐良久，方召喚心腹內侍陳弘志呈上那把匕首。

那把匕首，指的正是皇帝久尋未果，最後卻由秋妃意外帶回的純勾。

皇帝從陳弘志的手中接過純勾，便吩咐道：「你退下吧。」

陳弘志如常消失在帷簾後面。

隔了整整十五年，終於要與它直面相對了。皇帝咬緊牙關，拔刀出鞘。

一道寒光劃過眼前。是錯覺嗎？皇帝彷彿看見，整座殿中的紅燭都在寒光下猛烈搖晃起來，而他掌中這段凌冽的秋水之上，似乎也浮現出斑斑紅色——是血跡嗎？

不可能。純勾是滴血不沾的。

他還清楚地記得十五年前的今天，當自己從父親的胸前拔出純勾時，上面確實連一滴血都沒有，乾淨得彷彿剛剛淬鍊出來的新刃。而他自己的袍袖上、衣襟上卻沾滿了父皇的血，最後只能將整套衣服燒掉了事。

那一切究竟是怎麼發生的？

當時，父皇退位到興慶宮中已經有好幾個月了。登基之後的皇帝面臨各種內憂外患，對興慶宮卻並不擔心。一個癱瘓失語的太上皇能夠對皇帝形成什麼威脅呢？相反，皇帝倒很願意給全天下做出純孝的示範。在內心深處，皇帝對父親的軟弱無能相當鄙視，對父親在位期間，短短六個月內的所作所為也不敢恭維，但畢竟是父親將皇位禪讓給了自己。沒有父親苦苦支撐了二十六年的太子生涯，沒有他以隱忍的智慧一次次化解舒王奪嫡的企圖，沒有他在那六個月中不惜以有失皇家體面的手段除掉對手，今天自己也絕對坐不上這個皇位。所以雖然自己忙於政務，不能常來興慶宮中問安侍藥，但皇帝從沒有阻止過弟妹們前往。就在剛剛過去的新年元日，他還興師動眾地率領百官來到興慶宮，為太上皇上尊號。

太上皇臥病，見不了百官，上尊號只是皇帝盡孝的表演而已，但皇帝演得很投入，把自己也感動到了。從很小的時候起，皇帝與父親的關係就越來越不和睦。有時候連他自己也想不通，他們父子之間究竟出了什麼問題。但在太上皇禪位後，皇帝確實真心實意地想要改善彼此的關係。在成為一個好皇帝之外，他還真心地想當一個好兒子。

但也正是在那一年的元日，吐突承璀將羅令則從明州秘密帶回，押入大理寺中。裴玄靜在實錄中讀到的永貞元年的十月，山人羅令則矯詔謀反云云，全都是編造的。實際上，羅令則和倭國遺唐僧空海一起到了明州，原計畫共同登船渡海，但羅令則在最後一刻改變了主意。他沒有上船，而是踏上了返回長安的路。

皇帝派出吐突承璀追殺過去，半途截住了羅令則。羅令則經受了最殘酷的刑訊，抵死不認謀反之罪，只要求再見一見太上皇。皇帝怎麼可能答應他的要求？

就在皇帝率領百官去興慶宮爲太上皇上尊號的同時，羅令則在大理寺中被吐突承璀活活打死了。後來爲了平息漸起的流言，吐突承璀又在皇帝的授意下，炮製出了一個矯詔謀反的故事，還特意把事情發生的時間提前了兩個月，以亂視聽。爲了增加眞實感，吐突承璀甚至找來了一個所謂的共謀犯——彭州縣令李諒。可憐這個李諒，只因曾經受到過王叔文的賞識，在永貞時期短暫升職，就被莫名其妙地牽扯到這起案子中，以至於家破人亡了。

從興慶宮上尊號回來不久，皇帝就得到了吐突承璀的報告。許多年來壓抑在心中的怨恨一起爆發出來，皇帝又怒不可遏地衝進興慶宮中，在太上皇的病榻前暴跳如雷，像個瘋子般地吼叫著，要父親說清楚羅令則回京到底想幹什麼！

他還清楚地記得，狠狠發洩了一頓後，自己也感覺失控了，頭昏腦脹地走到外面想去冷靜一下，隨即便聽到俱文珍從屏風後發出的叫聲。等他衝回到父親榻前時，純勾已經插在父親的胸口上。震驚過後，他首先想到的就是掩蓋眞相。俱文珍癱軟在地，所以他只能自己將純勾從父親的胸口拔出來，又在情急之下，把它塞進俱文珍的手中。

純勾滴血不沾，但是父親的血卻沾在他的手上，一輩子都洗不掉了。

皇帝捧著純勾，發出一聲痛苦至極的嗚咽。

他已經受夠了懲罰。整整十五年來，他從沒有一天能夠釋懷。因爲他一直相信，是俱文珍揣度自己的意思動的手，那也就意味著，自己應當承擔殺父之罪。現在，裴玄靜揭開的眞相雖幫他卸下殺父的罪名，卻更加重了他的良心負疚。

他一遍遍地問自己，父親爲何自盡？

也許是久病厭世；也許是爲了給兒子徹底讓出位置，再不予人口實；也許是想用這種最極端的方式鞭策兒子，促使他全力以赴地去實現「四海一家，天下歸心」的宏願。這些可能都是理由，但皇帝無法讓自己忽略的、最關鍵的一條理由卻是：是自己傷透了父親的心。所以父親的死，難道不是爲了懲罰自己的不孝嗎？

他看見自己的淚一滴一滴地落在純勾上，隨即滑落無痕，就像從來不曾有過。

他曾經怎麼也想不通，父親爲什麼要養育一個道士的兒子，並且那樣善待於他，視如己出，甚至令皇帝嫉恨了一輩子。現在皇帝終於明白了——是爲了玉龍子。

父親從來就不是他所認爲的無能之輩，事實上父親策劃周全，從賈昌到羅令則，從金仙觀到玉龍子，爲了謀求皇位做了所能做的一切。當父親發現自己已經心有餘而力不足時，便毅然決定禪位，將耗盡一生爭取到的皇位轉交給兒子，也把中興的責任轉託到他的手上。

但是對於王叔文、王伾，以及柳宗元、劉禹錫這些追隨已久的舊臣們，父親感到虧欠了他們，所以希望皇帝給這些人留一條活路，讓他這個舊主能有所交代。皇帝卻連這一點恩惠都不肯給。最後，父親不得不將那些人統統拋棄掉了。唯獨羅令則，父親讓他帶上玉龍子東渡，也只是爲了保留最後一份言而有信的情義吧。

一個多麼卑微的弱者的心願，還是被皇帝無情地粉碎了。他已經佔據了至尊之位，卻不肯對自己的父親施捨一點點同情。

但在當時的情形下，自己又能怎樣呢？

皇帝盡情地哭泣著，在整整十五年以後，在終於實現了「四海一家，天下歸心」的宏願時，他才敢於這樣放肆地哭泣，才敢於這樣毫無保留地懷念自己的父親，和母親。

他哭了很久，直到頭疼欲裂，不得不將純勾放回到御案上。

皇帝突然愣住了。

他想起來，純勾本是宮中收藏的寶刃之一，一直擺放在大明宮的太和殿上。太上皇移居興慶宮時已然行動不便，不可能自己把純勾帶過去。一定是有人偷偷地將純勾從大明宮帶至興慶宮中，如果不是俱文珍，難道是李忠言？或者是母親？

更關鍵的是，太上皇癱瘓在床，即使要自盡，也必須有人把純勾送到他的手上！

那會是誰？

皇帝猛地轉過身去：「你在幹什麼？」

陳弘志嚇得渾身一抖，手一鬆，一顆金丹咕嚕嚕滾到皇帝的腳邊。他立即認出是柳泌煉製的金丹，但自己已有一個多月沒有服用了。

隨著金丹一起落地的，還有白瓷的茶盞。

皇帝逼視著陳弘志：「你想把金丹混入茶中嗎？爲什麼？」他一步步朝陳弘志走過去。

陳弘志已然面無人色，只顧向後倒退，腿肚子撞到案角上，他站立不穩，兩手向旁邊胡亂抓去。

皇帝一把揪住他的前襟：「說！是誰讓你幹的？！」

陳弘志的腦袋裡「嗡」的一聲，完了！他絕望地閉起眼睛，向皇帝揮起右手，自己也不知道手中握的是什麼。

純勾扎入皇帝的胸膛時，他本能地去推擋陳弘志握刀的手。陳弘志嚇得魂飛魄散，腦海中一片空白，只知一次又一次用盡全力地扎下去。

一下、兩下、三下……鮮血飛濺，很快把陳弘志的眼睛糊住了，但他還是不停地將純勾扎向皇帝，直到皇帝頹然倒地，他又撲過去朝橫躺在地上的身軀猛扎，也不知究竟扎了多少下，終於連胳膊都抬不起來了，純勾才從他的手裡滑落，掉落在血泊中。

隔著殷紅的血幕，陳弘志朝皇帝看去。皇帝的眼睛還睜著，雙眸中似乎仍有微光閃爍，盯住他。

陳弘志向後退去，嘴裡含糊地嘟囔著：「不！別、別怪我……是，都是郭貴妃……還有太子……他們逼我幹的……」

這些話好像隔了無數個春秋，縹緲地傳入皇帝的耳朵。其實，皇帝完全明白陳弘志想說什麼，但他確實不再關心了。

身上並不是那麼痛，這令他感到了些許安慰。他仍然睜大著雙眼，但陳弘志與其他的一切都已經在視線中消失了。他看見了一條路，路的盡頭有朦朧的光，他知道，那就是黃泉。

他曾經那麼懼怕死亡，就因爲母親在父親的柩前發下的誓言：「不及黃泉，無相見也。」他害怕當不得不站在黃泉路上時，該如何去面對。但是現在他不怕了，因爲他已經看到黃泉路的那一頭，光明所在之處，有人在等待。

他們原諒他了。是啊，就像天底下所有的父母都會原諒自己的孩子；就像有朝一日，他也會原諒今天對他下毒手的——他的親人們。

唯一令他感到遺憾的是，這一切來得太過迅疾，使他來不及再看一眼他的長安，他的大唐。陳弘志在皇帝的屍體旁坐著，理智漸漸恢復過來。他從血泊中撿起純勾，驚愕地發現匕首上連一滴血都沒有。他猶豫著，要不要給自己也來一刀，就此了結，再也不用擔驚受怕了。

他想了很久，還是把純勾放下了。

「我爲什麼要死？」

陳弘志想，一開始是哥哥的死使自己走向豐陵，掉入了李忠言的圈套。但自己終究熬過來了，一路之上死的都是別人，自己卻越活越好。最近這一年裡，首先李忠言自殺，簡直是老天幫他除掉了一個最凶險的敵人。接著，他又親手把宋若昭送進冰凍的太液池中。他一直擔心宋若昭會揭開仙人銅漏背後的秘密，這個隱患也解除了。而最讓陳弘志得意的就是裴玄靜離開大明宮時，自己送上踏雪驄的神來之筆。儘管只是在按照皇帝的吩咐辦事，但目送裴玄靜騎著踏雪驄飛奔而去時，陳弘志還是感到了神清氣爽、意氣軒昂。他始終對裴玄靜心存忌憚，現在她一走，皇帝便可任由他擺佈了。

誰知後來的事情竟急轉直下，裴玄靜剛走沒多久，藏於金匱中的《推背圖》第二象和第三十三象就變回去了！當陳弘志發現這個情況時，實在無法相信。變了字的第二像是他按照李忠言的吩咐換入金匱的，至於第三十三象究竟是怎麼變的，只有天才曉得。原來的那幅《推背圖》第二象，他交給了李忠言，想必被一起帶入墓室永不見天日了。這兩幅《推背圖》居然會同時恢復原樣，令陳弘志在感到不可思議的同時，更升起一種深刻的恐慌。如果不是神明顯靈，那就一定是有人識破了他們的陰謀，並巧妙地給予了反制！雙方都知道皇帝在大唐國運上的執念，所以都在《推背圖》上大做文章。陳弘志曾經擔心過裴玄靜，但是她明明已經離開大明宮了啊。

兩幅《推背圖》恢復原樣之後，皇帝的精神狀態也隨之逆轉。他逐漸減少了金丹的用量，把柳泌晾在三清殿中，再也不召見了。存放《推背圖》的金匱被皇帝親自送回凌煙閣中，由神策軍重兵把守，陳弘志再也沒法做手腳了。

最著急的人是郭貴妃。

自從脅迫柳泌在金丹裡下毒以後，她大概就在一天天地計算皇帝賓天的日子。也難怪她迫不及待，吐突承璀已經獲得了朝中大部分人的支持，換儲隨時都有可能發生。一旦被皇帝搶了先，她和李恒將死無葬身之地。對於郭念雲來說，這是一場只許勝不許敗的生死之戰。

偏偏柳泌一直在找各種藉口拖延，當郭念雲發現皇帝開始戒除金丹時，更感到危機罩頂。後宮一向是她的統轄範圍，過去不論哪個嬪妃受寵，她都能對其施加影響，進行壓制。可是現在，她最憎恨的杜秋娘入宮了，還被冊封為秋妃，獨霸了皇帝的寢宮，郭念雲連見皇帝一面都非常困難了。

她召來陳弘志時，就決定孤注一擲了。她沒有給陳弘志任何機會，便將他謀害魏德才、宋若茵和宋若昭的罪行全部抛出來，把陳弘志徹底打蒙了。陳弘志這才知道，李忠言在臨死前就把自己出賣給了郭念雲。

好歹毒啊！李忠言苦心孤詣地謀劃，必要將皇帝置於死地。他的佈局從陳弘志、裴玄靜再到郭念雲，三重保障但求萬無一失，否則他怎會死得那麼痛快！

陳弘志還曾妄想在皇帝和郭貴妃之間左右逢源，最終發現自己只剩下華山一條路了——徹底投靠郭氏和太子，充當他們的殺手。

原先的計策只是下毒，既然柳泌不肯動手，那就由陳弘志來辦。皇帝雖開始戒服金丹，但他服丹致病的消息已經傳開，如果此時暴卒的話，用金丹中毒說還能堵住眾人的嘴。再將柳泌一殺，塵埃落定，任誰都翻不了案了。

可是——

陳弘志看著手中的純勾，瘋瘋癲癲地笑出聲來。他想起尚在老家的父母，老實巴交的一輩子受人欺負，養不活自己和哥哥，只能送來淨身入宮。要是讓他們聽說兒子竟然親手弒君，恐怕當場就會嚇掉半條命吧。

不，他不能死。

付出了這麼昂貴的代價，犯下了萬劫不復的罪行，再不明不白地死了，豈不太冤。皇帝駕崩，太子登基，自己才是最大的功臣！該是他陳弘志盡享榮華富貴的時候了。他不僅不能死，還要升官發財，要讓親戚們統統雞犬升天，光宗耀祖。

陳弘志將純勾還入鞘中，重新捧回架上。

十五年前，它曾經殺死了一位皇帝，卻保護了一個閹人；今天，它又殺死了一位皇帝，並將保護另外一個閹人了。

閹人，才是大明宮中最頑強的生物，他們就像無處不在的老鼠一樣，註定要與這座宮殿共存亡。

兩個時辰之後，閹人吐突承璀匆匆趕往清思殿。

蒼穹之上，星月無光。從未有過的沉重黑暗覆蓋著大明宮。雖然在這裡生活了大半輩子，當踏上清思殿的御階時，吐突承璀仍然感到一陣莫名的慌亂。他的腳步情不自禁地一滯，腦海中恍然掠過〈辛公平上仙〉中的字字句句。

想什麼呢！他忙將這些不祥的思緒趕走，轉而尋思皇帝深夜緊急召見自己的原因。是終於下決心要廢黜太子了嗎？吐突承璀已為此奔忙了兩個多月，眼看萬事俱備，皇帝卻又猶豫起來。皇帝的身體好轉，使廢立之事變得不再緊迫。但這只是一個理由。吐突承璀認為，更關鍵的原因是——皇帝心軟了。雖然在眾人眼中，皇帝向來決絕無情，只有吐突承璀才瞭解，皇帝亦有他的情懷，只是藏得太深太深了。不是嗎？皇帝竟然放走了裴玄靜，這可是讓吐突承璀腹誹不已的。

吐突承璀暗想，這次自己一定要幫皇帝當機立斷。等辦完這件大事，他就要開始全力以赴地尋找玉龍子了。按照皇帝和吐突承璀的推測，先皇將玉龍子交給羅令則東渡，但羅令則沒有上船，卻西返長安後被殺。吐突承璀左思右想，認為玉龍子肯定還在大唐。

吐突承璀心不在焉地踏入清思殿。忽然，他發現情況不對，殿中一片漆黑，常年不斷的龍涎香也聞不著了，取而代之的是濃重的血腥氣。

他猛地轉過身，想要奪路而逃。

來不及了。

利刃從四面八方砍來。「大家……！」垂死的嘶吼響徹了整座清思殿，但只有一聲而已。片刻之後，曾經權勢熏天、不可一世的左神策軍中尉吐突承璀就化成了一灘零七八碎的血肉。

元和十五年正月十四日，唐憲宗李純崩於長安大明宮，享年四十三歲。

六天之後的正月二十日，太子李恒即位。當日，新皇頒發詔書，冊封自己的母親郭念雲為皇太后。

不久，郭皇太后移居南內興慶宮。先皇后宮中凡育有子女者，隨子女分居各王府和公主府，其餘未生育者都隨郭皇太后搬入興慶宮，將在那裡度過她們的餘生。每個人的餘生必然有長有短，但有一點卻是相同的。從此以後，她們都不必再期待那份微薄的幸運降臨之時了。

舊人去，新人來，人間更迭往復，天地恆久不變。

在這場興師動眾的搬遷中，有一輛小小的馬車離開大隊伍，悄悄地拐向長樂坊中的十六王宅。

杜仲陽的懷中緊抱著紫檀琵琶，漠然地凝望車廂中的某一個位置。自從先皇駕崩之後，她幾乎都是這個樣子，不哭不鬧，也不曾在人前流過一滴眼淚。

按照郭皇太后的意思，本是要在五月先皇葬入景陵之後，打發她去守陵的。那天，當聽到郭皇太后這麼說時，杜仲陽也是一臉冷漠，似乎對自己的命運已經無動於衷了。

眼看就要這麼定下來，一旁的新皇開口道：「朕素來聽聞杜仲陽的才學不錯，六兒的親母剛剛過世了，朕想讓杜仲陽去做六兒的養母，教養他的詩書文學。」

「這……」郭皇太后驚訝地看了看兒子，沒有再說什麼。

直到這時杜仲陽才抬起頭，正巧看到新皇對自己露出笑容。一瞬間，她有些恍惚。二十六歲的新皇帝還很年輕，長得更像郭皇太后一些，但值此粲然一笑之際，她彷彿又見到了「他」開心的樣子，簡直一模一樣，只是留在她記憶中的這種時刻太少了。

是啊，太短暫了。從她返回長安，再到那一夜他命她離開清思殿，就此永訣，總共只有短短的三個月，她卻連他的最後一面都沒見到。

萬般委屈湧上心頭，杜仲陽舉起琵琶，用力向車壁砸過去。

「哎呀，這可使不得！」旁邊的鄭瓊娥趕緊伸手去擋，琵琶的一個軫子還是撞到了車壁上，紫檀木霍然裂開。

鄭瓊娥心疼不已：「我知道妳心裡難過，何苦拿琵琶撒氣。妳看看，多可惜啊！」

「不可惜。」杜仲陽噙著眼淚道，「反正我這輩子再也不會彈它了。」

鄭瓊娥輕歎：「……誰知道呢。」她檢查著琵琶的破損處，「還好，就壞了一點點。咦，這是什麼？」

一小塊玉的殘片在她的纖指間發出溫潤的光。

「是不是嵌在琵琶身上的？」杜仲陽也拿不準了，「奇怪，我原先怎麼沒注意到？」

鄭瓊娥說：「並不是琵琶上嵌的螺鈿啊？倒像是從一整塊玉石上斷下來的。」她左右端詳，「我瞧著……怎麼有點兒像尾巴。」

「尾巴？」

「嗯，就是麒麟啊、鳳凰啊，或者是龍的尾巴。」

杜仲陽若有所思地注視著碎玉。

鄭瓊娥道：「收好吧。等過一段時間，再想辦法修琵琶。」

杜仲陽順從地將頭靠在鄭瓊娥的肩上。馬車無聲地行進，朝六皇子的漳王府而去。過了一會兒，鄭瓊娥聽到輕輕的抽泣聲響起來，很快，她的肩頭就被滾燙的淚水濕透了。她強忍住淚，低聲勸道：「別難過了，都會過去的。」

「我不是爲自己……是爲了他……他太可憐了……」

鄭瓊娥卻在想：那個人死了，我的十三郎該回來了吧。

10

那隻小麻雀又來了。雖然混在一大群覓食的麻雀中，小和尙還是一眼認出了牠：圓圓的黑眼睛，額頭上有一根黃色的毛。小和尙開心地笑起來，忙把手裡的穀粒撒過去，一邊輕聲叫喚著：「來呀，來吃呀。」

在旁邊掃地的師兄笑道：「你要把穀粒撒在跟前，牠就會過來了。」

小和尙不答，只是盯著麻雀啄食，傻呵呵地樂著。

師兄愛憐地搖了搖頭，眞是個傻孩子呢。來到觀音禪寺三年多，每日跟著持齋吃素，都十歲了還是長得這般瘦弱。學了這麼久的經文，因爲很少開口說話，所以也不知他學會了多少，多半是什麼都沒學會吧。寺裡僧眾都挺疼愛這個苦命的傻孩子，對他照顧有加，但他卻始終一個人鬱鬱寡歡，只有極少數的時候才會露出兒童的天眞笑容，比如現在。

小麻雀吃飽了，原地跳躍幾下，便振翅起飛。先是在頭頂上盤桓了一圈，又朝西北方飛去。小和尙的目光久久地追隨著牠。西北的方向，他知道自己是從那裡來的。他知道家就在那裡，那裡還有他的爹娘。

早春的陽光從新綠的樹蔭間灑下來，照在他的眼睛上。太陽離得好近啊，可是長安爲什麼那麼遠？

「十三郎！」

小和尙緩緩地轉過頭去，在禪寺裡從來沒人這樣叫他，所以他不知道叫的是不是自己。兩個少年郎君一邊喊著，一邊向他跑過來。一個俊秀挺拔，一個渾圓憨厚，都穿著翻領缺胯衫和羊皮靴，是江南民間少見的打扮。

「十三郎，你還認識我們嗎？我是段成式呀！」

「我是郭浣！」

他倆的激動和李忱的木訥形成鮮明的對比。陪同前來的方丈見怪不怪，慢條斯理地道：「聖上有旨，這二位郎君是來接你回長安的。收拾一下吧，明日一早就隨他們啓程。阿彌陀佛。」

簡樸的禪房中點著一盞小油燈，李忱已經縮在榻上的角落裡睡熟了。段成式和郭浣坐在他的身邊，面面相覷，均毫無睡意。

郭浣問：「要不還是睡一會兒吧？否則明天趕路沒精神。」

段成式說：「你先睡吧，我心裡有事，睡不著。」

「哦，那你到底想好了沒有？」郭浣撓了撓頭，「要不要告訴十三郎，他的父皇已經不在了……」

「算了，先不說了吧。」段成式看著蜷縮成一團的李忱，「說了他也未必明白，還是等回到長安再說吧。」

「嗯。」

須臾，禪房裡響起了郭浣的鼾聲，段成式微微合起雙目。

新皇即位後，便決定要把十三弟從揚州接回長安來。有很多人選可以執行這個任務，但是京兆尹郭鏦特意到段府拜會了段文昌，共同商定向皇帝舉薦段成式和郭浣，由他們二人來辦這件事。

皇帝欣然允諾。元和十五年二月一日，段成式和郭浣從長安出發，沿大運河一路南下，歷時二十天來到了揚州。

從表面上看，郭鏦和段文昌是想借此機會讓兩個少年歷練一下，同時也能一覽大唐的大好河山，但段成式卻覺得，事情並不那麼簡單。先皇暴卒，對外宣佈的死因是服丹中毒，國師柳泌很快就被杖斃了。但與此同時，先皇的心腹吐突承璀莫名其妙地卒於大明宮中，而另一位深受先皇寵愛的太監陳弘志卻被擢升爲襄州監軍。更蹊蹺的是，幾天後澧王李惲竟也在王府中無疾而終了。

段成式不敢妄自揣測，卻悄悄地做了一件膽大包天的事情：他重寫了一遍〈辛公平上仙〉，署名李復言，然後將文稿藏到樂遊原上的青龍寺中。這次來揚州，他還隨身攜帶了一份，連郭浣都沒有告訴，偷偷放入了觀音禪寺的藏經閣。

段成式相信，在〈辛公平上仙〉的故事中隱藏著皇帝之死的眞相，這眞相即使今天不能揭露，也應該留存下去。

總有一天會眞相大白的。

如果能再見到煉師姐姐就好了。睡意漸濃，段成式迷迷糊糊地想，先皇在駕崩前從大明宮中放走了裴玄靜，所以還有流言說，正是她在先皇服用的金丹中摻入了致命的毒藥，應該將她捉拿回來問罪。但新皇似乎並不認同這種說法，所以未曾採取任何行動。段成式當然更不相信這種無稽之談，雖然他確實覺得：裴玄靜知道所有的眞相。

身體越來越輕，載沉載浮，像被海浪托湧著……段成式驚喜地發現，自己再一次游到了大海中央，前方行駛著三艘大船，突然海浪翻滾，一條巨大的蛟龍躍出水面。牠搖動長尾，掀起滔天巨浪，從口中噴出一團又一團的火焰！火星從天而降，落在大船上，也落到了段成式的前後左右。周圍越來越熱，火光熊熊。

段成式猛地從榻上翻身坐起，煙霧已經充滿了整間禪房，到處都在發出「劈哩啪啦」的聲音，窗格的縫隙外一片火紅。

「著火了！」段成式拚命推搡郭浣，「快醒醒！著火了！」又從角落一把攬過李忱。

郭浣也醒了，跳下榻衝到房門前，手剛觸到門就大喊起來：「燙！」他回過頭，驚恐地瞪著段成式。

出不去了。

火越燒越旺，什麼都看不見了，他們被煙霧嗆得喘不過氣來，只好趴到地上。段成式將李忱護在自己的身子底下，聽到房梁木柱在灼燒中發出巨響，什麼東西砸下來，他感到背上一陣劇痛，瞬間便失去了知覺。

段成式又回到了大海上。血腥的殺戮還在繼續，勝負卻已逆轉。蛟龍在鮫人的歌聲中喪失了神勇，正在遭受最慘烈的報復。它已經奄奄一息了，雙目卻仍然不捨地盯著鮫人。她停止了歌唱，回過頭來看著垂死的蛟龍，絕美的臉上緩緩淌下兩行血淚。

段成式喃喃：「煉師姐姐……」

裴玄靜正輕柔地撫摸著他的面頰，她的手指尖冰冰涼涼的，段成式立刻感到不那麼焦躁酷熱了。

「沒事了。」崔淼摸著段成式的脈，笑道，「你以後可不能光寫鬼故事，有空也要操練操練，體格比這位郭公子弱了不少。」

「你醒啦。」郭浣從旁邊閃出來，胖圓臉上面還是黑一道白一道的。

段成式輪流看著他們幾個：「火呢？」

郭浣說：「是裴煉師和崔郎中救了我們。我們剛出來，房子就燒塌了，好玄啊！」

「十三郎呢？」

「在這兒呢。」郭浣指給他看旁邊的李忱，安安靜靜地睡著，臉上身上也比他們都乾淨。

段成式這才緩過勁來，看看崔淼，又看看裴玄靜，眼圈有些泛紅：「煉師姐姐、崔郎中，你們、你們都好嗎？」

「你不是都看見了嗎？」崔淼微笑著反問。

段成式點點頭，又想了想，輕聲問：「觀音禪寺怎麼會突然失火呢？」

崔淼道：「禪寺無恙，只是你們住的房子塌了。還有你們帶的那幾個侍衛，在另一間屋中不及施救，全都被燒死了。」

「怎麼會這樣！」

沒有人回答段成式。而他也才明白，爲何郭鏦和段文昌會力薦自己和郭浣來揚州接十三郎回京。二位父親一定認爲，礙於段成式和郭浣二人的身分，即使有人想對十三郎下手，也會有所顧忌的。只是他們沒想到，被嫉恨充塞的心可以無視一切。

二位父親若是知道了今天的事，想必定會萬分自責。

忽聽郭浣在問：「裴煉師，妳眞有神機妙算嗎？怎就知道我們今天會遇險？」

裴玄靜與崔淼相視一笑，仍然是崔淼回答：「哪有什麼神機妙算。我們在觀音禪寺旁等了好幾天了。我們只道，京城那邊遲早會有人來，卻不料是你們二位。」

段成式的心好酸。裴玄靜始終沒有說過一個字，他當然知道原因所在。可是有些事情即便在心裡做了準備，眞正面對時，仍能感到那份椎心之痛。他想對她說些什麼，卻又不知該說什麼才好。

她一定是感覺到了段成式的心聲，迎著他的目光淡淡一笑。笑容是那麼縹緲，宛如隔在萬丈紅塵之外。

「京城，我不要回京城！」忽然，李忱大叫著驚醒過來。

郭浣安撫他：「別怕十三郎，咱們回到長安就好了！」

「不！我不去！」李忱卻像中了邪似的哭叫起來，「我不要回去！爹爹會殺了我的！他要殺我！殺我！」

段成式聽不下了，斷喝一聲：「不許瞎說！你的父皇已經駕崩了，他怎麼還會殺你！」

李忱一下呆若木雞。

段成式將掉到外面的血珠塞回李忱的衣領裡，輕聲道：「你要記住，先皇很愛十三郎的。想害你的是別人。但是你不用怕，只要有我們在，便能護你安全。」又轉首問崔淼，「崔郎，接下去怎麼辦？」

崔淼道：「問得眞是時候，我們到了。」

隨著他的話語，段成式覺得身子輕輕一震。崔淼掀起門簾：「靠岸了。你們就在此換走陸路回長安。看，車馬都已備好了。」

段成式朝簾外一看，只見清冷的月光下水色瀲灩，原來他們是在一條船上。此刻小船已泊在岸邊，隔著森森水草望上去，果然有一輛黑篷馬車停在岸上。馬車旁還佇立著一匹白馬，馬上的郎君正抻長脖子朝這兒看呢。

崔淼道：「韓湘和隱娘夫婦會一路護送你們。」

「那你們呢？」

「我們？」崔淼笑道，「我們還要繼續泛舟大運河。」

段成式的心中一動，忙問：「崔郎與煉師姐姐是要為我們引開追兵嗎？」

崔淼笑而不答。

「這樣很危險的！」

「快走吧！」崔淼說，「你們再不走，就真的有危險了。」

郭浣率先跳上岸去。段成式在後面幫李忱爬上岸邊的斜坡。爬了一半，李忱突然停下來。

「怎麼了十三郎？」

李忱的目光越過段成式，落到裴玄靜的身上。

「裴煉師，妳知道我父皇是怎麼死的嗎？」他口齒清晰地說，「妳知道的對嗎？請妳告訴我！」

段成式說：「十三郎，裴煉師不知道的，你別鬧了。」

郭浣也伸出手來拽李忱。他掙扎著，回頭對裴玄靜叫道：「裴煉師，請妳等著我！等我長大了來找妳，妳一定要告訴我真相！」

郭浣把李忱拉走了。

段成式的心中忽然湧起萬般不捨。生離死別，他明知已經到了這一刻，卻又忍不住問：「煉師姐姐，我們還能再見面嗎？」

她只是沉默地望著他。

馬車沿著大運河的河岸疾馳。很快，那葉小舟就被遠遠地拋下了，只有月光還在他們身後緊緊相隨。

段成式仍然執著地眺望著運河的河面。有那麼一個瞬間，他彷彿眞的看見從運河上升起了一道白光，白光環繞著翩躚的身影，融入月色之中。

這個印象在他的心中久久不滅。

尾聲

唐憲宗李純駕崩之後，由於繼位的唐穆宗李恒耽於享樂，缺乏政治才能，歸順的藩鎮又陸續反叛，唐憲宗一生削藩的心血很快便付之東流了。

二十六年後，歷經了穆宗、敬宗、文宗和武宗四任皇帝，三十七歲的「白癡」李忱登上皇位，是爲唐宣宗。李忱在位共十三年，爲大唐帶來了最後一個治世，史稱「大中之治」。

唐宣宗駕崩五十年後，大唐帝國滅亡。

從西元六一八年到西元九〇七年，大唐立國共計二百八十九年，與《推背圖》第二象的預言基本相符。史學界一直認爲，正是唐憲宗創立的「元和中興」（西元八〇六年到西元八二〇年），使大唐的國祚多延續了整整一百年。

（全文完）

推背圖密碼
大唐懸疑錄

作　　者　唐隱
總 編 輯　莊宜勳
主　　編　鍾靈
出 版 者　春天出版國際文化有限公司
地　　址　台北市信義路四段458號3樓
電　　話　02-7718-0898
傳　　眞　02-7718-2388
E－mail　frank.spring@msa.hinet.net
網　　址　http://www.bookspring.com.tw
部 落 格　http://blog.pixnet.net/bookspring
郵政帳號　19705538
戶　　名　春天出版國際文化有限公司
法律顧問　蕭顯忠律師事務所
出版日期　二○一七年六月初版
定　　價　420元

本書中文繁體版由四川一覽文化傳播廣告有限公司代理，
經上海紫焰文化傳媒有限公司授權出版

總 經 銷　楨德圖書事業有限公司
地　　址　新北市新店區寶興路45巷6弄6號5樓
電　　話　02-8919-3186
傳　　眞　02-8914-5524
香港總代理　一代匯集
地　　址　九龍旺角塘尾道64號 龍駒企業大廈10 B&D室
電　　話　852-2783-8102
傳　　眞　852-2396-0050

ISBN 978-986-94950-6-6　Printed in Taiwan

國家圖書館出版品預行編目(CIP)資料

推背圖密碼 / 唐隱著. -- 初版. -- 臺北市 : 春天出版國際, 2017.06
面；　公分. -- (唐隱作品 ; 4)
ISBN 978-986-94950-6-6(平裝)
857.81　　106009923